史铁生精选集

世纪文学经典
SHIJI WENXUE
JINGDIAN

史铁生 著

来到人间

北京燕山出版社

"世纪文学60家"书系总策划

白烨、陈骏涛、倪培耕、贺绍俊、张红梅

"世纪文学60家"评选专家名单

（以姓氏笔画为序）

丁　帆　南京大学中文系教授

王中忱　清华大学中文系教授

王晓明　华东师范大学中文系教授

王富仁　汕头大学中文系教授

白　烨　中国社会科学院文学研究所研究员

孙　郁　鲁迅博物馆研究员

吴思敬　首都师范大学文学院教授

杨　义　中国社会科学院文学研究所研究员

杨匡汉　中国社会科学院文学研究所研究员

张中良　中国社会科学院文学研究所研究员

张　炯　中国社会科学院文学研究所研究员

张　健　北京师范大学文学院教授

陈子善　华东师范大学中文系教授

陈思和　复旦大学中文系教授

陈晓明　北京大学中文系教授

陈骏涛　中国社会科学院文学研究所研究员

於可训　武汉大学文学院教授

孟繁华　沈阳师范大学教授

赵　园　中国社会科学院文学研究所研究员

洪子诚　北京大学中文系教授

贺绍俊　沈阳师范大学教授

谢　冕　北京大学中文系教授

程光炜　中国人民大学中文系教授

雷　达　中国作家协会创研部研究员

黎湘萍　中国社会科学院文学研究所研究员

出版前言

　　"世纪文学 60 家"书系的创编与推出,旨在以名家联袂名作的方式,检阅和展示 20 世纪中国文学所取得的丰硕成果与长足进步,进一步促进先进文化的积累与经典作品的传播,满足新一代文学爱好者的阅读需求。

　　为使"世纪文学 60 家"书系的评选、出版活动,既体现文学专家的学术见识,又吸纳文学读者的有益意见,我们采取了专家评选与读者投票相结合的方式。我们依据 20 世纪华文作家在中国现当代文学史上的地位与影响,经过反复推敲和斟酌,确定了 100 位作家及其代表作作为候选名单。其后,又约请 25 位中国现当代文学专家组成"世纪文学 60 家"评选委员会,在 100 位候选人名单的基础上进行书面记名投票,以得票多少为顺序,产生了"世纪文学 60 家"的专家评选结果。为了吸纳广大读者对 20 世纪华文作家及作品的相关看法和阅读意向,我们与"新浪网·读书频道"全力合作,展开了为期两个月的"华文'世纪文学 60 家'全民网络大评选"活动。2005 年 12 月 16 日,读者评选结果在"新浪网·读书频道"正式公布。为了使"世纪文学 60 家"的评选与编选,能够比较客观地反映专家和读者两方面的意见,经过反复协商,最终以各占 50%的权重,得出了"世纪文学 60 家"书系入选名单。

　　"世纪文学 60 家"书系入选作家,均以"精选集"的方式收入其代表性的作品。在作品之外,我们还约请有关专家、学者撰写了研究性序言,编制了作家的创作要目,为读者了解作家作品、创作特点和其在文学史上的地位,提供必要的导读和更多的资讯。

"世纪文学60家"评选结果

排名	作家	专家评分	读者评分	评选结果	排名	作家	专家评分	读者评分	评选结果
1	鲁 迅	100	100	100	31	赵树理	85	55	70
2	张爱玲	100	97	98.5	32	梁实秋	67	71	69
3	沈从文	100	96	98	33	郭沫若	70	65	67.5
4	老 舍	94	94	94	33	陈忠实	67	68	67.5
4	茅 盾	100	88	94	35	张恨水	64	70	67
6	贾平凹	94	92	93	36	苏 童	58	75	66.5
7	巴 金	94	90	92	36	冰 心	51	82	66.5
7	曹 禺	100	84	92	38	穆 旦	78	52	65
9	钱锺书	80	99	89.5	39	丁 玲	78	47	62.5
10	余 华	85	92	88.5	40	顾 城	29	95	62
11	汪曾祺	100	76	88	41	舒 婷	51	69	60
12	徐志摩	85	89	87	42	张承志	67	51	59
12	莫 言	94	80	87	43	王 朔	45	72	58.5
14	王安忆	94	77	85.5	44	刘震云	58	58	58
15	金 庸	70	98	84	45	韩少功	54	57	55.5
15	周作人	94	74	84	46	阿 城	54	56	55
17	朱自清	70	93	81.5	47	张 洁	64	44	54
18	郁达夫	78	83	80.5	48	三 毛	22	85	53.5
19	戴望舒	94	66	80	49	铁 凝	51	53	52
20	史铁生	80	79	79.5	50	张 炜	60	40	50
20	北 岛	78	81	79.5	50	李劼人	78	22	50
22	孙 犁	94	62	78	52	宗 璞	64	33	48.5
22	王 蒙	78	78	78	53	郭小川	58	36	47
24	艾 青	94	60	77	53	柳 青	58	36	47
25	余光中	78	73	75.5	55	施蛰存	51	42	46.5
26	白先勇	85	64	74.5	56	张贤亮	42	49	45.5
27	萧 红	85	61	73	56	刘 恒	64	27	45.5
27	路 遥	60	86	73	56	高晓声	45	46	45.5
29	闻一多	78	67	72.5	56	李 锐	51	40	45.5
30	林语堂	54	87	70.5	60	徐 訏	45	43	44

目录
CONTENTS

散文编

序言

冥想中的精神跋涉

李红真

一

史铁生是中国当代的著名作家。

1951 年 1 月,他生于北京一个普通的知识分子家庭。祖辈是河北涿县的大地主,外公屈死于政治剧变的混乱中,几十年以后才获得平反昭雪。这样的家庭背景决定了他在 20 世纪六七十年代严酷的社会政治气氛中,必然要承受巨大的精神心理压力。童年的他在奶奶和父母等亲人的悉心呵护下成长,敏感而早慧,对于人生与人性有着朦胧的领悟,这影响了他对于世界爱的基本态度。"文革"开始的时候,只有十五岁的他刚读到初中二年级。他所就读的清华附中,是红卫兵运动的策源地。政治风暴席卷了他的少年岁月,至亲的骨肉被迫害遭屈辱,自己也在政治的歧视中过早地结束了快乐的时光。"不许革命"的宿命,把他排斥在政治主潮之外,使他很快从狂热中平静下来,不得不进入逍遥派的行列,并由此而读了不少书,凭着直觉接近了文学的殿堂,为以后的文学写作打下了良好的基础。

1969 年,史铁生不顾身体的疾病,自愿去革命圣地延安插队落户。和那个时代的热血青年一样,他努力劳动,种过地,喂过牛,和农民一起过着贫困生活。他由此认识了广大的中国农村,了解了农民。这为他以后的创作积累了素材,也奠定了最基本的人文立场。三年以后,双腿突然瘫痪,不得不病退回北京。经历了一年半的住院治疗,也经历了精神的巨大危机之后,他开始了长期在病痛中艰苦挣扎的生活。他在街道工厂工作七年,画彩蛋和仕女图,业余开始文学创作,为自己寻找精神救赎的渠道。遭受这样残酷打击的命运,对他的创作产生了决定性的影响。由关注身体的残疾到关注精神的残疾,并引申到对于生命价值与生存意义的追问,以及宇宙生命的冥想,在多维的时空中建立起自己近于宗教的真诚信仰。1981 年,由于健康状况恶化退职。靠国家对病残知青的政策,开始享受工伤待遇,基本达到温饱,在缠绵病榻的间隙中,潜心文学创作。

　　1979 年开始,史铁生在正式的刊物上发表作品,随着频频获奖,逐渐赢得了自己的读者。之后,他创作的势头不减,而且风格越来越鲜明,文体越来越自由,在读者中的声誉也越来越高。他以文学的方式证明着自己生命的价值,成功地表达了心灵救赎过程的同时,也为所有漂泊的现代灵魂开辟着栖息地。基于理解与认同的敬佩与赞扬,便是他生命历程流溢的光彩。

二

　　和新时期的所有作家一样,史铁生的创作是从对社会历史的热切关注开始。他早期的作品《法学教授及其夫人》,直接表现了"文革"时期政治迫害导致的社会混乱,以及在被煽动起来的盲目暴力摧残下,毫无保障的生存状况。而且,是以一个法学教授的困惑,聚焦式地组织起情节,将主题直接逼近法制建设问题。这是当时整个社会都普遍感到焦虑的问题,而他的艺术思考明显地高于同一时期的其他作家,以疑问结束,没有光明的尾巴。这篇小说表面上看只是当时流行的社会问题小说,实际上是史铁生的文本系列一个富于暗示性的开始。他从这里出发,建立起自己的精神之维,以至于在一个相当长的时段,他的作品只能被少数朋友理解,从主题到形式都无法安放于思潮的框架之中。《午餐半小时》截取了一个时间的片段,将底层社会卑微的生存,浓缩在一个场景中。声音和光线效果强烈,显示了他极好的艺术感觉与文学功力。对于人物精神心理素描中的人文情怀,一开始就是以平等的叙事立场,表现出对于生存的独特敏感。这一点使他区别于各种思潮,比如民粹主义,比如居高临下的民本思想。这个素材经历了十几年的沉淀,最初的叙事动机终于展开为《老屋小记》中丰满的人物与命运相异的人生故事。

　　他从存在出发,解构着各种意识形态的神话。就是他获得正统文学界叫好的陕北插队故事，也是以对农民生存方式（物质的与精神的）的观照，表达自己对于真实中国的发现与理解。和他的同时代人一样，他对于社会公正的诉求，首先体现在对阶级差异的反感，政治历史的残酷与荒谬导致的人生悲剧，频频出现在他的小说与晚近的散文中。他由此解构了主流话语的叙事，在政治历史之外，拓展出人生与人性的疆域，而且是一代人负荷沉重的集体记忆。这一点他并不比其他人高明，出色的是他能够扪心自问，并由此挣脱历史强加给一个群体的精神枷锁。《关于詹牧师的报告文学》还只是对上一代人的嘲讽，揭示了违背生存之本的荒诞的政治意识形态信仰，对于人的精神残酷的异化。《务虚笔记》则开始解剖同时代人的心灵，拷问在追求实现人生价值的过程中，丢弃与迷失了什么！这近似于陀思妥耶夫斯基式的冷酷，但是比他走得远。从《中篇1或短篇4》到长篇《我的丁一之旅》，对于英雄与叛徒的辩证叙事，都是在历史迷宫与铁一样的伦理法则中，抚摸人性的弱点。以生命价值的基本原则，窥视历史运动中渺小个体的生存处境。不仅是普通人被历史愚弄，也不仅是历史理性的非合理性，其中还包括了深刻的悖论，在正与邪、是与非、伟大与渺小、神圣与愚氓等一系列两相对立的范畴中，追问生命的价值与终极意义。这显然是一个近似于后设的历史观，是经历了20世纪的巨大世界动荡的几代人普遍的心灵感受。这一点也使他超越了心仪的存在主义哲学，在更加广阔的时空中建立起自己精神信仰的坐标系。他以自己的作品向我们呈现的不仅是历史的混乱，还有他接近历史的方法，在强大的政治话语崩溃的废墟中，还原以个体生命为单位的历史表象。由此，他从非此即彼的机械历史观，走向了更丰富的历史伦理，穿越了历史理性的逻辑死角，在空旷的时间流程中质询文明。

他的思考一开始就回应着时代的重大问题，不仅是民族的，也是人类的。或者说，他是把民族置于世界历史的视野中观照，把民族的问题看作是人类共同的问题。仍然是以个体的存在为圆心，推及到整个人类生存的精神范围。《钟声》的故事，对在20世纪世界范围中左翼思潮影响下，政教合一的中国信仰由建立到坍塌的过程，以及所有信仰消逝之后精神的荒芜，以生动的艺术形象进行了寓言式的转喻。《毒药》也是一则寓言，但指涉的是物欲横流之下的虚荣迷失了本真的生存。正是从极端禁欲的时代走进极端放纵的时代，特别是在西方物质文明冲击下，丧失了主体性的民族普遍的状态。而且,他的思想背景也是20世纪全球范围内新兴的知识系谱,比如罗素的宗教观,比如高能物理学推动下的科学哲学,比如生物工程影响下的生命哲学,还有混沌学和环境保护运动,等等。在一系列的创作谈中,他都触及了20世纪的人类思想,这是他能够超出狭窄的社会政治历史视角思考问题的原因,也是他的文本系列区别于同时代人的根由。

在这样开阔的精神纬度中,由于残疾而格外强烈的困境感受,使他挣扎着寻找真实的精神支柱。《命若琴弦》显然还是就人生的意义,发现支撑生存的信仰,从社会政治转换为个体人生的时候,虚幻性就由荒诞变为真实,在说服自己的同时,也激励了读者。这可以追溯到他早期的《纸做的白帆》,其中对于真诚的心灵叩问,表达了文化震荡时期怀疑主义的思潮中他独具个性的忧虑。此后,他逐渐走向宗教精神,建构起爱的信仰,生命之爱与人类之爱,直到自然之爱。而人生只是一个过程,是一个必然要不断经受苦难的宿命,唯有超越于世俗之上的真诚信仰,才是渺小生命的至福。而越到晚近,他对于生命的感悟越通透,宇宙是不断运动的,生命是别无选择的偶然存在,人生是无数生命的循环往复,克服孤独与荒谬的唯一出路就是汇入人类精神的伟大行旅。他以这样的思绪,将自己的生命融入了人类信仰的天河。

这其中有着史铁生独特的时空观,这就是我们在《我与地坛》中读到的精彩直白,他们不期然而遇,彼此等待了许多年。他的时间形式是独一无二的,与空间缠绕密不可分,而又在局部的静止中具有无限深广的流动感。近似于泛神论的自然观,使他笔下所有平凡的人物故事都具有一种生命自身的神奇魅力。这个特点使他越过了西方现代哲学虚无的边界,在存在的基本困境和生命的循环往复中,在历史的荒蛮里,凭了自然之神的信仰,走向对人生的执着。他礼赞所有生命的存在,连残疾人的轮椅也赋予神格。他几乎近于狂热地参与了时代所有话题的争论,以自己独特的智慧完成个性化的表达,哲人的睿智使他的文字焕发着精神的光彩,成为这个时代最富有思想的作家之一。他以文字的方式,积极地参与到各种文化活动中,以超于常人的健全心智,穿越各种浮华的时尚,寻找丰沛的生命之源。

史铁生的精神跋涉,交织着怀疑与信仰,从个体心灵的救赎通往人类精神的灿烂星空。而且这个进程至今没有终结,但他的灵魂却由此升入了一片澄明。

三

史铁生对于宇宙、自然、生命的彻悟,最终都落实在艺术的基本问题上。这使他的写作一开始就具有高度的自觉,他鲜明地宣称美是主观的,因为一切意义都是人赋予客体的,"它是不同主体的不同赋予,是不同感悟的不同要求","是由人对生命意义的感悟之升华所决定的"。他不但把文学艺术提到世界观的高度,而且赋予了宗教的神圣,"文学就是宗教精神的文字体现"。他强调作家必须真诚,艺术的朴素就是创作态度的老实,"是赴死之途上真诚的歌舞"。这样的美学观,使他的心灵救赎沟通了20世纪世界艺术的潮流,并且以东方人的直觉完成了形象的理论表述。

他以成熟的智慧,回答了这个时代的艺术面临的所有症结性的问题。比如现实主义与现代主义、乐观与悲观、寻根、雅和俗、形式与内容、文学批评的功能等。其中最精彩的部分是关于语言与文体的看法。他认为有意味的形式,是靠语言的形式,而语言形式并不单指词汇的选择和句子的构造,还体现在通篇的结构中。这就把小说的语言问题,从功能提高到了本体的高度,和思维的方式高度同构。从这个起点,他将艺术的形式落实在主体与外部世界相处的形式,"你以什么样的形式与世界相处,你便会获得或创作出什么样的艺术形式"。并且,得出"形式即内容"的结论。这些美学思想显然都具有革命性的意义,他以自己的方式参与了当代中国文学观念的变革。

四

史铁生不仅以理论的方式参与了当代文学理论的争论,也以自己的创作实绩呈现了中国文学痛苦的蜕变过程。他的文学成就是多方面的。

在三十余年的写作生涯中,他几乎涉足了所有的文体。仅就小说而言,短篇中篇长篇都有佳作。此外,散文随笔、电影剧本、理论与批评,都很出彩。他唯独不写诗歌,但诗性的感觉却浸透在他所有的文字中。他将哲学的思辨融化在抒情的风格中,以朴素的文字体现着朴素的美学理想。

他对于小说文体的探索,最集中地体现着他的艺术精神。他的每一篇小说,都有独特的结构,绝无重复。而且他综合了各种文体,探索小说的多种可能性。他的许多小说都不像小说，有的像报告文学，有的是寓言，有的近于电影，更多的时候，是介于散文和小说之间。在多种多样的文体试验中，他展现了接近世界的各种方法，也表达了自己与世界的各种联系方式。这使他的小说文体不可重复不可模仿，是他不同状态下的心灵外化的物质形式。他将极其朴素的人物与故事，容纳在看似随意的结构中，完成各种思想的表达。尽管他排斥以人物为中心的"现实主义"小说观，但是仍然为我们提供了不少相当生动的人物形象。这些人物的性格并不以社会学的典型性见长，而是以特殊的命运以及与之相适应的精神状况，表现人性的丰富性。他笔下的人物以普通人居多，而且多数是被历史抛出正常生活的小人物。他以他们的不幸与徒劳的抗争，感觉历史理性逻辑的残酷，发现宿命的人生困境，以及坚韧执着的生命意志。

他的散文流淌着朴素的温情，早期单纯得近于童谣，晚近则像平静的祷告。在痛苦中升华的宁静，使他以平常心面对与世界一起逐渐逝去的生命。他为所有的生命唱着庄严的挽歌，坦然地谛听死神的脚步。如果说他以小说表达智慧，散文中则更多地抒发了感情。前者多的是质疑的敏锐与解构的激情，后者则是灵魂皈依的至福感受。他以反复出现的钟声，表达对这个世界的无限留恋与真诚的挚爱。而《病隙碎笔》则是两者最自然的融合，思辨的锋芒与抒情的文笔自然地融为一体，思想者的精神风貌与诗人的情怀统一在独创的文体形式中。对于中国当代散文文体的发展，也做出了创造性的贡献。

史铁生的语言风格，也是个性化的。他融合了书面语与北京地区的民间口语，偶尔有些陕北方言。适应人物身份的对话多是口语，叙事则多用书面语。小说多用口语，散文多用书面语。而且最有意思的是，他用书面语结构思维的框架，口语则近似于注释一样，解构掉某一种僵死的书面语汇。由此带来幽默的效果，使朴素的文字具有独特的韵致。他以老实作为写作者真诚的信条，这一点在语言风格中体现得最为充分。他的语言不雕琢不滥漫，不卖弄不炫耀，基本以简单的陈述句为主，却能够将复杂的事情说得很透辟。他内心最柔软最纯净的部分，直接外化在朴素的语言风格中。

关于史铁生的创作，还有许多可以说的，限于学力与时间，草草写下这些。

是为序。

SHIJI WENXUE
JINGDIAN

小说编

兄 弟

我见过一回枪毙人的。我表哥在法院工作。

前年,我和妈妈一起到舅舅家去,是舅舅家的新居落成后我们第一次去。表哥要结婚,事先讲好妈妈送给他一套沙发,就是那天运去的。

舅舅的新居是一座两层的楼房,就在原来的后院。房子盖得挺讲究,打蜡的地板能照见人影,宽阔的阳台够演一出戏。可我惋惜原来的后院。那些能引起小时记忆的枣树,如今一棵也没有了;尤其是那面挂满爬山虎儿的灰色的老墙,竟为施工而被推倒。那面灰墙下原来是一大片花丛,小时候常和表哥表姐在那儿捕蜻蜓,逮蛐蛐,捉迷藏……

噢,对了,后来表哥问我看不看枪毙人的,要看跟他去,那天下午就有。

"吓,我可不敢。"我说。

表哥说:"你如果明白人民的利益需要我们这样去做,你就不应该不敢,也不会不敢了。"

我表哥就是这样,正经着呢。可我还是没想去。

表哥就损我:"大慈大悲,阿弥陀佛。嘻,你们女的呀……"

大概是这一损起了作用,我跟他去了。

空荡荡的审讯室中央,坐着一个五大三粗的年轻人。

表哥开始读宣判词:"于犯志强,男,二十三岁……"

这名字挺耳熟,当时我就觉得。

表哥继续说："为盖私房,先后盗窃砖瓦灰沙等国家建筑材料,价值达二百五十余元。因其所盖房屋阻碍了邻居张××的进出道路,双方发生口角和冲突。后经街道居委会调停,勒令于犯缩小盖房面积。于犯声称,所盖房屋为其兄结婚所用,执意不肯缩小,并扬言报复居委会负责同志,恶语中伤邻居张××。张××忍无可忍,与于犯讲理,竟被于犯当场用铁锹砍死。查于犯一贯打架斗殴,逞凶逞霸于左右邻里,为强化无产阶级专政,保护人民利益,判处于犯志强死刑,立即执行。"

整个宣判中,于志强毫无惧色,不时看看表哥,看看窗外,似乎他早已料到,早已准备去死了。真是个十足的坏蛋,我想。可我总不能明白,二十三岁的人,何至于能如此。

"带下去!"表哥最后说。

恰在这时,有人告诉表哥,说是犯人的家属求见。那语音很低,但于志强分明是听见了,他站住,脸色变了,瞪着眼睛直视表哥,低声道:"是我哥,他老实……你,你们别吓唬他。"

"带下去!"表哥厉声道。

"哥……"于志强叫了一声,晕了过去。

来人正是于志强的哥哥,与弟弟不同,他单薄瘦弱。

"我给于志强送几件衣服。"他说着拿出一套崭新的涤卡制服,一双白边懒鞋和一顶黄呢子军帽,又说:"这是他一直想买的,为了我结婚总没……噢,反正是要死的人了,也许可以……可以让他穿上?"他的眼泪在眼圈里转。

"当然,这可以。不过,"表哥严肃地看着他,"你应该想一想自己,想想对一个杀人犯……嗯?"

他忽然抬起头,眼睛里充满了恐怖。大概是"杀人犯"三个字给了他刺激。但很快,他的眼神就变得黯淡,呆滞。"是的,杀人犯。是我害了他,是我……"

"你是于志强的哥哥?"表哥问。

"是,我是他唯一的亲人,我叫于志刚。"

"于志刚?!"我一惊,大概是喊出了声。于志刚把脸转向我,看了好一会儿。我不知该怎么办,只是怔怔地站着看他。

他一定也认出了我,把衣服放在表哥面前,便匆匆地走了。

是上小学六年级之前的那个暑假,妈妈要去外地工作一段时间,我便搬到舅舅家去住。

一天,下暴雨,后院那面灰色的老墙塌了一块。雨一停,我便和表哥表姐跑去看。刚跑进后院,就见枣树上站着一个男孩子,正在摘枣,边吃边从领口上往背心里装,肚子上已经鼓鼓的了。

"哥,快来呀!可多啦!"男孩子朝老墙塌开的缺口处喊。

缺口处露出个大些的男孩子的脸:"快回来,我告妈去!"

这便是于志刚和于志强。

"谁摘枣?!"表哥喊。

于志强吓了一跳,但马上露出不屑一顾的神情,一边继续摘枣一边说:"你管着么?"

"当然管得着。"表哥说。

"是你们家的么?"

"当然是。"

于志强不吭气了,但还是摘。

老墙缺口处的于志刚不见了,只听见他喊:"小强,快过来!要不我去厂子叫妈去。"

于志强从树上下来,朝缺口处走。

"把枣放下!"表哥挡住他的去路。

"就不!"

"你为什么跑进来摘枣?"

"……"

"拿人家东西是小偷儿，你是小偷儿。"

"你才是呢！"不料于志强竟一拳朝表哥打去，随即两个人扭成一团。

我和表姐吓得叫起来。

舅舅来了。他问清了情况，首先批评了表哥，说"小偷儿"是不能随便叫人家的。又对于志强说，枣还没熟透，熟透了一定请他吃够。还告诉我们，枣树是大家的，要欢迎工人家的小朋友玩；从阶级角度来讲，我们同他们是一家人，大家本应该像亲兄弟姐妹一样，也许比亲兄弟姐妹还亲，因为我们是同志。

那天，于志强在舅舅家一直玩到天黑。他为厕所在屋子里感到怪异，为家里有浴室感到离奇，尤其是那沙发令他惊愕；他坐在上边不停地颠，说是他家的被垛也没这么软。

舅舅很喜欢于志强，为我们不如他的勇敢而感慨了许久。"教小弟弟唱支歌子吧，你们这些哥哥姐姐们。"舅舅说罢，便又去工作了。

我和表哥、表姐都唱了一支歌后，于志强窘红着脸说："那我会唱的，你们还不会呢。"

"你会唱什么？"我问。

"嗯、嗯……'小白菜地里黄'你们会么？"

我们不会，他便得意地唱起来："小白菜呀，地里黄呀，两三岁时，没了娘呀……只怕爹爹娶了后娘，弟弟吃面，我喝汤呀……"唱完他对我们说："一岁我就会，是我妈教的。"

这时，舅舅领着于志刚进来，边说："看，你就不如弟弟勇敢，来玩嘛，怕啥？"

"哥！"于志强朝志刚奔去，于是拉了哥哥的手，去看浴室，看厕所，坐沙发。"这当然比咱家的被垛软啦，大爷说这里头有弹簧。"他按着沙发对哥哥讲。没有人指点，他已经称舅舅为"大爷"了。

于志强坐在沙发上使劲颠，忽然他停住，对表哥说："你爸爸真好。"

"你爸爸好么?"表姐问他。

"不知道。"

"怎么会不知道?"

"我一岁,他就死了。"他又开始颠。

记得他那天临走时说,他长大了也要做舅舅那样的人,除去把浴室和厕所弄到屋子里,再把椅子里放些弹簧之外,他也要让灰墙那边的小孩来玩。

开学了,妈妈来信说一年半载怕是回不来,我便转到了新学校。真巧,我和于志刚一班,而且是同桌。我问他为什么不到舅舅家去玩了,他说,那天他妈狠狠地骂了他们一顿,再不许他们去了。

于志刚胆子小,不爱讲话,可功课好,这倒跟我很合得来。有一回考算术,全班只有他和我得了一百分,老师说,要是全班都能像我们俩,他就高兴了。

班里有个闹将,我只记得他外号叫"大砖头",是孩子王。为这事他领着几个男生哄我们,说我们是"一对儿"。

"你们胡说!"我朝他喊。

"你们胡说。"于志刚也说。

"你们再胡说,我告老师去!"我又朝他们喊。

"你们再胡说,我告老师去。"于志刚也又说。

"噢!噢!""大砖头"他们哄得更凶了。

这事让于志强知道了,那时他才三年级。放学时,他在学校门口等到了"大砖头",说:"你哄我哥?"

"我!怎么样?小嘎巴豆儿。""大砖头"挑衅地说。

于志强瞪圆了两眼,冷不防跳起来,一拳打在"大砖头"鼻子上。"大砖头"一捂鼻子,血流下来了。于志强并不跑,乘机揪住"大砖头"的头发。自然,"大砖头"个子大,于志强狠狠地挨了一顿揍,但直到老师来,于志强也没松手,没哭。

我和于志刚一班,直到毕业。所以我还记得他们。

当然,枪毙于志强我看见了,可是没看太清楚。群众愤怒地喊口号,随即是一声枪响。记得身旁一个人幽默地说:"怎么回事?他的血也是红的。"

　　表哥结婚那天晚上,我又去舅舅家。谁都说表哥的新房布置得不俗,不论是作为卧室的里屋,还是客厅兼书房的外屋。尤其是那两个相对而放的写字台和书橱里那些精装的马列经典著作,说明了主人的超脱。

　　新房里坐满了客人,我和表姐走上阳台。推倒的灰色老墙已为一道崭新的红墙所代替。越过那墙,是一片民房,一座座小院落连接起来,直铺向灰黑的天际。在一处灯火明亮的地方,我看见一群男女正奋力地盖一间小房。

　　"你看那儿。"我碰碰表姐。

　　"噢,那是干什么?盖房?"

　　"你还记得他们兄弟俩吗?"

　　"唉,真可怜。"表姐叹了口气。

午餐半小时

　　"轧轧轧"的缝纫机声骤然全停,世界轻松了下来。暖洋洋的太阳从稀里歪斜的小窗户里照进来,光柱中飘着无数飞尘。人们纷纷伸懒腰、打哈欠、互相瞧瞧,张张苍老而呆板的面孔都像是融化了,从眼窝和嘴角现出淡淡的笑来。半小时午餐时间到了,喘口气的时间到了,尽情笑骂一阵子的时间也就到了——这是照例的规矩,就像是西方的愚人节。

　　最幸福的人就在于他们有一种天赋——自行其乐。"什么叫福分?你他妈觉着是福分,那就是福分,嘁!"这理论是熨活儿的白老头嚼着馒头夹臭豆腐时发明的。至于是谁热情传播的却搞不清,反正所有的人都信服。也许这理论与阿Q的精神胜利法相近,可总共这八个半人(有一个双腿瘫痪的小伙子只能算半个人)谁也不知道阿Q是什么,倒是有人知道鲁迅。为了他是否也住在中南海,大伙儿昨天刚刚探讨过,尽管那个瘫痪小伙子表示了不同意见,但最后大伙儿还是同意了白老头的见解:那么有名的人,还用说?嘁!

　　搪瓷缸子响了一两阵,这间低矮的老屋里弥漫着浓厚的韭菜馅味儿。"搁了几毛钱肉?""肉?哼,舌头肉!"于是世界又是那么安静了。别忙,逗闷子的合适话题眼下还没找到。

　　后窗户外传来汽车急刹车的声音,人们一齐停止了咀嚼,支棱起耳朵。"活腻啦!"准是什么也没轧着;又一阵发动机的隆隆声,汽车开远了。序幕也就拉开了。

　　"昨天下班,"眯缝着两只小圆眼睛的夏大妈向前探了一下脖子,急忙把嘴里的一块烙饼咽下去，"昨天下班，"她又赶紧喝了口水，做了一次深呼吸，"昨天下班，差点没把我吓死，走着走着，脊梁后头就是这么一响。"

"妈呀！怎没把你噎死呢！"坐在对面的"小脚儿"掰了一块菜包子扔进嘴里，"就这点屁事，我还当你捡了个金刚钻呢。"她撇了一下嘴，转过脸去，右腿搭在左腿上，四五寸长的缠足得意地摆动几下。

瘫痪的小伙子边吃边扒拉着算盘："夏大妈，您这月半天事假半天病假，扣你九毛二。"

"我回头一看，"夏大妈接茬说，"胡同这么窄，汽车这么宽，我可往哪躲？我这个跑呀……要是你那两只宝贝脚，非给汽车打眼儿，没治儿。"她瞅空报复了"小脚儿"一句。"赶我跑到胡同口，汽车才开过去。几个小学生说是'红旗'。光听人说红旗车，可咱压根儿也不知道什么样的算红旗车，你说……"她在腿上拍了一巴掌，似乎颇为没能把红旗车看个仔细而遗憾。

众人听到"红旗"都肃然没有了笑声，只有白老头不以为然地"喊"了一声说道："你可真算白活。红旗车？个儿大！漂亮！窗户上的玻璃枪子儿打不透，德国造儿，全那样！"他的目光和瘫小伙子的目光相遇了，于是又补充道："眼下中国也试验成功了，坐那车的全是中央的名人，早年马连良……"听见瘫小伙儿偷偷地笑，白老头含糊了。

然而"小脚儿"却独自哧哧地笑了起来，众人越是骂她"疯老婆子"，她越是笑得前仰后合了。

"叫车，叫车！这儿疯了一个！"白老头一本正经地朝门口跑去。"今儿早晨一来，我就看她屁股不像屁股，脸不像脸的了……"

"白大爷，一天事假，两个半天儿病假，扣您一块八毛五。"瘫小伙儿又算清了一笔账。

"扣吧扣吧，省得钱多贼惦记。"白老头在门旮旯蹲下来，慷慨地说，眼睛却仍旧看着"小脚儿"，一脸得意而狡猾的笑。

"小脚儿"终于止住了笑,却打起嗝逆来:"呃!刚才这老东西说我,"她戳了夏大妈一指头,"呃!我非给汽车打眼不可,呃!我要是给红旗车打了眼儿,可他妈算我造化了,呃!消消停停一躺,来俩勤务兵侍候我,吃香的喝辣的,呃!"

"您还抽点什么不?"白老头眯缝起眼睛凑过来,脸上又换了一副恭维的神情。

"呃!那是!""小脚儿"斜扫了白老头一眼,板起面孔,"白老头子……哼!到那咱还未准用你呢!白老头子!买两条中华过滤嘴儿去。"

"喳!"白老头应道,随即抓起"小脚儿"的手,认真地号起脉来,"您是醒着呢吗?"他又说。

"小脚儿"搡了他一把:"怎么着?他撞了我!"瞧她的意思,仿佛"造化"绝不是什么难事。

"就冲您这把糟骨头?还消消停停一躺呢?是消消停停一躺——在太平间,要不火葬场。"白老头撅断一根火柴,不紧不慢地剔着一嘴黄牙。

"小脚儿"圆睁着眼睛没了词儿,事情真有点窝囊了。"我死了有我儿子呢!"她忽又来了精神。

"儿子死了还有孙子,子子孙孙是没有穷尽的,这山挖一点就会少一点,有什么挖不完的呢?三七二十一,三下五除二……"瘫小伙子念经一样地自言自语,头不抬,眼不斜,清理着账目,咬着半拉火烧。

"你儿子怎么着?"有人感兴趣地问。

"他得给我儿子找房结婚!我儿子三十二了,对象二十九了,着哇!""小脚儿"眼睛都亮多了,虽说菜包子滚到了地上,"这回算抄上了!房管所那破房咱还看不上了,得他妈给我一个单元,有厨房有厕所的。我儿子儿媳妇住一间,我自个儿住一间……"

白老头捅捅她:"我提个醒儿——你可早让车撞死了。不要紧!

那间房我替你住着，将来还能给你看看孙子什么的。"他又耸耸鼻子，大约流些眼泪也容易，"你就算积了阴德，下辈子准托生只好东西。"

有人刚要笑，可是话又被另一个老太太接了过去。说是老太太，其实也并不怎么老，不过是拔了满口的牙一直没镶上，外加有点哮喘。嗓子里的"小哨儿"一响，她说道："不是怎的！让汽车撞着也分个命好命歹。我们老头子地震那年让车撞折了腿，是农村的手扶拖拉机撞的，你讹谁去？开车的穷得叮当响，怪可怜的……可我们老家有个傻丫头去年让一辆'上海'撞死了，怎么着？一千块钱！一千哪！才是辆'上海'……"

众人的眉毛都皱成八字，嘴张得唯恐不圆。这儿再没什么开玩笑的意思了，每个人都放慢了咀嚼的频率，似乎盘算着什么。一时老屋里颇有些寂寞，就连白老头脸上也没有了狡猾的笑纹。

"罗婶儿病假三天，扣您两块七毛七。"唯瘫小伙子例外。

"要是我，"被称作罗婶儿的说，"我就不要那一千块钱，多少钱也有花完的时候，我让他们给我找个正式工作，或者给坐'红旗'的他们家当保姆就行。我们有个老街坊，不知哪辈子积了德，在一个大干部家当保姆，人家顺手给你点什么破的旧的，用不着的，吃不了的，就他妈够你一发。当然，给我分个正式工作也行……"

众人眉间的竖纹一齐消失，可以算茅塞顿开。

"要不还得说是现在好！"专管钉扣子的卢奶奶从老花镜上头挑着一只眼(对了，她只有一只眼)看着大伙，也有了感触，"早年我们老头子给个开药铺的掌柜拉包月车，十冬腊月我抱着我们大闺女去找他，他从厨子那儿给大闺女拿了块年糕，还不挨个顿骂？有钱的吃什么？吃……"她伸开两手的拇指和食指，似乎中间是偌大的一个碗或者盘，"吃，吃了半天，终于也没"吃"出什么来。花镜后面的一只眼眨了又眨，"你瞧，头两天我们老头子还念叨着……噢，吃绿毛乌龟，还让海军捞了活对虾，空军给运……"

"那是林彪！您弄混了。"瘫小伙子双手捧腮，似笑非笑地说。

"嘁!"白老头咧着嘴站起来,就地转了个圈又在凳子上坐下,"你可跟着瞎掺和呀?林彪又成药铺掌柜的了吧?你又吃了林彪的年糕了吧?老了老了弄个历史问题你可怎么跟儿女交代!"哄笑声中,卢奶奶慢慢合拢伸开的手指,满脸羞愧地笑了一会儿,不言语了。

人们重又回到原来的话题上。

"要是我,说什么也得让他们把我们他爸调回北京来,支援三线时说是三年就回来,这可倒好,我们'小援子'今年都十三了。"墙角处有人叹了口气。

火炉前有人点了支烟:"甭提了,要是我,能求他们帮着把我儿子从云南转回来就行了。"

"还得给分个正式工作!"柱子后头吐出了一口痰,"我们二小子从内蒙古回来两年多了,一直分配不出去。要是红旗车开到厂门口,下道命令,厂长也得屁颠屁颠的!可惜……"

"唉!也甭贪心不足,能给咱老姐妹儿长几块工资就行啊……"

低矮的老屋里又一次沉默了,说是水足饭饱后的发呆,显然不准确,因为一双双眼睛都闪着一种奇异的光——向往的光?欣喜的光?还是如愿以偿的光?说不好。总之,是这间东倒西歪的小车间里罕见的光,是这些年过半百的眼睛里少有的光。人们像一尊尊石像,直勾勾地望着一个固定的地方。有的在抠腮边的痣,有的在揪鼻孔里的毛,有的从鼻孔里抠出些东西来在手指间捻着……好像都在谛听着什么福音。

"冰——棍儿!"深秋的风送进来一声悠长的呼唤,竟把人们从那忘我的境界中唤醒过来。

"唉,我可不想让汽车撞死。"不知是谁最先恍然大悟了。小巷深处响起一阵开心的笑,夹杂着庸俗的污言秽语。

"轧轧轧"的缝纫机声响了,世界又紧张起来。

一九七九年

我的遥远的清平湾

北方的黄牛一般分为蒙古牛和华北牛。华北牛中要数秦川牛和南阳牛最好,个儿大,肩峰很高,劲儿足。华北牛和蒙古牛杂交的牛更漂亮,犄角向前弯去,顶架也厉害,而且皮实、好养。对北方的黄牛,我多少懂一点。这么说吧:现在要是有谁想买牛,我担保能给他挑头好的。看体形,看牙口,看精神儿,这谁都知道,光凭这些也许能挑到一头不坏的,可未必能挑到一头真正的好牛。关键是得看脾气。拿根鞭子,一甩,"嗖"的一声,好牛就会瞪圆了眼睛,左蹦右跳。这样的牛干起活来下死劲,走得欢。疲牛呢?听见鞭子响准是把腰往下一塌,闭一下眼睛,忍了。这样的牛,别要。

我插队的时候喂过两年牛,那是在陕北的一个小山村儿——清平湾。

我们那个地方虽然也还算是黄土高原,却只有黄土,见不到真正的平坦的塬地了。由于洪水年年吞噬,塬地总在塌方,顺着沟、渠、小河,流进了黄河。从洛川再往北,全是一座座黄的山峁或一道道黄的山梁,绵延不断。树很少,少到哪座山上有几棵什么树,老乡们都记得清清楚楚;只有打新窑或是做棺木的时候,才放倒一两棵。碗口粗的柏树就稀罕得不得了。要是谁能做上一口薄柏木板的棺材,大伙儿就都佩服,方圆几十里内都会传开。

在山上拦牛的时候,我常想,要是那一座座黄土山都是谷堆、麦垛,山坡上的胡蒿和沟壑里的狼牙刺都是柏树林,就好了。和我一起拦牛的老汉总是"吸溜吸溜"地抽着旱烟,笑笑,说:"那可就一股劲儿吃白馍馍了。老汉儿家、老婆儿家都睡一口好材。"

　　和我一起拦牛的老汉姓白。陕北话里,"白"发"破"的音,我们都管他叫"破老汉"。也许还因为他穷吧,英语中的"poor"就是"穷"的意思。或者还因为别的:那几颗零零碎碎的牙,那几根稀稀拉拉的胡子,尤其是他的嗓子——他爱唱,可嗓子像破锣。傍晚赶着牛回村的时候,最后一缕阳光照在崖畔上,红的。破老汉用镢把挑起一捆柴,扛着,一路走一路唱:"崖畔上开花崖畔上红;受苦人①过得好光景……"声音拉得很长,虽不洪亮,但颤巍巍的,悠扬。碰巧了,崖顶上探出两个小脑瓜,竖着耳朵听一阵,跑了;可能是狐狸,也可能是野羊。不过,要想靠打猎为生可不行,野兽很少。我们那地方突出的特点是穷,穷山穷水,"好光景"永远是"受苦人"的一种盼望。天快黑的时候,进山寻野菜的孩子们也都回村了,大的拉着小的,小的扯着更小的,每人的臂弯里都扛着个小篮儿,装的苦菜、苋菜或者小蒜、蘑菇……孩子们跟在牛群后面,"叽叽嘎嘎"地吵,争抢着把牛粪撮回窑里②去。

　　越是穷地方,农活也越重。春天播种,夏天收麦,秋天玉米、高粱、谷子都熟了,更忙;冬天打坝、修梯田,总不得闲。单说春种吧,往山上送粪全靠人挑。一担粪六七十斤,一早上就得送四五趟;挣两个工分,合六分钱。在北京,才够买两根冰棍儿的。那地方当然没有冰棍儿,在山上干活渴急了,什么水都喝。天不亮,耕地的人们就扛着木犁、赶着牛上山了。太阳出来,已经耕完了几坰地。火红的太阳把牛和人的影子长长地印在山坡上,扶犁的后面跟着撒粪的,撒粪的后头跟着点籽的,点籽的后头是打土坷垃的,一行人慢慢地、有节奏地向前移动,随着那悠长的吆牛声。吆牛声有时疲惫、凄婉,有时又欢快、诙谐,引动一片笑声。那情景几乎使我忘记自己是生活在哪个世

---

①　受苦人:即庄稼人的意思。
②　窑里:即家里之意。

纪,默默地想着人类遥远而漫长的历史。人类好像就是这么走过来的。

清明节的时候我病倒了,腰腿疼得厉害。那时只以为是坐骨神经疼,或是腰肌劳损,没想到会发展到现在这么严重。陕北的清明前后爱刮风,天都是黄的。太阳白蒙蒙的。窑洞的窗纸被风沙打得"刷啦啦"响。我一个人躺在土炕上……

那天,队长端来了一碗白馍……

陕北的风俗,清明节家家都蒸白馍,再穷也要蒸几个。白馍被染得红红绿绿的,老乡管那叫"zi chui"。开始我们不知道是哪两个字,也不知道什么意思,跟着叫"紫锤"。后来才知道,是叫"子推",是为了纪念春秋时期一个叫介子推的人的。破老汉说,那是个刚强的人,宁可被人烧死在山里,也不出去做官。我没有考证过,也不知史学家们对此作何评价。反正吃一顿白馍,清平湾的老老少少都很高兴。尤其是孩子们,头好几天就喊着要吃子推馍馍。春秋距今两千多年了,陕北的文化很古老,就像黄河。譬如,陕北话中有好些很文的字眼:"喊"不说"喊",要说"呐喊",香菜,叫芫荽,"骗人"也不说"骗人",叫作"玄谎"……连最没文化的老婆儿也会用"酝酿"这词儿。开社员会时,黑压压坐了一窑人,小油灯冒着黑烟,四下里闪着烟袋锅的红光。支书念完了文件,喊一声:"不敢睡!大家讨论个一下!"人群中于是息了鼾声,不紧不慢地应着:"酝酿酝酿了再……"这"酝酿"二字使人想到那儿确是革命圣地,老乡们还记得当年的好作风。可在我们插队的那些年里,"酝酿"不过是一种习惯了的口头语罢了。乡亲们说"酝酿"的时候,心里也明白:球事不顶!可支书让发言,大伙总得有个说的,支书也是难,其实那些政策条文早已经定了。最后,支书再喊一声:"同意啊不?"大伙回答,"同意——"然后回窑睡觉。

那天,队长把一碗"子推"放在炕沿上,让我吃。他也坐在炕沿上,"吧嗒吧嗒"地抽烟。"子推"浮头用的是头两荐面,很白;里头都是黑面,麸子全磨了进去。队长看着我吃,不言语。临走时,他吹吹烟锅儿,说:"唉!'心儿'家不容易,离家远。""心儿"就是孩子的意思。

队里再开会时,队长提议让我喂牛。社员们都赞成。"年轻后生家,不敢让腰腿作下病,好好价把咱的牛喂上!"老老小小见了我都这么说。在那个地方,担粪、砍柴、挑水、清明磨豆腐、端午做凉粉、出麻油、打窑洞……全靠自己动手。腰腿可是劳动的本钱,唯一能够代替人力的牛简直是宝贝。老乡们把喂牛这样的机要工作交给我,我心里很感动,嘴上却说不出什么。农民们不看嘴,看手。

我喂十头,破老汉喂十头,在同一个饲养场上。饲养场建在村子的最高处,一片平地,两排牛棚,三眼堆放草料的破石窑。清平河水整日价"哗哗啦啦"的,水很浅,在村前拐了一个弯,形成了一个水潭。河湾的一边是石崖,另一边是一片开阔的河滩。夏天,村里的孩子们光着屁股在河滩上折腾,往水潭里"扑通扑通"地跳,有时候捉到一只鳖,又笑又嚷,闹翻了天。破老汉坐在饲养场前面的窑顶上看着,一袋接一袋地抽烟。"'心儿'家不晓得愁。"他说,然后就哑着个嗓子唱起来:"提起那家来,家有名,家住在绥德三十里铺村……"破老汉是绥德人,年轻时打短工来到清平湾,就住下了。绥德出打短工的,出石匠,出说书的,那地方更穷。

绥德还出吹手。农历年夕前后,坐在饲养场上,常能听到那欢乐的唢呐声。那些吹手也有从米脂、佳县来的,但多数是从绥德来。他们到处串,随便站在谁家窑前就吹上一阵。如果碰巧哪家要娶媳妇,他们就被请去,"呜哩哇啦"地吹一天,吃一天好饭。要是运气不好,吹完了,就只能向人家要一点吃的或钱。或多或少,家家都给,破老汉尤其给得多。他说:"谁也有难下的时候。"原先,他也干过那营生,吃是能吃饱,可是常要受冻,要是没人请,夜里就得住寒窑。"揽工人儿难;哎哟,揽工人儿难,正月里上工十月里满,受的牛马苦,吃的猪狗饭……"他唱着,给牛添草。破老汉一肚子歌。

小时候就知道陕北民歌。到清平湾不久,干活歇下的时候我们就请老乡唱,大伙都说破老汉爱唱,也唱得好。"老汉的日子熬煎咧,人愁了才唱得好山歌。"确实,陕北的民歌多半都有一种忧伤的调子。但是,一唱起来,人就快活了。有时候赶着牛出村,破老汉憋细了嗓子唱《走西口》:"哥哥你走西口,小妹妹也难留,手拉着哥哥的手,送哥到大门口。走路你走大路,再不要走小路,大路上人马多,来回解忧愁……"场院上的婆姨、女子们嘻嘻哈哈地冲我嚷:"让老汉儿唱个《光棍哭妻》嘛,老汉儿唱得可美!"破老汉只做没听见,调子一转,唱起了《女儿嫁》:"一更里叮当响,小哥哥进了我的绣房,娘问女孩儿什么响,西北风刮得门闩响嘛哎哟……"往下的歌词就不宜言传了。我和老汉赶着牛走出很远了,还听见婆姨、女子们在场院上骂。老汉冲我眨眨眼,撅一根柳条,赶着牛,唱一路。

　　破老汉只带着个七八岁的小孙女过。那孩子小名儿叫"留小儿"。两口人的饭常是她做。

　　把牛赶到山里,正是晌午。太阳把黄土烤得发红,要冒火似的。草丛里不知名的小虫子"嗞——嗞——"地叫。群山也显得疲乏,无精打采地互相挨靠着。方圆十几里内只有我和破老汉,只有我们的吆牛声。哪儿有泉水,破老汉都知道;几镢头挖成一个小土坑,一会儿坑里就积起了水。细珠子似的小气泡一串串地往上冒,水很小,又凉又甜。"你看下我来,我也看下你……"老汉喝口水,抹抹嘴,扯着嗓子又唱一句。不知他又想起了什么。

　　夏天拦牛可不轻闲,好草都长在田边,离庄稼很近。我们东奔西跑地吆喝着,骂着。破老汉骂牛就像骂人,爹、娘、八辈祖宗,骂得那么亲热。稍不留神,哪个狡猾的家伙就会偷吃了田苗。最讨厌的是破老汉喂的那头老黑牛,称得上是"老谋深算"。它能把野草和田苗分得一清二楚。它假装吃着田边的草,慢慢接近田苗,低着头,眼睛却溜着我。我看着它的时候,田苗离它再近它也不吃,一副廉洁奉公的样儿;等我刚一回头,它就趁机啃倒一棵玉米或高粱,调头便走。

我识破了它的诡计,它再接近田苗时,假装不看它,等它确信无虞把舌头伸向禁区之际,我才大吼一声。老家伙趔趔趄趄地后退,既惊慌又愧悔,那样子倒有点可怜。

陕北的牛也是苦,有时候看着它们累得草也不想吃,"呼哧呼哧"喘粗气,身子都跟着晃,我真害怕它们趴架。尤其是当那些牛争抢着去舔地上渗出的盐碱的时候,真觉得造物主太不公平。我几次想给它们买些盐,但自己嘴又馋,家里寄来的钱都买鸡蛋吃了。

每天晚上,我和破老汉都要在饲养场上待到十一二点,一遍遍给牛添草。草添得要勤,每次不能太多。留小儿跟在老汉身边,寸步不离。她的小手绢里总包两块红薯或一把玉米粒。破老汉用牛吃剩下的草疙节打起一堆火,干的"噼噼啪啪"响,湿的"嗞嗞"冒烟。火光照亮了饲养场,照着吃草的牛,四周的山显得更高,黑魆魆的。留小儿把红薯或者玉米埋在烧尽的草灰里,如果是玉米,就得用树枝拨来拨去,"啪"地一响,爆出了一个玉米花。那是山里娃最好的零嘴儿了。

留小儿没完没了地问我北京的事。"真个是在窑里看电影?""不是窑,是电影院。""前回你说是窑里。""噢,那是电视。一个方匣匣和电影一样。"她歪着头想,大约想象不出,又问起别的。"啥时想吃肉,就吃?""嗯。""玄谎!""真的。""成天价想吃呢?""那就成天价吃。"这些话她问过好多次了,也知道我怎么回答,但还是问。"你说北京人都不爱吃白肉?"她觉得北京人不爱吃肥肉,很奇怪。她仰着小脸儿,望着天上的星星:北京的神秘,对她来说,不亚于那道银河。

"山里的娃娃什么也解①不开。"破老汉说。破老汉是见过世面的,他三七年②就入了党,跟队伍一直打到广州。他常常讲起广州:霓虹灯成宿地点着,广州人连蛇也吃,到处是高楼,楼里有电梯……

---

① 解:陕北方言中读 hài。
② 指一九三七年。

留小儿听得觉也不睡。我说:"城里人也不懂得农村的事呢。""城里人解开个狗吗?"留小儿问,咯咯地笑。她指的是我们刚到清平湾的时候,被狗追得满村跑。"学生价连犍牛和生牛也解不开,"留小儿说着去摸摸正在吃草的牛,一边数叨,"红犍牛、猴①犍牛、花生牛……爷! 老黑牛怕是难活②下了,不肯吃!""它老了,熬③了。"老汉说。山里的夜晚静极了,只听得见牛吃草的"沙沙"声,蛐蛐叫,有时远处还传来狼嗥。破老汉有把破胡琴,"嗞嗞嘎嘎"地拉起来,唱:"一九头上才立冬,闯王领兵下河东,幽州困住杨文广,年太平,金花小姐领大兵……"把历史唱了个颠三倒四。

留小儿最常问的还是天安门。"你常去天安门?""常去。""常能照着④毛主席?""哪的来,我从来没见过。""咦?! 他就盛⑤在天安门上,你去了会照不着?"她大概以为毛主席总站在天安门上,像画上画的那样。有一回她趴在我耳边说:"你冬里回北京把我引上行不?"我说:"就怕你爷爷不让。""你跟他说说嘛,他可相信你说的了。盘缠我有。""你哪儿来的钱?""卖鸡蛋的钱,我爷爷不要,都给了我,让我买褂褂儿的。""多少?""五块!""不够。""嘻——,我哄你,看,八块半!"她掏出个小布包,打开,有两张一块的,其余全是一毛、两毛的。那些钱大半是我买了鸡蛋给破老汉的。平时实在是饿得够呛,想解解馋,也就是买几个鸡蛋。我怎么跟留小儿说呢? 我真想冬天回家时把她带上。可就在那年冬天,我病厉害了。

其实,喂牛没什么难的,用破老汉的话说,只要勤谨,肯操心就行。喂牛,苦不重⑥,就是熬人,夜里得起来好几趟,一年到头睡不成个囫囵觉。冬天,半夜从热被窝里爬出来的滋味可不是好受的。尤

---

① 猴:小。
② 难活:病。
③ 熬:累。
④ 照着:望见。
⑤ 盛:住。
⑥ 苦不重:活儿不重。

其五更天给牛拌料,牛埋下头吃得香,我坐在牛槽边的青石板上能睡好几觉。破老汉在我耳边叨唠:黑市的粮价又涨了、合作社来了花条绒、留小儿的袄烂得露了花……我哼哼哈哈地应着,刚梦见全聚德的烤鸭,又忽然掉进了什刹海的冰窟窿,打个冷战醒了,破老汉还没唠叨完。"要不回窑睡去吧,二次料我给你拌上。"老汉说。天上划过一道亮光,是流星。月亮也躲进了山谷。星星和山峦,不知是谁望着谁,或者谁忘了谁。"这营生不是后生家做的,后生家正是好睡觉的时候。"破老汉说,然后"唉,唉——"地发着感慨。我又迷迷糊糊地入了梦乡。

碰上下雨下雪,我们俩就躲进牛棚。牛棚里净是粪尿,连打个盹的地方也没有。那时候我的腿和腰就总酸疼。"倒运的天!"破老汉骂,然后对我说,"北京够咋美,偏来这山沟沟里做什么嘛!""您那时候怎么没留在广州?"我随便问。他抓抓那几根黄胡子,用烟锅儿在烟荷包里不停地剜,瞪着眼睛愣半天,说:"咋!让你把我问着了,我也不晓球咋价日鬼的。"然后又愣半天,似乎回忆着到底是什么原因。"唉,球毛杆不成个毡,山里人当不成个官。"他说,"我那辰儿要是不回来,这辰儿也住上洋楼了,也把警卫员带上了。山里人憨着咧,只想打罢了仗就回家,哪搭儿也不胜窑里好。球!要不,我的留小儿这辰儿还愁穿不上个条绒袄儿?"

每回家里给我寄钱来,破老汉总嚷着让我请他抽纸烟。"行!"我说,"'牡丹'的怎么样?""唏——,'黄金叶'的就拔尖了!""可有个条件,"我凑到他耳边,"得给'后沟里的'送几根去。""憨娃娃!"他骂。"后沟里的"指的是住在后沟里的一个寡妇,比破老汉小十几岁,村里人都知道那寡妇对破老汉不错。老汉抽着纸烟,望着远处。我也唱一句:"你看下我来,我也看下你……"递给他几根纸烟,向后沟的方向示意。他不言传,笑眯眯地不知想着什么。末了,他把几根纸烟装进烟荷包,说:"留小儿大了嫁到北京去呀!"说罢笑笑,知道那是不沾边儿的事。

在后山上拦牛的时候,远远地望着后沟里的那眼土窑洞,我问破老汉:"那婆姨怎么样?""亮亮妈,人可好。"他说。我问:"那你干吗不跟她过?""唏——,老了老了还……"他打岔,"算了吧!"我说:"那你夜里常往她窑里跑?"我其实是开玩笑。"咦!不敢瞎说!"他装得一本正经。我诈他:"我都看见了,你还不承认!"他不言传了,尴尬地笑着。其实我什么也没看见。

破老汉望着山脚下的那眼窑洞。窑前,亮亮妈正费力地劈着一疙瘩树根;一个男孩子帮着她劈,是亮亮。"我看你就把她娶了吧,她一个人也够难的。再说,也就有人给你缝衣裳了。""唉,丢下留小儿谁管?""一搭里过嘛!""她的亮亮也娇惯得危险①,留小儿要受气呢。后妈总不顶亲的。""什么后妈,留小儿得管她叫奶奶了。""还不一样?"山里没人,我们敞开了说。亮亮家的窑顶上冒起了炊烟。老汉呆呆地望着,一缕蓝色的轻烟在山沟里飘绕。小学校放学的钟声"当当"地敲响了。太阳下山了,收工的人们扛着锄头在暮霭中走。拦羊的也吆喝着羊群回村了,大羊喊,小羊叫,"咩咩"地响成一片。老汉还是呆呆地坐着,闷闷地抽烟。他分明是心动了,可又怕对不起留小儿。留小儿的大②死得惨,平时谁也不敢向破老汉问起这事,据说,老汉一想起就哭,自己打自己的嘴巴。听说,都是因为破老汉舍不得给大夫多送些礼,把儿子的病给耽误了;其实,送十来斤米或者面就行。那些年月啊!

秋天,在山里拦牛简直是一种享受。庄稼都收完了,地里光秃秃的,山洼、沟掌里的荒草却长得茂盛。把牛往沟里一轰,可以躺在沟门上睡觉;或是把牛赶上山,在下山的路口上坐下,看书。秋天的色彩也不再那么单调:半崖上小灌木的叶子红了,杜梨树的叶子黄了,

---

① 危险:严重、厉害之意。
② 大:爹。

酸枣棵子缀满了珊瑚珠似的小酸枣……尤其是山坡上绽开了一丛丛野花,淡蓝色的,一丛挨着一丛,雾蒙蒙的。灰色的小田鼠从黄土坷垃后面探头探脑;野鸽子从悬崖上的洞里钻出来,"扑棱棱"飞上天;野鸡"咕咕嘎嘎"地叫,时而出现在崖顶上,时而又钻进了草丛……我很奇怪,生活那么苦,竟然没人捕食这些小动物。也许是因为没有枪,也许是因为这些鸟太小也太少,不过多半还是因为别的。譬如:春天燕子飞来时,家家都把窗户打开,希望燕子到窑里来做窝;很多家窑里都住着一窝燕儿,没人伤害它们。谁要是说燕子的肉也能吃,老乡们就会露出惊讶的神色,瞪你一眼:"咦!燕儿嘛!"仿佛那无异于亵渎了神灵。

种完了麦子,牛就都闲下了,我和破老汉整天在山里拦牛。老汉不闲着,把牛赶到地方,跟我交待几句就不见了。有时忽然见他出现在半崖上,奋力地劈砍着一棵小灌木。吃的难,烧的也难,为了一小把柴,常要爬上很高很陡的悬崖。老汉说,过去不是这样,过去人少,山里的好柴砍也砍不完,密密匝匝的,人也钻不进去。老人们最怀恋的是红军刚到陕北的时候,打倒了地主,分了地,单干。"才红了①那辰儿,吃也有的吃,烧也有的烧,这咋会儿,做过啦②!"老乡们都这么说。真是,"这咋会儿",迷信活动倒死灰复燃。有一回,传说从黄河东来了神神,有些老乡到十几里外的一个破庙去祷告,许愿。破老汉不去。我问他为什么,他皱着眉头不说,又哼哼起《山丹丹开花红艳艳》。那是才红了那辰儿的歌。过了半天,使劲磕磕烟袋锅,叹了口气:"都是那号婆姨闹的!""哪号儿?"我有点明知故问。他用烟袋指指天,摇摇头,撇撇嘴:"那号婆姨,我一照就晓得……"如此算来,破老汉反"四人帮"要比"四·五"运动早好几年呢!

在山里,有那些牛做伴,即便剩我一个人也并不寂寞。我半天半

---

① 才红了:指红军刚到陕北。
② 做过啦:弄糟了。

天地看着那些牛，它们的一举一动都意味着什么，我全懂。平时，牛不爱叫，只有奶着犊子的生牛才爱叫。太阳一偏西，奶着犊儿的生牛就急着要回村了，你要是不让它回，它就"哞——哞——"地叫个不停，急得团团转，无心再吃草。有一回，我在山洼洼里，睡着了，醒来太阳已经挨近了山顶。我和破老汉吆起牛回村，忽然发现少了一头。山里常有被雨水冲成的暗洞，牛踩上就会掉下去摔坏。破老汉先也一惊，但马上看明白了，说："没麻搭①，它想了儿，回去了。"我才发现，少了的是一头奶犊儿的生牛。离村老远，就听见饲养场上一声声牛叫了，儿一声，娘一声，似乎一天不见，母子间有说不完的贴心话。牛不老②在母亲肚子底下一下一下地撞，吃奶，母牛的目光充满了温柔、慈爱，神态那么满足、平静。我喜欢那头母牛，喜欢那只牛不老。我最喜欢的是一头红犍牛，高高的肩峰，腰长腿壮，单套也能拉得动大步犁。红犍牛的犄角长得好，又粗又长，向前弯去；几次碰上邻村的牛群，它都把对方的首领顶得败阵而逃。我总是多给它拌些料，犒劳它。但它不是首领。最讨厌的还是那头老黑牛，不仅老奸巨猾，而且专横跋扈，双套它也会气喘吁吁，却占着首领的位置。遇到外"部落"的首领，它倒也勇敢，但不下两个回合，便跑得比平时都快了。那头老生牛就好，虽然比老黑牛还老，却和蔼得很，再小的牛冲它伸伸脖子，它也会耐心地为之舔毛……和牛在一起，也可谓其乐无穷了，不然怎么办呢？方圆十几里内看不见一个人，全是山。偶尔有拦羊的从山梁上走过，冲我呐喊两声。黑色的山羊在陡峭的岩壁上走，如走平地，远远看去像是悬挂着的棋盘：白色的绵羊走在下边，是白棋子。山沟里有泉水，渴了就喝，热了就脱个精光，洗一通。那生活倒是自由自在，就是常常饿肚子。

破老汉有个弟弟，我就是顶替了他喂牛的。据说那人奸猾，偷牛

---

① 麻搭：即麻烦。
② 牛不老：牛犊。

料;头几年还因为投机倒把坐过县大狱。我倒不觉得那人有多坏,他不过是蒸了白馍跑到几十里外的车站上去卖高价,从中赚出几升玉米、高粱米。白面自家舍不得吃。还说他捉了乌鸦,做熟了当鸡卖,而且白馍里也掺了假。破老汉看不上他弟弟,破老汉佩服的是老老实实的受苦人。

一阵山歌,破老汉担着两捆柴回来了。"饿了吧?"他问我。"我把你的干粮吃了。"我说。"吃得下那号干粮?"他似乎感到快慰。他哼哼唉唉地唱着,带我到山背洼里的一棵大杜梨树下。"咋吃!"他说着爬上树去。他那年已经五十六岁了,看上去还要老,可爬起树来却比我强。他站在树上,把一杈杈结满了杜梨的树枝撅下来,扔给我。那果实是古铜色的,小指盖儿大小,上面有黄色的碎斑点,酸极了,倒牙。老汉坐在树杈上吃,又唱起来:"对面价沟里流河水,横山里下来些游击队……"那是《信天游》。老汉大约又想起了当年。他说他给刘志丹抬过棺材,守过灵。别人说他是吹牛。破老汉有时是好吹吹牛。"牵牛牛开花羊跑青,二月里见罢到如今……"还是《信天游》。我冲他喊:"不是夜来黑喽①才见罢吗?""憨娃娃,你还不赶紧寻个婆姨? 操心把'心儿'耽误下!"他反唇相讥。"'后沟里的'可会迷男人?""咦! 亮亮妈,人可好!""这两捆柴,敢是给亮亮妈砍的吧?""谁情愿,谁扛去。"这话是真的,老汉穷,可不小气。

有一回我半夜起来去喂牛,借着一缕淡淡的月光,摸进草窑。刚要揽草,忽然从草堆里站起两个人来,吓得我头皮发麻,不禁喊了一声,把那两个人也吓得够呛。一个岁数大些的连忙说:"别怕,我们是好人。"破老汉提着个马灯跑了来,以为是有了狼。那两个人是瞎子说书的,从绥德来。天黑了,就摸进草窑,睡了。破老汉把他们引回自家窑里,端出剩干粮让他们吃。陕北有句民谣:"老乡见老乡,两眼泪汪汪。"老汉和两个瞎子长吁短叹,唠了一宿。

---

① 夜来黑喽:昨天晚上。

第二天晚上，破老汉操持着，全村人出钱请两个瞎子说了一回书。书说得乱七八糟，李玉和也有，姜太公也有，一会是伍子胥一夜白了头，一会又是主席语录。窑顶上、院墙上、磨盘上，坐得全是人，都听得入神。可说的是什么，谁也含糊。人们听的是那么个调调儿。陕北的说书实际是唱，弹着三弦儿，哀哀怨怨地唱，如泣如诉，像是村前汩汩而流的清平河水。河水上跳动着月光。满山的高粱、谷子被晚风吹得"沙沙"响。时不时传来一阵响亮的驴叫。破老汉搂着留小儿坐在人堆里，小声跟着唱。亮亮妈带着亮亮坐在窑顶上，穿得齐齐整整。留小儿在老汉怀里睡着了，她本想是听完了书再去饲养场上爆玉米花的，手里攥着那个小手绢包儿。山村里难得热闹那么一回。

　　我倒宁愿去看牛顶架，那实在也是一项有益的娱乐，给人一种力量的感受，一种拼搏的激励。我对牛打架颇有研究。二十头牛（主要是那十几头犍牛、公牛）都排了座次，当然不是以姓氏笔画为序，但究竟根据什么，我一开始也糊涂。我喂的那头最壮的红犍牛却敬畏破老汉喂的那头老黑牛。红犍牛正是年轻力壮的时候，肩峰上的肌肉像一座小山，走起路来步履生风；而老黑牛却已显出龙钟老态，也瘦，只剩了一副高大的骨架。然而，老黑牛却是首领。遇上有哪头母牛发了情，老黑牛便几乎不吃不喝地看定在那母牛身旁，绝不允许其他同性接近。我几次怂恿红犍牛向它挑战，然而只要老黑牛晃晃犄角，红犍牛便慌忙躲开。我实在憎恨老黑牛的狂妄、专横，又为红犍牛的怯懦而生气。后来我才知道，牛的排座次是根据每年一度的角斗，谁夺了魁，便在这一年中被尊崇为首领，享有"三宫六院"的特权，即便它在这一年中变得病弱或衰老，其他的牛也仍为它当年的威风所震慑，不敢贸然不恭。习惯势力到处在起作用。可是，一开春就不同了，闲了一冬，十几头犍牛、公牛都积攒了气力，是重新较量、争魁的时候了。"男子汉"们各自权衡了对手和自己的实力，自然地推举出一头（有时是两头）体魄最大，实力最强的新秀，与前冠军进行决赛。那年春天，我的红犍牛正处在新秀的位置上，开始对老黑牛有所怠慢了。我悄悄促成它们的决斗,把它们引到开阔的河滩上去(否则会有危险)。这事不能让破老汉发觉,否则他会骂。一开始,红犍牛仍有些胆怯,老黑牛尚有余威。但也许是春天的母牛们都显得越发俊俏吧,红犍牛终于受不住异性的吸引或是轻蔑,"哞——哞——"地叫着向老黑牛挑战了。它们拉开了架势,对峙着,用蹄子刨土,瞪红了眼睛,慢慢地接近,接近……猛地扭打到一起。这时候需要的是力量,是勇气。犄角的形状起很大作用,倘是两只粗长而向前弯去的角,便极有利,左右一晃就会顶到对方的虚弱处。然而,红犍牛和老黑牛都长了这样两只角。这就要比机智了。前冠军毕竟老朽了,过于相信自己的势力和威风,新秀却认真、敏捷。红犍牛占据了有利地形(站在高一些的地方比较有利),逼得老黑牛步步退却,只剩招架之功。红犍牛毫不松懈,瞅准机会把头一低,一晃一冲,顶到了对方的脖子。老黑牛转身败走,红犍牛追上去再给老首领的屁股上加一道失败的标记。第一回合就此结束。这样的较量通常是五局三胜制或九局五胜制。新秀连胜几局,元老便自愿到一旁回忆自己当年的矫勇去了。

为了这事,破老汉阴沉着脸给我看。我笑嘻嘻地递过一根纸烟去。他抽着烟,望着老黑牛屁股上的伤痕,说:"它老了呀!它救过人的命……"

据说,有一年除夕夜里,家家都在窑里喝米酒,吃油馍,破老汉忽然听见牛叫、狼嗥。他想起了一只出生不久的牛不老,赶紧跑到牛棚。好家伙,就见这黑牛把一只狼顶在墙旮旯里。黑牛的脸被狼抓得流着血,但它一动不动,把犄角牢牢地插进了狼的肚子。老汉打死了那只狼,卖了狼皮,全村人抽了一回纸烟。

"不,不是这。"破老汉说,"那一年村里的牛死的死,杀的杀(他没说是哪年),快光了。全凭好歹留下来的这头黑牛和那头老生牛,村里的牛才又多起来。全靠它,要不全村人倒运吧!"破老汉摸摸老黑牛的犄角。他对它分外敬重。"这牛死了,可不敢吃它的肉,得埋了它。"破老汉说。

可是，老黑牛最终还是被人拖到河滩上杀了。那年冬天，老黑牛不小心踩上了山坡上的暗洞，摔断了腿。牛被杀的时候要流泪，是真的。只有破老汉和我没有吃它的肉。那天村里处处飘着肉香。老汉呆坐在老黑牛空荡荡的槽前，只是一个劲抽烟。

我至今还记得这么件事：有天夜里，我几次起来给牛添草，都发现老黑牛站着，不卧下。别的牛都累得早早地卧下睡了，只有它喘着粗气，站着。我以为它病了，走进牛棚，摸摸它的耳朵，这才发现，在它肚皮底下卧着一只牛犊。小牛犊正睡得香，响着均匀的鼾声。牛棚很窄，各有各的"床位"，如果老黑牛卧下，就会把小牛犊压坏。我把小牛犊赶开（它睡的是"自由床位"），老黑牛"扑通"一声卧倒了。它看着我，我看着它。它一定是感激我了，它不知道谁应该感激它。

那年冬天我的腿忽然用不上劲儿了，回到北京不久，两条腿都开始萎缩。

住在医院里的时候，一个从陕北回京探亲的同学来看我，带来了乡亲们捎给我的东西：小米、绿豆、红枣儿、芝麻……我认出了一个小手绢包儿，我知道那里头准是玉米花。

那个同学最后从兜里摸出一张十斤的粮票，说是破老汉让他捎给我的。粮票很破，渍透了油污，中间用一条白纸相连。

"我对他说这是陕西省通用的，在北京不能用，破老汉不信，说：'咦！你们北京就那么高级？我卖了十斤好小米换来的，咋啦不能用?！'我只好带给你。破老汉说你治病时会用得上。"

唔，我记得他儿子的病是怎么耽误了的，他以为北京也和那儿一样。

十年过去了。前年留小儿来了趟北京，她真的自个儿攒够了盘缠！她说这两年农村的生活好多了，能吃饱，一年还能吃好多回肉。

她说,黑肉①真的还是比白肉好吃些。

"清平河水还流吗?"我胡鲁巴涂地这样问。

"流哩嘛!"留小儿咯咯地笑。

"我那头红犍牛还活着吗?"

"在哩!老下了。"

我想象不出我那头浑身是劲儿的红犍牛老了会是什么样,大概跟老黑牛差不多吧,既专横又慈爱……

留小儿给他爷爷买了把新二胡。自己想买台缝纫机,可是没买到。

"你爷爷还爱唱吗?"

"整天价瞎唱。"

"还唱《走西口》吗?"

"唱。"

"《揽工调》呢?"

"什么都唱。"

"不是愁了才唱吗?"

"咦?!谁说?"

关于民歌产生的原因,还是请音乐家和美学家们去研究吧。我只是常常记起牛群在土地上舔食那些渗出的盐的情景,于是就又想起破老汉那悠悠的山歌:"崖畔上开花崖畔上红,受苦人过得好光景……"如今,"好光景"已不仅仅是"受苦人"的一种盼望了。老汉唱的本也不是崖畔上那一缕残阳的红光,而是长在崖畔上的一种野花,叫山丹丹,红的,年年开。

哦,我的白老汉,我的牛群,我的遥远的清平湾……

---

① 黑肉:瘦肉或精肉。

插队的故事

一

去年我竟做梦似的回了趟陕北。

想回一趟陕北，回我当年插队的地方去看看，想了快十年了。我的精神没什么毛病，一直都明白那不过是梦想。我插队的那地方离北京几千里路，坐了火车再坐火车，倒了汽车再倒汽车，然后还有几十里山路连汽车也不通。我这人唯一的优点是精神正常，对这两条残腿表示了深恶痛绝，就又回到现实中来。何况这两条腿给我的遗憾又并非唯此为大。

前年我写了一篇关于插队的小说，不少人说还像那么回事。我就跟几个也写小说的朋友说起了我的梦想。大家说我的梦想从来就不少，不过这一回倒未必是，如果作家协会肯帮忙，他们哥儿几个愿意把我背着扛着走一回陕北。我在交友方面永远能得金牌，可惜没这项比赛。

作家协会的同志说我怎么不早说，我说我要是知道行我早就说了，大伙都说"咳——!"

连着几夜失眠。我一头一头地想着我喂过的那群牛的模样，不知道它们当中是不是还有活着的。耕牛的寿命一般只有十几年。我又逐个地想一遍村里的老乡，肯定有些已经老得认不出了，有些长大了变了模样，我走后出生的娃娃当然更不会认得。就又想我们当年住过的那几眼旧石窟,不知现在还有没有。又去想那些山梁、山峁、山沟的名字,有些已经记不清了。我拦过两年牛,为了知道哪儿有好草,那些山梁、山峁、山沟我全走遍……

很快定了行期。我每晚吃一片安定,养精蓄锐。我又想起我的一个朋友,当年在晋中插队,现在是北京某剧团的编剧,三十二岁成家,带着老婆到他当年插队的地方去旅行结婚,据说火车一过娘子关这小子就再没说过话,离他待过的村子越近他的脸色越青。进了村子碰见第一个人,一瞧认得,这小子胡子拉碴的二话没说先咧开大嘴哭了。我想很多插过队的人都能理解,不过为什么哭大约没人能说清。不过我想我最好别那样。不过我们这帮搞文艺的是他妈好像精神都有点毛病。不过我不这么看。

一行七人,除我之外都没到过陕北,其中五个都兴致很高,不知从哪儿学来几句陕北民歌,哼哼唧唧地唱。我说,你们唱的这些都是被篡改过的,丢了很多人情味。只一人例外,说要不是为了我,他干吗要去陕北?"我不如用这半个月假回一趟太行山。"他在太行山当过几年兵。一路上他总说起他的太行山,说他的太行山比我的黄土高原要壮观得多,美得多。我说也许正相反。他说:"民歌也不比你们那儿的差。"他说,于是扯了脖子唱:"干妹子好来果然是好。"我便跟他一块唱:"走起路来好像水上漂……""扯淡!这明明是陕北民歌。""扯淡!"他也说,"当然是太行山的。"过了一会有人提醒我们:太行山也是黄土高原的一部分。"陕北也不过是黄土高原的一部分。"他说,似乎找到了一点平衡。

十几年前我离开那儿的时候,老乡就说,这一走不晓今生再得见不得见。我那时只是腰腿疼,走路有些吃力,回北京来看病,没想到会这么厉害。老乡们也没料到我的腿会残废,但却已料到我不会再回去。那是春天,那年春天雨水又少,漫山遍野刮着黄风。太阳浑蒙蒙的,从东山上升起来。山里受苦去的人们扛着老镢,扛着锄,扛着弯曲的木犁,站在村头高高的土崖上远远地望着我。我能猜出他们

在说什么："咋，回北京去呀。""咋，不要在这搭儿受熬煎了。""这些
迟早都要走哇。"老乡们把知识青年统称为"这些"或"那些"。仲伟
帮我把行李搬上驴车，绑好。他和随随送我到县城。娃娃们追过河，
追着我们的驴车跑，终于追不上了，就都站下来定定地望着我们走
远。驴车沿着清平河走，清平河只剩了几尺宽的细流。随随赶着车，
总担心到县里住宿要花很多钱，想当天返回来。仲伟说："来回一百
六七十里，把驴打死你也赶不回来。放心，房钱饭钱一分不用你出。"
随随这才松了口气，又对我说："这一走怕再不得回。"随随比我大几
岁，念过三年书。"得回哩？怕记也记不起。"他在鞋底上磕磕烟锅
儿，蓝布鞋帮上用白线密密地纳了云彩似的图案。我光是说："怎么
会忘呢？不会。"村头那面高高的土崖上，好像还有人站在那儿朝我
们望……

　　十几年了，想回去看看，看看那块地方，看看那儿的人，不为
别的。

二

　　有人说，我们这些插过队的人总好念叨那些插队的日子，不是因
为别的，只是因为我们最好的年华是在插队中度过的。谁会忘记自
己十七八岁，二十出头的时候呢？谁会不记得自己的初恋，或者头一
遭被异性搅乱了心的时候呢？于是，你不仅记住了那个姑娘或是那
个小伙子，也记住了那个地方，那段生活。

　　得承认，这话说得很有些道理。不过我感觉说这话的人没插过
队，否则他不会说"只是因为"。使我们记住那些日子的原因太多了。

　　我常默默地去想，终于想不清楚。

　　夜里就又做梦：无边的黄土连着天。起伏绵延的山群，像一只只
巨大的恐龙伏卧着，用光秃秃的脊背没日没夜地驮着落日、驮着星
光。河水吃够了泥土，流得沉重、艰辛。只在半崖上默默地生着的几

从葛针、狼牙刺,也都蒙满黄尘。天地沉寂,原始一样的荒凉……忽然,不知是从哪儿,缓缓地响起了歌声,仿佛是从深深的峡谷里,也像是从天上,"咿哟哟——哟嗬"听不清唱的什么。于是贫瘠的土地上有深褐色的犁迹在走,在伸长;镢头的闪光在山背洼里一落一扬;人的脊背和牛的脊背在血红的太阳里蠕动;山风把那断断续续的歌声吹散开在高原上,"咿呀咳——哟喂——"还是听不清唱些什么,也雄浑,也缠绵,辽远而哀壮……

又梦见一群少男少女在高原上走,偶尔有人停下来弯腰捡些什么,又直起腰来继续走,又有人弯腰捡起些什么,大家都停步看一阵,又继续走,村里的钟声便"当当当"地响起来……

前不久仲伟带着他四岁的女儿来我家,碰巧金涛也来了,带着儿子。金涛的儿子三岁多。孩子和孩子一见面就熟起来,屋里屋外地跑,尖声叫,一会哭了一个,一会又都笑,让人觉得时光过得太快了点。去插队的时候我们也还都是孩子,十七岁,有的还不到。后来两个孩子趴在床上翻我的旧相册,翻着翻着嚷起来:"这是我爸爸在陕北!""的(这)是我爸爸带(在)清平湾!""叔叔,你怎么也有这张照片?"女孩子说。男孩子也说:"叔叔,的当道片(这张照片)我们家也有。""看,黄土高原。""才不是呢,的(这)是山!""也是山,也是黄土高原! 这些山都是水冲出来的,把挺平挺平的高原冲成这样的……"

仲伟满意地看着他的女儿。

男孩子感到自己处于劣势,一把夺过相册去:"我爸爸带(在)那儿它(插)过队!"

"我爸爸也在那儿插过队。"毕竟姑娘脾气好。

"你爸爸旦(干)吗它(插)队?"金涛说他儿子从来不懂什么叫没话说,就是有点大舌头。

小姑娘转过脸去询问般地看着她的爸爸。

越来越多的人开始评判知识青年上山下乡的得失功过了,也许,这不是我们这辈人的事,后人会比我们看得清楚(譬如眼前这个小姑娘),会做出一个冷静的判断,不像我们带了那么多感情……

我、仲伟、金涛也都凑过去看那些旧照片。

有一张是:十个头上裹了白羊肚手巾的小伙子。还有一张:十个穿着又肥又大的破制服的姑娘。这就是我们一块在清平湾插队的二十个人。背景都是光秃秃的山梁、山峁、冒着炊烟的窑洞,村前那条没不了膝的河。金涛和李卓坐在麦垛上。仲伟一本正经扛着老镢站在河滩里。袁小彬一条腿蹬在磨盘上,身旁卧着"玩主"。"玩主"是我们养的狗。数我照得浪漫些,抱着我的牛犊子。那牛犊子才出世四天,我记得很清楚。去年回清平湾去,我估计我那群牛中最可能还活着的就是它,我向老乡问起,人们说那牛也老了,年昔牵到集上卖了。

可惜的是,竟没有一张男女生全体的合影。——小伙子们和姑娘们刚刚不吵架了,刚刚有了和解的趋势,就匆匆地分手了,各奔东西。那时我们二十一二岁。那张全体女生的合影,还是两年前我见到沈梦苹时跟她要的。她说:"那时候刘溪几次说,男女生应该一起照张相。"我说:"那你们干吗不早说?"她说:"谁敢跟你们男生说呀。"我说:"恐怕不是不敢,是怕丢了你们女生的威风。"她就笑,说:"真的,是不敢。""现在敢了?""现在晚了。""不知道谁怕谁呢。""谁怕谁也晚了。"

那条河叫清平河,那道川叫清平川,我们的村子叫清平湾。几十户人家,几十眼窑洞,坐落在山腰。清平河在山前转弯东去,七八十里到了县城,再几十里就到了黄河边。黄河岸边陡岩峭壁,细小的清平河水在那儿注入了黄河。黄河,自然是宽阔得多也雄伟得多。

我们那二十个人如今再难聚到一起了。有在河北的,有在湖南的,有的留在了陕西。两个人出了国,李卓在芝加哥,徐悦悦也在美国。多数又回到北京,差不多都结了婚有了孩子,各自忙着一摊事。偶尔碰上,学理工的,学文史的,学农林的,学经济和企业管理的,干什么的都有,共同的话题倒少了。唯一提起插队,大家兴致就都很高。

"那时候真该多照些照片。"

"那会儿怎么就没想起来呢?"

"光想革命了。"

"还有饿!"

"还有把后沟里的果树砍了造田。"

"用破裤子去换烟抽,这位老兄的首创。"

"不要这样嘛,没有你?"

"饿着肚子抽烟,他妈越抽越饿……"

话多起来,比手画脚起来,坐着的站起来,站着的满屋子转开,说得兴奋了也许就一仰在床上躺下,脚丫子翘上桌,都没了规矩,仿佛又都回到窑洞里。反复说起那些往事,平淡甚至琐碎,却又说到很晚很晚。直到哪位忽然想起了老婆孩子,众人就纷纷看表,起立,告辞,说是不得了,老婆要发火了。

三

去插队的那年,我十七岁。直到上了火车,直到火车开了,我仍然觉得不过像是去什么地方玩一趟,跟下乡去麦收差不多,也有点像大串联。大串联的时候我还小,什么都不懂,起哄似的跟着人家跑了几个城市,又抄大字报又印传单,什么也不懂。其实,我最愿意这么大家在一块热热闹闹的,有男的有女的,都差不多大,到一个遥远的地方去干一点什么事。

火车很平稳地启动了。老实说我一点都没悲伤,倒也不是有多么革命,只是很兴奋。老实说,我也不知道我那么兴奋都是因为什么。譬如说,一想到从现在开始指不定会碰上什么事,就兴奋。譬如说火车要是出轨翻车了,那群女生准得吓得又喊又叫,我想我应该很镇静,说不定我们男生还得好歹把她们女生救出来。不过由此又联想到死,心里却含糊。

这时金涛凑到我跟前来,满脸诡秘的笑,说:"刚才仲伟他妈跟他姐真够神的……"

"嘿,说真的你怕死吗?"我忽然说。然后我装出想考考他的样子。

"怕死,不怕呀? 干吗?"

"不干吗。问问。"

金涛挺认真地看着我,猜不透我到底什么意思。

"没事儿。我就问问。你刚才说什么?"

"仲伟他妈跟他姐姐真神,"他满脸又涌起诡秘的笑,"刚才跟仲伟说,你们也得对女同学好点,都不小了,要是有什么事你们得多关心人家。神不神?"

"这怎么了?"我说,"这有什么。"

金涛咽了口唾沫,脸上的笑纹变浅。我的反应有点出乎他的意料。老实说也出乎我自己的意料。

"仲伟跟你说的?"

"不是。是我听见的,当时我就在旁边。"他脸上的笑纹又加深,紧盯着我,希望我能对他这一发现表示出足够的兴趣。

我想着别的:假如需要死,我敢不敢。

"蒙你是孙子。"金涛又说。

"说真的,你真的怕死不怕?"我说。

"你吃错什么药了?"

"甭废话,你真的怕不怕?"

他严肃地想了大约一秒钟:"不怕。你呢?"

"废话。"我说。

车厢剧烈地晃动起来,火车在变换轨道,发出令人不安的铁和铁的磨擦声。许多条铁轨穿叉交错。

"仲伟他妈跟他姐真够神的。"金涛还在说。

金涛是我们当中年纪最小的,个子并不矮,但是瘦,脸小,脸上纵横着几道皱纹,外号却叫"牛"。这小子在车厢里四处乱蹿,又怪模怪样学起女人哭来,嘴里念念有词抑扬顿挫,自己并不笑。大伙都说学得像,都笑。车启动的那会儿,站台上有个中年妇女猛地大哭大喊,像是死了人。

车开之前,车上车下就有不少人在抹眼泪,只是没那么邪乎。那会儿我和李卓勾肩搭背在站台上瞎溜达,一边吃果脯;李卓带了一盒果脯,说不如这会儿给吃完就算了。他不时地捅捅我,说:"快瞧,那儿又有俩哭的。""快瞧快瞧,又一个。"我们在人群中穿来穿去,希望那些抹眼泪的人能注意到我们泰然自若的神态,同时希望抹眼泪的人不妨再多点,再邪乎点。所谓唯恐天下不乱。我暗自庆幸没有让母亲来车站送我,否则她非也得跟着瞎哭不可。

我和李卓又逛了一阵儿,拣个人少的地方靠着根石柱子坐下,开始认真地吃那盒果脯。

"你妈今儿早上哭了吗?"李卓问我。

"你妈哭了吗?"

"我妈这回够呛,她们系里的人说不定要整她。不过她什么也没干。"

停了一会,李卓又说:"反正不做亏心事不怕鬼叫门。"

"她们系里说她什么?"

"海外关系。你可别跟别人说。"

"放心。"我说,然后严肃地向毛主席做了保证。后来我才知道这事本用不着我去跟别人说,他自己跟谁都说。

这时候仲伟不知从哪儿气喘吁吁地钻出来,说:"你们俩上哪儿了?我这找你们劲儿的!"

"你妈和你姐姐她们呢?"我问仲伟。

"我让她们回去了。"

"你妈哭了吗?"李卓问。

仲伟装着没听见,也靠着石柱子坐下。

"嘿,你妈哭了吗?"

我说:"牛他们也不知哪儿去了。"

"仲伟,你妈哭没哭?"

我赶紧又说:"金涛和小彬他们也不知上哪儿去了。"

"嘿,仲伟,你妈哭……"

"你妈!"我说,踹了李卓一脚。

火车头开始喷起气来。

仲伟一直紧闭着嘴发愣,这会儿问:"吃什么呢,你们?"

我们三个坐在石柱子那儿直把那盒果脯吃光,然后把纸盒子扔到火车底下的铁轨上去。一个铁路工人瞪了我们一眼。火车喷气的声音非常响,如果你站在离车头很近的地方你就知道了,那声音非常响。

后来不知怎么就上了火车,火车就开了。似乎一切都太简单,还没过够瘾。我觉得就跟出去玩一趟一样。后来金涛就学那个中年妇女哭,"天呀地呀"的。

"牛!别瞎学了,那是徐悦悦她妈!"——不知从哪儿传出了这么个消息。我至今不知道这是不是真的,估计不过是源于一句玩笑。

小伙子们却添了兴致,纷纷上厕所,厕所在车厢前边,女生们都坐在前边。我们先是想看看那个又漂亮又厉害的徐悦悦哭没哭,哭起来是不是还那么傲慢,后来则发现,到车厢前边去走一趟,朝女生群中扫两眼,原是一件颇有乐趣的事情。女生中似乎有几个眼边发红,这又让"男子汉"们感到几分优越。"头发太长。"金涛说。徐悦悦并没有哭,是件小遗憾。

四

火车在大平原上跑,拉着长长的烟和长长的嘶鸣。已经是冬天,车窗外北风刮得凶,树和荒草东倒西摇,愈见荒凉了,愈感到离北京远了。土路上慢吞吞地走着一辆马车,赶车的抱着鞭子,下巴缩到领口里。马车上还坐着个孩子,两只手尽力往袖筒里插。弯曲的土路通向远处一个村落。这会儿我想了一下家,想了一下母亲,也并没想得太久。

我心里盼着天黑,盼着一种诗境的降临。"在九曲黄河的上游,在西去列车的窗口,是大西北一个平静的夏夜,是高原上月在中天的时候……"还有什么塞外的风吧;滚滚的延河水啦;一群青年人,姑娘和小伙子怎么怎么了吧;一条火龙般辉煌的列车,在深蓝色的夜的天地间飞走,等等。还有隐约而欢快的手风琴声,等等。想得呆,想得陶醉。

嘻,你正经得承认诗的作用,尤其是对十六七岁的人来说。尤其是那个时代的十六七岁。

当然,发自心底想去插队的人是极少数。像我这么随潮流,而又怀了一堆空设的诗意去插队的就多些。更多数呢?其实都不想去,不得不去罢了;不得不去便情愿相信这事原是光荣壮烈的。其实能不去呢,还是不去。今天有不少人说,那时多少多少万知青"满怀豪情壮志",如何如何告别故乡,奔赴什么什么地方。感情常常影响了记忆。冷静下来便想起本不是那么回事。

延安对我确有吸引力。不过如果那时候说,也可以到儒勒·凡尔纳的"神秘岛"去插队,我想我的积极性会更高。我那时既不懂发愁,也不太去想什么前途,一切单凭兴趣,随潮流。

第一回听说"插队"这个词,是在一九六七年秋天。那年我十五岁。听说有几个高中同学自愿去东北农村插队,户口也迁去,城市户口换成农村户口,不挣工资,挣工分,一辈子。

"光靠挣工分?"

"废话。"

"跟农民一样光挣工分?"

"多——新鲜!"或者:"多新——鲜!"

我问仲伟:"你去吗,要是你?"

"到时候再说。你呢?"

"去不了工厂再说。牛,你去吗?"

"不去!"金涛正满嘴嚼着江米条。

那时我们几个正在清华园里闲逛。"文化大革命"开始不久,学校里的伙食质量就下降,接近忆苦饭水平,我们这些住宿生就建立了"补养大军",经常浩浩荡荡光顾清华园里的食品店。大家都不阔,无非是每人一包江米条,一毛一,一两粮票,或者一包炸排叉,价格同上。嘴里嘎吱嘎吱响亮地嚼,在清华园里逛。瞧见大字报就看大字报,碰上批斗会也听一会儿批斗会。有时正赶上哪位首长来清华下指示,就挤上去拼命看个明白。事后金涛就吹嘘,那位首长跟他握了手或者差点要跟他握手,大伙就说:"牛!"金涛就粗着脖子讲当时的细节,大伙还是说:"牛!"因为每一回首长都差点要跟他握手。嘴里的东西嚼光了,一伙人依然晃晃悠悠地走,有人把包装纸揉成团,随便别在路边哪辆自行车的辐条上。

"文化大革命"已经进行到费解又散漫的地步,我们都是"逍遥派"。我们几个既非"红五类"子弟又非"黑五类"出身,因而不是敌人,也不想找麻烦去与人为敌。这大约正是由阶级地位所决定。为此心里由衷的惭愧。何以解惭愧?唯有读马列的书。便认认真真地读了些马列经典,条条杠杠地在书上画,像过去背外语单词般地记住了很多。有机会与人就当下的什么事辩论起来,就知道那书没有白读,惭愧少了些,添之以骄傲。在辩论中取胜的方法有二:一是引出大段大段与自己观点合拍的马列的话;一是引出大段大段与对方观点类似的托洛斯基的话,考茨基、布哈林、杜林等人的话。这就看谁功夫深了。只要你能不断大段大段地引出,对方必定就心虚害怕,旁观者也不由得站到你一边。

不过,去插队之前,我真正感兴趣的是千方百计找一本本"毒草"

来读,当然得说是为了批判。再就是到圆明园的小河沟里去摸鱼。我们学校在圆明园旁边。通常是和仲伟、李卓、金涛,我们四个,在小河最窄的地方筑起两道坝,小河很浅且水流速度很慢,用脸盆把两坝之间的水淘干,可以摸到鲫鱼、黑鱼、小白鲢、泥鳅,有时还能抓到黄鳝。鱼都不大,主要为了玩。一九六八年秋天,正是我们摸鱼的兴致高涨之际,传开了一个消息,说是谁也别做梦想留在北京当工人了,都得去插队,连大学生和出身好的人也得去。"谁说的?""多——新鲜!""真的? 蒙人是什么?""孙子!"这有点让我失望,我满心盼望当了工人以后自己能有点钱,能买一双"回力"球鞋——那是当时的中学生们最以为时髦的鞋,十多块钱一双,在当时算很贵。"都去哪儿?""全中国,哪儿都去。""都得去?""不错,拍拍脑袋算一个。"这还有什么可说的?

"报名了?"母亲问我。

"报了。"

"去哪儿?"

"东北内蒙山西陕西云南,没准儿。"

母亲呆呆的。

"给我钱吧,我去买插队用的东西。"

我买了一只箱子,几身衣服,一顶皮帽子,终于买了一双白色的"回力"鞋。我妈也没说我。没想到这竟是个机会,我妈忽然慷慨起来,无论我想买什么,她都不再嫌贵,痛痛快快地掏钱。好像一夜之间我成了大人,让你觉得单为这个去插队也值得。我醉心于整理行装,醉心于把我的财产一样一样码在箱子里,反复地码来码去。有机会我就对人说:"我要走了,插队去,八成近不了。"我妈开始叹气,开始暗暗地落泪。好多成年人对此也都叹气,或流露出叹气般的表情。我也迎合以煞有介事的叹气,手里摇着箱子钥匙,端详着那只箱子做沉思状,觉得那样才更不像个孩子了,才更像要出远门去的样子。后来定了去延安。我妈一天说好几回"毕竟那是老区",眼泪少了些。

我却盼着走，盼着"高原上月在中天的时候"，盼着在"那春光明媚的早晨，列车奔向远方"……以后呢？管那么多跟老娘们儿似的！我总觉得好运气在等着我，总觉得有什么新鲜、美妙的事向我走近了。

五

分组的方法，新鲜而且美妙：一个村子一个知识青年小组，每个小组都是按男女生名额各半分配的。这是什么意思？又宣传什么"安家落户"，又是这么个分配法。十六七岁的"男子汉"群中起了骚动，爆发了一阵抵抗："我们组只要男生，光男生就够了！""好家伙，这得腻烦死多少人哪。""我们可不负责养活她们！"……其实掩盖着某种兴奋和激动。掩盖得又很拙劣，因为抵抗得并不顽强。姑娘们当时怎么想，我不知道。现在想来，十六七岁的"男子汉"都憨直，又想在姑娘们面前显显能，又不愿意承认异性对自己的引力，欲盖弥彰。好在十六七岁的姑娘们还看不穿这些，否则就不会又喊又跳，气得要哭了。

也许是因为那个时代，也许是那个年龄，我们以对女性不感兴趣来显示"男子汉"的革命精神。平时，我们看见她们就装没看见，扭着头走过去。不过总是心神不安定，走过去之后要活动活动脖子。她们迎面碰上我们多半是低下头。——也许这对脖子要好一些。

袁小彬不同凡响，他是为了刘溪才去插队的。刘溪是我们班一个女生。小彬本来可以去当兵，他爹是高干，老战友遍天下。当兵在当时是最难得的，比进工厂还让人羡慕。这小子却偏要去插队，跟家里也吵翻了，住在学校不回去。一开始我们还直劝他："至于那么革命吗，驴奔儿！"他光说他觉得插队挺有意思。

小彬那时身高已经一米八六，块头也大，外号"大驴奔儿"或者"驴奔儿"，干事从来不同凡响，愣。"文化大革命"前有一回上体育课，全班在操场上站好队，体育老师说："女同学例假的出列。"四五个女生站出去。男生队伍里便隐隐有不满的唏嘘声。已经不是第一回了，近来体育课上总发生这事，忽然小彬也站了出来。体育老师一愣："你什么事？""请例假。"回答得很有底气。体育老师直发蒙。"凭什么光让女生请，不让男生请？"小彬问得有理。女生都低下头悄悄笑，互相使眼色。这更把男生都激怒了。老师只好说："她们身体不好。""我们身体也不好！"男生群里嚷开了，说肚子疼的，说脚崴了的，闪了腰的。"她们怎么了？往食堂跑时比谁都快！""再说，身体不好才应该锻炼锻炼呢！"一个个又都正义凛然。那节体育课没上成，一直吵。那时我们真太小了。那时没有性教育，也没人给讲生理。

这回我们还以为驴奔儿是在犯愣。事情是这么败露的：刘溪和我们分在一组，小彬也要求分在我们组，可"光荣榜"公布时，刘溪的名字被错写到别的组了，小彬于是也要求调到那个组去，等到工宣队批准他调过去了，光荣榜上的错误又被改正，小彬又要求再调回来。"男子汉"们对此类事从来反应灵敏。

"干吗刘溪上哪个组你上哪个组呀？"

"嘿，看来你主要不是想跟我们哥儿几个在一块儿。"

"驴奔儿，你多半儿看上刘溪了吧？"

"看上了就说看上了，哥几个给你保密。"

这是件开心事，小伙子们都聚拢来，眼里闪着异样的光彩。我们以为驴奔儿肯定会否认，会赌咒发誓说他没那么想。可这家伙不吭声。

"是不是为了刘溪你才不去当兵的？"

"说话呀，驴奔儿。肯定保密，说话算数。"

"真的，"我对所有在场的人说，"就这几个人知道，谁说出去大伙一块治他。"

大伙都说，谁说出去谁是孙子。

小彬点头承认。

我们原以为可以大笑一场的，可是预备好了的笑容都在脸上凝固、消失，气氛竟然严肃。小彬眨巴眼睛，长出气，似乎求所有人原谅。大伙面面相觑。我觉得心里有些乱。金涛说小彬够意思，对咱们够信任的，咱们得挨个保证不说出去。于是在场的人都很感动，纷纷指天发誓，像真正的男子汉那样安慰小彬，说刘溪也没什么了不起，这事能成。还有人说，谁早晚都得有这事，怕什么的？

那天下午，我、仲伟、李卓、金涛又去圆明园摸鱼。已经秋深，小河上漂着金黄的落叶，像一条条小鱼悄然游去。四个人兴致都不高，都说水太凉，光是坐在岸上把搪瓷脸盆敲得叮当响。谁都不说起上午的事，不说起袁小彬，也不说起刘溪。中午仲伟曾特地跑来跟我说："哎，刘溪可是'井冈山'的。"我明白他的意思——袁小彬是老红卫兵的，和刘溪是对立派。我没理他，我那会儿不怎么高兴，心里无端地乱。

圆明园的秋天色彩缤纷，树林静静的。

远处的红楼是我们的学校，我们的教室。我记起阳光投在黑板上，白杨树的影子在那儿摇，老师用教鞭敲着黑板："注意啦，注意啦……"

太阳快落山的时候，金涛说："嘿，犯什么傻呢，赶紧再摸一回吧。"

"真的，下个月就该走了，再摸一回吧。"

仿佛单单是摸鱼这件事，使我们感到了一点离别的味道，感到了一点人生的严肃。我们在小河上筑坝、淘水，摸了不少鱼，摸到很晚。月亮出来的时候，我们坐在小河边搓着冻麻了的腿和脚，又觉得很快活了。鱼在水盆里翻着银光，"扑棱扑棱"想往外跳。仲伟说："小彬跟刘溪可不是一派的。"金涛说："那有什么新鲜的，我爸跟我妈就不一派。"……

六

十六年过去弹指一挥间。有一回李卓从美国来信还提到当年在圆明园摸鱼的事。他在读博士。他说他买了一辆旧"丰田",很便宜,暑假里开着车出去旅游,从芝加哥到亚利桑那,看了科罗拉多河大峡谷。"可惜没有咱们那哥儿几个在一块儿。"他说。他说美国实在是很不错,可他每一秒钟都忘不了那是人家的。他说等他回国后,"咱们哥儿几个也来一次旅游,回清平湾去看看。"我说别忘了,那会儿你就没有"丰田"了。

从北京到清平湾有两条路。一条是走西安,那条路好走些。另一条路是走太原,走介休,然后换汽车从军渡过黄河,到绥德歇一宿,再换汽车到永坪,下了汽车再走三四十里山路。插队那些年我们多半是走这条路,难走,却能少花几块钱。这条路建筑和保养得都差,逢上雨雪,汽车说不定在沿途的哪个小镇上就走不动了。我们就花三毛钱在车马大店的长炕上找一个位置,盼着天晴。三毛钱只够在那条长炕上躺直,没有铺盖;走这条路原来是为省钱,当然不舍得再花五毛钱去租一条油光光的被子。

去年回清平湾去,当然走了头一条路。

同行的几个人连背带抱把我弄上卧铺车厢。我平生头一回坐卧铺。追溯到上一回坐火车,还是在插队的时候。

北京站没有什么变化,和十六年前去插队的时候差不多,不过站台上人群的色彩变了。那时候都是蓝的、灰的、国防绿的,如果见一点红色,确定无疑是袖章或者语录本。现在处处是披肩发、牛仔裤、国际流行色。不过十几年罢,历史的脚步不算慢。换一种说法也对:十几年啦! 还不算慢? 还要怎样才算慢? 我是想:历史以自己的脚步在向前走,旁若无人。

火车又很平稳地启动了。仿佛就在昨天。

于是眼前渐渐开阔。火车行驶的声音在旷野上散开,也显得弱小、轻飘。

凡是树木茂盛处,就是一个村落。

村子里的人见了火车头也不抬。

在我们那儿,不少老婆儿连汽车也没见过,更别说火车。清平湾不通汽车,要看汽车得翻两架大山到几十里外的小镇上去,那些老婆儿们的三寸金莲又走不动。套上驴车专程去看一回吧,她们又觉得那太近奢侈和浪费。她们倒都见过飞机,是胡宗南的轰炸机。

同行的几个人都说,命运其实不公平。在太行山当过兵的那个说,他家请了个小保姆,从安徽农村来,十七岁。有一回他在这屋里写东西,偶尔到那屋去找一本书,见到小保姆正在穿衣镜前做一个舞蹈姿势,显然是从电视里学的,学得确实很到家。他说他马上想起在太行山时认识的一个小女孩。那时他们时常给邻近的老乡演点样板戏一类,他能拉两下子小提琴,那女孩就来缠他,央告着也让她拉两下,"看我拉得响不。"这孩子颇有灵气。他离开太行山时,那孩子拉得已经不比他差。"可惜没有个像样的老师教。"他说,"那孩子现在也得有十七八了。"然后他又细推算一回,说哪止十七八呀,他离开那儿已经十五年,那孩子应该已经出嫁,没准儿都做了孩子妈。

一伙人又都感慨:人不知道被命运安排在哪儿,又不知道为什么被安排在那儿。

我于是想起明娃。

七

有一年明娃和明娃妈跟我们一起到北京来,给明娃治病。母子俩都头一回坐火车,头一回见平原,一天一宿不睡也不困,扒着窗口往外望,说"受苦也这搭儿介受哩,麦种得够咋稠",说"做牲灵也要在这搭儿做哩,一满是平川地"。正是清晨,广阔的平原上阳光渐渐铺开,雾气也变得辉煌。明娃却忽然叹气,说:"今生不顶事了,不胜早些儿死下再托生。"明娃妈眼角的皱纹立刻都散开,沉了脸怨他:"又瞎说哩!"散开的皱纹都是一道道白痕,因为那儿太阳晒得少些。我们也劝明娃别胡想,来北京不正是为了把病治好么。明娃再不言传。母子俩都不再说话，望着窗外，窗外仿佛全是虚空。

明娃的病是先天性心脏病。

才到清平湾时，我们自己的窑洞还没有，就先住了明娃家一眼旧石窑，在村头那面高高的土崖上，离崖边二三十米，终日听见清平河的水声。明娃的大，叫"疤子"，不记得他的学名。陕北话管麻子叫疤子。明娃妈也叫疤子婆姨，叫个什么凤英或者什么玉英。明娃是老大，下面六个都是小子，排几就叫几元儿。

明娃若生在北京，至少不会那么年轻就死。生在我们那地方，除非是动弹不得，总就是个受苦吧。山里的苦都不轻，就是跟在牛屁股后头打土坷垃，你也得抢着老镢坷慌慌地走；一个成年劳力打土坷垃，要跟得住三四簇牛。十七八岁往成年劳力过渡，最要付出大气力，别人不情愿承认你长大了，不情愿给你记十分工。明娃正是这年纪，拼着命想挣十分工。除非你在体魄和力气上先就压倒了许多成年劳力，否则就难。明娃长得不矮，却叫病闹得瘦。收工时众人纷纷往回村走，他要站在地头喘一阵气，拄着镢把，嘴唇没有血色。后走的人劝他不要贪图着工分倒把身体垮了，他便硬充着笑，说："咋也不咋。"连着喘，声音低得像在对自己说。

书上这么介绍我们那儿：地表破碎，梁峁起伏，沟壑纵横。黄河沿岸地带，山梁狭窄，坡陡沟深，基岩裸露，形成峡谷峭壁……

据说是风把黄土搬来，成了那一片纵横几千公里的高原，水又在漫长的年月里把它们切割得破碎。一九六九年初去的时候，浩浩荡荡几十辆卡车，扬起几里滚滚黄尘，"哼……哼……"地在高原上爬。人蜷在车棚里颠。不久看见了窑洞，一排排很革命的样子，大伙都慨叹，一会儿又见了羊群，拦羊老汉披着老羊皮袄，大家又都从心里崇敬，冲老汉招手，老汉却只顾他的羊群。然后又看见了戴白羊肚手巾的人群拥在硷畔上，木然且疑惑地看我们的车队，我们又冲人家招手，人家仍旧木然，且疑惑地站着，塬地平坦而开阔，就像平原，一望无际。忽然，汽车仿佛开到了大地的尽头，平平的塬地斧砍刀劈般塌下去一大片深谷,往下看头晕目眩。深谷中也有人家,炊烟袅袅,犬吠鸡鸣,牲灵和赶牲灵的人小得如蚂蚁在爬。越往北走这样的深谷越多,越大,渐渐不见了平地,全是起伏不断的山梁。然后到了延安。然后发现宝塔山并不"巍巍",延河又因在冬天不能"滚滚流"。然后遇见有人朝我们伸来饭碗,被带队的县干部吼开。我心里的诗意遭了挫折。李卓在牙间"咝——"了一声,歪着脑袋想了半天。

到了我们县境内,在小镇上下了卡车,带队的县干部问,是歇一宿再走那几十里山路,还是现在走?男男女女都赛着英雄,说来也来了,就再不怕什么,现在走就现在走。几个干部引上我们走,翻了山又过沟,过了沟又翻山,说是寻一条近路。几十个老乡扛上我们的行李,迈着骆驼一样的步伐往山上爬;哪一件行李都有七八十斤重。山都又高又陡,一样的光秃,羊肠小道盘在上面。半天才走下一道山梁,半天才又爬上一座山峁,四下望去,仍是不尽的山梁、山峁,深沟大壑,莽莽与天相连。

山顶上却都是平整整的松土。仲伟喘着气问我:"这上面还种庄稼?""不可能。"金涛说,也喘。女生中也有人问:"这么高的地方还种东西吗?""是风刮的吧,这么平?"老乡们笑起来:"有那来便宜的风?还要往这搭儿送粪哩!""怎么送?""人担哩嘛。""种什么?""麦。""亩产多少?""两三斗。""是多少斤?""合上七八十斤。""一亩?""噢嘛。""一亩才七八十斤?!""噫,那就拔尖,还要赶上好年成。"行了,这下弄懂什么叫"傻眼"了,都默默地低下头走,不知是这些老乡在骗我们,还是临来时学校的工宣队骗了我们。腿下于是沉重起来。那翻松的土地上确实长着麦苗,阵阵山风吹得它们发抖。

疤子撅着屁股"吭吭"地走,扛的正是我那只装了书的箱子。我知道那箱子有多沉,里面装了不少精装的马列经典和文学的、哲学的名著。心想既是走入社会,以后当然要想些正事,不能再去想摸鱼了。疤子不知道他正扛着那么多思想和主义,似乎也奇怪这不大的箱子何以会这么沉。看他额头上渗出汗来,我也绝没胆量说一句"让我来扛一会儿"，我只是惭愧地问："沉吗?"疤子眼角上、额头上立刻堆起笑纹,"咳呀——!"他说,然后满脸笑纹一直保持着,扛着箱子越走越欢。半天他才又寻出一句话,问我:"北京起身呀是?"我说是从北京来。"咳呀——!"他又说,满脸笑纹又一直保持着,努力想,却再寻不出别的话。"多会儿回?"另一个老乡问。我说不回去了,以后就在清平湾。"咳呀——!"所有的老乡都喊起来,笑个不停,仿佛听见了鬼话。

这"咳呀——!"含义很多,与北京话中的"没治了"略似,说好说坏,是惊讶,是嘲笑,还是赞叹、羡慕,得视具体情况定。到清平湾第二天,早晨一睁眼,炕沿前已经站满一排人,老汉、娃娃、后生。那儿的人习惯不敲门就进窑里来串。一排脑袋瞪着一排眼睛,正"咳呀咳呀"地轻声慨叹。捏捏厚厚的铺盖,"咳呀——!"摸摸照得出人影的箱子:"咳呀——!"捅捅李卓的半导体,不知道能派什么用场,又都"咳呀——!"仲伟的假牙放在窗台上的漱口杯里,一排人轮番看过,都不言传了。一个老汉悄声问:"什嘛介?"一个后生回答:"不晓球。"疤子挤到前边,看了说:"球——,狗牙。"我们都笑得醒过来,知道不能再睡了。疤子还在争辩:"人说公社里姚书记家婆姨,年昔肚子疼得一满不行,到西安换了节狗肠肠。嗷嘛,尺二长!"他歪着头比划,把周围的人都看一遍,看有敢对此表示怀疑的人没有,脸上的麻子全变红。"这事我晓得哩。"一个老汉做证说。那老汉像是在众人里有些威望。

李卓开了半导体,音乐一响,满窑又是"咳呀咳呀"的惊叹声。婆姨、女子们原都远远地站着望,这时也不顾了,进到窑里来贴墙站着,几个小女子悄悄地互相推搡。那是清平湾的人头一回见到半导体——那么一个小东西却能唱得那么红火。

八

疤子那年三十七岁,看上去像有五十。疤子是不大会发愁的人,或者也会，只是旁人看不出。他生来好像只为做两件事，一是受苦，一是抽烟，两件事都做得愉快。担粪上山，众人的筐更像盘子，疤子的筐却如一对坛子。他光记得力气用不完，却忘了多出力要多吃饭，窑里的粮却有限。明娃妈骂他"憨脑"，他坐在碾盘上"咝咝"地抽烟，仿佛研究烟的道理。明娃妈三十五岁。这年龄要在北京，尚可飘飘扬扬地穿一身连衣裙。明娃妈已经有了七个儿子。山沟里生孩子，随便找把剪子就把脐带剪断，死亡率很高。明娃妈倒是生了七个就活了七个。除去明娃，个个都活蹦蹦的，结实。冬天的早晨，雪刚停，五元儿、六元儿站在窑前撒尿，光着屁股在雪地里跳，在雪地里嚷，在雪地上尿出一排排小洞。晚上，一条炕上睡一排，一个比一个短一截，横盖一条被。这时候明娃妈就坐到炕里去，开始纺线或者织布。油灯又跳又摇，冒着黑烟。疤子或者一心抽烟，或者边抽烟边响起鼾声。

"人说黑市上粮价涨了。"明娃妈说。那时私人卖粮是犯法的事。

"噢。"疤子应道，停了鼾声。

"卖上几升玉米吧。"

"噫，窑里吃甚？"

"卖了玉米换些红薯回来。"明娃妈盘算，这就又能余下些钱。

明娃睡不着了，又为自己只挣七分工心焦，起身到我们窑里来。袁小彬和金涛正就"生产力和生产关系"的事在喊，我和李卓也不时参加进去。那时我们开始想些正经事了。小彬一上手就读《资本论》。我和李卓想，斯大林的《苏联社会主义经济问题》或许更实用。仲伟每晚都拉小提琴，偶尔给我们评判一下谁说的更合逻辑，然后吱吱嘎嘎地拉，每日都不见长进。明娃却如一首梦幻曲，无声地在灶火前坐下，无声地往灶膛里添柴，瘦削的脸上光剩了眼睛，火光在那儿闪亮，又在那儿熄灭。

半夜起来出去撒尿，还听见明娃妈的织布机声，看见窗纸上印着她的影子，头发垂在脸边顾不上拢。

在她手里,你看不出有什么东西需要花钱买。线,是自己纺的;布,自己织的;鞋和衣裳都是自己做;油,自己出,把麻籽儿炒了,再放大锅里熬,慢慢的麻渣沉下去,青亮亮的麻油浮上来;酱也是自己酿,用麦麸,或者也加些黑豆。单是买些盐。还要买些颜料,把织好的布染黑。钱都存起来,钢镚变票票,小票票变大票票。明娃妈有一桩要用钱的事:去给明娃把病治了,县上不行上延安,再不行去西安,去北京。明娃已经问下婆姨,那女子是三十里外赵家河人。

"咋看到了北京什么病治不了!"明娃妈跟明娃说。在她想来,北京还有治不了的病么。

"治罢病,咱也去天安门看一回。"她故意说得轻松,怕明娃心疼钱。

明娃坐在窑前的磨盘上化玉米,不言传。化玉米就是把玉米粒从玉米棒上搓下来。

明娃妈在纳鞋底,把麻线扯得嘶啦啦响。

"不要叫我大炭窑上去。"明娃忽然说。

明娃妈愣一下,继续纳鞋底,只是眼角的皱纹又散成一道道白痕。

"不要叫去。"

明娃妈不搭话。

"不要叫去!"

不去又怎么办?明娃妈停下手里的事。卖猪、卖鸡蛋、卖青油,彻能卖多少?治病的钱多会儿能攒够?母亲望着儿子。她有七个儿子,不因为有七个,就对其中的一个爱得轻些。

九

炭窑就是煤矿。我们那地方有煤,不过煤层很薄,且分布零散。只是公社一级常组织些开采,设备极原始,称不上矿,叫炭窑很恰当。

打一眼井，比一般的水井大些，井口上一个辘轳，也比一般的辘轳大，几个人摇，把掏炭的人吊下去，把掏好的炭吊上来。地下水也是从这井口吊上来——用一张大牛皮兜着，吊上来倒掉。几班人轮番不停地摇辘轳，用肌肉代替吊车，代替抽水机，"哼哼咳咳"地喊。掏炭的人嘴上叼一盏小油灯，攀在绳索上下去，三四丈深到了煤层。巷道只一米来高，又很窄，没有坑木——用不着也用不起。掏炭的人在里头爬，有时要爬几里地，挖一块煤，几百斤，用绳拖在身后，再往回爬。膝盖磨烂了，然后磨出腿子。煤吊上来了，然后掏炭的人也吊上来了，人和煤都湿漉漉的。冬天井口上挂满了冰凌。所谓安全设备，就是地面上有几根不高的烟囱，为通风用，不能没有。

　　流传下来一个不成文的规矩：哪个人下了炭窑，他就是欠了你再多的钱粮，你也不能去催要了，不然就是逼人去死。下了炭窑就是说已经到了山穷水尽的地步。讨饭只是不顾了脸，掏炭却是不顾了命。然而我们在的那些年，这规矩只成了一个传说，实际人们都争着下炭窑。一个人下炭窑，一家人的日子就好过些。下炭窑的人能吃饱，吃白馍，吃小米，吃不掺麸也不掺糠的净玉米干粮，偶尔还能吃一顿大肉，有些萝卜、洋芋。主要是能给窑里挣回些钱。

　　疤子一直羡慕人家去掏炭，自己没机会。这年疤子的哥哥在公社灶房上给干部们做饭，慢慢跟些人混熟，给疤子挣来了这机会。同是走后门搞不正之风，有人给自家的儿女弄去上大学，有人给自家的兄弟弄个舍命的事做。炭窑上的窑头也看得下疤子，知道他苦好①，厚道，有力气。

　　明娃妈想，等把明娃治病的钱攒够，就不再叫男人下炭窑。她想，一天总能挣回一块钱，一年三百几，两年下来就再不叫疤子下炭窑去。

----

① 苦好：即活儿干得好。

十

老乡们都烧柴。煤价虽不高,但总要钱买。柴可以自己去山里砍,只要有力气。煤都运到公社,运到县上,运到邮局、医院、商店、车站去。"给公家儿的烧去!"老乡们管挣工资的人叫"公家儿的",就是公家的儿子。"看给公家为儿够咋美,消消停停倒把钱挣下。"或者"看那些公家儿的咋着意,烧炭火,吃白馍。"话里含了怨气,自然也含了羡慕。所以,老乡们的审美标准也与"公家儿的"有关。新媳妇出嫁,要在花条绒袄外再披一件制服棉袄,要在红红绿绿的头巾上再加一顶黑呢子制帽。小伙子去相亲呢?要有一包纸烟,要在上衣兜里别支钢笔。这确实是一条唯物主义美学观的佐证。

"明娃的相好来啦!"听见娃娃们喊,我们都跑去看。纷纷扬扬的大雪落白了群山,让人想起那首打油诗:江山一笼统,井上黑窟窿,黑狗身上白,白狗身上肿。娃娃们也喊,狗也叫。呐喊山寂静的小路上下来两个人,前面一个黑的,后面一个红的。前边的头上裹一条白手巾,后边的戴一条花头巾加一顶黑呢子帽,下得呐喊山,走过呐喊坪,朝庄里来了。所谓"呐喊山""呐喊坪",就是村子对面最近的山和坪,在那儿呐喊一声全村都能听见,因而得名。黑呢子帽下根本是一个还没有长大的小姑娘,胸脯瘪瘪的,头发黄黄的,穿了一身红条绒,怯怯地跟在一个中年汉子身后走,臂弯里扛个篮,篮子上盖块花布。中年汉子在前边背起手悠悠地迈着大步。一群嘎娃娃追在那小女子身后,问:"寻明娃了是?""明娃在哩,等得心焦哩。""给明娃做婆姨了是?"……小女子红了脸紧走,忽然返转身来喊:"看把人家的鞋踩掉了没嘛!"娃娃们笑嚷着散开。她弯腰去提鞋,篮子上的花布掀开了,里面是蒸的白馍,每个馍上一个红点。如同北京人串亲戚常拿一盒点心。这就是碧莲,虚岁才十七。

随随站在小学校的窑顶上,两手插在袖筒里。下雪天,他没去拦羊。女生们也都站在小学校的窑顶上。

"随随,你问下婆姨了没?"徐悦悦问。女生们都嘻嘻哈哈地笑。只是跟老乡们说话时她们才这么大方。

"问下啦!"随随一本正经。

"怎么没见过?"庄宁问。

"常来串哩,你们倒没见着?"

"哪个村儿的?"

随随想想:"朱家沟,叫个黑玉英。"

众人都笑起来。

"笑什么,你们?"

"照①,"一个老婆儿说:"'黑玉英'串来啦。"

不远处"哼哼"地晃过来一只老母猪。

女生们都骂,自然是北京妇女界最传统的用词:"流氓!"我们不敢笑。凡女生们参与其中的事,我们都视而不见,听而不闻,否则,她们会以为我们多么希望理她们。她们也只当我们不在场。活到三十几岁回过头来想,才知道,倘小伙子们不在场,姑娘们也不至于那么唧唧嘎嘎嚷得欢。

"噫,敢是没钱嘛!"随随说,"寻个婆姨,没有五六百块钱不得过去。"

明娃的婆姨六百块钱。那天疤子又给碧莲大交了十五块钱。交够了数数过门,那儿的规矩。

没想到所谓"老区""圣地"竟还是这样。倒真是"信知生男恶,反是生女好"。如果这一家养的女子多,这家便富裕些。疤子的七个全是儿子,七六四千二百块钱。幸亏七个儿子不是同时都长大。徐悦悦为这事去找疤子辩论。"你就不给,看他敢怎么着!""噫,不能不给嘛。""怎么不能?""咳呀——,你买了人家东西,不给人家钱能

---

① 照:即看,瞧。

行哩?""你说什么? 这是买东西呀? 碧莲是人!""人哩嘛,不喽出六百块钱?""你是不是贫下中农?!"徐悦悦急了,要上纲上线了。疤子全然不怵这一套:"贫农咋啦? 咳呀——,贫农也出得起六百块钱。"……

那年明娃来北京治病,我们带他看了天安门,照了相,又逛了颐和园、动物园、王府井。病却不能治,大夫说若是早几年或许还可以做手术,现在只好吃些药,多注意保养。明娃妈背着明娃哭了几场,便不吝惜钱,让明娃在北京美美地玩几回,吃几回,买几件像样的衣裳。明娃明白母亲的心愿,便显出高兴的样子,说清平湾的人有几个能像他这样到北京来逛过呢。从北京回去后,明娃妈把攒下治病的钱一次全交给了碧莲大,不久碧莲过了门。明娃妈说,不能让明娃这辈子连婆姨也没有过。一年后碧莲给明娃生了个儿子,这孩子倒很壮实。这孩子一岁多时,明娃死了,死在山里,正掏地便倒在山上,抬回村里已经不出气。明娃妈让那孩子也戴上孝,抱着去给明娃送葬。碧莲哭得死去活来,说她才晓得明娃有这么重的病,哭得众人都落泪……

十一

随随家是全村数得着的穷户。

随随的大是个瞎子。据说他三岁时害了场大病。险些送了命,小棺材也打下了他又没死,单是把一双眼睛瞎了。六十年,他没走出过清平湾,也没有成亲。随随是他收养的别人的孩子。窑里短个女人,日子穷半边,衣裳要求人缝,穿鞋要买着穿。

他先前是跟着哥哥嫂嫂一搭里过。他能旋磨,能捻毛线,能担水劈柴,还能铡草挣些工分。一把铡刀,两个人,一个人入草,一个人掌刀。这瞎子掌刀。谁把草入得太长他也觉得出,笑骂一句:"你狗日的懒尿!"把铡刀悬在半空不往下落。所以,不用担心他会铡到别人的手。每天去饲养场上铡半晌草，挣四分，有时候铡一整天就挣八分，工分全交给哥嫂，自己除去吃穿再无所求，反倒帮助哥嫂把光景过得强些。有个跳大神的巫婆给他说过："这瞎子四十五岁上能成家哩。"他笑笑，摇头，不言传。是不相信呢？是无所谓呢？还是心想要是那样敢情好呢？众人都没想起问。

常见他一个人半晌半晌地仰着脸，枯瘪的眼窝不住地蠕动。他依稀记得山川的模样。

偏偏在他四十六岁这年，从绥德来了个吹手，提着一把唢呐，带个三四岁的男娃。天黑时，吹手领着孩子走到了清平湾，睡在了呐喊山上的小庙里。吹手病倒了，病得很重。过了两天，要不是那个男孩子哭喊，众人还不晓得呐喊山的小庙里住着父子俩。众人来看时，吹手已经不行了。吹手撂下了一把唢呐和一个孩子，这孩子就是随随。瞎子不顾一切地要收养这孩子，求人去给扯布做衣裳，求人去供销社给称糖，搂着随随不放手。嫂嫂说："咱再养不起了嘛！"他回答得坚定："我个人养。"哥哥说："你能养得活？""咋啦倒不能？"他心底的父性忽然炽烈地爆发，或者也是母性。众人想起了那个巫婆的话。"咳呀——，那跳神的婆姨真格有法哩！""只晚了一年。""噫——，说周岁瞎子不正是四十五哩？"其实算命哪有论周岁的。咳呀——！随后人们又都记起，那巫婆说的不是"成亲"，是"成家"。

瞎子从此有了自己的家——他和随随。

他们住在垴畔山后羊圈旁的一眼小土窑里。这窑原来也是羊圈，比一般的窑洞要低矮得多，也没有门窗。众人帮忙在窑口垒起一面土墙，单是两扇门不得不用了些木料；门上边像栅栏一样竖几根椽，算作窗户。土窑洞里昏暗暗的，反正他也无所谓。陕北的土窑造价本来十分低廉，除去做门窗要花些钱，黄土山是足够大，只要你不断向纵深挖掘，便可任意扩大自己的居住面积。

白天他去铡草，随随自己在窑里。窑旁就是羊圈，羊羔羔也盼着老羊回来。随随蹲在栅栏外，羊羔站在栅栏里。随随拔些青草喂羊羔,羊羔在圈里又蹦又跳,随随在窑前又滚又爬。羊羔羔比随随长得快。

瞎子把草铡得更细、更好,怕丢了这营生。铡下的草喂大了多少头牛,铡草的人靠这营生养活随随。按平均一天六分算,三百六十天不误一个工,一年下来刚好不用再给人家交粮钱。再有用钱的地方呢? 年复一年总是欠着债。他盼着随随长大。随随给他带来了无穷的欢乐,因为随随不是管别人而是管他叫大。

村里的人都叫他瞎老汉。大人们这么叫,娃娃们也这么叫,语气中绝无讥嘲,却是含着亲近和尊敬。

"瞎老汉,哪搭儿去?"娃娃们喊。

"哪搭儿也不去。"他说。

"哪搭儿不去你走得坷慌慌介?"

"嗷,我在这崖畔上望望。"

人们不以为奇怪,甚至相信他能看见明眼人看不见的东西。

那土崖有五六丈高,刀削般陡峭的崖面上有野鸽子在那儿做窝,长着几株葛针和黄蒿,清平河常年在它脚下流。这高高的黄土崖是清平湾的标志和象征。远路回家来的人,翻山越岭,山转路回,忽然眼前一亮,远远地先看见那面土崖。离家去谋生的人,沿着川道走出几里远,回头还望见这土崖,望见亲人站在崖畔上。正如歌中所唱:他哥哥就在大路哟子边,干妹子就在崖畔上哟嗬站。或者:走一回三边买一回盐。小妹妹想你在崖畔上看。

不知道瞎老汉能望见什么。

土崖有时候塌方,依着山势,越塌越显得高峻。轰隆一声,几十吨黄土塌下去,把清平河都变黄。瞎老汉每天都爬上崖去,众人担心他迟早会躺下去,却不知道他靠了什么神灵指点,再走一步就要掉下去的时候他停下来。六十年了,清平湾的每一寸黄土他都清楚。他站在崖畔上,或者坐在那儿,默默地长久地面对群山。"花脑"蹲在他身旁,也那么无声地瞭望。"花脑"是一只小母狗,浑身黄土色,脑袋上有些黑斑。

"做什么哩,瞎老汉?"娃娃们又问。

"什么也不做。"

"能照见随随哩?"

他很有把握地笑笑:"随随在苦行山梁上。"

随随长大了。小时候跟羊羔羔一搭耍。谁想长大了也拦羊,随随十五岁上就拦起队里一群羊。拦一群羊挣八分,包工,无论老少。若是早晨再上山受一阵苦,一天就能挣十分。随随想早些承担起做儿子的责任。

"你咋晓得是在苦行山上?"

"这程儿又上了葫芦峁。"

众人说,这父子俩有神神给传话哩。随随投错了胎,随随当根儿就是瞎老汉的儿哩。老天爷不晓咋介闹混乱了,一照,噫——,咋看弄成了个甚?咋差那吹手把随随送了来。

苦行山和葫芦峁离村里少说有五六里远,瞎老汉却说他听见了随随的吆羊声和歌声。

"这程儿随随又到了哪搭儿?"

"往窑里回啦。"

山背洼里的阴影爬高了,夕阳把群山的峰顶都染红。

娃娃们都回家了。瞎老汉还坐在崖畔上。

野鸽子也归巢了,在他脚下飞,"咕咕"地叫。

村里便处处升起晚炊的薄烟。

忽然"花脑"兴奋地叫起来。顺着落日最后的余光,呐喊山后隐隐传过来山歌:

> 不来哟就说你不来的话,
> 省得一个兰花花常等下。

你要来哟你早早些儿来，
　　来迟了兰花花门不开。

　　这是陕北民歌中最有名的一首，男女老少都会唱。兰花花是个胆大又苦命的女子。

　　瞎老汉便又想起随随到了该寻婆姨的年纪，可窑里没有钱。他近两年常为这事心焦。

　　梳头中间亲了个口，
　　你要什么哥哥也有。

　　不爱你东来不爱你西，
　　单爱上哥哥的二十一。

　　黑的山羊，白的绵羊，从呐喊沟里转出来，"咩咩"地叫，有的嗓声低沉喑哑，有的高亢娇嫩，像是散了什么集会。随随出现在呐喊山的山腰上，挥起羊铲喊一声："花脑儿——来!"那只狗又蹿又跳下了土崖，摇着尾巴迎过河去。

　　瞎老汉站起身，往窑里回，心里依然盘算着钱的事。随随大了，光景本该好过了，可他却老了。他近几年身上总是难活，不是这搭儿就是那搭儿，常出些毛病。唉，老了，球势了。胃里准也是有了病，在饲养场上铡着草，常就吐下一摊摊酸水，夜里心口疼得一满睡不成，随随拉上架子车送他到公社、县上都去过，闹糟蹋了钱，不顶事。

　　羊都进了圈，天完全黑了。随随回到窑里，瞎老汉已经做熟了饭。天天是这样，随随"一五一十"地把羊放进圈去的时候，还听见自家窑里"忽哒忽哒"的风箱响，进得窑来瞎老汉正把饭菜摆上炕。因为这饭菜太简单——半瓦盆豆钱饭，抓上一把盐，再有一小钵辣子。随随点上灯，小油灯只照亮半个炕。父子俩盘腿炕上坐，喝着比清水稠很多的豆钱饭，"唏溜唏溜"地响。

这会儿清平湾家家户户都是这响亮的"唏溜"声。那些年人们已经忘记了晚上也可以吃干粮。

"大，叫你做些白面嘛。"

"想吃白面哩？"

"球——，我吃甚也能行。你不要今儿黑地又闹得睡不成。"

豆钱饭就是把黑豆在碾子上轧扁，然后兑上充足的水，熬成粥。也叫钱钱饭。因为黑豆轧扁了样子像钱吧？人缺什么想什么，什么都不缺的就写一条"艰苦奋斗"的字幅挂在客厅里。

"夜来黑地心口疼得好些儿没？"

"好些儿。"

"玄谎哩，我听着你又吃止痛片。"

其实这药对胃不仅无益反而有害，可这是老乡们的"万应灵丹"，不管什么病都先吃止痛片。一则便宜，二则累了一天浑身都酸疼，吃一片可以解乏，无论什么病也就仿佛见轻。

"再不好，秋后卖些粮上延安去。"

"冬里饿死去？"

"今年年成差不多儿。"

"几时给你问下婆姨，几时我的病才得好。"

常就是说到这儿没了话。响亮的"唏溜"声。勺子刮得瓦盆底响。灯花"吱吱剥剥"地爆。

十二

随随想起后晌在苦行山梁上遇见英娥的事。苦行山离沙家沟不远了，山那边就是沙家沟的地界。那程儿随随正攀在半崖上砍柴，听见有人喊："谁的羊！吃上桃黍啦！"桃黍就是高粱。随随循声望去，见山洼洼里走上来个女子，穿着崭新的一双红条绒鞋。是英娥。随随认得英娥，英娥认不得随随。她常来清平湾串亲戚，是刘志高家婆姨的妹妹。刘志高家婆姨，被认为是全村年轻婆姨当中最漂亮最能干的一个。英娥更俊，腿长，身上很丰满，又不像她姐姐那么太显得壮。英娥又喊："拦羊的死到哪去啦！"随随生性嘎，便唱："你妈打你不成才，露水水地里穿红鞋。"

英娥气了，骂开："哪庄里的个黑皮，羊吃了人家的桃黍，还逞什么哩！"

随随装作没听见，又唱："你穿红鞋坡坡儿上站，把我们年轻人心搅乱。"

"噫，看把你能的！这号酸曲儿谁解不开？"

随随再唱："我穿红鞋我好看，与你们旁人球相干。"

英娥咯咯地笑开了："没眉脸！"

"哪搭儿去？"随随问。

"你管！"英娥又板起脸。

随随吆喝了几声羊，返转身去砍柴。英娥仰着脸看随随。

"你是哪庄里的？"英娥问。

"你管！"

"谁管你咧！"英娥说，却不动，依旧仰了脸望随随。

"不说我也晓得哩，敢是马家坪看王康儿去。"

英娥腾地红了脸，但立刻又现出怒气："谁去！看他哩，看个鬼！"

"那你这程儿哪去？"

"在这洼洼里寻菜哩嘛。"

"寻菜哩？'六月里黄瓜下了架。巧口口说下哄人的话'。"随随又唱。

"谁哄你！"英娥把臂弯里的篮子举给随随看，里面果然是些苦苦菜。

王康儿随随认得，那人实在是长得丑。随随记得听刘志高说过，英娥不情愿那门亲事。随随也觉得王康儿实在配不上英娥。不知为

什么随随却说:

"王康儿给你捎话来,想你想得难活下了。"

"爬远!"

"大青石上卧白云,难活不过人想人。想你想得眼发花,土坷垃看成个枣红马。"

"爬球远远的!"英娥一扭身下了山坡。

随随纳罕:英娥的声音里怎么会带了哭腔。他独自想了一阵,似乎有些觉悟。

这一夜随随睡得很迟。

"花脑"卧在窑前,不住地耸耸鼻子,空气里似乎有什么诱人的气味。

千山万壑都浸在月光里,像一张宽大无比的牛皮纸揉皱了,又铺展开。寂静的星辰挨着寂静的峰峦。

清水河水夜里也不停歇,在月光下赶着路程。

老绵羊半夜里咳嗽,声音就像人。

窗纸上有个窟窿,正看见一个又圆又远的月亮。随随又想到窑里没有钱,又想到他大的病要赶紧治。而像英娥那么好的婆姨,没有一千块钱就怕问不下。

"花脑"仰天长吠几声,那声音颤颤的有些古怪……

第二天随随早早起身去拦羊,心里慌慌的又上了苦行山。英娥已经在那山洼里,依旧穿了那双耀眼的红条绒鞋。"我晓得你是哪庄里的了!""你比你姐姐还能!"这一天两个人再没说旁的话,都感到对方炽热的目光。

第三天两个人又都来,一个拦羊,一个寻菜。

　　白格生生脸脸太阳晒,
　　巧格溜溜手手拔苦菜。

白布衫衫缀飘带，
人好心好脾气坏。

第四天……第十天，两个人还都来。

洋芋开花土里埋，
半崖上招手半崖上来。

打碗碗花就地开，
有什么心事慢慢来。

以后两个人便常见面，在苦行山，在葫芦峁，在随随拦羊的每条小路上。随随拦羊净往沙家沟近处走。

一对对山羊串串走，
谁和我相好手拖手。

人人呀都说咱们两个好，
阿弥陀佛天知道。

百灵子雀儿百灵子蛋，
谁不知道妹子没好汉。

百灵子雀儿百灵子窝，
谁不知道哥哥没老婆。

三十三颗荞麦九十九道棱，
妹子虽好是人家的人。

蛤蟆口灶火烧干柴，

越烧越热离不开。

………

十三

好了，我的想象过于浪漫了。事实上也许完全不像我想象的这样。事实上我们到了清平湾的时候，随随和英娥的罗曼史已告结束。我的想象是根据了村里的传说和陕北动人的情歌。

去年回陕北去，一路上我这想象逐渐清晰，便讲给同行的六个人听。大家都被这情歌打动，有老婆的想起了老婆，没有老婆的便说应该赶紧找了，不然日子有点难熬。那位"太行山人士"也说这歌词歌曲实在作得太好，然后又不失时机地讲起他的太行山，希望他认识的那女孩不要有英娥似的命运。他已料到英娥和随随的事不会成。

但无论如何那是清平湾历史上有数的几桩自由恋爱之一，而且确实极富浪漫色彩。人说，"砍柴时见二人在苦行山洼里走哩"，"见随随把英娥捉起亲口哩"，"英娥睡倒在随随怀里，咋才叫羊把沙家沟的桃黍闹糟蹋啦。"随随是在拦羊时与英娥建立和发展了爱情，这一点确凿无疑。

一九六七年冬里，英娥嫁到了马家坪。王康儿是个老实人，心里明白英娥看不下他，便连话也很少敢跟英娥说，一个人不吭不哈地受苦、做饭、喂猪，有了钱给英娥买衣裳。英娥不穿他买的衣裳，也不给做饭，也不让他跟她一块睡。英娥还是常往随随拦羊的路上跑。于是英娥娘家的人就跑到随随窑前来骂，把瞎老汉也捎上，说："叫你跟你大一样把眼窝瞎了！"随随急了，抄起老镬跑出去，说："你狗日的骂谁哩？谁的事说谁的事！"众人把双方拉开。王康儿家的人告到了公社,公社里来人把随随叫去整治了一顿。英娥听说了便要寻死。据说水银吃了能死人,据说镜子背后涂的就是水银,英娥就刮了镜子背后的"水银"吃,不顶事。她以为那层红的涂料就是水银。她又把镜子摔了,用碎玻璃割脖子,被众人发现拽住。随随也想过死,但又想到撂下瞎老汉谁管?这些都是我们到清平湾之前的事。我们来之后,风波全已平息。只是听说英娥结婚两年还是没有怀娃娃。第三年还是没有。第四年生了一个儿子,第五年又生了一个女子。众人说这下没麻搭了。

我在清平湾的几年中,没听随随说过半句这往事。他还是穷得问不下婆姨,却似乎也不急,别人问他,他就随机说些嘎话,大家一笑。

瞎老汉却心焦。他还是总到那土崖上去,和那条狗在一块,从太阳偏西望到暮色苍茫,望得随随拦羊回来。随随不再唱山歌。山歌差不多都是情歌。瞎老汉草也铡不了多少了,总是病病歪歪,他一辈子不知道婆姨的味儿,心想不能再拖累得随随也娶不上婆姨。

那时李卓干起了赤脚医生,靠一本《农村医疗手册》,自己买了听诊器、注射器,开始给老乡们开药,打针,扎针灸。李卓傻大胆,真干起来也心细,又买了麻药和手术刀,给村里一个十三四岁的男孩做了包皮切除术,竟很成功。那确是急用先学,上午抱着书看几遍,把器械都消了毒(无非是一把刀两把镊子),下午去做,手术的时候书翻开在旁边,不时再看几眼。老乡说:"要看书哩嘛,不看书能治好个病?"绝对相信他的手艺,相信他不时看看书是必要的。我也跟李卓一起去给人打过针,把针使劲往人家屁股上一戳,没进去,针头弯了,李卓就忙说:"这针头不行,换一个。"老乡们就相信那全不是因为我的手艺不济。李卓的医道于是日渐高超了。瞎老汉的病却难治。李卓再胆大,那时也还不敢做胃溃疡的手术。上延安去治就又要借钱,瞎老汉说死不去。"不顶事了,再不要瞎糟蹋了钱,"他说。"我死了你就好好介打上两眼窑,"瞎老汉跟随随说,"我死了你就结婚下婆姨好好介过。"随随就急得喊:"多会儿死咧,咱俩相跟上!"有这话瞎老汉心里就满足,于是又想起那个吹手,说:"也常要给你亲大上坟哩。把我也埋在前川枣树滩里。"随随不耐烦听,出去和"花脑"在窑前坐一会,然后使足了力气劈柴。

有一天瞎老汉又走上那土崖。看见的人说,他走得缓慢又镇静,身后也没跟着那条狗。瞎老汉往崖畔上走,差一步就要掉下去的时候人们以为他会像往常那样停住,可他没停。那崖几丈高。"花脑"这时跑来,站在崖上一望,又返身跑开,直往山里去。众人惊叫着跑下崖去,见瞎老汉正在河滩上翻身爬起,愣瞪瞪坐着,浑身是泥,只在脸上被沙砾划破一道口子,洇出血来。这事有点让人难以相信,众人一时都不敢上前。瞎老汉愣了一会,对众人说:"小鬼儿不接我去哩,还要再拖累随随哩。日这小鬼儿的先人!"

"花脑"带着随随走来时,挤了满满一窑人,瞎老汉坐在炕上,脸上只贴了块纱布。瞎老汉只说是自己不留神才出了这乱子,咋也不咋。有人还记得他河滩里说的话,就把原话悄悄说给随随。有人又记起那条狗当时被拴在窑前,便把狗叫来看,脖颈上还有半截被咬断的绳子。随随大哭了一场,发誓要给他大娶下儿媳妇。众人又劝随随,说这是天意,好人总要有好报;说神神保佑着这老汉哩,往后的日子要好过了。

这之后大约半年,随随和碧莲好上了。随随的话是:"碧莲母子命苦咧。"碧莲是说:"随随人好哩,心忠哩。"这事便在村里传开,人人都说这倒又是神神牵线,天配就的。这时明娃已经殁下一年多。碧莲是十二分的看得下随随,比随随要心急得多,催随随托人去跟公婆说。随随自己去找疤子,说:"明娃的儿还是姓明娃的姓,明娃在时和我可好哩,我不能错待了他的儿。"疤子没主意,叫他去问明娃妈。随随去了又是这一套话。明娃妈眼圈又红,沾了好一阵子,说:"就这,明娃的儿还是姓明娃的姓,你窑里我窑里都是这娃的家。你给咱出上四百块钱,我家二元儿也十七了,问婆姨又要使唤钱哩。"随随愣了半晌,回去。他自然是拿不出四百块钱。这关头碧莲却充当了男子汉的角色,说:"不怕,她不讲理,一个二婚的倒要你那么多钱?不怕她,有理走遍天下。"火在心里烧,眼见的好男人不能丢,碧莲胆子大了,抱了孩子拉了随随去找李卓他们,又找徐悦悦她们。那时我已经离开清平湾,正住在北京的医院里,听金涛来信说起这事。碧莲知道明娃妈最信知识青年的话,知道徐悦悦和金涛的嘴能说,知道那年明娃母子来北京时吃住都在李卓家,李卓在明娃妈面前说话最顶事。李卓他们和徐悦悦她们便轮番去跟明娃妈说,都感觉负了正义又神圣的使命,动之以情,晓之以理,成篇大套的恋爱自由经典学说。男女生间的隔阂于这时开始融化,我在北京听说了这一节,心里很是羡慕。明娃妈落了泪,说:"疤子下炭窑去挣来的钱,好不容易给明娃娶了婆姨,六百块钱来得那么容易?再要给二元儿问婆姨,又要五六百块钱哩。"那几个经典学说的信仰者立刻都没了话。明娃妈又说:"我晓得随随穷,二百块钱总要出哩吧?"几个人再能说也都没的说。瞎老汉竟然悄悄存了些钱,把疤子喊来,从枕头里摸出一百零六块,全给了疤子。疤子说:"咳呀——"瞎老汉说:"再欠的钱我死前准定给你还上,能行不?""咳呀——"疤子说。

我们那地方娶媳妇很热闹。一队人马从女家的村里出来,顺着山路走。最前面是四五个吹手,每人一把唢呐。吹手后头是一个迎亲的老汉或老婆儿,骑着驴。然后是新媳妇,也骑了驴(要是骑骡子就更排场),经常也并没有盖头,脸反正是垂到众人看不明白的程度。再后边是几匹驴驮了嫁妆,大致是木箱和被褥,多与少便标志出穷与富。最后又是一个老汉或者老婆儿,是送亲的。一队人在大山里悠悠地走,除了新媳妇之外似乎都不急,翻梁越岭。都是在冬天,庄稼早都收光,漫山遍野是裸露的黄土,更显荒莽,幸而天是格外的蓝,格外深远。远远望见个村子,吹手们把唢呐高高扬起,让那自由欢畅的曲调信着天游开,顺着天游开。《信天游》或《顺天游》这曲牌名都不是瞎起的。村子里的人便都跑出来,辨认这是哪村里的女子,都露着白牙笑。有相识的就朝那迎亲的或送亲的呐喊两声,对方很高兴回答。新媳妇浑身都抽紧。过了村子,吹手们歇下,一队人就走得有些寂寞。新媳妇松口气,不知是应该笑一回还是想哭一顿。再走一程,唢呐声又信天游开。

十四

一九六九年一月十七日到清平湾,这日子记得清楚,永远不会忘。不久就过年,当然是阴历年,那儿没有人承认阳历。过阴历年,过清明,过端午,过中秋,不过"十一"和"五一"。不少人稀里糊涂地知道有个"五一",却不知道有劳动节。劳动就是受苦,谈何节哉?每日都过。我们第一回上山受苦是在大南山掏地,李卓和金涛疯狂地抡起老镢掏向山顶,不久便都似终点线上的马拉松运动员,被人搀扶着安慰着拖到一边去休息。最被重视的是阴历年,不用受苦,在热炕上款盛下,喝米酒,吃大肉,吃油糕和油馍,吃豆腐和漏粉,吃白馍和扁食……这才是过节。夜晚,家家窑前吊一盏油灯,在漆黑的山间如一片朦胧的星光。

这一冬,烧的柴是队里派人给我们砍下的。大队革委会主任叫徐财,跟我们说,公社通知,知青的烧柴,队里只管这一冬,然后赔着笑脸。徐财是个老好人,既无能力也无威信,既怕公社领导也怕村里的乡亲。我们无端地想起老书上说的地保,就叫他徐地保。徐地保任何时候都显出张皇与和蔼。真正有本事有威望的原大队书记,两年前被公社降为第二把手。

山上雪化了的时候,我们自己去砍柴。提上小镢,背上书包,牵上栓儿家的"黑黑",上山去。"黑黑"是条公狗,常追踪着随随家的"花脑","花脑"对它时冷时热。我们想得挺好,砍一阵柴看一会书,书包里背着《国家与革命》《家庭,私有制和国家的起源》等等。

雪化了,风和泥土都湿润润的,山野间有了清新的生气。清平河开始解冻,早晨的太阳照在疏松的冰层上。这季节的河水也清冽,哗哗啦啦如同奏乐,轻缓而安然,像它的名字。我们牵着"黑黑"在大山上跑,喊。村里的一群孩子也提了小镰,追在我们屁股后头。孩子们请求:"吹个曲儿嘛!"仲伟带了个口琴。

站在山顶上看清平河,一条金属似的带子,蜿蜒东西不见头。清平湾上浮着薄雾,隐约可见家家窑檐下耀眼的红辣椒,隐约可闻石碾的吱扭声,人的吆驴骂狗声,狗惭愧的讨饶声和驴的引吭高歌。蓝天,黄土,地远天高。云彩的影子在山地上起伏赛跑,几座山峁忽地暗了,几座山峁骤然又辉煌灿烂。那时候你觉得,或许在这儿待一辈子也凑合吧?

"吹个曲儿嘛。"娃娃们蹲着、跪着、趴着,把仲伟围住。吹了个《三套车》,又吹了《山楂树》,又吹《小路》和《红河谷》,我们跟着哼,遇到"姑娘""爱情"一类的字眼就含混过去,不咬得太清楚。唱到《货郎与小姐》的插曲时,就尤其乱了节奏,舌头都不大利落。娃娃们听不懂,但都满意,因为那么个东西竟能吹成个曲儿。"吹个道情!"娃娃们说,"随随唱道情唱得好,这程儿不唱了。喂牛的老汉这程儿还唱,也唱得好。"有个大些的男孩就唱一句:"半夜里想起干妹妹,狼吃了哥哥不后悔。"所有的孩子都笑,说:"这狗日的骚情咧。"那男孩又唱一句:"村子小米路又僻,忽啦啦来了些游击队。"

忽然发现,远处山梁上女生们正在那儿照相,她们有人带了个相机。红头巾,绿头巾,蓝头巾,在黄土的大山上分外鲜明。李卓说:"快看,驴奔儿。"小彬望着那个蓝头巾又犯傻。仲伟吹起《海港之夜》,我们齐声唱:"当天已发亮,在那船尾上,又见那蓝头巾在飘扬!"小彬说:"×,别逗了,我看那边那山呢。"李卓说:"没错儿,那边那山上。"小彬一下把李卓扭倒,大巴掌照屁股上猛抽。我们重复唱最后一句:"又见那蓝头巾在飘扬!又见那蓝头巾在飘扬!"李卓在地上翻滚,狂呼救命。

对面山梁上的头巾都扭过去,变成脸,奇怪我们这边出了什么事。

"说真格的,小彬,"金涛说,"你写封信,我负责送到刘溪手里。"

"牛——你敢送去?"

"只要小彬敢写。"

"我替他写,你送不送?"

"那不行。"

"牛——!"大伙都说。"你知道驴奔儿不敢写。"

"要不然我去跟刘溪说,就说小彬跟她借相机用用。怎么样?"

大伙认为这主意好,说要去现在就去。

"现在不行。"

"牛——! 你就牛吧。"

"你们懂什么,这事得瞅机会。"

"牛×——!"

大伙哼着歌散开。去砍柴。

那天我们六七个人只砍了一捆黄蒿。黄蒿好烧,一点就着,不过不经烧,老乡只用它引火。晌午我们背着那捆黄蒿往回村走,以为不算少。那群和我们一道上山来的娃娃这时纷纷不知从哪儿都冒出来,一人背一大捆柴,弯着腰走,见了我们的一捆黄蒿,都扭起脸来,学着大人的腔调"咳呀咳呀"地嘲笑,脸上全是黄泥汗。孩子还不如一捆柴高,远看只有一捆柴在山坡上一跃一跃地移动。

晚上烧了一大锅热水洗脸洗脚,就把那捆黄蒿全用光。几个人脱了衣服在灯下抓虱子,浑身起鸡皮疙瘩。李卓让大伙看他屁股上的血印,说:"驴奔儿这小子真他妈驴,手真狠。"

十 五

那天砍柴回来的路上,看见个八九岁的小姑娘坐在山坡上哭,身旁放了一捆柴。这小姑娘也是追在我们屁股后头上山来砍柴的。

"怎么了你？"

她光流泪，不哭出声，用小脏手在脸上抹。

"怎么不回家？"

"砍柴时，把买本本儿的钱撂了。"

小姑娘小鼻子小眼长得挺秀气，脸被抹脏了，头发上挂着碎黄蒿。

"买什么本本儿？"

"小学校要开学哩。"

"丢在哪儿啦？"

"不晓得。这山上彻走遍，再寻不着。"

"几块钱？"

"三角。还有买笔的。"

"这好办，回家吧。"

小姑娘嘤嘤地哭出声。"我大要打死我咧……"

"谁带钱了？"

大伙都摸兜。只小彬带了一块钱。小姑娘不接，却盯着那一块钱住了哭声。小彬把钱放在她膝上，她低头看着不动手，直到一阵风要把那张票子吹掉，她才一把捂住。这小姑娘就是怀月儿。

这事我已经忘记，去年回清平湾见了怀月儿，她跟我说起这事，我才依稀记起。她说她常记得这件事，记得小彬："小彬的个子高得危险哩，他这程儿做什么？"我说："他在一家公司里，当了官了。""他跟刘溪结婚了是？""你怎么知道他们俩的事？""你们不是常笑他咧？""不行，他们俩没成。"怀月儿听了沉默一会。

回来我跟小彬说起怀月儿还记得他给了她一块钱的事，小彬说有这回事吗？却怎么也想不起来了。我说怀月儿你总记得吧？他说这名字记得。我说怀月儿是金涛的得意门生。他说金涛当小学老师那会儿，他已经当兵走了。我说怀月儿家就住在芦根沟门上。"芦根沟？沟门上？"我说怀月儿的大就是张富贵。这下他才想起来。

十六

张富贵就是前大队书记,在朝鲜打过仗,在国内也打过,头上一块很大的伤疤不长头发,所以总戴着帽子,帽子还是当兵时的帽子,已经发白,上了补丁,补丁也已发白。他之所以被降为第二把手,是因为他反对大队分红,主张小队核算。清平湾老少三百余口,土地是全川最好的,公社决定在这里搞大队分红试点,为了早日实现共产主义。

知识青年都赞成公社这主张,认为此乃历史前进必然之途径,改天换地当然之招法。由小集体到大集体再到全民所有制,最后消灭阶级以及赖阶级以生存的国家才能环球一片红,使三分之二还在水深火热中的人们全都过上好日子,这,无疑是一条革命的康庄大道。男女生坐在一起开了会,在女生窑里。男生低头耷脑地进来,女生都躲到一个角落去,油灯微光照亮之处都没人坐。然后开始互相催促着发言,渐渐说起来,总听得见"我觉得""我觉得""我觉得",大家都觉得站到斗争前列去,坚决支持大队分红,要与张富贵斗争,但张富贵毕竟是同志,所以还应该把矛头指向真正的阶级敌人。村里有一个地主。"谁呀?""是谁呀?"都不知道,光知道有一个地主。又严肃认真地探讨了一回理论。说到"生产力决定生产关系"一节时,产生一点疑问:清平湾目前没有半点机械化,人力、牛力、犁、镢头,与几百年前绝无不同,何以能产生新的生产关系呢? 大家沉默着坐了半晌。终于小彬想到:政治思想工作第一,生产工具不是生产力,掌握生产工具的人才是生产力,掌握了革命思想的人才是最先进的生产力。解决了理论问题,大家这才松了一口气,油灯跳跃着,我心想这土窑洞里还真有马列主义。小彬说话时,刘溪一直看着他,这让他永生难忘。其实大家都一直看着他。

我们去找张富贵,想争取他。我们相信比梁生宝①和萧长春②水平高。张富贵偏偏是第二把手,这像小说。小说中的二把手常是要人来争取的。

张富贵不在窑里。炕上坐着个老汉,是怀月儿的爷爷,正捻毛线。在陕北,捻毛线、织毛衣、毛袜,都是男人的事。

"您说,大队分红好,还是小队分红好?"

怀月儿爷爷啰啰嗦嗦说很多,他不识字,又结巴,说得我们打了哈欠还不知道他要证明什么。窑里只有两只木箱,几个瓦罐。猪在灶台边"咔嚓咔嚓"蹭痒痒。灶台上睡着一只猫,时而睁一下眼睛看那只瘦猪。猪卷动了几下尾巴走开了。炕上一条毛毯,两条被。窑掌里一个很大的荆条编的囤子。木架上整整齐齐码了些红薯。满窑里就再没有别的东西。

"那就好咧——"怀月儿爷爷终于告一段落。

"什么好咧? 大队分红好咧?"

"就是的,小队分红好咧。"他还有点聋。

"小队分红好?"

"噷嘛!"这次回答得明确。

男生看女生,女生看男生,又都四周看。怀月儿对我们的到来感到高兴,带着两个弟弟在炕上抛一只猪尿泡。猪尿泡里吹足了气,用线扎紧,像一只土黄色的气球。墙上贴了很多布票,仔细看,有过期的也有当年的。家家都买不起那么多布,娃娃们就把布票贴在墙上当画画儿看。

"那您说,是小队分红好呢? 还是单干好?"

我们想引导他忆苦思甜。似乎只要证明了小队分红比单干好,就自然证明了大队分红更具优越性。

---

① 梁生宝:柳青的《创业史》中的人物。
② 萧长春:浩然的《艳阳天》中的人物。

怀月儿爷爷愣了一下,把脸凑近些,压低声音问:"能哩?"颇为怀疑地看我们每一个人。

"什么能哩?"

"球——,谁解不下这事?不是不敢言传?众人心里明格楚楚儿介。小队分红好,可还是不顶单干。"

大家又互相看,都没敢轻易相信自己听见了什么。怀月儿爷爷是彻底的贫农,烈属,有三个儿子,一个死在青化砭,一个死在沙家店。

"这号话不敢乱说哩。"他从我们的神情中大约觉察出了什么,又专心于他的毛线了。一会又说:"随咋介。受苦人解开个球。"

我们又去问徐财,村里那个地主是谁。徐财说那人叫李正发,已经死了三年。

十七

在清平湾的头一年我们吃的国库粮,每人每月四十五斤,玉米、麦子、谷,还有几两青油。老乡们就说我们也都是"公家儿的"。老乡们常要吃麸子,吃糠,还吃一种叫"叶子"的东西(我至今不知该是哪两个字,查了《辞海》也无结果,总之比糠还难下咽);若吃一顿净玉米干粮便如过节般喜庆。老乡说我们:"这些窑里有办法。""这些的老子都是中央的干部咧!"说的听的都点头,确认我们给公家为儿乃天经地义,每月吃四十几斤好粮无可厚非。

婆姨们常拿着鞋底聚到我们灶房前来纳,赞叹说,"这些吃的好干粮","洋芋菜、萝卜菜,浮面常见漂的油",然后纷纷给我们以指教。北京式的窝头引得她们笑,说"这看糟践成了甚",玉米面还是要发了蒸"黄儿"才是正道。菜要煮烂,否则岂不是生吃了?白面不如掺了豆面擀成杂面条条,切得细细的,调上酱和辣子,光吃白面能吃几回?我们二十个人,轮流每两个人做一天饭,都叫苦连天,手艺本来不济，被众婆姨一指点就更乱了套路，昏天黑地。这时就有见义勇为者，麻线绕在鞋底子上，挽了袖子下手帮我们做。做一顿好饭比做不上一顿好饭当然多了乐趣。另一个婆姨又帮着烧火，说灶火该整顿了，不然柴就费得厉害，等她家掌柜的山里回来给整顿一下，她家掌柜的整顿灶火有方法。她们都很称赞北京带来的粉丝，比她们漏的粉又白又细。饭做熟了，我们壮着胆子请她们也尝尝，她们都退却，开始骂腿底下的娃不听话，依旧拿起鞋底来纳。我们给几个娃掰一点白馍吃，娃的妈眼里亮起光彩，才想起让娃管我们都叫一遍叔叔。女生们没法叫，那儿没有相当于阿姨的叫法。

二十个人都宁可上山受苦，也不愿意做饭。那灶火实在难摆弄，常常天不亮就起来生火，直到太阳很高，仍然是满窑浓烟不见人，光听见风箱拉得发疯似的响。风箱声忽然停歇，浓烟中便趔趔趄趄地跳出两个人来，抹眼泪，喘粗气，坐在磨盘上，蹲在院当心，于朝阳光中和鸡鸣声里相对无言想一阵，又钻回烟中去。要把煤火烧得旺盛，必须有好柴。譬如狼牙刺，有油性，烧起来火势既猛又耐久。然而这柴砍来费劲。我们先跟老乡借一些，借的次数多了自觉无理，就只好偷一些，反正一样，都不还。偷的次数一多，又觉得有违于"知识青年到农村去"的教导，便终于发现了呐喊山上小庙的门窗和门槛。

小庙不知经历了多少年风雨，残垣断壁，处处长满荒草，几间小殿堂也表示随时要歪倒的愿望。那腐朽的门槛，干裂的窗棂、门框，正是上好的柴。我和金涛有一次到那儿去，先发现了这能源，能源有限，不宜告诉别人。轮到我们俩做饭时，就拿一把斧头去砍一块好柴。先用光了窗棂，又砍门槛。金涛说，这门槛不知是否祥林嫂捐的那条。

小庙里几尊泥佛，斑斑驳驳还有些彩饰在身上，中间一尊仿佛是观世音。据说每个佛都有一颗心，或者金的，或者银的、铜的。我们俩在那泥胎后背砍开一个洞，果然掏出一颗心，是木头的。金涛掂掂那木头心，说这就够做一顿饭了，不用再砍门槛，门槛已经所剩不多。

佛像前铺了许多麦秸,时常有些外乡人来这儿过夜。

从榆林来过两个卖艺的,在这庙里住过几天。一个瘸子,一个十几岁的孩子。孩子很瘦,头上很多疮在流黄水。两个人来到村子中心的空地上,瘸子就敲起一面小鼓,大喊:"表演一回榆林的硬势子!"孩子把上衣脱光,显出一串脊椎骨和两扇分明的肋骨,也喊:"操心看下,演上一回榆林的硬势子。"瘸子把一根铁丝缠在孩子胸上,再把鼓敲一阵。孩子憋足一口气,弯腰跺脚就地团团转,想把那铁丝崩断。铁丝没断,孩子直起身惶然地看那瘸子。瘸子很机灵,冲众人说:"这娃几天没吃干粮了,光喝了一肚子稀米汤。"围看的人都笑。孩子又弯腰跺脚用了一回力气,铁丝终于崩断,然后换了孩子敲鼓。瘸子抡拳摇掌比画了一阵,发出歇斯底里般的叫喊,险些跌倒。

那小庙不知接待过多少流浪的吹手、石匠、说书的、卖艺的。佛像前总有些新烧就的灰烬。

有一年那小庙恢复了一阵香火。那年到处传说,从黄河东过来了神神,方圆几百里内的寺庙都兴旺了一阵,庙庙的神灵都复活。人们去庙里跪拜、许愿、烧香。那时没有卖香的,便只好用纸烟代替,指定要"延安牌"的,说那是神神看下的牌子,以致"延安牌"烟脱销了很久。呐喊山小庙的门框和门槛都被补上,窗户用席遮住,观世音后背的窟窿填满泥,刷了白灰。殿堂里光线昏暗,烟雾缭绕,人声嗡嗡。有病的求神给些药,没儿的求神神给个儿子,缺粮欠债的求神神保佑年年风调雨顺且公粮不要收得太多。瞎老汉烧了一包烟,求神神帮助随随娶下婆姨;那时随随还是单身。明娃还在世,明娃妈卖了一罐青油,差疤子去百十里外的一个大庙去磕头。据说那庙神灵大,有求必应。县里、公社里都出动了人,把跪拜的人群驱散,挑几个不大顺眼的绑走。黄河东的神神也才回了黄河东。疤子失魂落魄地跑回来,说花了十几块钱,"吱呀——,险忽儿叫捉去"。明娃死后,明娃妈仍对那神神抱着希望,认为这下明娃转世要有好光景过了。

十八

接近垴畔山的山顶处，有一眼孤零零的窑洞，与呐喊山上的小庙隔河相望，三面土夯的矮墙围成一个小院落，每天太阳最先照到它的西墙，最后离开它的东墙。窑里安安静静地住着一对老人。老汉是全村最高寿的老汉，七十七岁。老婆儿是全村岁数最大的人，八十岁。老两口自己过，不靠儿孙。并非是儿孙不孝，实在是儿孙的光景过得都还不如他们。老两口养了二十几只鸡，养两头老母猪。二十几只鸡能下不少蛋，托人拿到集上卖了，一年下来够一个人的粮钱。六七十块钱就顶一千工分，交到队里，队里给分粮。两只老母猪一年下几窝猪儿子，卖了，又够一个人的粮钱还有富裕。

年富力壮的人不能这么干，否则就挨一顿批判，或者被公社来人绑一绳。那时惩罚农民的办法只剩这一种，无论什么罪，偷了一升黑豆也好，"复辟了资本主义"也罢，都是绑一绳。一根粗绳，五花大绑，推推搡搡地送走关个把月。

村里人都羡慕这老两口，认为这老两口前生必是做下好事。

知识青年们问："咱村里有老红军吗？"

"噫——，那老汉就是。"

"打过仗吗？"

"咳呀，那老汉就打过，炮弹把耳朵震得一满聋下。"

"咱村有人见过毛主席吗？"

"那老汉就见过，在瓦窑堡。那老汉烧炭。"

"张思德也是烧炭。"

"还怕就在一搭里烧哩。"

"张思德是在安塞烧炭。"

"咳呀，那就不晓得在不在一搭里。那老汉打了几年仗把耳朵聋了下。那老婆儿在窑里听说，哭得一满弄不成，咋托人捎话去，老汉就回来。"

从来没听那老汉说过话。每天早晨总见他到河对面去担水,慢慢地走过河,慢慢伏下身把木桶探进井里,水面很高,满满地提一桶水上来,再提一桶上来,慢慢地担了往回走,沿着小路走上垴畔山,白发银须轻轻地颤。担完水他就到近处的山里寻些喂猪的野菜,或者在村前村后转着捡碎柴。无论碰见谁他也不打招呼,不管你是公社干部还是县里的干部,他照旧捡他的柴,偶尔角度适合看你一眼,倒让你有些怀疑。知识青年的到来,应该算是古今罕事,却也不给他任何惊动。他站在人群中看一会,目光和面容都极平静,仿佛早已料到要有上山下乡运动发生。

那老婆儿呢?却听说了知识青年爱吃鸡蛋,时常用围裙兜十几颗鸡蛋,小脚翘翘地走来问知识青年要不要。

那小院落总安安静静的,在朝阳里或在落日中,给人一点神秘感。

村里的一切事似乎全与他们无关。明娃死了,从那老汉的表情看,未必就是灾祸。随随成亲了,从那老婆儿的神态看,未必不是苦难。

老两口有一对好棺材,柏木打的,远近闻名。老汉每年给它们上一遍漆,漆得很仔细,很耐心。棺材放在垴畔山腰的一眼闲窑里,窑口堆满了柴草以遮挡风雨。有一回小彬偷柴偷到此处,看看四下没人,抱一捆柴正要走,黑糊糊见了那两口棺材,又见一个满头白发、满脸银须的老人正扶着棺材看着他,他拖了柴赶紧跑,老人一声不响,继续漆他的棺材。

有一天早晨,老汉起来倒了尿盆,担了水,扫了院子,回到窑里就躺在炕上,叫老婆儿把他的寿衣拿来,无非一身黑条绒袄,老婆儿以为他又要看看,就去拿来,拿来老汉就穿上,说"再没有旁的事了",就闭了眼。

那老汉入殓的时候,几乎半个村子的人都戴了孝,都是他的晚辈。男人们跪下来粗声粗气"呜呜"一阵,女人们哭得有腔有调。那老婆儿平平静静地坐在棺材旁,摸摸棺材上的漆。

又过两个月,老婆儿也死了。

那座小院落就更加静寂,主要是没有了猪和鸡的声音。

随后村里闹了一阵子"鬼"。好些人都说又见了那老汉和老婆儿,有说见二人相跟着在村里走的;有说见他俩在那院前坐着,老汉问明日吃啥,老婆儿说白馍大肉都有哩,情愿吃啥就吃啥。公社来人吓唬了一顿,又拿来一条粗绳,才没有人再说。

十九

电影放映队要来了,从县城出发了,自下川往上川走,每到一个村子演一晚上。电影队远在几十里外,消息就传到清平湾,全村人都盼着。总共三部片子,《地道战》《地雷战》《列宁在十月》,各村任选一部。

娃娃们掰着指头算日子,一面回忆起曾经看过的一部电影,就所有能想到的细节争论不休,譬如:上了刺刀的步枪是否还能放响?倘能放响,何必不放响呢?两个人刺刀对刺刀,你干吗不搂机子?你先搂机子,对方不就先"死他妈×"了吗?然后说到拼刺刀的场面,娃娃们都兴奋得捋胳膊挽袖子,跑到场院里滚成一团,直到四元儿把五元儿的头打出血。五元儿并不哭,用手捂住伤口,想把血捂回去。四元儿却吓得脸发白,实指望五元儿能把血捂回去。疤子正到场里来,四元儿赶紧跑,所有的孩子都跑散,只剩了五元儿。五元儿既流了血,屁股上又挨了疤子两脚,这才觉得委屈,一个人哭着回窑去。

年轻后生们在山上锄地,从电影说到当兵;说到当兵吃国库粮,每月还有好几块钱挣;说到赵家河有个人年昔当兵走了南方,来信说一股劲吃大米、白面,往饱里吃,不计数数;又说到有个人当了几年兵回来,就分配在县里供销社工作,一个月挣四十几块钱。"不胜打仗它狗日的,咱也去当一回兵,怕不能?""立个战功回来,日那些妈的,再不要受。"打过仗的老汉们就嘲笑这些年轻人:"把你能成了什么!炸弹一响,保险你狗日的趴下。""三天不得过去,你狗日的就要想回窑搂老婆了。""操心机关枪把你狗日的球打烂!"几个老汉瘪着嘴笑。

电影队近了,离清平湾还隔着两个村子,老乡们就都跑去看了,走二十几里路,看一回无数颗地雷乱炸,像是看烟火。婆姨女子们都穿了出门的衣裳。年轻的后生就可能买一包纸烟,享受享受,排场排场。地雷一炸,娃娃们都喝彩。清平川没有电,电影队自带一部脚踏式人力发电机,样子像自行车,两个壮劳力轮流骑在上面拼力蹬。有时蹬机器的人光顾了看电影,看得入了迷,脚下的速度就放慢,于是电影的速度也放慢,银幕上的光变暗,人物的对话走腔走调,地雷的爆炸声也不同凡响。娃娃们又喝彩,大家都笑,觉得愈发有了看头。散了电影,再走二十几里路回来,山路上洒满月光,四处庄稼叶子响,一群人吵吵嚷嚷,回味着各式各样的地雷,嘲笑日本鬼子的丑态,以为战争本来十分有趣。我们也去看,虽然几部片子在北京都看过,但生活需要有点变化,需要红火。有的老乡要连着看五六个晚上,不怕五六个村子都选《地雷战》。爱看打仗的人多,因此,选择片名上有"战"字的,地雷又比地道显见得红火。

在清平湾演的那天,我们跟徐财说:"看《列宁在十月》吧。"电影队长在一旁听见说:"那要多出五块钱,这片子是进口的。"这也是各村都选《地雷战》的原因之一。我们那儿,一个大队如果有百八十块钱公积金,就算得富队。徐财为难了,把队干部叫来商量,大家说,还是看个便宜的就对球了,队里的架子车的轮胎烂了好几条还没钱换。我们赶紧说:"不在这五块钱上。《列宁在十月》老美气。""咋?""有男的女的亲嘴儿!"李卓说。这一计策果然妙,在场的人都说:"咳呀——,那就看上一回,穷死不在这五块钱上。"

看罢《列宁在十月》,老乡们都称赞瓦西里。"瓦西里好身体,个子怕比袁小彬还高。""瓦西里能行,心忠哩!一疙瘩干粮还给婆姨撂下。""看那瓦西里的婆姨,生得够咋美!"……公认这片子确凿是比《地雷战》好看。议论要延续好多天,延续到窑里、场院里、山里。有些见识的人说:"外国人亲口和咱这搭儿握手一样样儿。"多数人不信:"球——,你和你婆姨倒常握手来?"于是有人说出不宜见诸文字的话来。又有人唱了:"抓住胳膊端起手,搬转肩肩亲上一个口。"有人又和:"把住情人亲个嘴,心里的疙瘩化成水。"又唱:"要吃砂糖化成水,要吃冰糖嘴对嘴。"又和:"砂糖不如冰糖甜,冰糖不如胳膊弯里绵。"再唱:"墙头上跑马还嫌低,面对面睡下还想你。"再唱:"你是哥哥的命蛋蛋,搂在怀要打颤颤。"再唱:"一把握住哥哥的手,说不下日子你难走。"……

电影队不定几年才来一回。

二十

有一篇外国小说中写过这么一件事:一个负责计划生育的官员,到贫民地区调查情况,兼而做一次"少生儿女可以使生活富裕起来"的宣传。那儿的人告诉她:"到了晚上,有钱人去看戏了,去跳舞了,去听音乐会了,我们上哪儿? 上床。于是一个接一个的孩子就出世了。"

不过清平湾没有床,人都是睡炕。全村三百多人,大约一半是孩子。平均每家四五个娃。少则两三个,多则八九个。

村里办着小学校。小学校有一眼窑,一个老师,几十个学生,窑前的树上挂一块胡宗南留下的炮弹皮,上课下课时就把那炮弹皮"当、当、当"地敲响。学生多是八九岁,再小的学校不收,再大的就都能上山受苦,家长不让来了。学生分成两班,一个班在窑里上课时,另一个班就在窑前写字,因为窑太小。轮在窑里的不得不跟着老师朗朗地读书:"胸怀祖国。""胸——怀——祖——国""不要看外头！——放眼世界。""放——眼——世——界""不要看外头！——敢教日月换……"这时窑外的一个班不知出了什么事，笑嚷声震天响。老师出来猛吼几声，抓出一个来问，才知四元儿用墨水把自己两腿之间的东西染成了蓝色。老师把四元儿推搡到窑里去罚站，剩下的孩子们都安静下来，纷纷跪在窑前的空地上撅着屁股写"鸠山设宴和我交朋友"，写二十遍。写字的本子各式各样，有从供销社买来，也有用糊窗纸订的。五元儿的本子竟是用装肥皂粉的纸袋拆开后订成的，那纸袋只可能从知识青年窑里捡来。五元儿头上的伤还没好，缠着布条，转着脸四处看，嘻嘻笑，手下写得飞快。

老师是本村的，上过县高中，眼睛近视得厉害，永远眯着，不和你撞个满怀绝不能发现你，发现你以后还要再看你一分钟，然后微笑着叫出你的名字，不保证一定叫得对。

"干吗不配副眼镜？"

"有一副，打碎了。"

"再配一副呢？"

"又要十几块钱，还不晓得啥时间又打碎。"所以他宁可总眯着眼睛。

老师这营生也苦，一天上六节课，只挣八分。逢上农忙还要带着学生上山支农。

"年昔娃娃们捡的麦穗，打了几斗麦。"老师对徐财说。

"噢。"

"卖了几十块钱。看是咋介……"老师很想给学校添些用具。

"这事要队委会商量。"徐财从不独断专行。

队干部会上一商量，大家都说那股子娃娃也不容易，不如割些大肉让娃娃们吃一顿。于是大肉买来了，小学校放两天假，教室窑里的灶火整顿好，支起大锅来炖肉，又买了漏粉，发了豆芽。所有的队干部都来帮忙，整宿守候在大锅旁。肉炖熟了，众干部就都先尝一碗。然后又一锅一锅地蒸白馍。馍蒸熟了，众干部又都先尝几个。

早晨,娃娃们过节般地早早爬起来,抱着父母早给预备下的大碗到学校来。几十个娃娃排好队,坐成一片,捧着碗望着教室,出声地吸着鼻子,捕捉教室里流出的肉香,赞叹声不绝于耳,逐渐地又打闹起来。徐财喊:"悄悄儿!谁日怪哩?不给狗日的吃大肉。"娃娃们都闭上嘴,屏住呼吸。大肉白馍全端出来,娃娃们都把大碗举向半空,所有的眼睛都瞅着第一个分到大肉和白馍的孩子,一时间全村都很静。每个娃娃分得一个白馍,小半碗肉,大半碗漏粉、豆芽和肉汤。娃娃们都很快乐,互相比着谁分到的肉更多,而且更肥。都先喝一口肉汤,吃一点豆芽和漏粉,看见别人碗里的肉没动,自己也不动。四元儿忍不住吃了一大口肉,别的娃娃都笑他,都往他碗里看,笑他碗里已经没有原来那么多肉了。

"咋,狗日的们操心吃!"徐财喊,也很快乐。

怀月儿先端着碗往回窑走了,说是要给她大、她爷、她妈、她兄弟都尝尝。所有的娃娃都想起窑里,骄傲地端着碗往回走,一边用筷子蘸点肉汤在嘴里喂。

五元儿永远是个倒运鬼,飞似的往窑里跑,肉和菜全扣在地上,一只大碗也搋烂,又遭了疤子一顿骂。肉和菜拣起来洗洗还能吃,半碗汤却全喂了狗。狗把那块地舔成一个坑。

二十一

五月里,麦子黄时下起了暴雨。

我们那地方树少草少,山上存不住水,只要二十分钟大暴雨,山洪就下来。那地方的雨也来得快,刚才还是明晃晃的烈日,什么时候天边藏了几块发亮的云彩,忽然响了雷,那云彩立刻黑压压爬上来,在山里拦羊、拦牛的人常常跑不回村,雨就下来。

那天我们正在山上锄谷,一抬头忽然觉得远山一片模糊,像是罩在雾中,老乡们就喊:"下得来啦!"队长捏着下巴看一会,说:"回!"

每天上山来就盼着这一个"回"字，扛起锄赶紧往回村跑。跑一阵回头望，近处的山野也变得朦胧，天变得低矮，地显得苍白，齐刷刷一道雨线几十里拉开，横着在身后追来，看看跑不脱了，就钻进半崖上的小土窑，山里常见这样的小土窑，半人高，是人们打了专为避雨用的。蹲在小土窑里再往外看，群山都隐没在大雨中。

那天亏得我们跑回了村。我们先是躲在大南沟口的小窑里，感谢老天爷的照顾，心想可以美美地歇上一后晌了。那时我们盼下雨如同小学生盼星期天。若是早晨还在梦中先就听见雨声，准有一位怪声地高呼万岁，然后打响一连串喜不自禁的哈欠，把别人也吵醒。被吵醒的人都从窗口看看雨势大小，浑身上下挠一阵再躺下，骂第一个人多事，吵了大家的好觉。下雨就是我们的星期天，可以歇着，不用天不亮就滚起来去干活，也不用为不出工而在心里谴责自己没有好好接受再教育，心安理得地躺在窑里看会儿书，打会儿牌，直着脖子唱一阵。最窝心的是唱着唱着雨过天晴，又听见队长站在谁家的窑顶上喊"山里走"。那天的雨真下得大，栓儿看看天，云层越来越厚，栓儿说："不敢盛了，操心一程儿山水下来把咱拦在河这头。"

河水已经涨了，好不容易扭扭歪歪地蹚过去。村里一片"叮叮当当"的敲盆敲罐声。人们站在窑檐下，用木棍、石块把盆盆罐罐敲响。"老天爷爷，可不敢下冷子！"婆姨们一边念叨，神情严峻。仿佛老天爷下雹子专门是为了把盆盆罐罐敲响，人替天敲，天就可以省了这份麻烦。雨紧一阵，叮叮当当的声音也紧一阵。男人们仰面凝神望着天。我想，锣鼓的由来是否与冰雹有关。

山洪下来了。几里远先听见隆隆的喧响，转眼，墙一样高出水面的洪峰就过来。挟裹着山间的泥土沙砾、枯草败叶，呼啸呐喊着奔过清平湾。清平河再不是那么清平舒缓，骤然间变成几十丈宽的急流，惊涛汹涌，浊浪拍天，似乎生怕辱没了它黄河子孙的声名。

我们披了雨衣跑向河边。雷声雨声水声，响成一片，面对面说话也要喊。天色灰黑，水色昏黄，乌云紧贴着山头翻滚，滔滔黄水如与天相连。闪电在云水之间划开，竟显出火一样的红色。村庄如一座蚁穴，弱小、飘摇。我们站在岸上惊叹着，光看见对方张着大嘴喊，听不清喊什么。清平河只是黄河上一条无名的支流，由此能想见黄河的气势了。

平时可以游泳的那个水潭不见了，急流在那儿形成一个大漩涡，掀起两三丈高的大浪。浪峰上有时托起一块上百斤重的大树根，然后又把它重重地摔进河底，一会又见它在远处的急流里翻滚上来。一百多斤的好柴被洪水抢走。

栓儿头一个跑来捞河柴，身上披一块破麻袋片，拿了木叉、镰刀和一根很长的木杆。那儿的规矩，不管什么东西，放在山里绝没人偷，但只要被洪水推走，谁把它从急流中捞上来，谁就是它的新主人。多是些碎柴。偶尔也有一两根圆木被推下来。一根圆木上百块钱，谁捞了也高兴，但又想起它的旧主人，真心叹道："日这洪水的妈。不晓得又把谁过①了。"然后把圆木抬回窑去。

女生们也站在河边，又嚷又笑，似乎还唱。

"笑咧！一程冷子下来全不要笑！"栓儿在我耳边喊。他正把镰刀往那根长木杆上绑。

"冷子一打，一年的苦顶喂了狗！"他又在我耳边喊。

"什么？"

"麦子全落在地里，水一推，球毛搁不下一根！"

我愣一下。

"哄你？玉米、秫黍也敢球势。"

"会下吗？"

栓儿再看看天："敢哩！"

我们都安静下来，感到了一点恐怖，想到明年不能再吃国库粮，往后的日子与收成的好坏有联系。不觉中都仰脸凝神望着天。

---

① 做过：相当于倒霉。

"怎么办,那?"

"弄上根绳。"

"绳?"

"把脖颈扎起!"栓儿说,像在说一个平常的玩笑,却不笑。

二十二

担粪上山,沟里走几里,山上再爬几里,六七十斤的担子压在肩上。有条沟叫愁牛沟,意思是牛走起来也发愁。愁牛沟的尽头就是苦行山,那架山梁又高又长,是说在那山上走最是件苦事呢?还是说谁能担粪爬上那架山,谁就最是好受苦人呢?北京话说"活儿干得好",陕北话是说"苦行"。还有座山叫日天峁,是全村的最高点。绝不是说它高得接近了太阳和天。提醒一句:那山又高又陡,几乎直上直下。老乡们的想象极大胆。

我和仲伟、小彬在日天峁上掏过地。掏地就是刨地,或者叫翻地,七八个人楼梯似的站成一斜行,从东走到西,再从西走到东,一步一镢,慢慢从山脚掏向山顶。牛耕不过来就人掏。一把老镢六七斤重,举起来画一个弧,落下,腰一塌屁股一撅,借点惯力,一镢一镢地把整座山一寸不落地刨开。看着太阳升起来,变红、变白、变热,身后掏下的地已经不少;看着太阳落下去,变红、变大、变冷,眼前没有刨开的地似乎还那么多。除了黄土还是黄土,漫无边际的黄褐色。说笑声便低落,渐渐变成无声,世界上只有镢头砍得地球响。黄土飞扬处一群人奋力挣扎兼而喘息。

就盼着队长喊——"歇一程儿!"立刻把老镢一扔,咕咚咕咚纷纷倒地,把两只鞋撂起来当枕头,白羊肚手巾盖在脸上,如同死去。想睡一会,因为人会累。可是又渴了,因为人又会渴。这些弱点都不如机器。山沟里就有泉眼,这最糟,还不如没有,没有倒可以死心塌地歇一会了。现在看你是忍着渴歇一会呢,还是放弃休息去解解渴呢。

山太高,跑下沟底去喝一顿再爬上来,多半正赶上队长喊"落灶"①。那时你不会再有另外的感想,只想骂天了,才更觉出"日天峁"这名字的妙处。"日这老天爷的娘!"

仲伟从家里带来块四十年代的老"罗马"表,清平湾的人从没在近处观察过手表,于是全体传看一遍后,都对它倍加崇拜。开始歇歇儿时,队长郑重地问一声:"仲伟,给咱把表看好。""三点半!"仲伟说。过了好一阵子,队长问:"几点了?"仲伟早已把表往回拨过,说:"三点三十五!"队长想,才过了五分钟,再歇一会吧。我们再把表往回拨。又过了一阵子,队长又问。仲伟说:"三点四十!"队长望望太阳,心里起疑,搬过仲伟的腕子看,果然三点四十。"球,什么介日怪表。落灶!"我们只好抢起老镬继续掏地,深悔搞得太过,致使队长对老"罗马"失去信任。再一个偷懒的办法,说出来大不雅——去拉屎。掏地的人中有婆姨女子,找个背人处去方便方便是颇通情理的,队长没话说。北京人只懂吃饭是一种享受,绝难理解另一种形式的乐趣。如果再闹闹肚子,就更不失为一种艺术。找个远而背人的地方,自然闹不起很多肚子,我们就各找了位置躺一会,长吁短叹,"这他妈不是人干的活"。我瞪着天,发觉这辈子有点不堪前瞻了。一天两天好受,一年两年也凑合活,一辈子呢?北京又传来消息,说是没来插队的人都分配了好工作。我们搜肠刮肚用尽所掌握的脏话大骂一阵,躺在山坡上,再没有别的主意。"小彬,你真不如去当兵。"仲伟说。小彬愣愣的。鹞鹰在天上盘旋。山的影子在拉长。闹肚子也不能闹到天黑去,只好又爬起来灰不塌塌往山上走。肚子咕咕叫,浑身都酸软,对日天峁的理解又深一步——老天爷不公平。

山上,一行人还在上了发条一般缓缓移动,镬起镬落,镬起镬落,像一排灵活的农具。清平湾的人世世代代就这样。太阳默默沉到山后去,山谷里漫起迷蒙的暮霭。镬头依然砍得地球"空空"响,仿佛宇

---

① 落灶:即开始。

宙中无始无终的脚步。忽然响起山歌,由弱渐强,优美二字不便形容。"咿哟喂——""哟嗬嘞——",不过像全力挣扎中的呼喊,不过像疲劳寂寞时的长叹。也不太拘泥拍节,尤其起句和结束,可以任意拖长,大约依据山野的宽阔度而定,也可能依据心中愿望的焦灼度。歌声在天地间飘荡,沉重得像要把人间捧入天堂。其中有顽强也有祈望,顽强唱给自己,祈望是对着苍天。

苍天不开恩,一年的力都白出。

插过队的人,懂了那祈望的虔诚与恐惧。

老天爷,可别下雹子!

二十三

也有人不去敲盆敲罐。也许是不那么信奉神灵,也许是受惯了生活意外的掠夺。他们大约更相信,只要出力气,随时也能得到上苍的恩助。河岸上站了村子里最精壮的男人们,拿着叉、耙、长把镰刀,呼唤呐喊着捞河柴,呼喊声和浪涛声交融在一起,想让掠夺者留下买路钱。

栓儿四十岁,个子不高,却很壮,膀阔腰圆,小腿肚子上的肌肉隆起来像一盏灯笼。你不由得要想,他凭了什么能从糠麸掺半的食物中榨取这么一身筋肉?你就想想牛吧,牛从柴禾一样的干草中能提炼出多少力气。栓儿端着长把镰刀立在河岸上,两眼盯着上游的浪峰。他指望捞一根圆木。他看不下那号绒柴,多一把柴烧顶球个甚?一根圆木能换回几斗麦!已经有两根圆木从靠近对岸的地方漂走,几个壮汉瞪眼看着,骂爹骂娘,像一群背运的强盗。栓儿身旁站了另外两个男人,每人也端一把长镰刀,三个人说好,得了圆木三家平分。栓儿实在不情愿同旁人合伙。但要想捞到大根圆木至少得三个人,圆木像一匹野兽从上游横蹿竖跳地奔过来,三把镰刀得一头、一腰、一尾同时剁上去。一个人不行,圆木会把人也拖进洪流。据说栓儿被拖走过一回，那回他拦住了一根合抱粗的大圆木，镰刀剁得很深，他拼死力往岸边拉，圆木被水冲得横过来，拖着他往前跑，众人喊他放手，合抱粗的一根杜梨木呀！他舍不得，再说也不能就这么倒赔了一把镰刀，圆木把他拖进河心，他撒手放了镰刀，攀住圆木，就那么让浪头挟裹着，摔打着，漂了几十里，没死，也没放手那圆木，清平河一个急转弯把人和木头一起扔上了岸，只是浑身被水中的沙砾、树枝拉挂得鲜血淋淋。那样的事只可做一回。那时年轻，又没有婆姨娃娃牵挂着。

栓儿的力气是全村第一。栓儿的饭量全川第二。都说上川的贾家坪有个人更是好吃法，一顿吃过二十几个白馍，一顿吃过一簸箕油圈圈儿。有年八月十五，那人割了八斤大肉，放在锅里煮熟，婆姨捞一块切一块，那人吃一块，吃了一程儿那人说："对球了，也给你们娘儿几个留些儿。"婆姨再去捞时，净撂下一锅汤。在山里受苦时，老乡们总爱讲这个故事，讲得有板有眼，语气和表情都掌握得恰当。单是肉的数量一节，常常引起争论。"不止八斤咧，八斤了，我吃着也老消停！""怕够十斤哩！""噫——，十二斤也够！不信咋?！"说十二斤的人脸也红，脖子也粗，青筋暴涨，仿佛受了许多年冤枉。其实没有人压制他，众人都情愿信任他，就像情愿信任老天爷是有眼的。说十二斤的慢慢平定了情绪，沉思着点烟。众人也都静静地追忆或畅想，气氛异常和睦起来。这故事我听人讲过不下十次，肉的数量最高到过十六斤，只有"放在锅里煮熟，婆姨捞一块切一块，那人吃一块"这一情节不变，而且讲的时候音调温柔得如嫩柳轻扬。我渐渐醒悟，那是一个美好的传说，若长久地饥饿便能长久地流传，最终如灶王爷、城隍爷、赵公元帅一般，又生出一路神仙，主管人间吃肉的事务，保护众生吃肉的权利。

栓儿是全村第一个好受苦人。别人担两趟粪，他只用一趟，一趟把两担粪全担上山，剩下的工夫可以整自留地，可以鼓捣他的小铁匠炉。他有一套铁匠的家具和一身打铁的手艺，能打除拖拉机之外的一切农具。他还是个不坏的木匠,手艺当然比不上宝生,宝生是专业木匠。但要是破木方、立柱架梁,人们宁愿请栓儿。宝生专做细木工,而且老了。但那时只有上山受苦算社会主义,担个铁匠挑子去揽活做就不如直接去县大狱。县里、公社都有铁匠铺,没有木器加工厂,因而宝生获准可以出去揽营生,但每日所得要全数交到队里,队里给宝生记十分工。即便如此,栓儿还是羡慕宝生,一天三顿饭吃在顾主头上,省了自家的粮。在栓儿眼里,天下幸福者莫过于宝生,还有榆林、绥德下来的那些匠人,出了力就能见到钱,钱是旱不死冲不走的。大约榆林、绥德有另外的政策,我们这地方穷得还不够。有年冬天,栓儿半夜起身,冒了大雪,担着铁匠挑子偷偷离了清平湾。婆姨只对人说他是去串亲戚了。那一年是遭了旱灾,家家囤子都见底,再看看栓儿的铁匠家具全不见了,谁还解不开他做什么去了?栓儿出去了一冬,回来时一根粗绳等着他,五花大绑被请到县大狱去。那些年,人们渐渐不把坐大狱看成太可怕的事。犯人亦可谓"公家儿的",遭不遭灾都有饭吃,监狱以外的人倒难免吃糠、挨饿。乡下人也不在乎什么档案不档案,想不出将来会有什么好事要受档案影响。栓儿在狱里养了几个月,白白胖胖地放回来,庄里人都说:"咳呀——,做得了嘛!"译成北京话就是"赚啦"或者"不亏"。只是亏了窑里人。栓儿婆姨挺着个大肚子正在地里锄豌豆,听说男人回来,慌慌地往回跑,见了栓儿眼泪汪汪坐倒在窑前。当夜又为栓儿生下第四个儿。

栓儿在队里受苦再不多出力。只是譬如捞河柴的时候,他才又绷紧了浑身的筋肉。

二十四

谢天谢地,雨渐渐小了,没有下雹子。

骤然天开了,夕阳异常辉煌。山川灿烂,清平河宽阔、浩荡。水声依然震耳,大浪还逞着余威,浪峰上托出被淹死的羊。

阳光又爬上崖畔,瞎老汉和"花脑"坐在崖顶上。清平湾又恢复了安详。婆姨、娃娃都跑向河边。小脚老婆儿也翘翘地往河边去。

大水翻滚得好看,夕阳在每一个浪尖上点亮一炬火把,像在庆祝一个节日,狂呼狂舞着流去黄河。

岸上的人群也像在庆祝一个节日。很多人捞到了死羊,喊,笑,把羊往窑里抬。又都真诚地喟叹:"不晓哪庄里又倒了运……"

我们也找来镰刀绑在木杆上,七捞八捞也截住了一只死羊,使劲往岸上钩。全体女生不近不远地围在我们身后,模棱两可地念些贺词:"呀——""哎哟——眼睛还睁着呐!""真惨噢。""小心别掉下去。""呀——!"众男性就感到身体里添了燃料,七手八脚出了许多笨力气。羊腿一颤,贺词也一颤:"哎呀……!"纷纷退一步,男生退一步进两步,抓了羊腿,抓了羊头,镇静如一帮元帅。

把羊抬到灶房,当即剥皮、剔肉。女生仍都围在四周,想帮点忙似的,提醒应该拿一个盆来,再拿一个盆来。

"你们还不赶紧和面。"男生说。

"和面?"

"啊!"

"白面?"

"当然白面。"

"干吗?"

"吃!废话。"

"废话!吃什么?"谁也不是好惹的。

"饺子。"

饺子很鼓舞人。大家都变得勤快、大度、和气。月亮升起来,饺子熟了。男生聚在碾盘周围"唏哩呼噜"地吞;女生围住磨盘,吃态雅不了太多,终归噪音小些。大家都一样甩汗。几条狗远远地坐在暗处。一只猫跳进灶房,被打出来。猪也哼哼唧唧地过来晃,听说人们吃的羊肉,自己有点放心。小彬吃出一块糖来,女生们都笑眯眯地把目光投向他,说吃着了的有福。

这是男女生双边关系史上的一个里程碑。

晚上躺在炕上,心里胃里身上都舒服,大伙又记起小彬有福。"驴奔儿算有着落了,你们几个还得让我费心。""这孙子! 咱们先给他张罗一个怎么样?""行,给我张罗谁吧?""沈梦苹怎么样?""不行,沈梦苹看上仲伟了。""听他妈这小子放屁呢!"仲伟说。"那算了,给你说庄宁吧。""庄宁? 庄宁看上金涛了。""真的? 何以见得她看上我了?"金涛比仲伟有幽默感。"捞羊那会儿她老看你,没发现?""没发现。你发现了?""当然。""你老看她来着?"这时候李卓出去上厕所,提着裤子跳进来:"嘘——别嚷啦,女生就在疤子窑里呢。"我们和疤子家住隔壁。"真的? 谁?""好几个。"大家侧耳细听,崖下的水声很大,疤子窑里是像有她们的声音。"得,这回可他妈现了。""别说话,听!"再听,水声依然大,疤子窑里又像没有她们,明娃妈在织布。"精神病,你们。""李卓这小子,甭给他张罗!""小点儿声! 你们听——"又都支楞起耳朵来,疤子窑里确实有细声细气的北京话。大家都闷了,面面相觑了一会,又都压低声音笑起来,说这下可恶心了。"咱们刚才都说什么了?"大伙逐句回忆一遍,无疑不妙。"她们也许听不见?""没法听不见,多大声呢。""顶他妈牛小子声大。""你呢?你他妈不比我声儿大?"大家都有点傻眼。

我们虽然有时开些没分寸的玩笑,但心里都把爱情看得纯洁、神圣。那夜集体失眠,不断有人去上厕所。头一回正正经经地探讨了爱情问题,知无不言,大家都多懂了不少。

天亮,小彬去问疤子,昨晚女生是否到他窑里去过,疤子说没有。

二十五

不久,另一个庄里插队的同学来串门,说起他们那儿遭了雹灾。

麦子全打烂在山里,老乡们拿着笤帚、簸箕上山去,把混了麦粒的黄土搓起来,一点一点地簸。娃娃们在黄土里一颗一颗地捡。不少婆姨簸着簸着哭倒在山坡上。我们听得肃然又悚然。

"国家会给救济粮吧?"

"给哩。给不闹①。"

"能给多少?"

"球不弹。"老乡说,"要饭去呀!"

"要饭去?"

"不了咋介? 饿死去?"

这言论可算反动。不过那是北京的习惯,在我们那儿行不通。我们那儿的规矩是,出去赚钱要绑一绳,出去要饭可以随便,方圆几千里内保证没有外国人。西哈努克来过一回延安,据说那几天延安街头没有要饭的。要饭多在冬天,一来闲下无事,二来窑里剩的几斗粮要留到春天吃,否则农忙时靠什么来转换成牛一样的力气呢? 有时是一个人,拖一根木棍,提一个布袋,木棍随时指向身后称职的狗。有时是一家人,男人喊一声:"打发上个儿!"婆姨牵定娃娃站在男人身后。挨家挨户地要,只要给,无论多少都满意。给的人体会要的人难,要的人看出给的人距自己也只差一步。

刚到清平湾时,我们还信奉着"在我们国家,要饭者必为好吃懒做之徒"的理论。茫茫大雪中,走来一个拖着木棍的人。村里的狗叫起来。那人走到我们灶房前,喊:"打发上个儿!"那人长得挺魁伟。

"你干吗不好好劳动?"徐悦悦先去质问那人。

"什嘛介?"那人没听懂,声音很和气,以为是在和他商量一件什么事。

"不劳动者不得食!"沈梦苹说。

那人愈茫然,怔怔地站着,才发现这群人的语言和穿戴都奇异。

---

① 不闹:即不多。

"你身体这么好还要饭哪?"

"你是什么农?"

"打发上个儿。"那人低声说。他既不懂我们的话,又不知道再该说什么。

明娃妈走到那人跟前,给了他一块干粮,说:"这些才从北京来,解不开咱这搭儿的事。"

那人拖着木棍走了,不时惶惑地回头来望。

冬天,我们熟悉的人中也有出去要饭的了。我们知道那些人实在都是干活不惜力的好受苦人。清平湾虽没遭雹子打,但公粮收得太多,年昔欠下的公购粮又要补上。年昔我们庄也是因为遭了灾,公购粮卖得不够指标。指标年年长,因为年年都有"一派大好形势"。要饭都是跑出几百里地去要,怕在熟人跟前脸面上不光彩,又以为越远的地方生活会越好些。翻山越岭,过雪地,顶寒风,住冷窑,那绝不是好吃懒做的人能受的。

冬天,我回到北京。母亲乐得不行,继而又落泪。我把一年的所见所闻向来看我的人讲个不停,自我感觉像个历险归来的英雄。听的人都惊讶,都感动,都叹气,最后又都认为我长大了。白天,剩我一个人在家,站在阳台上,看见上班的人潮,看见下班的车流,看见退休的老人带着孙子在冬阳下散步,心想天底下确乎不只有一个世界……

二十六

去年暑假,徐悦悦从美国回来探亲,到我家来看我。她穿了一件结构非常简单的针织衫,一条短裤,戴一副金丝眼镜,留着披肩发,显得比十几年前插队的时候还年轻。也许是因为那时她们都穿又肥又大的蓝制服,显不出身材的美来。她已经拿下了硕士学位,正在攻读博士,专业是什么"细胞免疫"一类,我搞不太清楚。

"还要学几年?"

"两年。或者三年。唉——!"

"怎么'唉'?"

"就是。唉——!"她自己也笑,沉一下,说:"嘿,你负责把你们那伙男生都找来,我负责找女生,咱们清平湾的一块聚一聚怎么样?"

"你请客?"

"当然我请。"

"气真粗。财大气粗。"

"唉——"她又笑,耸耸肩,有点美国毛病。"怎么样?"

"都找来恐怕办不到。"

"当然,得在北京的,能找来几个找几个。"

"去烤鸭店?"

"不如就在家里。买些熟食回来。可以好好聊一聊。吃扁食怎么样? 嘿! 吃扁食!"

"那就便宜了你。"

"咱们可以把馅弄得好些。为的是大家一块边包边聊有气氛。"

"在谁家?"

"当然在你家。你这腿有什么变化没有?"

"很稳定,雷打不动。"

"我在美国问了不少大夫,也都说这种病……"她摇摇头。"不过你的精神状态真好。"

"没办法。没办法的事太多。"

"真是真是。真对。唉——"

"怎么回事你?"

她勉强笑笑,又勉强笑笑:"也许正像你所说,没办法的事太多。"

"就下星期日?"

"什么? 噢,行。"

男生来了六个。女生来了三个,庄宁、沈梦苹和徐悦悦。徐悦悦又把她在美国的生活介绍一遍。她自己住一套房子,一间卧室,一间客厅兼书房,厕所、厨房、洗澡间都有。住处周围的环境很美,处处是草坪,小树林,白色和红色的小楼房,幽静的小路。春夏一片绿色环绕,秋天色彩斑斓,天发亮时各种鸟儿就叫起来。吃的东西非常便宜(只要你别老去下馆子,那可受不了),一个大冰箱装满了鸡、肉、蛋、菜、水果和饮料,还有鱼,够吃一星期;花一点时间自己做做饭,吃得很好。过节时请几个朋友来,施展一下中国的烹调技术(艺术,我说),把那些美国人都惊倒。

"你已经把我惊倒了。"仲伟说。

"嗯?"

"房子!你知道我现在住几平米?三口人,十平米,其中四平米漏雨。"

她说她本也想买一辆旧汽车,可她不敢开得太快,那样在高速公路上开就要被罚款,所以没买。她总搭她的美国老师的车,车开起来飞一样。她到她美国老师的家乡去玩过一趟(是在密西西比河边,还是在密苏里河边,我又没记清),总之是乡下,是牧场(还是农场?我这记性真不行)。她在那儿住了一星期。她老师的父亲经营着牧场(或农场),母亲是个虔诚的基督徒,忙于各种运动,譬如为残疾儿童募捐,为一些其他国家的难民募捐,或者去游行,抗议核军备竞赛什么的。她在那儿学会了骑马,在一望无际的牧场上跑。太阳出来时,雾气渐渐退散,露水依然闪光,牛叫,羊叫……

"你们知道我忽然想起了什么。"

"清平湾。"

"唉——"

"谢谢你的中国心。"

"别逗了。你们不理解,这是自然而然的。"

大家都垂下眼睛包饺子。

"其实那儿和清平湾一点儿都不像。他们家是一座很大的白色的房子,房子后面不远,有一片水塘。晚上他母亲总弹一会钢琴。我就想起陕北那些揽营生的吹手,喔儿哩哇啦的唢呐声。还有那时仲伟总在晚上拉小提琴。水塘那儿总有几个孩子在游泳,钓鱼,划一条漂亮的木船。有一天我一个人坐在水塘边,从日落一直到月光很亮,白房子那边又传来钢琴声,我忽然想哭,当然中国人善于不出声地哭。他来问我怎么了,我说你们美国人不会懂。他说他当然懂,很遗憾我觉得他不会懂。"

大家又都沉默了一会。大约都想起徐悦悦已经三十多岁,还没结婚。

徐悦悦带回来一道难题:那个美国人爱上了她,她也喜欢那个美国人。可是她知道她必须要回中国来。

"怎么必须?"

"没人强迫我。而且那儿的生活对我来说也没有什么不习惯。"

"你觉得那个人怎么样?"

"挺好的。确实挺好的。"

"模范丈夫?"

"少废话,现在还谈不上。我大骂过他两回。我这人怪,我也知道我这人太怪,中国的很多弊端我可以说,可是我不许他说,他一说我就来火。他倒是不光说中国的,也说美国的。"

"这反而有失国格。好像中国人都跟你一样是极左分子。"

"少废话!"

"而且不一定只有待在国内,才是爱国。"

"这我比谁都懂。可不知怎么的,我想我要是不回来,非忧郁而死不可。我不知道我干的一切事,都是在为谁。"

"不一定在中国才能为中国干事。杨振宁的成就对全人类都有益,其中也包括中国人。"

"这我比谁都懂。可我不行,我好像只有看见我是在为谁干事,我才能相信我是在为谁干事。我大概是个感情型的人。"

"那——,他不能到中国来吗?"

"也许能来,但他能不能永远在中国,我不知道。我也不能那么要求他,他有他的祖国、事业。我也不相信我对他有那么大的吸引力,能让他永远留在中国。他的研究课题,目前在中国搞起来就很困难。"

"你呢?"

"什么我呢?"

"你的专业,回国后会不会?……"

"够呛。我有点后悔当初选了这个专业,不如就当个医生。要不就回国当老师,光讲理论,不需要很多设备。"

"你离开他觉得怎么样?"庄宁问。

她不说话。

"那怎么办?"

"唉——"她强作欢颜,对我说,"所以那天你跟我说,没办法的事太多了,我说真对。你们几个男生喝酒呀?"

"要么留在美国,要么回来,"小彬干了一杯酒,说,"再找一个,好人有的是,没什么难办的。"

"找谁,你们都成家了。只有他,"她说我。"可他心里的那个目标,坚定不移。"徐悦悦显出美国式的开放和幽默,为了把心底的忧郁冲淡。

大家说应该为徐悦悦干一杯,为她将来的好运,也为她不再像插队时那样是个极左分子了。

"谁是极左分子?!"她又跳起来。

"就是你,阁下,这没错儿。后沟里的果树不是你领头砍的?"

"废话!没有你们?!"

只有金涛一直不怎么说话。

二十七

插队的第二年,村里的小学校要增加一名老师,队干部开会决定让金涛当,认为他的字写得好,又能说,保险哄得好那股子娃娃。金涛上任不久,原来的那个老师又病了,到县里住了医院。金涛说他一个人可不行,要求再派一个老师。徐悦悦便自告奋勇。徐财想,这事便宜,不用再耽误一个男劳力,当即批准。

男生又都敏感,说:"行,牛有点儿桃花运。"

"有道理,徐悦悦八成是奔着牛去的。"

"金涛这下子要受气了。"

"别神了! 我受什么气?"

"徐悦悦可是个厉害主儿。"

"厉害? 瞧我收拾她。"

"牛——!"

"嘿你们等着,我十天之内让她俯首贴耳。"

"牛×哄哄。"

我那时当了饲养员,喂牛。二十几头牛,我喂十几头,一个老汉喂十几头。老汉姓白,我在另一篇小说中写过他。饲养场离小学校很近,一下课金涛就跑来,把学校里的趣事不无夸张地跟我说一通:"刘志高的儿子没白养活,一道应用题,'地主平均每个月剥削贫下中农二百四十五斤粮,一年剥削多少斤粮',他掰着脚丫子算了一节课也没算明白。我换一种说法,'你大平均每个月挣二百四十五工分,一年挣多少',这小子用了五分钟,算对了。我说那第一道呢? 他说一满不晓得该用加法还是减法。我说这第二道呢? 他说这样的题他大常叫他做哩,用加法。我一看他的草稿纸,这小子是个天才,把二百四十五加了十二遍居然没出错儿。"我们笑了一阵。白老汉说:"实际的工分不是一个月跟一个月都不一样吗? 山里的娃娃脑憨得危险。"

"把徐悦悦收拾得怎么样了?"我问金涛。

"什么?"

"装什么傻,十天已经过去了。"

"噢。"他安静了一会。

"五元儿更神,"他又说,"五百六十五加上二十七,他居然算出得八百三十五。我琢磨了半天才明白,他列竖式时是把前头对齐了……"

我说:"咱们别打岔。说徐悦悦呢。"

"找不着碴儿。"

"这么说,关系不错?"

"别神了你。"

上课的钟声敲响,他跑回去。敲钟的是徐悦悦,一边敲一边朝饲养场上望。我忽然觉得喂牛是寂寞了些。

有一天,金涛慌慌地跑来跟我说:"一会儿徐悦悦没准儿要来跟你借象棋。她跟我借,我说那棋是你的,我不管,把她干了一愣。""那我借给她不借?""那我管不着。"他说完跑回去。这一下午我喂着牛,似乎每一分钟都有着盼望,寂寞少些。然而徐悦悦并没来借象棋。

小学校放了学,我路过教室窑前回自己的窑去,觉出里面有响动,扒窗一看,教室里只有金、徐二人,正面对而弈。金涛低着头费思考,徐悦悦的目光却全投在金涛身上,我以为那目光在徐悦悦来说是罕见的深情。

晚上我问金涛:"怎么个意思?"他说:"这家伙太狂,说要杀我三盘不开张。""结果多少?""一比一。×!我走了一步大臭棋,不然二比零。"我们俩坐在场院里,风很爽,带了雨水打过的麦秸味。从这儿可以望见女生窑里的灯光和窗纸上晃动的人影;也望见男生窑里的灯光,听得见仲伟的琴声。我们俩好一会没再说这事,在平平的场院上拿了几个大顶,又坐在麦垛旁。清平河轻缓的水声,像为静寂的群山唱着眠曲。

"我看,徐悦悦真对你有点儿意思。"

"别神。"他的语气有些含混。

"你走棋的时候,她不看棋,一直看着你,脸特红。"

"你他妈老逗。"

"我要逗,我是孙子。"

"你看见了?"

"当然我看见了。"

他没话说,就吹起口哨,吹的是《让我们荡起双桨》,我们童年时的歌。

"她今天教学生唱这歌,你听见了吗?"

"听见了。"

没过多久,一到晚上男生窑里就不见了金涛。他和徐悦悦一块去"家访",徐悦悦的新点子,就是到学生家里去,要求家长支持学生好好学习,再宣传一通教育的深远意义,告诉人家不要鼠目寸光只看见那几个工分。一到晚上金涛就往外溜。

"干吗去嘿,又往外溜。"

"去家访。"

"美其名曰'家访'?"

"向毛主席保证,真是家访。"

金涛往村子中心走,几个男生在后面悄悄跟着。村子中心那片空地上,淡淡的月光照见一个人影。金涛走近去。"今天去怀月儿家吧。"徐悦悦的声音。金涛就跟在徐悦悦身后走,相距三米远。大家有点扫兴,侧耳屏气再听,两个人再没别的话。几个人再跟踪走一阵,见两个人果然进了怀月儿家。

怀月儿大要让怀月儿退学,说怀月儿妈也要山里受苦去,不然工分就不够,这样窑里短下个做饭的人手。徐、金二人全力说服张富贵,把学校的成绩册拿来给他看,说怀月儿聪明得危险,又肯下力气学,各科学习成绩都是全校第一,将来肯定能考上初中,高中,说不定能上大学,张富贵是个见过世面的,又让二人说得高兴,于是答应,"那就让这鬼女子上吧,要真能上了大学,她老子要饭去也供养她。"

我喂牛,很晚才睡,有时发现徐悦悦和金涛站在小学校的窑前说话。这办法好,比躲到犄角旮旯去让人少生猜疑。我一边给牛添草,一边心不在焉地跟喂牛老汉搭讪着,耳朵却注意着小学校窑前。两个人的说话声也大,(又使人少生怀疑),总是说着村里的事、教学上的事、经济基础和上层建筑的事,"马列主义认为"或者"用唯物主义的观点看"。一会,金涛冲我喊:"马尔萨斯是哪国人?我一下想不起来了。"分明是想向我证明,他们俩实在都是说的正事。偶尔,小学校窑前好一阵没了说话声,我就叫白老汉的小孙女留小儿去看看。"看啥?""看他们俩在干啥。"留小儿跑去又跑回来,说:"二人站着看星星哩,一满不言传。"我悄悄绕到小学校的窑顶上,往下看,见两个人东一个西一个,间隔仍是三米,都站着,仰脸想什么。我在窑顶上等一会。徐悦悦终于说话了,说的却仍然是提高农村教育水平的重要性。

这两个人平时都伶牙俐齿,却在双边关系上都畏缩不前。直至离开清平湾,两个人谁也没把心愿说明,以致成了双方永远的谜。

金涛对自己现在的家庭生活不大满意,抱怨他妻子比他小了六岁,没插过队,什么都不懂,时常感觉像是隔代人;两口子一度吵到要离婚的地步。去年徐悦悦来,我偶然说起金涛的这些事,徐悦悦说根本不在于他爱人插没插过队,金涛这人不太懂感情,对人太冷。金涛知道后说:"什么,倒是我太冷?"之后笑笑,挥一下手,意思是:往事再提也无益。

二十八

去年回清平湾去,见到怀月儿。她已经二十四岁,还没有结婚。"问下婆家没有?"我问。"没嘛,"她忸怩地绞一下手,又说:"晚婚嘿嘛,倒不行?"二十四岁的女子还没结婚,在我们那地方就太特殊。

晚上住在疤子家,成群结队来看我的乡亲们都散尽,怀月儿还不走。明娃妈说:"先叫这睡吧,有话明儿格再拉,他有病哩。"怀月儿说:"要你老婆儿说咋?我晓得。我就再说上一句。"然而她又半天说不出一句,欲言又止的样子,两只手左绞右绞,表情有些忧郁。明娃妈说:"噫——,看这女子是咋啦,憨啦?"怀月儿也笑,说心里有话要说哩,一满不晓得咋介说。我说,你想咋介说就咋介说,怕什么。她又愣半晌,忽然说一句:"我把金老师和徐老师都欺骗了。"说得我摸不着头脑。我说:"这倒怪哩,他们俩都精得跟鬼似的,能让你给骗了?"她说:"不是的。是我没本事,考上了初中,考上了高中,白念了一顿,也没考上大学。考了三年,考得一年不胜一年。把金老师和徐老师都辜负了。就这,你回北京见了金老师和徐老师就说给,说怀月儿没本事,把他们给欺骗了。咋你睡,我走呀。"她爬起身就走出去。

我躺在炕上,抽着烟发愣。

明娃妈说:"唉,这女子。她常说对不起金涛和徐悦悦的话哩,说要不是他们去跟她大说,她大就不能让她上学。这女子就想上学哩。考了几年没考上,不晓得这程心里想起甚。她大给她说了几回亲,她一满不同意,见也不见,说要个人做主寻婆家。我说是这女子上学上憨了,倒不胜不上的好,看把自个儿熬煎的……"

人的命运真不知在什么时候,因为什么事情,就被决定了。金涛和徐悦悦带给怀月儿的,是幸福还是痛苦?假如没有上山下乡运动呢?怀月儿现在是什么样呢?

"看留小儿这会儿,两个娃了。"

"她嫁到哪村儿了?"

"高家圪垯。"

明娃妈在灯下给我铺被,背微驼了,有了白发,脸上的皱纹散开还是道道白痕。

"她爷爷死的时候,她出嫁了没?"

"留小儿出嫁第二年,白老汉就殁下。"

我想,我那位喂牛的老伙计临终时一定是松心的,这也好。

二十九

去年,回清平湾之前我给随随写了信去,说我要来村里住几天。

据说随随当了大队书记。然而直到起程之日还没收到随随的回信。也许是县城到清平川的路断了？发了洪水，邮件送不去？也许是随随拆开信，却记不起我是谁了？坐在火车上，我忽然觉得此行未免太孩子气，也许那儿根本没有人记得我了。同行的那位"太行山人士"又说："放心，老乡肯定记得你。我离开太行山已经十五年，我现在要是回去，至少当年跟我学琴的那个小女孩肯定记得我。"我不知道他为什么那么有信心。

天黑时经过一个小站。客车乱哄哄、吵嚷嚷地靠在站台边。另一边的路基上走着一个汉子，时而弓了腰，用榔头在车轮上敲。车窗里透出的灯光照亮那汉子的脸，木然，眼睛只注意看车轮，绝不对车窗里的人感一点兴趣。他有自己的生活。火车又乱哄哄、吵嚷嚷地离开小站，我一直看着那汉子走上站台，走进一间黄色的小屋去。

清平湾的人凭什么要记得我们呢？有过那么一群北京学生，少男、少女，乱哄哄地来了，吵吵嚷嚷地住了三四年，又一个一个都走了。来去匆匆，都不晓得为了什么。清平湾还是清平湾，在那偏僻的大山里，看着日出日落，做着一年四季的营生，过着自己的日子。

三十

一九六九年底回北京探亲时是二十个人，在家住了两个月，过了春节又回清平湾的只有十七个了。男生里有两个转到河北老家去落户，一样是插队，平原上的日子总比山里好过，又离北京近。女生中是刘溪，随父母去了干校，在南方。

又要回陕北了，母亲为我收拾行装，无论什么都嫌带得太少，挂面、红糖、荤油，想尽办法往提包里塞；一会又跑到商店去，捧着抱着回来：罐头，奶粉，麦乳精……"行啦，带多少也不够一年吃。"我说。她又在行李的缝隙间塞上巧克力，东一块西一块。"带这么多这个干吗！""在山里干活饿了吃一块。"这话逗得我直笑："您真该去接受接受再教育。"母亲误会了,说:"也给贫下中农尝尝嘛。"我拍拍她的肩膀,歪着头看她:"行。不会有人怀疑您的阶级感情。""别跟我贫嘴。多带一点儿又有什么关系!""关系是没有,可下了汽车全得我自己扛。"母亲不言声了,记起了有三十几里山路要靠腿走,她又把不要紧的东西往外掏,掂来倒去,偷偷抹眼泪。

离京的前一天,我们还不知道刘溪转走的事,袁小彬还很快活。"嘿,驴奔儿,你不如去问问,没准儿刘溪她们愿意跟咱们一块儿走。""高! 大包儿小包儿的,路上帮人家扛着点儿,你那么壮。"我们实在不完全是开玩笑。我们又都长了一岁,十八了,心底的那种愿望大约也长大了,有点要暴动似的。但是,那愿望还必须以开玩笑式的语气表达,以便需要时可以声明"我不过是开开玩笑"。

第二天我们在北京站的大钟下集合。李卓来得最晚,嘻嘻哈哈了一阵子,忽然对小彬说:"哟,对了,听说刘溪跟她们家去干校了。"

小彬先还不信,见李卓确乎一本正经,便"唰"的一下把脸色弄白。

"你听谁说的?"我问。

"郭大脸。"那家伙脸长得大,和我们一个公社插队,不在一个村。

"说明白点,"仲伟说,"是去了就不回来了吗?"

"废话。不信你们去问郭大脸。"

"他怎么知道的?"小彬强作镇静,脸上的肌肉已经绷紧了。

"他舅妈的姐姐跟刘溪的二姨在一个教研室。要不就是刘溪她舅妈的姐姐跟郭大脸的二姨。我没记清楚。"

"什么时候?"

"什么什么时候?"

这时候大喇叭里开始"请到太原去的旅客上车"了。那回我们走山西,先要经过太原。车票都是家里逼着买的,我们本打算退几张,每人一张车票实在花钱太多,结果让刘溪的事给搅得上了火车才想起来。

“你什么时候知道的？”

“昨天晚上。”

“你去郭大脸那儿了？”

“他来找我。”

“还说什么？”

“什么还说什么？没说什么了。”

小彬无心再问，再问也是枉然。

残冬未尽，火车在光秃秃的原野上走。铅灰色的天空正酝酿着一场春雪。

大家一致认为刘溪太不像话，继而又认为这人本不怎么样，长得也不过一般，个子虽然合适，可太瘦，皮肤也白得太过。“像她那样儿的多着呢。”“比她强的有的是！”

小彬呆坐着，像是没了魂儿，一会又附和着我们笑，笑得驴唇不对马嘴，以报答我们的好意。

“这事也不能怨刘溪，”有人说了句公道话，“刘溪知道什么？”

沉默了一下，大家又都埋怨小彬了。“让你早点儿给她写封信，你不写。”“我都说给你送去，你都不写。”“那回捞河柴时，刘溪直要跟小彬说话，这小子什么也看不出来，光顾着拽那只死羊。”……

三十一

我们六个人正好占据了一个窗口。对面窗口的四个座位上是一男三女，一看便知也是插队的。车厢里随处可见北京知识青年，多数是回山西的，回陕西的多不走这条路；打扮都相近，蓝色的或军绿色的棉大衣，白塑料底的黑灯芯绒棉鞋，一顶栽绒棉帽，女的只需把棉帽换成围巾。烟气腾腾的一伙，或大嚷大叫的一帮，如同一车开往前线去的兵痞。只一年，学会抽烟的人已占多数。女的也是成群结伴，但都牢记了离家时父母的叮嘱，静静地坐着，熬着旅程。

有一帮家伙从北京站一上车就开始喝酒,这会儿到了高潮,吹着口琴唱:冰雪覆盖伏尔加河……

对面那一男三女中的一男,看样子比我们年龄还小,长得像个小姑娘。他不时望望小彬,望望我们,想要跟我们说话的样子。三个女的轮番管教他,但他却总想摆出男子汉不屈的架势,手插在裤兜里,脚踏着拍子,尽力把三位女士的教导当耳旁风。那边的口琴声和歌声愈见高亢,他听得忍不住笑。"一群走调儿大爷。"他冲袁小彬说。小彬没理会,双目无神地呆坐着。"少讨厌!"三女同声呲儿他。那群"走调儿大爷"还是让他忍不住笑,但不出声,像是回忆着什么纯洁又美好的事。三个女的还说他"讨厌"。他仰脸看着车厢顶,深呼吸,想把笑憋回去。

"你看吧这匹可怜的老马,它跟我走遍天涯……"一群声音,什么调儿都有,我也忍不住笑。

他像得救了,把目光转向我:"是不是走调儿大爷?"

"少讨厌!"三个女的几乎同时说。

"嘿,哥们儿哪儿的?"他冲我说。好家伙,要打架是怎么着?插过队的人多半知道,这句也许可以算"叫碴巴儿"——就是找碴儿,挑衅。他自己也一愣,觉出话说得不对劲儿,忙改口:"你们在哪儿插队?"

"陕北。"

"哟,你们哪个县的?"

我告诉他。

"哟!咱们是一个县。你们哪个公社的?"

"清平川。"

这回让他失望,却又说:"我去过清平川,咱们离得不远。"然后他又说了几个在清平川插队的人的名字,问我认不认识。我都不认识。

三女中的一个在偷偷拽他。三个女的都瞪他。"你少讨厌!"三女中的一个低声说他。三个女的都显得比他大,都不正眼看我们。

过了一会,我到两节车厢交接处的门廊里去站站,他也跟过来。

"哥们儿,抽烟不?"他掏出一包"牡丹",撕开锡纸。

"不抽,我不会。"

他便难为情地把烟盒上的锡纸又包好,收起来。"其实我也不会。"

天阴得很沉,空气湿漉漉的。

"没准儿要下雪。"

"没准儿,嗯,得下。"

"要不就抽一根儿。"我伸出两个指头碰碰嘴。

"哈,你会!"

我们俩一人点上一根。看来他抽烟的水平还不如我,只是让烟在嘴里过一遍,不敢往肺里吸,唾沫把烟弄湿小半截。

"真抽没意思。"他说,帮我掸掸落在身上的烟灰,似乎与我的关系已经亲密。"我叫王建军。"他说。

"你哪届的?"

"高六七。"

"高六七?!"

他又改口:"初六六。"

"别逗了,你比我还大?"

"初六七,这回是真的,骗你是孙子。"

我上下打量他一回,看见他的裤脚接了一截,颜色比原来的深。

"嘿,你们那个大个儿真够壮的。"他说的是小彬。他好像对小彬有特殊的兴趣。"他得有一米八五吧?"

"差不多,一米八七。"

"嗬!"

"怎么啦?"

"不怎么。得留神前头那帮又抽烟又喝酒的家伙。"

"他们怎么?"

"想找不痛快。"说这话时的口气,仿佛那一帮人加起来也不是他的对手。

"什么时候?"

"在北京站。老往我们这边瞟,老想跟我姐姐她们搭话儿。"

"说什么?"

"倍儿流氓。问我姐姐她们十几了。"

"哪个是你姐姐?"

"个儿最高的。那仨窝囊废!还真告诉人家,'十八——',顶他妈我姐姐傻。"

"十八岁应该是初六八的。"

"那帮小子,抽烟抽得油着呢。"

"你姐姐是初六八的,你倒是初六七的?"

他一愣,笑了。

"我看你也就十五。"

"十六。真的!还差一个月。"

"你干吗也来插队?"

他满脸嘎笑顿时凝固,又慢慢消失。

门廊里,车轮轧在铁轨上的声音特别响,"咔哒哒——咔哒哒——"火车又经过一个小站,变换轨道,车厢摇摆得厉害,过道处的门晃来晃去,"嘭"地关上。一会,声音变成"空嗵嗵——空嗵嗵——"火车开上一座桥。

"瞧他妈这烟,还'牡丹'的呢。"王建军从烟卷里揪出一根烟梗子,乘机冲我笑笑,那神气彻底是一个孩子。我忽然觉得我是很大了。

过道的门开了,三女中的一女来叫他回去。

"你姐姐找你半天了。"

"等会儿。"他慌忙把大半截烟扔掉,踩灭。

"快着!"

他只好回去，对我说："咱们一路走，有你们那个壮哥们儿就行了，没人敢废话。"

"没的说！"我说。

那时候，知识青年中打群架的事不少。满怀豪情壮志去插队的人毕竟是少数。将来如果有人研究插队的兴亡史，不要因为感情而忘记事实。那时候，工宣队为了让大家都去，就把该去的地方都宣传得像二等天堂，谁也不愿意敬酒不吃吃罚酒，也就都报名，也就对工宣队的话相信一半，心想敢于百分之百说瞎话的人还没有出世。其实呢？出世已久。结果到了插队的地方一看，就都傻眼。譬如清平湾，简直没有什么东西可以证明那不是上一个世纪，或上几个世纪。种地全靠牛，犁、镢头，收割用镰刀，脱粒用连枷"呱哒呱哒"地打，磨面靠毛驴拉动石磨"嗡嗡"地转，每一情景都在出土文物中有一幅相同的图画。分到手的粮又很少，预示了前途的不妙。被欺骗感就变成愤怒。这愤怒便取了一种可行的方式发泄，一些知青就开始胡折腾，打群架，拍婆子。心中空落，百无聊赖。拍婆子就是交女朋友，但不是谈恋爱，带了玩世不恭的色彩。有人羞于谈恋爱，却敢拍婆子。路上碰见个漂亮的女知青，走过去跟人家没话找话说，挨人家一顿骂也觉得心里热烘烘乱跳，生活像是有了滋味。

王建军想与我们结伴而行，格外看重小彬一米八七的块头，主要是想给他姐姐及另外二女找到保护。他觉得自己应该保护她们，又觉出自己难于保护她们，大约还看准我们几个挺老实。这孩子可谓用心良苦。

三十二

到了太原，开始下雪。在车站蹲了几个钟头，转慢车到了介休。买了第二天的汽车票，又在小城里逛了一圈，天色已晚，觉得再去住旅店实在不合算。——光是睡一觉也得花六毛，决定还是在车站候车室去熬一宿。既然节约了三块六毛钱,大家又都赞成买点熟鸡吃。"买三只,每人半只吧。"卖熟鸡的老头儿提个匣子,点一盏小油灯,昏暗的灯光下是一面油污的玻璃,透过玻璃隐约可见四只鸡安稳地躺着。老头儿从来没做过这么大笔的买卖,高兴得胡子发抖,说随便再给他添几毛,四只鸡就全是我们的,他也愿意赶紧回家去吃一口热饭,睡一个好觉。我们又给他添了四毛,托着四只鸡回车站。

王建军和他的三位女当家,正坐在候车室里发呆。

王建军立刻迎上来:"你们找到住处了吗? 我们去了几家旅店,都客满。"

"正合适,省下钱吃鸡!"小彬说。

"嗬! 真没少买。"

"合一块钱一只。"

"够值的。"

"嘿,哪儿去? 别走,一块吃!"小彬已不再沉默,想抓住一切人、一切机会,来冲淡刘溪留给他的忧伤。

王建军朝他姐姐那边望望,有些犹豫。

小彬使劲一按他的肩膀:"少废话,坐下!"

四只鸡摊开,转眼间被大卸八块。插过队的人都知道,此刻谁斯文谁倒霉。这还是刚刚离开北京,要是在村里,这时大约连鸡骨头也嚼碎。在村里,谁家里寄钱来谁就请客,至少要花掉汇款的一半。几个人兴冲冲到公社去,眼睁睁在邮局取了钱,眼巴巴在供销社买了罐头,急匆匆找一眼闲窑,把罐头打开,想得周到的带了勺子,粗心的只好下手抓,顷刻间肉尽汤干,咂巴咂巴嘴,一脚把空罐头盒踢下崖去,听一会狗在崖下的厮打声,只把另外一半汇款拿回村去慢慢受用。这会儿肚子里毕竟还有油水,吃得慢多了。仲伟心细,想起那三位女士。

"嘿,给你姐姐她们拿点儿去。"

"对对对,她们也没吃晚饭呢吧?"

"不用,不用,她们不饿。"

"你这小子没良心,你姐姐对你多好!"

我们是有点羡慕王建军,有那么一个好姐姐在身旁。他姐姐长得并不十分漂亮,脸色有些苍白,个子虽高,但身体显得纤弱。她看王建军的时候,目光简直像个母亲。这时候,她正和两个女友挤在一起,三个人静悄悄的仿佛连呼吸也没有。她们这么放心王建军跟我们在一起,让我们感动,心里暖暖的。她的两个女友,一个长得算漂亮,另一个算得上丑。

"你要是不去送,"小彬晃晃拳头,"你盯着。"

仲伟捡了几块好肉,放在一张干净纸上。王建军只好送去,嗤溜一下跑过去,嗤溜一下又跑回来。太简单了点。

一会儿,算得上丑的那个姑娘走过来,也在我们面前放下一个纸包,一句话不说,以更快的速度走回去。有那么半分钟的寂静。随后我们都喊起来:

"嘿,烧饼!"

"北京的烧饼!"

"还是热乎的。"

"别神了。"

"不信你摸摸!"

我们朝三位女士那边望。她们正偷偷地笑,也朝我们望,见我们正望着她们,又都低下头。她们身旁有一个大铁炉子,炉壁的某个地方被烧红了一块。

吃着热烧饼,吃着鸡,时而还感觉到三个女性的目光。窗外漆黑,窗台上落了一层薄雪,玻璃上蒙了一层水气。候车室里人不多,这个小站没有几班夜车。有几个农民裹着羊皮袄,或者抽烟,或者打呼噜。

我抹抹嘴,问王建军:"你那包'牡丹'呢?"

"哟,让我姐姐给拿走了。"

"没事儿,我就问问。"

"我给你要去。说是你抽,她多半儿给。"

"别介,别介,坐下坐下。"

"你们在村里,敢当着女生面抽烟吗?"他问。

"有什么不敢的?"

"我们村的男生就不敢。"

"怕什么。"

"怕她们给传到家里去。"

其实我们也不敢,倒不是怕别的,是因为女生们都有个偏见,认为抽烟一定是学坏的开始。其实抽烟真是有些好处,每天晚上都喝稀的,几泡尿一撒,一会就又饿了,买鸡蛋吃又太贵,一包烟几个人抽,整晚上嘴里都有事干。单是怕她们给传到家里去。王建军到底小几岁,没悟透这中间的妙处。

王建军靠在小彬身上吹口哨,吹的是《星星索》,吹得缓慢、缠绵,倒不像只有十五岁。

"你的乐感真不错。"仲伟说。

王建军又笑了:"车上那帮走调大爷也不知是哪儿的。"

小彬直着脖子唱《三套车》。

"行了你,"仲伟拦住小彬,"你就是走调二爷,听王建军的。"

"唱什么?"

"随便,越'黄'越好。"

他唱了《鸽子》《喀秋莎》《罗梦湖》《桑塔露琪亚》……开始我们都跟着唱,慢慢逐个被淘汰,只剩了王建军和仲伟。他会的"黄歌"真不少。那时一切外国歌——除了《国际歌》——都算"黄歌"。不过"黄歌"二字在知青嘴里正失去着贬义。

"在那一八九五年的时候,芒比他离开了家园,穿过了马雅里大森林,走向那无边的草原……"

"不知道？古巴的《芒比》。"王建军说。

"月光照在科罗拉多河上，我愿回乡和你在一起。当我独自一人多么想念你，记起我们往日的情意……"

"这也不知道？《科罗拉多河上的月光》。"

"世界上无论天涯海角，我都走遍，但我仍怀念故乡的亲人，和那古老的果园……我家在丛林中的小屋，我多么喜欢，不论我流浪到何方，它总使我怀念……"

"这是美国歌，《故乡的亲人》。"他的神情有些黯然。
"我看你真有音乐天才。"仲伟说。
"妈的，不唱这种歌了。难受。唱点别的。"
"我曾走过许多地方，把土拨鼠带在身旁，为了生活我到处流浪，带土拨鼠在身旁……妈的，光想起这些歌！嗯——"

"妈妈她到林里去了，我在家里闷得发慌。墙上镜子请你下来……"

这歌大家都会，于是都唱：

"镜子里面有个姑娘，那双眼睛又明又亮……"

忽然传来一声姑娘的尖细的笑，笑声又立刻被什么堵住。我们回头去看，见那个丑姑娘正在受另外两个姑娘的责备。很快，三女士又都正襟危坐了，仿佛什么也没发生。

"别唱了,一会儿你姐姐该骂你了。"

"没事儿,她们也会唱。"

"是吗?!"我们村那些女生,以徐悦悦为首,坚决打击我们唱"黄歌"。

"她们会什么?"

"嗯……譬如《海港之夜》。"

"唱吧,朋友们,明天要远航,是吗?"

"没错儿。快乐地唱吧,亲爱的老船长……"

"当天已发亮,"都会唱,"在那船尾上,又见那蓝头巾在飘扬……"

李卓捅捅我:"去去去,唱个别的。"

小彬又两眼发直,发愣。不知道蓝头巾正在哪儿飘呢。刘溪真把小彬坑苦了。

"怎么了你?啊?他怎么了?"王建军还一个劲儿问。

"没你事,你不懂。"

"再唱吧,唱点儿别的。"

我们又唱了些别的,但情绪再热烈不起来。仿佛每个人都有一桩心事。后来就横七竖八地挤着、靠着,把头缩在大衣里都睡了。

夜里我被冻醒了几次,看见小彬一个人在抽烟。

"哪儿的烟?"

"买的。外头有个卖夜宵的小店儿。抽吗?"

"来一根儿。"

我们俩默默地抽烟。外面传来火车的喷气声和挂钩的碰撞声,还有检修工人的笑骂声。那边,三位女士的睡姿要文雅得多,趴在膝盖上,头枕着胳膊。

"真他妈够冷的。"我说。

"嗯。"小彬心不在焉。

一缕缕轻烟飘起来,在半空停着。外面的那列火车启动了。

"对了,刚才那仨女的说,要跟咱们换换地方。"

"干吗?"

"说那儿有个火炉子,让咱们过去暖和暖和,我说不用了。"

"你小子真笨。她是怕她弟弟冻着。你没叫醒王建军?"

"我哪知道? 她说让咱们都过去,我说……"

"废话! 她能光叫她弟弟过去吗?"

"这女的真不错。"

"废话,比刘溪强的有的是。"

"我不是那意思。"

"你说比刘溪怎么样?"

"×,你小子真没劲。"

"得得得,刘溪有劲,你他妈始终不渝去吧。"

我们俩又都闷头抽烟。我挺后悔刚才说的话,好像我是个不珍重感情的人。

"小彬,嘿,驴奔儿!"

"嗯?"

"等回村,找郭大脸问问。"

"嗯?"

"让他给打听打听,刘溪去的干校在哪儿。"

小彬摇摇头,不说话。

"天快亮了吧?"

"四点半。"

"怎么着,就这么算了?"

"什么? 哦。我说你别老跟我说这件事了成不成!"

又一列火车进站了,明晃晃的灯光在玻璃窗上滑过。是一列货车,拖着几十节灰黑的车皮。

"雪停了。"

"嗯。"

"要是我，打听到地址给她写封信。"

"嗯？"

"反正她也走了，就是她回信说不行，也没别人知道。"

"我估计，她压根儿对我的印象就不好。"

"我估计不会。"

小彬立刻睁大了眼睛盯着我，巴望我说下去。可我不过是想使他宽慰，再没别的要说。

"就有一件事，我不知道她是什么意思，"小彬说，"有一回在苦行山锄地，饭送到山里，她主动叫我，跟我说……"

"什么？！她找你说过话？"

"就那么一回。"

"那就是有意思！你小子还一直瞒着我。说什么？"

"那天仲伟做的饭，玉米黄儿根本就没蒸熟。女生灶上做的也是玉米黄儿，当然熟。刘溪把她的分给我一半，然后就说……"

"是嘛？！有这么回事？那天我哪去了？"

"你拉稀，没出工。"

"仲伟呢？"

"仲伟做饭。她说，男女生不如不分灶。她主动跟我说的。"

"噢——"

"你'噢'什么？"

我不忍心告诉他，只说"没什么"。我想起刘溪也曾跟我和金涛说过这句话，也是主动的。分灶的时候，男女生吵成一锅粥，只有刘溪一句话不说。为了分灶具的事，徐财让男女生各派两名代表到灶房去，在队干部的公证下谈判。我和金涛去了。女生也派了两个伶牙俐齿的角色——徐悦悦和沈梦苹。刘溪在灶房里做分灶前的最后一顿饭。四个代表龙争虎斗一番，只恨水缸不能锯成两半。徐悦悦和沈梦苹气哼哼地走了，到底不是对手。我和金涛故意吹着口哨，在灶房里再巡视一回，看还有什么便宜可占。这时刘溪忽然说："其实，男女生不如不分灶。"口哨声戛然而止，我看看金涛，金涛看看我，再吹起口哨，不是耳朵的问题？"干吗非分灶不可？"刘溪又说，但眼睛不看着我们。灶房里再没有别人。耳朵也没问题。站在女生的立场，她这可是背叛，是一句服输求和的话。却正是这样的话，险些把我和金涛打败。我们俩呆愣几分钟，赶忙出了灶房，一路上谁也没说话，没吹口哨。

现在已经记不清为什么要分灶了。好像还是因为仲伟做了一顿生饭。女生中有人嘟囔："这家伙专门儿会做生饭。"其实，嘟囔之中还夹着窃窃的笑声。仲伟正为又做了生饭而恼火："哪家伙嫌生哪家伙别吃！"又一天轮着沈梦苹做饭，做了一锅掺了麸子的窝头。男生中有人说："干了一天活儿，就他妈给喂麸子！"其实想博一阵喝彩。不料沈梦苹却不好惹，立刻嚷："少废话！穷日子长着呢。这帮少爷！"后来就逐步升级，她们骂我们是"一帮阔少爷，光想吃好的"。我们对骂曰："这群娇小姐，挣不了几个工分，饭也不好好做。"继而"少爷"之前冠以"混"，"小姐"之上封以"臭"。我们又乘她们全体去赶集之机，大吃了一顿白面糖包，却不慎走漏风声。她们又于我们不在村里的时候，吃足一顿白面葱花饼，而且为了报复并不把保密看得那么重要。终至有一天酿成了分灶的局面。

有一本心理学的书中说，少男少女在互相吸引之前，会有一段互相憎恨的过程。按我的经验看，相憎绝不在相吸前，保险是在其中，那炽热的相吸一时难于表达，便只好找碴儿打几回架。

三十三

又坐了一天汽车。雪又飘起来，越飘越大。好不容易到了黄河边。这个季节的黄河，水不多，显得安分。去年夏天和秋天，她带领着儿孙闹得太凶了。山峦被春雪覆盖了,雪盖不住的地方,泥土的颜色变深。高原默默的,难得黄河在她身边这么驯顺地躺一会。

过了黄河是吴堡县城。这里积压了不少探亲回来的知识青年。面前的路坏了,雪又太大,汽车开不了。

"哥们儿!路什么时候坏的?"王建军问。被问的人注意到,他身后站着个一米八七的大个。

"三天啦!我们他妈在这儿窝了三天啦!"

"那怎么办?"

"那不怎么办!等着!"

"有地儿住吗?"

"说的!这么大的地球,会没地儿住?"一阵笑声。

这回旅店是真的全部客满了,能过夜的地方只剩下车站。候车室里横躺竖卧的全是人,几乎下不去脚。我们好不容易在靠近门口的地方拱出一块地盘,十个人只好挤在一起坐,再不能分男女。这倒别有一番滋味在心头,是以前没体验过的。我的右边是王建军的姐姐,所以我的右半拉身子总绷紧着。左边的李卓还老说我挤了他。

"这可熬吧,谁知道路什么时候能修好。"

"我眼看就快累死了。"

"甭多,再像昨儿晚上似的冻一宿,咱们就会省得回去吃糠了。"

三个女的不说话。谁说话她们就一齐把目光投向谁,好像是说,一切全瞧我们的了,而且相信我们准有办法。

我们哪来的办法?不过我们倒是赞成她们目光中的意思——我们应该有办法。决定派两个人进城去再找找旅店,其余的人看守行李和这块地盘。三个女的要去,被大伙否决了。王建军要拉着小彬去,小彬说那不如"猜叮壳"。六个人分成两组:"手心手背!""单拨儿倒霉!"结果倒霉的是我和李卓。三个女的这回不加掩饰地笑。称得上漂亮的那一个,笑得头巾也散开。

我和李卓打算随便问上两家旅店,然后找个厕所蹲一会,就回去

119

交差。不料我们却走运,有个旅店刚空出来一间两个床位的屋子。"多住几个人行不行?""那得多交钱。""多交多少?""多几个人就得多交几份。"李卓刚要发作,我连忙把他推到一边去,交了三个人的钱。

"你们仨去住。"

"不!"三个女的说。

"要不,王建军和你姐姐去住。"

"废什么话哪?我是男的,她是女的!"

最后说妥:十个人分成三拨,轮流睡,头一拨是三个女的。每拨睡五个钟头,反正明天也走不成。

好说歹说,三个女的走了。晚上显出寂寞。在候车室里过夜的知青不少,打牌、抽烟。出来进去的人不断,别想把门关住。风把雪吹进来,在我们脚下变成水。昨天晚上太令人怀念,又有鸡吃,又有热烧饼吃。这会儿,越坐越冷,冻得人根本睡不着。

"王建军,再唱个歌儿嘿。"

"在这儿可不敢,人太多。"

"人多怕什么?谁要打架,我盯着。"小彬说。这小子纯属虚张声势,他要敢打架,兔子也能吃人。不过这会倒难说,他的悲伤正变成邪火。

"有个知青自己作的歌儿,你们知道吗?"

那是当年在知青中很流行的一支歌。关于这支歌,还有一段美好的传说。

　　　　条条锁链锁住了我,锁不住我唱给你心中的歌,歌儿有血又有泪,伴随你同车轮飞,伴随你同车轮飞……

据说,有几个插队知识青年,当然是男的,老高中的,称得上是"玩主"。"玩主"的意思,大约就是风流倜傥兼而放荡不羁吧。大约生活也没给他们什么好脸色。他们兜里钱不多,却几乎玩遍了全国的名山大川,有时靠扒车,有时靠走路。晚上也总能找到睡觉的地方,凭一副好身体。有一天他们想看看海,就到了北戴河。在那儿他们遇见了一个小姑娘。小姑娘从北京来,想找他父亲的一个老战友打听他父亲被关在哪儿,但没找到,钱又花光了。

　　生活好似逆水行舟,刻下了记忆在心头,在心头啊,红似火,年轻的伙伴你可记得? 可记得?

　　北戴河也正是冬天,但他们还是跳到海里去游了一通。远处的海滩上,站着那个茫然无措的小姑娘。"看来,那个丫头不俗气。"他们说。他们正想吸收个把女友参加他们的"旅游团",那会更浪漫些。"不行,那才是个十四五岁的小孩儿。""你想要什么? 老太太?""说真的,那小丫头儿可是长得够精神。""离这么远你就看出来了?""昨儿我在饭馆里就看见她了,一个人坐着,光喝水。"

　　当天,他们在饭馆里又碰见了那个小姑娘。"哎嘿,你吃点什么?"其中一个跟她搭话。"我不,我就是渴。"小姑娘说。"跟我们一块儿吃点儿吧。""我不,我有话梅。"小姑娘说。"话梅?"几个小伙子笑起来:"话梅能当饭吃?"

　　袋中的话梅碗中的酒,忘不掉我海边的小朋友……你像妹妹我像哥,赤心中燃起友谊的火……

　　他们和她相识了,互相了解了。他们和她一块在海边玩了好几天。爬山的时候,他们轮流搀扶她。游泳时,她坐在岸边给他们看衣服。她说,她哥哥也去插队了,如果她哥哥在这儿,也敢跳到那么冷的水里去游泳。她吃他们买的饭,他们也吃她的话梅。"哎嘿,你带这么多话梅干吗?""我爸爸最爱吃话梅,和我。""说中国话,什么和你?""我爸爸和我。这你都听不懂呀?""我以为你爸爸最爱吃话梅和你呢。"小姑娘就笑个不停。"我说,你妈妈就这么放心?""不是。妈妈不让我来,妈妈说张叔叔可能不会见我。"小伙子们都不笑了,含着话梅的嘴都停了蠕动,仿佛吃话梅吃出了别的味道。他们沉默一阵,望着海上的几面灰帆。"你应该听你妈的话。"其中一个说。"不会的,我小时候,张叔叔对我特别好呀?""小时候? 现在你长大了?""我说的是更小的时候,这你都不懂?""今天你又去找他了?""他还是没回来。""他不会回来了。听我的,没错儿。""不是! 他真是没在家。""他家里的人怎么不让你进去?""只有张叔叔认识我,别人都不认识我。这你都不信?"……

人生的路啊雪花碎,听了你的经历我暗流泪,泪水浸湿了衣衫,相逢唯恨相见晚……

据说,他们之中的一个深深地爱上了那个小姑娘,只是得等她长大。他就写下这歌词,另一个人给谱了曲。

他们和她分手了。他们回到插队的地方去,给她买了一张回北京的车票,那是他们头一回正正经经地花钱买一张车票。

三十四

后半夜雪停了。听说六十里外的义合通了车,人们都决定步行到义合去。我们想,也只有这办法。行李成了麻烦,六十里雪路,空手走尚且不知会不会累死。附近的老乡早看下了这个赚钱的机会,扛着扁担的、拉着架子车的,都来揽营生。这段路大约常出毛病。

你伸一只手,我伸一只手,在老羊皮袄底下互相摸指头,名之曰"捏码"。陕北人做买卖都这样。你出三个指头,意思是你认为这事得给三块钱;我少出一个,意思是,这么几步路两块钱足够了。都不明说,怕让围观的人捡了便宜,也怕让哪个冤大头漏了网。

白色的群山越来越清楚了。从夜里走到天亮。到处是赶路的知识青年,都累得疲惫不堪。还有担着行李或拉着行李的老乡。猛看去,如同逃避战乱的流民。

"歇会儿嘿!歇会儿再走嘿!"认识不认识的,都打招呼。

"别歇啦!天都亮啦!"大家走着一条路。

太阳出来了,路开始变得泥泞。但是太阳出来了,天不再那么黑了,也不再那么冷。太阳从白皑皑的山顶上,把光亮撒开。

给我们拉行李的是个四十几岁的汉子,大下巴,一脸胡茬。十个人的行李加起来得四五百斤,他一个人拉着,靠一辆破车。他只要了五块钱,却相信自己占了大便宜。上坡时我们帮着推一把,倒让他很不安,一个劲跟我们说他窑里的病着,意在说明他是多么需要这五块钱。

"车是生产队的,还要给队里交块半钱咧。"

王建军的姐姐掏出烧饼来给他。

他脸上焕发出光彩,两只粗手在腿侧反复搓擦:"能行哩?"

"咋,操心吃。"她的陕北话学得漂亮。

他转眼间吃了六个,又咬一个在嘴上,便拉起车来又走。

金涛在后边喊我,让我等等他。

"你猜王建军他爸爸是谁?"金涛在我耳边说,又是满脸神秘。

"谁?"

他说了一个吓人的名字。

"又他妈牛。"

"牛是孙子,嘿,牛是孙子。给咱们送烧饼的那个女的跟我说的。"

"那他怎么姓王?"

"他改姓他妈的姓了,他妈姓王。"

"我早看出他们家里有事儿。"

"我也是。"

"要不他这么小干吗来插队。"

"后来他妈也失踪了。"

"失踪了?!"

"不知道给弄到哪儿去了。"

"我早就看出来了,他们家准有事儿。"

"嘘——,轻点儿。她们就在后头呢。"

当时我们急着赶路,怕误了义合的班车。

几年后听说王建军的父亲又恢复了工作。后来又听说他上了大学。前两年我遇见过一回王建军的姐姐,在美术馆,我认出她来,她认不出我了。"忘了那年回陕北,咱们一块蹲车站了?""哎哟! 是你呀。"她又看了我一会,似乎还有怀疑,"你的腿怎么啦?""王建军现在在哪儿?"我问。"在国外。哦,使馆里。哦,当翻译。你这腿是怎么啦?"我稍微解释一下,又问起另外两个女的。"一个在当大夫,另一个……你不知道? 死了。死了八年了。"我们在美术馆的游廊里坐了一会,说些往事,说着高原上的那条雪路。我心里似乎惴惴的,有个问题。"怎么死的?"不对,不是这个问题。"打窑时塌死的。她硬要进去掏土,窑塌了……""是哪个? 她们俩,是哪个?""靳秀芳。""哪个是靳秀芳? 那个挺漂亮的?"对了,是这个问题。"秀芳可不漂亮。"她说,望着街上往来的人流。我竟然松了口气,天! 就因为她长得丑? "夏天死的,运不回来,只好埋在了村后的山坡上。"我想着那个风雪之夜,那个小车站,靳秀芳给我们送烧饼来,放下就赶紧跑了,还红了脸。她已经死了,埋在了黄土高原上。她只不过长得不太好看,其实根本算不上丑。

三十五

四元儿也长大了。去年回去,省作协的汽车把我们一直送到县里。在县上的饭馆里吃饭时,正碰上四元儿带着婆姨也来吃饭。我一眼认出他来,有小时候的嘎相儿,长得像疤子又比疤子魁伟,俨然一条陕北大汉;穿得也像样,腕子上闪闪的,只是皮肤晒得黑。他身边坐一个女子,抓一把花阳伞在手上。女子边吃边窃窃地说着什么,四元儿便摆出不以为然的样子说几句干脆话,女子就笑。

"四元儿!"我喊。

他张望一阵,愣愣地离了座位,向我走近。

"你不是清平湾的?"

"嗷嘛。"他再愣一会,忽然一把抓住我的胳膊:"咳呀!随随说你要来哩,真格倒来了。多会儿到?"

"才到。"

他却再寻不出别的话来,光是抓住我的胳膊定睛看我。

"还认得出我吗?"

"咳呀,不是随随说你要来,就不敢认。腿一满不得动?"

"随随收到我的信了?"

"嗷嘛。都说你是虚说哩,腿不得动咋能来成?倒真格来了。走!庄里回!"

"吃完饭吧。那是谁?"

他笑了:"我婆姨。我来县上开会,这人就要跟得来。"

四元儿现在是村里的会计。五元儿去了青海,前几年招工招走的,开汽车。二元儿、三元儿都成了家,分出去单过。六元儿还在上中学。

"还能记得我?"

"噫——!那程儿你不是喂牛着?"

和我一起喂牛的白老汉前年死了。他那小孙女出嫁了。当年每天晚上坐在饲养场上,她总问我北京的事,问我电视机是什么,望着天上的星星,想半天想不出个头绪。

"这程儿咱庄里也有了电视机了,黑白的。公社里就有五彩的。"四元儿说。

"通了电了?"

"通了多时了。你写的小说我看过，看得人笑哩。亮亮妈不识字，识字喽要揍你咧。"

"咋？"

"把人家那号事写在书上给众人看，咳呀——"

"小说嘛……"

"我晓得。你就把咱山里人看得啥也解不开？"

"我写的白老汉也是综合了白金玉和田秀山，写小说得用点虚构。"

"这我解开。"

现在谁喂牛？现在单干了，牛都分开，各家喂各家的。疤子还在炭窑上？还在，当了窑头，不用下窑掏炭了，只在井上动动口。炭窑上有了柴油机、电动机。栓儿呢？栓儿也老了，有一年捞河柴时摔断了腿，老了，再不敢捞河柴。瞎老汉殁了吧？在哩！平八十岁了，每日在村里走走串串，深喜自己的命好，偶尔还到那高高的土崖上去张望。那土崖上的鸽子愈多了，唯瞎老汉知道有多少只。随随箍了三眼新石窑，有了两个儿、两个女子。碧莲养了七十只鸡，成了养鸡专业户，可是运输不便，销路不算好。陕北什么时候能修铁路呢？我又记起当年和白老汉一起拦牛时，站在山坡上唱着信天游，互相说着心里的愿望：这山峁上、沟壑里要都长得是杨树、柏树，够咋美气！

那位"太行山人士"说，这儿为什么现在还不造林呢？同行的几个人都说，这真是件怪事，国家每年花很多钱治理黄河，为什么不下大力气在黄土高原上造林呢？林牧业搞起来，于黄河的治理大有益处，这儿也才有修铁路的价值，人才不光能吃饱，还能有钱。

我们的汽车出了点毛病，司机正修得满头冒汗。四元儿说他先回村去，报个信让随随预顿一下。他骑了一辆崭新的自行车，婆姨坐在车后，渐行渐远，忽地那婆姨支开了红花阳伞，远远的十分鲜艳。这又让我想起明娃，想起碧莲第一回来清平湾相亲时的样子，那稚嫩而羞涩的声音仍在我耳边："看把人的鞋踩掉了没嘛……"

三十六

在县里耽误了一天。接待我们的是一位副县长。我们这帮写小说的家伙,观察力都极佳,一进县委大院先都注意到了这个漂亮的女干部,几个人窃窃耳语,惊讶此地竟有这么一位文雅又美貌的女干部。她正在和几个粗壮的农民谈话,愈显出身材的柔美,说话时的动作也——怎么说呢——很帅,衣着剪裁得合身且讲究,让我们几个北京人惭愧。

一问才知道,她原是上海知识青年,"文化大革命"前就去了新疆农垦兵团,一九七二年随爱人来到陕北,她爱人的老家在这儿。来了之后先当了几年农民,又当了几年工人,再当了两年干部,去年被选为副县长。

"孩子呢?几个?"

"两个。一个跟我在这里,一个在上海跟着外婆。"

"不想吗?"

她笑,笑得很潇洒,"我想他,他不想我,从小跟着外婆,不愿意到陕北来。在这儿的这一个又不愿意到上海去。"

"哪年到的新疆?"

"一九六三年。"

"石河子?"

"对,石河子。"

"总理当年不是去过?"

"对,当时我就在。"

"自愿去的?"

"对,自愿。"她稍犹豫一下,又说:"也不完全是。我的出身不好,考大学时虽然分数名列前茅,但我的出身不行,没上成。我当时觉得这也没啥了不起,干什么不是一样?让党看我的真心好了。现在有些遗憾,就是没有上过大学。我现在正在上业余大学。"

"您的上海口音并不重。"

"南腔北调。陕北话我也能说,上海话也能说,维族话也能说几句。"

"三十几?"

"噢——! 四十几了!"

"不像。"

"不像吗?"这回笑得却不像个县长,像个女人。从那笑中能感到她多么希望自己还年轻,多么高兴自己还只像三十几岁。"不,老啦——"她又说。当然,她想起自己十八九,二十几岁时来,难免会有万千感慨。

"不想调回上海吗?"

"现在不想了。这儿有我的事业,也很好。"

女县长走后,我们几个人说:"嘿,这就是一篇小说。"

"太行山人士"说:"你们他妈的就知道小说,听来一点事,加上些美哉壮哉的文学词汇去制造一篇小说。抽疯。"

"废话。你说怎么写?"

"我说咱们都别写了,不如改行当小偷儿。你能写出她心里的一切来吗? 外表的和藏在心底的,眼前的和那四十几年的,加在一起才是她这个人。你能吗? 你只能偷人家点儿东西,于你制造一篇小说有用的,先定下个原则,要写成一个什么样的,强者文学吧,阳刚之美吧,乐观坚强忠诚深刻高昂……要不你吃什么!"

同行的几个人都说这小子酒喝多了。而后大家都躺下,抽着烟,默默地望那窑顶。

三十七

弄不清是不是在梦里。

清平河还是那么轻缓地流着,在村前"哗啦哗啦"地诉说着日月光阴。

我们当年住过的那眼石窑静静地坐在阳光里。窑前的小枣树长大了些,枝叶摇曳,在窑门和门前的空地上投下碎影,窑洞就更显得沉寂。窑门上了锁。木门上隐约辨出当年的墨迹:"是七尺男儿生能舍己,做千秋雄鬼死不还家。"金涛写的。还记得我给他端着墨汁瓶,称赞他的字写得漂亮,墨汁溅了我一脸。仲伟正脚踏着拍子吹口琴,吹的《霍拉舞曲》,吹得浑身乱颤。那是一九七〇年国庆,村里不放假,我们自己给自己放了假。小彬蹲在窑前逗狗。那只狗叫"玩主",会两腿站,会打滚,会玩很多花样;其父是"黑黑",其母是"花脑",父母原都老实巴交的。李卓从河边洗衣服回来,把衣服晾在小枣树上,每一枝头挂一件,飘飘扬扬如同五彩旗。秋阳温暖、干燥。欢快热烈的"霍拉"飘过河去……

现在这窑前可真冷清。窑已做了仓库。那群吵吵嚷嚷的少年都到哪儿去了? 好像根本不曾来过。好像他们还在窑里,睡着懒觉。好像他们都去赶集了,买几筒罐头,吃罢就回来。好像他们都上山受苦去了,剩我一人在家做饭,一会就会喊着饿回来的……所能清楚的只一件事:他们都远离了清平湾,但他们无论在这星球的什么地方,都终生忘不了这窑洞、这山川、这天空、这土地和人……

疤子家的磨房已经废弃了,石磨愣在那里驮满尘土。现在都用电磨了。"嗡嗡"的推磨声在我心头震起。李卓说:"一人一百圈儿,我先来。"金涛喊:"才他妈九十八! 还差两圈儿。"仲伟和小彬搭伴,两个人推二百圈。金涛又说:"仲伟真机灵,找了条'大驴'搭伴儿。"那时队里的驴不够用,时常就要人推磨。这一天就全体歇工,推一天,天黑时磨房里挂一盏马灯,大家都累得不说不笑了,驴一样地默转那一百圈,盯着面粉不慌地落,窑顶上是鬼似的人影在转……

我又到了饲养场。饲养棚都拆了,光剩一片空地,堆满柴草、石料。我寻着残留的地基,找到我当年的领地,跟同行的几个人说:老黑牛就在这儿,红犍牛就在那儿,老生牛在这儿,花牛在最边上……我记得它们的样子,盼着我给它们拌料,高兴得前蹄上石槽,亮亮的眸子望着我。白老汉哑着嗓子又唱:你看下我来,我也看下个你……

那年我住在医院里,有人给我介绍了个偏方:穿肠骨,焙干研碎了吃。穿肠骨就是狼粪中没有消化的碎骨头。我写信到陕北去。白老汉拦牛时漫山遍野地找,找到一小把,托仲伟给我捎了来。这地方的狼不多,他一定费了大力气……

那位"太行山人士"忽然说:"我决定了。"

"决定了什么?"

"回北京时我在山西下车,去我们太行山看看。"

三十八

有人会说我:"既然对那儿如此情深,又何必委屈到北京来呢?用你的北京户口换个陕西户口还不容易吗?"更难听的话我就不重复了。拍拍良心,也真是无言以对,没话可说。说我的腿瘫了,要不然我就回去,或者要不然我当初就不会离开?鬼都不信。

那儿需不需要知识青年?说老实话:需要。那儿最缺的是知识,缺老师、缺大夫、缺学农的、学林的、学机械的、学配种的、学计划生育的……除了不缺学原子弹的。

于是心里惶惶的,似乎连这思念也理不直,气不壮,虚伪。

有个也是当年插过队的人跟我说:"甭管那个,反正咱们他妈的没理。当年当了红卫兵,肯定是没理;后来去插队也没理,要不为什么插队不算工龄呢;然后转回来还是没理,有理就不用偷偷摸摸给人家送礼了;那些猫争狗斗上了大学的以为这下子还不得有理?结果工农兵大学生现在不算数;后来真正考上大学的也没多少理,三十好几了,老婆喊孩子哭,屁股大的一间房,只好蹲到路灯底下去背书,因为工龄不够,一上大学还把工资免了;还有些人为了转回来,为了上学,不结婚,忽然想起得结婚了,又没理了,成了大龄男女青年。你干脆放心得了。反正咱们不想有理了。"

话虽这么说,心里依旧惶惶的。

陕北的变化确是不小。没有要饭的了。没有人吃麸、吃糠了。

没有人穿得补丁摞补丁了。饭馆里卖的饭菜也不光是两面馍和粉汤了。插队那时，偶尔到县城来，我们几个就先奔饭馆，筹了十几块钱想大吃一顿，可无论如何花不了那许多钱，无非两道菜：素粉汤和肉粉汤。素粉汤就是漏粉、豆芽、豆腐合在一起熬，加上几片肉便为肉粉汤。现在呢，七八种炒菜写在黑板上，过油肉，宫保肉丁，木须肉，大拼盘，啤酒也有。我对那个大师傅说："咱们这儿也会这么炒菜了。"他说："不是你们北京知识青年传来的？"嗬！这可是对我们的充分肯定。吃饭也确是一种文化。我还不曾想到过上山下乡运动的这一作用。历史常常有趣，先定的目的没达到，却有了意外的收获。

前不久在报纸上见了一篇报道，标题是《经济发达地区商品、人才、技术涌向大西北》，说"西北过去经济落后，一个重要的原因是商品经济不发展……现在情况开始发生变化，经济政策放宽以后，经济发达地区的大批小商小贩、推销员、建筑队，以及有各种各样技术的人，带着时装、日用品，带着手艺、技术，潮水般地涌向大西北……"这才是真正的开发。历史上真正的开发，似乎都是这样自发的。也许上山下乡运动之所以失败，正是因为那是一场人为的运动吧！我这样想。

三十九

从县里开车去清平湾的那天，蒙蒙地下着小雨。满山的麦子正要抽穗，最上头的一片片叶子高高挑起，正如民歌中所唱：四月里麦子挑旗旗。麦子都密植了，不像过去那样，隔一大步种一撮。

山川都变了模样，认不出了，因为还是水土流失严重。女县长陪我们一起去清平湾，她说，这地方如果连着几年遭灾，老乡们的日子还是不好过。

汽车沿着山道颠簸，山转路回，心便一阵阵紧，忽然眼前一亮：那面高高的黄土崖出现在眼前，崖畔上站满了眺望的人群……

一九八五年七月三十一日

小说三篇

对话练习

女的说:"不,别开灯。先别开灯。"

"该开灯了,"男的说,"这么昏昏暗暗的好吗? 什么也看不清。"

"好,就这样最好,"女的说,"你还坐到这儿来。"

"就这样,"女的说,"让光线一点点儿暗下去到什么也看不见。你不觉得这样好吗?"

她说:"我现在还能看见你,慢慢的让天完全黑了我们谁也看不见谁。"

男的说:"行啊,听你的。"

"你觉不觉得这样好? 你自己觉不觉得好?"

"行,就这样吧。"

"别凑合。好,还是不好?"

"一定得让我把好字说出来,是不是?"

"我怕你觉得不好。你真的觉得好吗?"

"所以你什么时候都不能轻松一下。"

女的停了一会,笑笑,然后说:"好啦,你继续讲吧。"

"能轻松一下的时候,人就应该尽可能轻松一下。"

"好啦,你继续讲吧。"

"你越是怕这个怕那个,不管什么事,结果反而会更糟。"

"我是这样，"她说，"我也知道我是这样。"

两个人都停了一会。

"可我没办法，"女的又说，"我总觉得要出什么事，就快要出点什么事了。"

"什么事？会出什么事嘛?!"

"你别喊。我也不知道会出什么事。你别老对我喊行吗?"

男的声音放轻："告诉我，你为什么总觉得要出什么事?"

女的想了一会，说："你别笑我。"

"当然。不笑。"

"你笑我也没关系，可你别冲我喊。"

"既不喊也不笑。"

女的又想了一会。男的认真地等待着。

"没事了，"女的说，"我现在又觉得不会出什么事了。"

"老天爷，你可真行!"男的说。

女的说："咱们不说这事了。"

她说："不说这事了好吗?"

"好啊，听你的。"

"继续讲你们招生的事吧，"女的说，"后来怎么了，到底要谁不要谁?"

"还没最后定。反正初试通过的这九个人里最后只能留七个，得刷掉两个。"

"刷掉哪两个?"

"现在还不知道。总之得有两个被刷掉。"

"要是让你来决定呢?"

"这事不能完全由我决定。"

"假如完全由你决定呢?"

"你怎么对这件事这么有兴趣?"

"不是兴趣。我总想着那九个比我还年轻的小伙子和姑娘，不知

133

最后是哪两个倒霉。”

"有五个已经定了。其中五个肯定录取了。现在是剩下的四个当中到底刷掉哪两个。”

"这四个当中注定有两个要倒霉了。"女的说,并且连连叹气。

男的说:"什么事你都能用来折磨自己。”

男的说:"到底是哪两个倒霉还说不定。”

"九个你们就都要了算了。”

"你没懂我的意思。我是说,是被刷掉的两个倒霉还是被录取的两个倒霉,很难说。”

"嗯? 为什么?”

"也许没被录取的倒是一辈子过得轻轻松松自自由由,没那么多奢望。也许没被录取倒是一件好事。也许没被录取将来的痛苦感倒要少一点。这是件说不准的事。”

"是。"女的说。

"是。"她说,"是很难说。”

"所以谁也说不准倒霉的是哪两个,或者走运的是哪两个。”

"其实我早就这么想过。唉——”

"你别又这么认真好不好?" 男的说,"你这人总这么缺乏幽默感。”

"你看,"男的说,"现在这四个里头有三个女的,一个男的。假如我们最后录取了两个女的,那样我们就很可能是拆散了一对好夫妻。你想是不是有可能?”

女的笑笑:"是,是有可能。”

"但也可能相反,结果会在另外的时间和地点成全了一对好夫妻。你仔细想想。”

女的笑着:"嗯,也有可能。”

"如果我们录取了一个女的一个男的呢? 这样他们俩就认识了,很可能结果成了恋人。不是没有这样的可能。如果这个男的是个很坏的恋人呢？不，不，最好不说哪个很坏，这样的事很难用好坏来判断。如果这个女的因为这个男的而一生都很痛苦呢？这不是不可能的。这是有过的。"

"你肯定不是这样的人。"女的说。

"我是说那四个考生。"男的说。

"可我相信你不是那样的人。"女的说。

"嗯，你相信得可能有道理。"

两个人同时笑起来。

男的说："如果那个女的没被录取，她可能就永远也没机会认识那个男的，她的一生就肯定是另外一个样，大概倒会很幸福，她说不定会遇到一个非常好的男人，会在某一天遇到一个她非常满意的男人。"

"我绝对相信你不是你先说的那种男人。"

"那还得看你是不是那种太挑剔的女人。"

"我不是！"

"我没说你是。"男的说。

"行了行了，我没说你是。"男的说。

"我不过是打个比方。"他说。

"我确实不是那种很挑剔很专制的女人。我不是那种啰哩啰嗦的女人。难道你不知道我也讨厌那种女人？"

"我们不是一直在说我们表演系招生的事吗？我是说那四个考生，被不被录取，你都弄不清意味着什么。录取不录取，之后都有无数种可能。但录取与不录取，结果肯定不一样。"

"我说过我对你绝对满意。"女的说。

"我是不是说过？"女的问他。

"你说过。"他说。

"你信不信我对你绝对满意？"

"我信。不过别用'绝对'这个词，这个词压得我喘不过气来。"

"我并没有反过来要求你也得对我绝对满意,我只希望你相信我对你绝对满意,这行不行?"

"不管怎么,别用'绝对'这个词。"

"那好,我以后不用这个词。"

"用'相当',用'相当'就足够了。"

"好吧,那以后就用'相当'。"

"哎,你可千万别这么唯命是从。"

"行,我以后尽量不唯命是从。"

"老天爷,你好起来可真让人招架不住。"

"我从来都好。"

"咱们把灯开了吧。"男的说。

"不,别,别开灯。"

"你看",女的说,"只剩下天边那儿还有一点儿亮了。"

"你看,"还是女的说,"空地的那边是树林,树林的上头还有一点儿亮。树林的后头是山,山和天相连的地方还有一线光亮,山后边呢,是海,亮光就是从那儿过来的。"

"你说得真简单,你这么几句话就说出几千里去了。"男的说。

"那光亮在海上,走过海,走过山,走过树林,走过那片空地,走到我们这儿。"

"你说的真容易。你实际去走走看。"

"走到我们这儿把我们显现出来,我才看见了你,你才看见了我,"女的说,"你不觉得这太奇怪了吗?"

"本来并没有你,也并没有我,后来就有了你也有了我,"女的问他,"你不觉得这太奇怪了吗?"

"我这时候看你是这样,另一个时候看你又是另一个样,"女的说,"这真是太奇怪了。"

男的一直不回答她。

"你看我这裙子漂亮吗?"

"还好。"

"你看我的发型要不要变一下?"

"也可以。"

"你这样逆光看我,觉得好吗?"

"不错。"

"你就是不说'真好'。"

"要说还不容易吗?"

"可你就是不这么说。"女的说。

"你从来不这么说。"她又说。

"你很少这么说。"她说。

"反正你总是想尽办法苦恼自己,"男的说,"在任何又高兴又轻松的时候,你都能想办法把它变得又痛苦又紧张。这方面你是天才。"

"那你觉得现在好吗?"

"本来很好。"

"要是我不说刚才那几句话,你真的觉得特别好吗?"

"总归你是得让我把'真好'呀、'特别好'呀什么的都说出来才行。"

"是不是? 到底是不是?"

"是——!"男的说,但他很快又把声音放轻些,尽量柔和些,说,"是。"

"我知道,"女的说,"我的毛病我知道,可是没办法。"

她又说:"不知道为什么,我总觉得要出什么事。你别又冲我喊。我自己也不知道。"

"你想想,有什么事好出嘛!"

"你别在意。这完全是我自己的问题,你千万别在意。我知道不会出什么事。可我总感觉就要出点儿什么事了。"

"把灯打开好吗?"

"不,你别。"

"这么暗,简直什么也看不清。"

"你别开灯。来,还坐到这儿来。"

"你是不是哪儿不舒服?"

"没有。我觉得非常好。"

"你躺下吧,你躺一会。"男的说。

过了一会,男的又说:"以往的痛苦,除了把它忘掉,没别的办法。"

"这我知道。不是因为这个。"

"我们都有自己的历史,我们都得尽力去忘掉一些事。"

"这我懂。绝对不是因为这个。"

"你总喜欢用'绝对'这个词。"

"真的不是,真的。"

"那到底为什么?"

"这不过是一种感觉。我不过随便说说。你别在意,一会儿就会过去。"

"也许咱们出去走走?"

"不不,就这样最好,就这样,我们俩,这样一直待到天黑,待到什么也看不见。就这样,多好。"

"告诉我,"男的低声问她,"你觉得会出什么事?"

"我也不知道,"女的低声回答他,"我只是觉得太好了,最近我一直太顺利了,我总觉得不太可能是这样。"

男的如释重负般地出一口长气。

女的低声说:"所以大概要出点什么事了。很久了,一直这么顺我觉得不大可能。"

她说:"你看现在多好。天边那一缕亮也没了,天完全黑了,差不多完全黑了。"

她继续低声说,慢慢地像是自语:"我们谁也看不见谁了。可我感觉得到你是坐在我身边。你闻没闻到这周围的气味？你看不见可你闻得到，你数不清这都是什么气味聚合成的气味。你一旦闻不到它了你简直都不能回忆起它来。这气味除非你自己也闻到了，否则别人就没法告诉你，你也没法告诉别人。"

她继续说着，渐渐地如同梦呓："如果要形容它，我最先想到的是动物饼干的气味，然后是月亮下一只小板凳的气味，是夏天雨后长满青苔的墙根下的气味。还有一棵大树，一棵非常大的树的气味。以后，它会是天慢慢黑下去的气味，以后一到天黑我肯定就要闻到这气味。"

男的说："你躺好，躺好一点儿吧。"

"你再听听到处有多安静，"女的还在说，"天黑下去的时候就是这声音。光亮从那片空地那片树林上退去的时候，就是这么安静，就是这样的声音。光亮退到树林后面去的时候，退到山的后面再退到海上去的时候，总是带着这样的声音。你说不清这里面有多少种声音。这里面有所有一切的声音。你很少能听到世界上的所有声音，因为你总不喜欢这样一直待到天黑，你总是要把灯打开看看明白。"

"你躺好吧，你躺好好不好？"

"嘘——，别说话，握住我的手。"

很久，两个人不再说什么。

两个人很久不出声。

然后，男的轻轻问："你睡着了？"

女的回答："我一直都睁着眼睛。"

"想什么？"

"我想你们不是在招生。"

"嗯？"

"你们简直是在分配那几个孩子的命运。上帝借你们，在给那几个人分配命运。"

"嗨，你说的真对。"

"可他们并不知道自己分到的是什么。分到了,也还是不知道自己分到的是什么。"

"对,是的,不知道。你这个比喻真妙。"

"他们以为是什么,实际上多半正相反。"

"实际百分之九十九不是他们想的那样。"

"可你们到底根据什么要谁不要谁呢?"

"这你应该知道,"男的说,"我们是表演系,我们是教表演的。我们是培养演员的。表演,这很难说。你喜欢他,可我喜欢另一个。"

"就因为喜欢不喜欢? 就根据这个?"

"我现在选中一个,但这可能是我的错觉,过一会儿我发现这是错觉,我就选择了另一个,但是谁来担保这一次不是错觉呢?"

"可他们的命运就这样被决定了。"

"你以为怎么决定呢?"

"他们就各有各的前程了。"女的说。

"可不是吗? 他们就各演各的角色。"

"那回我碰巧遇见你,"女的说,"我看你很面熟,我就追上去问你。"

"我们的命运也是被别人决定的。"他说。

"我那时候真是胆子大,"女的说,"我就跑过去问你是不是一个演员。你记不记得?"

"别人决定了我,我又去决定别人。"

"不知道为什么那一回我的胆子特别大,我说,嘿! 您是演员吧? 其实我的胆子平时并不大。"

"决定了我的那个人当初也是被别人决定的,被我决定的那个人将来再去决定别人。"

"然后我们就认识了,到现在。"

"否则我现在就不是我,我就不是我现在。"

"是的,你当年要是不被表演系录取,我们就谁也不会认识谁。"

"我现在就在放羊。我现在就在打鱼。我现在就是个卖鱼的,你对我来说顶多是个买鱼的。可上帝决定借一个人分给我另外一种命运。"

　　"就因为他喜欢或不喜欢?"

　　"归根结蒂是因为这个。到头来你找不出更严肃的理由。"

　　她轻轻地叹一口气。女的轻轻地叹一口气然后说:"但愿上帝喜欢我们。"

　　"可你不知道上帝喜欢的含义是什么。你怎么也不知道。人就像个瞎子。喂,把灯开开好吗?"

　　"不,你别。你别开,别开灯。"

　　"太黑了,该开了。这么黑谁也看不见谁。"

　　"这多好,谁也看不见该有多好。"

　　"你就这么喜欢谁也看不见谁?"

　　"对了,我喜欢。这样才真实,否则你能看见什么呢?"

　　"你怎么有点儿发抖?"男的说。

　　女的说:"没有。搂紧我。"

　　"对,对了,就这样,"女的说,"搂紧我。"

　　"你别又胡思乱想,"男的说,"你别总以为要出什么事,不会再出什么事了。"

　　"我宁愿你这样骗骗我。"

　　"不是骗你。"

　　"管它是不是,我愿意听你这样说。搂紧我。反正我也愿意听你这么说。"

　　"我骗过你吗?我从来没有骗过你。"

　　"我不是说你。我是说我自己。我愿意相信一切都是真的,管它呢?反正我宁愿相信一切都是真的。好了好了,跟我说点儿别的事吧。"

　　"说什么?"

"随便说点儿什么。"

男的想了一会儿,说:"但愿明天他们六个人里有人会改变主意。"

"哪六个?"女的问。

"我们教研室除了我其余的六个。究竟录取哪两个刷掉哪两个,现在他们的意见是三比三,现在这事倒真的要由我来决定了。"

"可我发现我的感觉都不对,都是错觉。"

"但愿他们六个人里有一个改变主意。如果出现了四比二就好了。那样我就可以弃权了。"

舞台效果

黎明漫散得无比广阔。在最近的地方,一片叶子飘摇垂落,没弄清它最初的来路,把寂静触动一下,轻轻一响混同到所有安卧的落叶中去,十分稳当。微明中一排黑色的大树,浓密的树冠在空中与天尚划不出界线,天是钢蓝的,越往下越浅一些。微明便是从一棵棵粗大的树身之间透过来。墙一样的树身上斑斑驳驳长了菌类,几十年前被人刻过的地方现在是意义不明的疤结。走远一些,走得脚下没有了落叶响,再回身去看那排大树,发现它们不过在广阔的黎明中占了很小的部分。因为人占着更小的部分。

两个人有时就像是齐步走那样走着,但他们并没特别去要求这一点,所以现在是两只脚两只脚同时落地的声音,过一会就是四只脚分别落地的声音,一会再变回去,交替重复。空气中的味道越来越让人有清晰的盼望,让人不想去说什么。

那是城市和湖。现在一边是还没有喧闹起来的城市,一边是渐渐变亮着的一片大湖,中间这条路继续向纵深延展并且开始分岔了。他们走到这儿有些徘徊。两个人都上了年纪。男人身材颀长,虽已瘦削但高大的骨架还在那里。女人的腰身已明显宽满,但被剪裁精确的衣裤严格控制住,让所有人都先去想她年轻时的风韵。逐年膨胀的城市把触角伸到湖的边缘,才有所收敛。城市巨大的黑影和湖水无际的白光都凝然不动,唯蓝色雾气如幕景般层层垂挂飘摆,带动起湖岸上成熟草木的气息。两个老人把行囊从背上卸下来,让它躺倒在脚边。两个人面向城市惊讶地望了一会儿。男人便去附近走了一遭,这时路上仍不见有行人。女人把一张地图展开。男人回来,把两个行囊都提着,朝离他们最近的湖岸那儿去。女人展开那张地图就像展开一份熟悉的报纸,就像在熟悉的报纸上立刻就能找到自己喜爱的栏目那样,她找到了自己要看的部分并且埋头进去,然后又像核对账目那样把地图与远处的城市对照。当她转身要跟男人说什么的时候,这清晨的路上只有一个捧了地图的兴奋的女人,她发现男人和那两个行囊都在远处湖岸的长堤上。

从一个抓不住的瞬间,清晨开始有了色彩。绿色湖水铺展得平稳辽阔,托起浩荡的紫色雾气,向高天弥漫,向湖的银灰色的四周涌溢。长堤朦胧成一条细线,上面有两个老人的小小身影。

男人沿着长堤向前走几十米,站住点了一支烟,又往回走,走走停停,来来回回在那长堤上走。女人坐在堤上,打开行囊,找出一些吃的东西来;她先把男人的一份调配好放在一边,然后又调配好自己的一份慢慢吃起来。男人还在离她几十米远的地方抽着烟踱步。她不去麻烦他,单是自己望着眼前这座城市出神,像在琢磨它的来龙去脉,像在边读边猜一面残断的碑文,像是在听一种未必是所有人都能听到的声音。湖水在她背后有节奏地撞着堤岸。墨绿的水草在将出未出水面的地方牵缠成网,时而被湖水贴上堤壁,时而又被收容回去。男人抽完了一支烟回来,在女人身旁坐下,拿起女人为他预备好的那份食物看看,挑几块好吃的玩意儿悄悄放到女人的那一份中去,才开始大口吃起来;目光却一直追随着女人的目光去。城市也开始从灰暗中鲜明出来,如雾散的港湾里一条辉煌的巨型客轮。

路那边的一座小房子里走出来一个少年男孩,他端着一个很大的搪瓷杯,走出几步去蹲下来刷牙。他刷牙的姿势很夸张,把牙刷在嘴里横横竖竖斜斜地使劲刷,想必他很珍视自己的牙齿,整个身体都在用着劲,咯嚓咯嚓的响声直传到湖边来。两个老人望着那个男孩,先是惊异于他的刷牙方式,继而又怀疑这样激烈的动作不见得没有另外的目的,最后他们明白了,两人互视一笑。有一只母鸡走到男孩面前,也惊奇地看他,用这只眼睛看了又用那只眼睛看,心想男孩嘴中的白沫能不能分一点给自己做早餐。男孩便跟那只母鸡玩起来,满嘴里是白沫并且含定那根牙刷,追到母鸡把它抱起来往高里抛,母鸡飞下来他再抓到它往高里抛。母鸡的叫声惊动了男孩的母亲。小房子里有人骂他,也可能是他的姐姐。男孩慌忙回到原处,用清水漱了口,钻回小房子里去。母鸡走到男孩待过的地方,试着在地上啄几下,终不明白那么好的白沫怎么会转瞬即逝。

两个老人直看着小房子后面的炊烟淡尽了,一个男人出来骑上车走了,一个妇女出来也骑上车走了,然后那个男孩和他的姐姐从小房子里出来,步行着上了路;小房子和小房子前面的空地都染上霞光。远远的湖岸上响起钟声,钟声在湖面上朗朗地流传。

这时没有了湖。闻不到湖水的气味了才感到远离了那片湖。城市里的白天永远是过节一样,尤其是这座城市又太大太老太深,每条街道上都像是出了什么不同寻常的事件,到处都像在传播一个紧急的谣言。两个老人站在路边,神情却似面对一条陌生的激流。女人不觉中抓紧着男人的上衣后摆。男人在看那张地图,女人抓住他上衣的后摆怕他会走进那条激流中去。有个歌星满天地唱着爱情留下的创伤,开始听去像是个女人在唱,听到后来就不排除那也可能是个男人;一遍一遍的地唱,唱不幸的心和一棵往日的树木。老人在这样的一片歌声中走过马路。

走上对岸他们都松一口气;女人不大够用的眼睛才顾上看一下男人,紧张的脸上才舒开一个淡淡的微笑,并顺势察看一下男人背上的两个行囊。但是他们立刻又要准备过一条马路了。他们注定还要过很多这样的激流。谁让他们不小心又闯进了这座大都市呢？它本来就是这样日久年长纵纵横横构筑起来的，这是它的本能。倘作鸟瞰，就会相信这是多么精妙而且必要的设计，试想若抹去这些纵横交错层层盘绕的格子会怎么样呢？兴致勃勃的人群定会突然呆若木鸡，瞬息失却其全部秘密。那是上帝和他的仆人的一个棋局。男人改变了主意，他把行囊让女人照看，自己捧了那份地图再度消失到人群中去探问。

　　女人先是站在路口，惊愕于眼前的一切；她几次把脚下的行囊挪一挪，川流不息的行人好几次绊在上面，使她满心满脸都是歉意。后来她就拎起行囊找到一间电话亭旁站下，这儿好一些。远远的马路对面是一家装饰花哨的发廊，里里外外都有彩色金属的闪光，那个歌星就悬挂在发廊的门框上不知疲倦地唱呀唱。她靠在电话亭上闭一会儿眼，平定一下心神，或许便把那歌声当真听一听。现在唱到了风，东南风或者西北风不管什么风吧，唱歌的人声称不管是刮什么风总归于他都是快乐的。然后他又说他也不知道。一阵心动过速般的鼓点响过，他又说他不知道，"我不知道我不知道我不知道"，他说事实上他什么也不知道，并且反复强调这一点。女人睁开眼睛，想起从电话亭的玻璃上审视自己的形象，拢一拢散开的头发，使底层的白发尽量得到掩盖，抽下一只发卡，咬开，再推回到原来的位置上去。在她这一系列动作的过程中，她的表情渐渐起了一点变化。她看见电话亭里有个身着风衣正在打电话的人。她愣愣地盯着这背影好久，突然快步转到电话亭的另一侧到那个人的正面。这时她脸上的表情一震。她几乎就要伸手去敲电话亭的玻璃就要喊出一个人的名字了，那个人向她抬起脸来不解地看一看她。她不掩饰自己的窘色，只做了个手势向那人致歉，那人并没在意或者根本就没明白发生了什么。她慢慢走回到那两只行囊旁，垂下头想了一会。那个人打完了电话走出来，走过她身边，走过马路去。她再望望那背影，那是个步履轻盈矫捷的青年人。街上差不多都是青年人，都是陌生的面孔，都不注意到她的归来,单把各色艳丽的时装在她眼前飘转跃动的如涌如潮。

男人从滚滚人流中费力地钻出来,额头的皱纹里很多汗水,站到女人面前时兀然地显出苍老。女人赶忙掏出手帕来给他。男人擦着汗,向女人汇报他的侦察结果,他很兴奋,东指西指,差不多指了一圈。女人听着,目光随着他手指的方向迷茫眺望,思绪潜到这看不见底的城市深处去。然后他们急急忙忙背起行囊,涉过一条又一条激流去,你拉着我我拉着你,像两个赶着去上学的孩子。

到了最繁华的一条商业街上,也是最著名的一条。他们仰头看那路牌,把那块路牌读了很久。这当儿人流把他们冲得转了好几个圈,仿佛他们恰好是两个漩涡;有一次男人被一个姑娘的长发卷了很远去——那是他行囊上一个搭扣的作用,他好不容易向那姑娘解释清楚了才又回到路牌底下。他们把那路牌读了很久,才相信那几个熟悉的字是完全可能跟一条不再相识的街放在一起的,然后两个老人互相笑笑,笑对方和自己的痴呆。他们便随了潮流往前走,像是宽广的河流忽然灌入了狭窄的河道,他们几乎不能停下来。现在他们不再是两个漩涡,而是顺流漂浮的两片树叶。路旁的橱窗一个紧挨着一个,白色和茶色的宽大玻璃连成一道凹凸起伏的墙,从中看这熙来攘往的世界也并无异样,唯偶尔于中发现了自己倒觉得诧异觉得陌生。人很少有机会看见自己行走的样子。橱窗里琳琳琅琅,五颜六色的遮阳棚更应该算作招牌或者旗帜。歌星们现在是蜂飞蝶舞,落得到处都是了。男人只顾往前走。女人掉在后头,她仍不断从橱窗的玻璃上观察自己,有几次她想看到自己没有观察自己时自己到底是什么样子,但这似乎办不到;结果她把前面人的鞋踩掉了。男人听见她在向人家道歉,转回身来停下,也不无歉意地向人家报以和蔼的微笑。女人追上来,两个老人再度肩并肩地走,保持住同样的速度。有机会女人还是往橱窗的玻璃上瞅,现在可以看见她和他两个人在一起走，两个人一起在人群中走，人群中两个人走在一起，那样子又奇怪又动人。男人全没理会这些事，他急着往前去，急着要到他们本来想到的地方去；到那儿去必须穿过这条又长又热闹的街，然后再乘汽车。

在一座高耸入云的大楼的拐角处，或者说是在一条被埋没了的小胡同口上，两个老人终于有可能歇一下喘口气了。好似两只在波涛里搏斗了很久的小船，不意被一个浪头推上了河滩。这儿要相对安静得多，人少得多，汹涌的大河在外面喧嚣，这儿是它的一条细小又安稳的支流。他们卸下行囊，身体贴靠在大楼雪白的墙上，仰头去看一线蓝天，阳光在那儿很是灿烂，并有鸽群悠悠飞过。男人把外衣的扣子都解开，示意女人也不妨这样做；女人并不，女人单是把男人从头到脚审视一番，从他的毛衣上择下一根草棍儿，把那草棍儿在两指间捻一捻然后让它飘落地上。今生今世那草棍儿很少可能再与他们重逢。忽然，两个老人差不多同时欢呼了一声，离他们十几步远的地方有一个卖传统小吃的商摊，一面飘扬的旗幡与往昔一般无二——紫红的粗布上缝了几个白色大字。他们不顾一切地冲过去，随后又想起那两个行囊，男人只好又回来取；男人在往返之际已把钱夹掏出来拿在手上。紫铜大锅里酱红色卤汤咕嘟咕嘟翻着气泡，古老的浓香几乎把两个老人变成贪嘴的孩子。他们不问价钱，急忙递了一张面额很大的钞票上去，站在摊前目光不离开那只大锅，不离开摊主人的勺子和摊主人一系列熟练的动作，那动作令他们感动至深。他们买了两碗，一人一碗，面对面捧着碗喝。那东西很烫，他们不得不一口一口喝得很慢，喝得冒汗，喝得脸上大放光彩，隔着升腾的热气看对方，看见对方和自己一样喝得贪婪，不免忍俊不禁险些把嘴里的东西漏到地上，然后神情又转而肃穆，深情而且响亮地喝。摊主人的小孙子扒着柜台看这两个老人，两个老人笑他也笑，两个老人不笑他也不笑，两个老人认真地喝时他便认真地看他们的脖子。摊主人低头数钞票，低头搅动那卤汤，抬头叫卖两声，又四处张望着找他的孙子,但很快发现他的孙子不声不响地就站在他腰下。两个老人喝罢那东西离开时,摊主人的小孙子开始胡七乱八地唱起歌来,其中有一句是,"不,我们还是不要见面,还是不要见面吧",唱得颇具神韵。

接近中午的时候发生了一件事,使两个老人互相丢了一会,好在后来又互相找到了。他们排队等电车,排了很久,车来了人们却不再按顺序,一下子都拥上去拼命往车上挤,把他们挤得离车门越来越远。第一辆车他们没上去。第二辆来了还是这样,第三辆还是这样。第四辆车来了,两个老人总算挤到了车门前,可是男人好不容易把女人推进车门,车门就关了;一个在车上喊,一个在车下喊,但电车不管这些事径自开走了。男人知道女人准会在下一站下来,便急急地往那里赶,他没料到女人会有那么大本事——她竟然又挤上了返程的车回到原来的地方。女人回到原来的地方,看见男人已不在那儿,心里一阵空,但她立刻醒悟到再不能离开这里了,她就站在一个最显眼的地方站在太阳底下,等男人回来。男人走了一站没找到女人,就又往前走了一站,还没有找到就又往前走,走了五六站远他才想到可能发生了什么事。待男人回来时,女人还是站在太阳底下站在那个最显眼的地方一步也不曾移动;阳光在到处飞扬炫耀,唯栖落在她的周围时变得恬淡安详,仿佛一支亢奋的乐曲中忽然呈现一段平静的吟唱。女人常常比男人伟大,否则在浩瀚如许的世界上人们更易互相丢失了。两个老人决定不再坐什么车,此行不单是要找很久以前的那两间老屋,也是要来重新看看这座城市,不妨就这么慢慢地走着看它吧。

中午,他们总算走到了原想乘车要到的地方。男人在路边的果皮箱上铺开那张地图,两个人都戴上老花镜细细地看,知道离他们此行的目的地不远了,他们要找的那两间老屋应该就在附近。他们互相点点头,再从老花镜的上缘向四周望出去,记忆中的标志却一个也没有,处处是新建的楼群,层叠环绕的立交桥像一个豪华玩具或一个非常大的几何图案的一部分。那两间老屋所在的地方，当初就是一条在所有的地图上都不被标明的小胡同，时光改变了一切，不知它如今还存不存在，简直想象不出它在这巍然壮丽的楼阵中会怎样存在着。两个老人摘下老花镜时互相祈祷般地望了一会，知道心里仍不能放弃那个由来已久的希望，也知道那希望是多么脆弱多么容易在瞬间彻底破碎以至永远消失。他们用紧张而又镇静的目光互相提醒：他们知道他们知道，此行也许是为了实现那个希望，也许单是为了千里迢迢来让它永远销声匿迹。但是他们不想让它过早地破灭，因此两个人只按着自己的记忆去走，只按着自己的直觉去走，把那张地图折好收在行囊里，不再向任何人打听。大街上还是沸沸扬扬热烈的人们，而他们两个便就近拐进一片楼群中去。随着各式各色的楼房错错落落的排列，他们曲曲折折地走，方向是不会错的，至于结果则另当别论。

天上开始堆起了灰白的云，云差不多擦着楼顶走，走得平稳也汇集得潇洒，把阳光的温度降低，把阳光变的淡薄。楼群深处渐渐地安静，有人在缓缓地吹一把圆号，号声与那些游走的云彩合拍，浑厚沉稳得足以把喧嚣的市声推开得很远。某座楼房的一层的一间是一家小饭馆，两个老人走进去，累了也饿了，应该正正经经地吃一点饭。他们在靠窗的地方坐下来，把行囊推到桌下去。店主人是一对青年夫妇，可能是一对青年夫妇；小伙子赶忙奔到厨房里去，姑娘走到两个老人桌前。他们点了几个菜要了两罐饮料。小饭馆的面积只有十四五平米，摆了四张桌，另外三张空着。菜上来得很快，味道却绝不像它的名字，但两个老人实在是饿了，吃得很香。而且他们非常喜欢这儿的安静，非常喜欢这时外面的天空已经变为一色均匀的铅灰，非常喜欢那时隐时现的圆号声，非常喜欢正在厨房里忙着的小伙子的身影和在昏暗的角落里默坐着的姑娘。两个老人不断回头去看那小伙子和姑娘，不断环视这间小店。他们很快吃光了饭菜，舒舒服服地几乎是躺在椅子里，女人慢慢地喝着饮料，男人慢慢地喝着饮料并且慢慢地抽着烟。女人轻轻挥开飘在她面前的烟缕,闭上眼睛。男人正好面对窗户,便望见平坦的铅灰色的天下飞着的一群白鸽,在天色衬照下它们显得奇异的洁白,白的发亮令人心惊,他长久地望着它们,望它们盘旋盘旋盘旋,望着它们散开了又聚拢散开了又聚拢,最后消失不知落在谁家的屋顶上去了。男人看看女人,女人趴在桌上睡了。

女人做了很多梦,醒来已近黄昏。外面下着雨,她睖睁了一会,上下左右看看,弄清了自己是在哪儿,然后发现男人不在她身旁。店主人那对青年夫妇一起走过来,告诉她男人说他去附近走走,告诉她男人说他不会走远让她等他。她谢过这两个青年人,起身到门外,在屋檐下看雨,雨很细很密没有声音,天如质密的灰色塑料铸成,参差的楼房都被雨淋得暗,路面却让水染得亮。她缩缩肩,返身回来从行囊里取了件外套穿上,想了想又抽出折叠伞,她请那对青年夫妇照看一下桌下的行囊,便出门走入雨中。小伙子跑出来指给她男人去的方向,她就朝着那个方向走。呜呜的号声还在响,号声仿佛不能冲出沉重的天去便被压得在楼群中流,呜呜地把路流得很长很曲折。她拐了几个弯,忽见一片夺目的金黄,一棵孤零零的非常高大的银杏树矗立在一块空地上,满树满地都是金黄的叶子。男人打着雨伞站在树下,他没有发现女人的到来,他把背紧贴在树上,然后迈开大步计着步数走,向正北走了七步转身九十度再向正西走了二十一步,他停在一家店铺门前。这是一家新开张不久的店铺,门窗上的油漆都还新鲜,几个红色大字写在玻璃上,写的是:加工墓碑。男人又走回到大树下,这时他看见了女人,但他顾不上跟她打招呼,他再次向北量出七步向西量出二十一步,结果仍旧停在那家店铺门前,他转过身来向女人点了点头。女人早已经全明白,那儿就是他们此行的目的地就是很久以前的那两间老屋,那棵大银杏树曾经是个标志现在还是个标志。女人走过去,到男人身旁;两个人对着那店铺仔细察看寻找往日的痕迹。往日的痕迹丝毫也没有,这是两间新盖的房,这儿只是那两间老屋曾在的位置;他们再转身望望那棵大树,相信这儿确凿就是当年那两间老屋的位置。两个老人在这店铺门前站了一会儿犹豫了一会儿,之后推门进去。屋里有个人正猫着腰给一方墓碑上的碑文着色:并排两个人的名字,一个是金色,一个是红色。那个人的周围摆满了各式墓碑。屋子里堆满了青的或者白的墓碑的石料,几乎无边无际,在昏暗的光线下放着青的或者白的光。那个人专心致志地在给碑文着色:两个人的名字,一个是金色,一个是红色。

晚上,两个老人又到了城外。他们找到一家紧靠湖边的旅馆。负责登记住宿的人问:"一个房间?"男人看看女人,女人装作没听见去看墙上的一幅司空见惯的水墨画。男人说:"都行。"负责登记住宿的人问:"有结婚证吗?"男人说:"没有。"负责登记住宿的人问:"她是谁?"男人说:"两个,要两个房间。"这当儿女人装作不在意地走开,在卖烟的地方买了一包烟。负责登记住宿的人扔出两个房间号给男人。

不久之后,女人洗了澡,坐在自己的房间里抽烟。这时男人敲门进来。男人说:"怎么,你也抽烟了?"女人说:"抽,偶尔。"男人在她对面坐下,拿起那包烟来看看牌子,抽出一支叼在嘴上,点燃。女人说:"我对墓碑的事不怎么懂,为什么一个人的名字是金色的,另一个是红色的?"男人说:"金色的那一个已经死了,红色的这人暂时还活着。"

脚本构思

全能的上帝想要办到什么就立刻办到了什么,因而他独独不能做梦。因为,只是在愿望没能达到或不能达到时才有梦可做。

不过上帝他知道,要想成为名副其实的全能的上帝,他就必须也能做梦。做什么梦呢?上帝他知道,既然他唯一不能的是做梦,那么:他唯一可能做的梦就是梦见自己在做梦了。

可他要是能做梦了,他还会去做做梦的梦吗?要是他还不能做梦,他又怎么能梦见自己在做梦呢?就算这样的问题不难解决,但是上帝他知道,接下来的问题对他来说几乎是致命的:那个梦中梦又是梦见的什么呢?不能总是他梦见他梦见他梦见他梦见……吧?那样他岂不是等于还是不能做梦吗?上帝他知道,他最终必须要梦见一个非梦他才能真正做成一个梦,从而成为名副其实的全能的上帝。然而,一旦一个真实的事物成了他的梦,可怜的上帝他知道,那时他必定就不再是那个想办到什么就立刻办到了什么的全能的上帝了。上帝曾一度陷入了这样的困境中。

无梦的日子是最为难熬的日子。无梦的日子令他寂寞、无聊、孤苦。无梦的日子使他无法幻想,无从猜测,弄不清自己的愿望,差不多就要丧失掉创造的激情和身心的活力了。他在空旷而苍白的天庭里行走,形单影只,神容憔悴,像一个长久的失眠症患者,萎靡不振。但他心里明白,以后的日子无尽无休。他心里明白,如果没有梦的诱惑,无尽无休的日子便仅仅意味着无与伦比的苦闷。幸而他心里明白,他宁可把一切连同他自己都毁掉,也决不能容忍这无梦的监牢。幸而他渴望梦的心还未萎缩还未肯罢休,创造的激情便还没有完全熄灭,这给他留下一线生机。这样他才想到,他虽不能做梦,但除做梦之外他是全能的;他不能从梦中见到真实,但他可以在真实中创造梦的效果,他自己不能做梦,但他可以令万物入梦,那便是一个如梦的玩具了,他就能够参与一个如梦的游戏了,他观赏万物之梦(假如天庭里也有瓜子,他可以一边嗑着瓜子),尽管他不能做梦也就一样有了梦的痴迷与欢乐了。想到这儿上帝他激动不已,他看透这是唯一的出路了,他定要尽他上帝的全部智慧来做好这件事了,否则他将或者因苦闷而发疯,或者因麻木而变成一具行尸走肉。

上帝的主意已定。他静静地坐了一会,让心落稳。他先为这个如梦的游戏和玩具起了名字,叫作:戏剧。随后他开始考虑脚本。

当然了,这个戏剧中的所有角色都不要像他一样是全能的,否则

152

他们也将无梦可做,那样的话这个戏剧就无法开展,他也就无从观赏梦的过程并动情于梦的效果了。于是上帝明确了他首先要做的是什么:他要在这些角色们的面前布置一个永恒的距离。这无疑是英明的。但是如何布置呢?在驴的头前吊一捆草,驴追草走,草走驴追,这种杂耍只可作为舞台边缘的一个小演出,驴的梦境过于敷衍过于拘泥,不足以填补上帝心中偌大的空白。上帝想,舞台中心的角色们应当更聪明,也应当更狡猾,应当想象力更丰富并且欲壑难填,应当会做五光十色的离奇古怪的变化万千的梦才好,不能也不应该像对付驴那样来对待他们。虽然如此,这个关于驴的设想还是给了上帝一个启发,他确信,一个永恒的距离势必要布置在这些角色们的能力与欲望之间。继而他又想,如果这个永恒的距离,是以欲望总也不能实现的方法来布置,这些聪明的角色们怕是不能被骗过,那样一来他们迟早也要失去做梦的能力,无所能与无所不能一样要导致绝望。看来应该让他们具有实现欲望的能力,但要让这种能力有个限度。好吧,问题又来了:限度?多大限度?不管多大限度只要是限度,这个戏剧就肯定有演烦的一天有演完的一天。(一当达到那个限度,他们又是无所能了,梦完了戏还不完吗?若一个相同的戏剧反反复复演下去,不烦吗?)上帝想到自己的日子是无尽无休的,为在这样的日子里能够享有无穷的梦的效果,这个戏剧是不能让它演烦也不能让它演完的。那么怎么办呢?难道要让这些色角们实现欲望的能力也是无限的吗?不行,那样他们岂不又是全能的了?在这个问题面前上帝他居然想了好久,最后他幡然醒悟,笑自己竟这么糊涂。所谓有限度的能力,不是就空间而言,也不是就时间而言,而是就他们的欲望而言。有限的能力造就了无限的欲望,无限的欲望再引诱他们去不断地开拓扩展以使空间成为无限,不停地运动变化以使时间成为无限,这样的戏剧就不会演烦也不会演完了。这下上帝有了个好主意:不是不让他们的欲望实现,而是让他们每一次欲望的实现都同时是一个至一万个新欲望的产生!就是说,不是不让他们得到谜底,

153

而是使任何一个谜底都又是一个至一万个谜面。对了,上帝想,这样一来,一个永恒的距离就巧妙地布置在他们的能力与欲望之间了。

上帝松了一口气,稍稍歇一会。他默默地在心里盘算:那个驴的乏味在于它不能有更多的梦想,它为什么不能有更多的梦想呢?

使一个谜增殖为若干个谜的方法是这样:譬如说一个角色是一个谜(A),两个角色却不止是两个谜(A、B),而是三个谜(A、B、AB)了。三个角色呢?不是四个而是七个谜(A、B、C、AB、BC、CA、ABC)。那么一万个角色呢?五十亿个角色呢?所以,上帝只需使这些角色们互相感兴趣就行了,他们就有千变万化的梦好做了,上帝就有丰富多彩的戏剧好看了。驴不行,驴就是太呆板,驴就是互相之间太冷漠,结果千万个驴还等于一个驴等于一个猜厌了的谜,所以上帝想,驴就让它是驴吧,让它是一个警告。

事实上,这种使一个谜增殖为若干个谜的方法,也就是使若干个谜变成无限个谜的方法。如果每一个角色身上都带了所有角色的信息,也就是说每一个角色都是由所有的角色造就的,那么每一个谜底不仅要引出若干个谜面,而且会引出无限个谜面。因为,要想猜破任何一个谜,都必须猜破所有的谜,而要想猜破所有的谜,都必须猜破这一个谜,这一个谜中有所有的谜,所有的谜中都有这一个谜,所有的谜面都是谜底,所有的谜底都是谜面。好极了!上帝想到这儿由衷地笑了,他知道他差不多快要把一个了不起的戏剧设计好了,他知道凭这些角色们的聪明他们是不会不对这些游戏着迷的,凭他们的聪明他们也绝对发现不了这个玩具的漏洞,他们将玩下去玩下去玩下去玩下去……直至永永远远。他们如醉如痴,上帝乐不可支。

剩下的事就比较简单了。

大体说来还剩下三件事。

一是要让角色们永远坚持对这个脚本的新奇感,准确地说,是要永远保持若干对这个脚本有新奇感的角色。当一些角色乏了、腻了、老了,果真看透了这是个无目的的戏剧,就要及时撤换他们,让他们消失让一批尚不知天高地厚的角色们出现;或让他们去渡一条河,在那儿忘记以往的一切,重新变得稚嫩变得鲜活,变成激情满怀踌躇满志的角色。

第二件事是,倘若上帝一时疏忽,忘记撤换某些看透了上帝企图的角色,这怎么办? 这并不难办,在他们等候上帝来撤换他们的这段时光里,可以让他们有另外两种选择,当然也只可以有这两种选择:或者退到舞台边缘去临时成为一个驴;或者仍有舞台中心,更加有声有色地纵情歌舞,并慢慢体会上帝最初不得不作此脚本的苦衷。这两种选择都是可以的,都能等到上帝来撤换他们。但是,这几个被上帝一时忘记撤换的角色若把他们看透的事四处声张,这又怎么办? 这会导致这个脚本过于清澈而对无论哪一个角色都失去魅力。为了防止这样的事发生,上帝令其余的角色都绝不相信这几个角色的话。

第三件事,也是最后一件事。当一切都安排停当了,上帝还有这最后一件事要做,那就是闭上眼睛把他创造的这个舞台摇一摇,把所有角色的位置都摇乱,像抽签儿之前要摇一摇签筒那样,像玩牌之前要先洗牌那样,让每一个角色占据的位置都是偶然的,让他们之间的排列是随意性的。上帝他知道,没有悬念的戏剧是不好看的,看了开头可以推算出结尾的戏剧是不好看的,预先泄露了细节的戏剧是不好看的,不好看的戏剧是不会有梦的效果的。

现在上帝的事做完了,剩下的是角色们的事了。角色们也许不相信事情是这样的,那就对了,上帝为了获得最佳的梦的效果,令他们不信。

一个谜语的几种简单的猜法

X

有一部很老的谜语书,书中收录了很多古老的谜语。成书的具体年月不详,书中未注明,各类史书上也没有记载。

这是现存的最老的一部谜语书,但肯定不是人类的第一部谜语书,因为此书中谈到了一部更为古老的谜语书,并说那书中曾收有一条最为有趣而神奇的谜语。书中说,可惜那部更为古老的谜语书失传已久,到底它收了怎样一条有趣而神奇的谜语,业已无人知晓。

书中说,现仅知道这条谜语有三个特点:一、谜面一出,谜底即现;二、已猜不破,无人可为其破;三、一俟猜破,必恍然知其未破。

书中还说,这似乎有违谜语的规则,但相传那确是一条绝妙的、非常令人信服令人着迷的谜语。

书中在说到这似乎有违谜语的规则时还说,人总是看不见离他最近的东西,譬如睫毛。

那究竟是怎样一条谜语呢? ——便成为这部现存最老的谜语书中收录的最后一条谜语。

A+X

要想回答譬如说——世界是从什么时候开始的? ——这样的问

题,我想最大的难点就在于:我只能是我。因为事实上我只能回答——世界对我来说开始于何时?——这样的问题。因为世界不可能不是对我来说的世界。当然可以把我扩大为"我",即世界还是对一切人来说的世界,但就连这样的扩大也无非是说,世界对我来说是可以或应该这样扩大的。您可以反驳我,您完全可以利用我的逻辑来向我证明:世界同时也是对您来说的世界。但我说过最大的难点在于我只能是我,结果您的这些意见一旦为我所同意,它又成了世界对我来说的一项内容了。您豁达并且宽厚地一笑说:那就没办法了,反正世界不是像你认为的那样。我也感到确实是没有办法了:世界对我来说很可能不是像我认为的那样。

如果世界注定逃脱不了对我来说,那么世界确凿是开始于何时呢?

奶奶的声音清清明明地飘在空中:"哟,小人儿,你醒啦?"

奶奶的声音轻轻缓缓地落到近旁:"看什么哪?噢,那是树。你瞧,刮风了吧?"

我说:"树。"

奶奶说:"嗯,不怕。该尿泡尿了。"

我觉到身上微微的一下冷,已有一条透明的弧线蹿了出去,一阵叮瑯瑯的响,随之通体舒服。我说:"树。"

奶奶说:"真好。树——刮风——"

我说:"刮风。"指指窗外,树动个不停。

奶奶说:"可不能出去了,就在床上玩儿。"

脚踩在床上,柔软又暖和。鼻尖碰在玻璃上,又硬又湿又凉。树在动。房子不动。远远近近的树要动全动,远远近近的房顶和街道都不动。树一动奶奶就说,听听这风大不大。奶奶坐在昏暗处不知在干什么。树一动得厉害窗户就响。

我说:"树刮风。"

奶奶说:"喝水不呀?"

我说:"树刮风。"

奶奶说:"树。刮风。行了,知道了。"

我说:"树! 刮风。"

奶奶说:"行啦,贫不贫?"

我说:"刮风,树!"

奶奶说:"嗯。来,喝点儿水。"

我急起来,直想哭,把水打开。

奶奶看了我一会,又往窗外看看,笑了,说:"不是树刮的风,是风把树刮得动活儿了。风一刮,树才动活儿了哪。"

我愣愣地望着窗外,一口一口从奶奶端着的杯子里喝水。奶奶也坐到亮处来,说:"瞧风把天刮得多干净。"

天。多干净。在所有的房顶上头和树上头。只是在以后的某一时刻才知道那是蓝。蓝天。灰的房顶和红的房顶。树在冬天光是些黑的枝条,摇摆不定。

奶奶扶着窗台又往楼下看,说:"瞧瞧,把街上也刮得多干净。"

街。也多干净。房顶和房顶之间,纵横着条条灰白的街。

奶奶说:"你妈就从下头这条街上回来。"

额头和鼻尖又贴在凉凉的玻璃上。那是一条宁静的街。是一条被楼阴遮住的街。是在楼阴遮不住的地方有根电线杆的街。是有个人正从太阳地里走进楼阴去的街。那是奶奶说过妈妈要从那儿回来的街。玻璃都被我的额头和鼻尖焐温了。

奶奶说:"太阳快没了,说话要下去了。"

因此后来知道那是西,夕阳西下。远处一座高楼的顶上有一大片整整齐齐灿烂的光芒。那是妈妈就要回来的征兆,是所有年轻的妈妈都必定要回来的征兆。

奶奶指指那座楼说:"你妈就在那儿上班。"

我猛扭回头说:"不!"

奶奶说:"不上班哪儿行呀?"

我说:"不!"

奶奶说:"哟,不上班可不行——。"

我说:"不——!"

奶奶说:"嗯,不。"

那楼和那样的楼,在以后的一生中只要看见,便给我带来暗暗的恓惶;或者除去楼顶上有一大片整齐灿烂的夕阳的时候,或者连这样的时候也在内。

奶奶说:"瞧瞧,老鸹都飞回来了。奶奶得做饭去了。"

天上全是鸟,天上全是叫声。

街上人多了,街上全是人。

我独自站在窗前。隔壁起伏着咯咯咯奶奶切菜的声音,又飘转起爆葱花的香味。换一个地方,玻璃又是凉凉的。

后来苍茫了。

再后来,天上有了稀疏的星星,地上有了稀疏的灯光。

世界就是从那个冬日的午睡之后开始的。或者说,我的世界就是从那个冬日的午后开始的。不过我找不到非我的世界,而且我知道我永远不可能找到。在还没有我的时候这个世界就已存在了——这不过是在有我之后我听到的一种传说。到没有了我的时候这个世界会依旧存在下去——这不过是在还有我的时候,我被要求同意的一种猜测。

就像在那个冬日的午后世界开始了一样,在一个夏天的夜晚,一个谜语又开始了。您不必管它有多么古老,一个谜语作为一个谜语必定开始于被人猜想的那一刻。银河贯过天空,在太阳曾经辉耀过的处处,倏而变为无际的暗蓝。奶奶已经很老,我已懂得了猜谜。

奶奶说:"还有一个谜语,真是难猜了。"

我说:"什么? 快说。"

奶奶深深地笑一下,说:"到底是怎么个谜语,人说早就没人知道了。"

我说:"那您怎么知道难猜?"

奶奶说:"这个谜语,你一说给人家猜,就等于是把谜底也说给人家了。"

我说:"是什么?"

奶奶说:"你要是自个儿猜不着,谁也没法儿告诉你。"

我说:"您告诉我吧,啊? 告诉我。"

奶奶说:"你要是猜着了呢,你就准得说,哟,可不是吗,我还没猜着呢。"

我说:"那怎么回事?"

奶奶说:"什么怎么回事? 就是这样儿的一个谜。"

我说:"您哄我呢,哪有这样的谜语?"

奶奶说:"有。人说那是世上最有意思的一个谜语。"

我说:"到底是什么样儿的呢,这谜语?"

奶奶说:"这也是一个谜语。"

我和奶奶便一齐望着天空,听夏夜地上的虫鸣,听风吹动树叶沙沙响,听远处婴儿的啼哭,听银河亿万年来的流动……

好久好久,奶奶那飘散于天地之间的苍老目光又凝于一点,问我:"就在眼前可是看不见,是什么?"我说:"眼睫毛。"

B+X

多年来我的体重恒定在 59.5 公斤,吃了饭是 60 公斤,拉过屎还是回到 59.5 公斤。我不挑食,吃油焖大虾和吃炸酱面都是吃那么多,因为我知道早晚还是要拉去那么多的。吃掉那么多然后拉掉那么多,我自己也常犯嘀咕:那么我是根据什么活着的? 我有时候懒洋洋地在床上躺一整天,读书看报抽烟,或者不读书不看报什么事也不做光抽烟,其间吃两顿饭并且相应地拉两次屎,太阳落尽的时候去过秤,是 59.5 公斤。这比较好理解。但有时候我也东跑西颠为一些重要的事情忙得一整天都不得闲,其间草率地吃两顿饭拉两次屎,月亮上来了去过秤,还是 59.5 公斤。就算这也不难解释。可是有几回我是一整天都不吃不喝不拉不撒沿着一条环形公路从清晨走到半夜的,结果您可能不会相信,再过秤时依旧是 59.5 公斤。

还有一件奇怪的事就是,我每天早晨醒来的时间总是在 6·30,不早不晚准 6·30,从无例外。我从不上闹钟。我也没有闹钟。我完全不需要什么闹钟。如果这一夜我睡着了,谁也别指望闹钟可以让我在 6·30 以前醒。那年地震是在凌晨三点多钟,即便那样我也还是睡到了 6·30 才醒。醒来看见床上并没有我,独自庆幸了一会发现完全是扯淡,我不过是睡在地上,掸掸身上的土爬起来时看出房顶和门窗都有一点歪。如果我失眠了一直到 6·29 才睡着的话,我也保证可以在 6·30 准时醒,而且没有诸如疲劳之类不好的感觉。人们有时候以我睡还是醒来判断时光是在 6·30 以前还是以后。

因此我对这两个数字——595 和 630——抱有特殊的好感,说不定那是我命运的密码,其中很可能隐含着一句法力无边的咒语。

譬如我决定买一件东西,譬如说买拖鞋、餐具、沙发什么的,我不大在意它们的式样和质量,我先要看看它们的标价,若有 5.95 元的、59.5 元的、595 元的,那么我就毫不犹豫地买下。再譬如看书,譬如说是一本很厚的书,我拿到它就先翻到第 630 页,看看那一页上究竟写了些什么,有没有什么不同寻常的暗示。我一天抽三包香烟,但最后一支只抽一半,这样我一天实际上是抽 59.5 支。除此之外我还喜欢在晚饭之后到办公室去嗑瓜子,那时候整座办公大楼里只亮着我面前的一盏灯,我清晰地听到瓜子裂开的声音和瓜子皮掉落在桌面上的声音,从傍晚嗑到深夜,嗑 595 个一歇,嗑 6 小时 30 分钟之后回家。总之我喜欢这两个数字,我相信在宇宙的某一个地方存在着关于我和这两个数字的说明。再譬如我听相声,如果我数到 595 或 630 它仍然不能使我笑,我就不听了。

所以有一次我走到一座楼房的门前时我恰恰数到 595,于是我对这楼房充满了幻想，便转身走了进去。我感到一种从未有过的激动，我相信我必须得做一件不同凡响的事情来记住这座楼房了。我在幽暗的楼道里走，闭上眼睛。我想再数 35 下也就是数到 630 时我睁开眼睛，那时要是我正好停在一个屋门前的话，我一定不再犹豫一定不管三七二十一就敲门进去，也不管认不认得那屋里的主人我一定要跟他好好谈一谈了。630。我睁开眼睛。这儿是楼道的尽头，有三个门，右边的门上写着"女厕"，左边的门上写着"男厕"，中间的门开着上面写着"隔音间"。右边的门我不能进。左边的门我当然可以进，但我感觉还不需要进。我想中间这门是什么意思呢？我渐渐看清门内昏黑的角落里有一架电话。我早就听说有这样的无人看管的公用电话。我站在第 630 步上一动不动想了 595 下，我于是知道该做一件什么事情了。我走进电话间，把门轻轻关上，拿起电话，慎重地拨了一个号码：595630，慎重就像母亲给孩子洗伤口一样。这样的事我做过不止一次了。有两次对方是男的，说我有病，"我看您是不是有病啊？"说罢就把电话挂了。有两次对方是女的，便骂我是流氓，"臭流氓！"这我记得清楚，她们通过电话线可以闻到你的味儿。

"喂，您找谁？"这一回是女的。

"我就找您。"我还是这么说。

她笑起来，这是我没料到的。她说："您太自信了，您的听力并不怎么好。我不是这儿的，我偶尔走过这儿发现电话在响没人管，这儿的人今天都休息。您找谁？"

"我就找您。"

她愣了一会又笑起来："那么您以为我是谁？"

"我不以为您是谁，您就是您。我不认识您，您也不认识我。"

电话里没有声音了。我准备听她骂完"臭流氓"就去找个地方称称体重，那时天色也就差不多了，我好到办公室嗑瓜子去。但事情再一次出乎我的意料，她没有骂。

"那为什么？"她说，声音轻得像是自语。

"干吗一定要为什么呢？我只是想跟您谈谈。"

"那为什么一定要跟我呢？"

"不不。我只是随便拨了一个号码，我不知道这个号码通到哪儿。您千万别误会，我根本不知道您是谁，我向您保证我以后也不想调查您是谁，也不想知道您在哪儿。"

她颤抖着出了一口长气，从电话里听就像是动荡起一股风暴，然后她说："您说吧。"

"什么？"

"您不是想跟我谈谈吗？您谈吧。"

"您别以为我是个坏人。"

"当然不会。"

"为什么呢？为什么是当然？"

"坏人不会像您这么信任一个陌生人的。"

多年来我第一回差点哭出来。我半天说不出话，而她就那么一直等着。

"您也别以为我是个无聊透顶的人。"

她说她也对我有个要求，她说请我不要以为她是那种惯于把别人想得很坏的人。她说："行吗？那您说吧。"

"可我确实也没什么有意思的话要说。我本来没指望您会听到现在的。"

"随便说吧，说什么都行，不一定要有意思。"

我想了很久，觉得一切有意思的话都是最没意思的话，一切最没意思的话才是最有意思的话，所以我想了很久还是犹豫不决难以启口。我几次问她是否等得不耐烦了，她说没有。最后我想起了那个谜语。

"有一个早已失传了的谜语，现在已经没有人知道那是怎么一个谜语了。现在只知道它有三个特点。您有兴趣吗？"

"哪三个特点？"

"一是谜面一出谜底即现;二是如果你自己猜不到别人谁也无法告诉你;三是如果你猜到了你就肯定会认为你还没猜到。"

"噢,您也知道这个谜语?"她说。

"怎么,您也知道?"我说。

"是,知道,"她说,"这真好。"

"您不是想安慰我吧?"我说。

"当然不是。我是说这谜语真绝透了。"

"据说是自古以来最根本的一个谜语。离你最近可你看不见的,是什么?是睫毛。"

"我懂真的我懂。您也知道这个谜语真是绝透了。"电话里又传来一阵阵小小的风暴。我半天不说话,多年来我就渴望听到这样的风暴。然后她在电话里急切地喊起来:"喂,喂!下回我怎么找您?"

我说:"别说'您'好吗?说'你'。"我说我们最好是只做电话中的朋友,这样我们可以说话更随便些,更自由更真实些。她说她懂而且何止是懂,这也正是她所希望的。

以后我就每星期给她打一次电话,都是在 595630 电话所在之地的人们休息的那一天。我从不问她姓什么叫什么、是干什么的、多大年龄了等等。她也是这样,也不问。我们连为什么不问都不问。我们只是在愿意随便谈谈的时候随便谈谈。第二次通电话的时候,她告诉我,男人到底是比女人敢干,她早就想干而一直不敢干的事让我先干了。我说:"你是怕人说你是臭流氓吧?"她听了笑声灿烂。第三次我们谈的是蔬菜和森林,蔬菜越来越贵,森林越来越少。第四次是谈床单和袜子,尤其谈了女人的长袜太容易跳丝,有一处跳丝就全完了。我说:"你挺臭美的。"她说:"废话你管着吗?"我说第一我根本不管,第二臭美在我嘴里不是贬义词。她便欣然承认她相当喜欢臭美:"但得是褒义词!"我说就如同我认为"臭流氓"是褒义词一样。第五次谈猫,二月正是闹猫的季节,于是谈到性。我没料到她会和我一样认为那是生活中最美的事情之一,同时她又和我一样是个性冷漠患者。"这很奇怪是吗?""很奇怪。"第六次谈狗,我说可惜城市里不让养狗,我真想搬到农村去住,那样可以养狗。她说:"是吗?那我真搬到农村住去。"我说:"算了吧,我们都是伪君子。"第七次说到钱,钱是一种极好的东西,连拉屎撒尿放屁都得受它摆布。她笑得喘不过气来:"你夸张了,怎么会管得了最后一种?"我说:"你想要是你能住到高级饭店去你还敢随便放屁吗?""干吗要随便?""所以我说钱是好东西。"第八次我们自由自在地骂了半天人,骂得畅快淋漓。第九次谈到上帝和烩猪肠子,她说:"吓,那东西多脏啊!"我问她是指上帝还是指猪肠子? 她说你知道那是装什么的吗? 我说你是说上帝还是说猪肠子? 她说:"算了算了,和你这人缠不清。"第十次谈到宇宙、飞碟、特异功能、四维时空、测不准原理和蚂蚁。第十一次我们一块唱了好多真正的民歌,真正的民歌都是极坦率极纯情又极露骨的情歌。第十二次是说气候、季节、山野河流、鹿的目光与释迦牟尼何其相似,以及她的一只非常好看的扣子挤汽车时挤丢了,而我昨天差点让煤气罐给炸死。第十三次说到了爱情,她说这是说不清的事。我说什么是说得清的事呢? 她说就连这也说不清,我们不过是在胡说八道。我说有谁不是在胡说八道呢? 她便又笑声灿烂。我说我冒了被骂为臭流氓的危险就是为了能胡说八道和能听到纯正的胡说八道。她听了许久无声然后哭声辉煌经久不息,使我振奋不已。她说她骨子里非常软弱。我说你别怕,我也一样,她说她外强中干其实自卑极了。我说我也一样,你别在意。她的哭声便转而娇媚。我说我何止于此,我还是个枯燥乏味的人。她说她也是。我说我还很庸俗简直无聊透顶。她让我别急,她说这下就好了她也是个俗不可耐的人。我说我无才无能一无可取之处。她让我别急,她说她也一样没有一点吸引人的地方。她不哭了,问我:"你是个好人吗你觉得?"我说我觉不出来,你呢? 她说她就是因为不知道怎样才能觉出自己是不是个好人,所以才问我的,可惜我也不知道。我说要是这样说,我大概是个灵魂肮脏的人。她说为什么呢? 我便给她举一些实例,讲我当着人是怎样说,背着人是怎样想,讲我所做过的一切事情,讲我所有的一切念头,讲我白天的行为,也讲我黑夜的梦境,直讲到口干舌燥气喘吁吁,直讲到我自己也很难不承认自己是个臭流氓时,我才害怕了不讲了。类似这样的害怕是最可怕的事,好在我知道她不知道我是谁,不知道我在哪儿,即便在街上擦肩而过她也认不出我而我也认不出她,这样我才不害怕了。我说:"嘿,怎么样,我是个坏人吧?"她说她不知道。我说那你究竟知道什么呢? 她说她只知道她多年来一直在找我这样的人。"找我干什么?""找你,然后嫁给你。"于是我们约定在晚6 30见面,在一条环型公路的59.5公里处,她穿一身白,我穿一身黑。

我提前赶到了那里,这个提前很可能是个绝大的错误。我找到了59.5公里处的小石碑,并且坐在上头。我相信这个数字很吉利而这个姿势又很保险,但我没想到会在这儿碰上了我的妻子。我想不出有谁能告密。大概这是因为我提前来了,因为我没有恪守630这个数字。我们相距差不多有二十米至二十万光年远。我把帽子压得低些,我见她也把围巾围得高些。这说明我们都已发现了对方,并且都不想让对方发现自己。我想这也好,何必不这样呢? 但她并不离开,当然我也没离开。她想监视我,那好吧,我正好可以抓住她监视我的证据,免得她过后又不承认。这样过了有十几分钟,到了6 30。我坦荡地朝四周望望,我看见她也在朝四周望而且毫不加掩饰。这时我发现她穿了一身白,她正朝我走来。

她说:"我怎么没听出来是你?"

我说:"可不是吗,我也没听出是你。"

我们相对无言,很久。公路上各种车辆从我们身边呼啸而过。

她看看我,看我的时候仍然面有疑色。她说:"你再把那个谜语说一遍行吗?"

我说:"我不知道那个谜语,既不知道它的谜面也不知道它的谜底,只知道它有三个特点,第一……"

"行了,别说了,"她说,"看来真的是你。你的声音跟多年以前不一样了。"

我说:"你也是。"

她说:"你要是在电话里打打呼噜就好了,像每天夜里那样。那样我就知道是你了。"

我说:"我听见你夜里总咬牙。我给你买了打虫药一直没机会给你。"

我们就在小石碑旁坐下,沉默着看太阳下去,听晚风起来。

"我们明天还能那样打打电话吗?"

"谁知道呢?"

"还那样随便谈谈,还能那样随便谈谈吗?"

"谁知道呢?"

"试试行吗?"

"试试吧,试试当然行。"

然后我们一同回家,一路上沉默着看月亮升高,看星星都出来。快到家的时候我顺便去量了量体重,不多不少 59.5 公斤,我便知道明天早晨我会在 6:30 醒来。

C+X

她向我俯下身来。她向我俯下身来的时候,在充斥着浓烈的来苏味的空气中我闻到了一阵缥缈的幽香,缥缈得近乎不真实,以致四周的肃静更加凝重更加漫无边际了。

她的手指在我赤裸的胸上轻轻滑动,认真得就像在寻找一段被遗忘的文字。我把脸扭向一旁,以免那幽香给我太多的诱惑,以免轻轻的滑动会划破我濒死的安宁。

我把脸扭在一旁。我宁愿还是闻那种医院里所特有的味道。这味道绝非是因为喷洒了过多的来苏,我相信完全是因为这屋顶太高又太宽阔造成的。因为墙壁太厚,墙外的青苔过于年长日久。因为百叶窗的缝隙太规整把阳光推开得太远。因为各种治疗仪器过于精致,而她的衣帽又过于洁白的缘故。

她的手指终于停在一个地方不动。我闭上眼睛。我感到她走开。我感到她又回来。我知道她拿了红色的笔,还拿了角尺,要在我的胸上画四道整齐的线。笔尖在我的骨头上颠簸,几次颠离了角尺。笔和尺是凉的硬的,恰与她纤指的温柔对比鲜明。轻轻的温柔合着幽香使我全身一阵痉挛。我睁开眼睛,看见四道红线在我苍白嶙峋的胸上连成一个鲜艳的矩形,灿烂夺目。

然后她轻声说:"去吧。"

然后她轻声问:"行吗?"

我就去躺到一架冰冷的仪器下面,想到室外正是五月飞花的时光。

我问1床:"也是她管你吗?"

1床眯起浑浊的眼睛看我:"怎么样,滋味不坏吧,咹?"

我摸摸胸上的红方块。我说:"不疼。"

"我没说这个。"1床狡黠地笑起来,"她。刚才我们说谁来着?"他在自己身上猥亵地摩挲一阵,"咹?滋味不坏吧?"

3床那孩子问:"什么?什么滋味不坏?"

我对那孩子说:"别理他,别听他胡说。"

1床嘻嘻地笑着走到窗边,往窗外溜一眼,回身揪揪那孩子的头发:"真的,2床说得不错,你别理我,我眼看着就不是人了。"

"你现在就不是!"我说。

那孩子问:"为什么?"

"眼看着我就是一把灰了。"1床说。

那孩子问:"为什么?"

1床又独自笑了一会。

柳絮在窗外飘得缭乱,飘得匆忙。

1床从窗边走回来,眼里放着灰光,问我:"说老实话,那滋味确实不坏是不是?"

　　"我光是问问,是不是也是她管你。"

　　"你这人没意思,"他把手在脸前不屑地一挥,"你这年轻人一点不实在。"

　　3床那孩子问:"到底什么呀滋味不坏?"

　　1床又放肆地笑起来,对我说:"我情愿她每天都给我身上多画一个红方块,画满,你懂吗? 画满!"

　　那孩子笑了,从床上跳起来。

　　"用她那暖呼呼的手,你懂吗? 用她那双软乎乎的手,把我从上到下都画满……"

　　3床那孩子撩起了自己的衣裳,喊:"她今天又给我多画了一个!你们看呀,这个!"

　　1床和我整宿整宿地呻吟,只有3床那孩子依旧可以睡得香甜。只有3床那孩子不知道红方块下是什么。只有他不知道那下面是癌。那下面是癌,但他不知道。他不知道。但确实是癌。他说是他爸爸说的,那不是癌。他说他妈妈跟他说过那真的不是癌。他妈妈跟他这样说的时候,用乞求的目光看着我和1床。他的父母走后,他看看1床的红方块,说:"这不是癌。"他又看看我的红方块,说:"你也不是癌。"我说是的我们都不是癌。

　　"那这红方块下是什么呀?"

　　"是一朵花。"

　　"噢,是一朵花呀?"

　　是一朵花。一朵无比艳丽的花。

　　月亮把东楼的阴影缩小,再把西楼的阴影放大,夜夜如此。在我和1床的呻吟声中,3床那孩子睡得香甜。我们剩下的生命也许是为盼望那艳丽的花朵枯萎,也许仅仅是在等待它肆无忌惮地开放。

细细的风雨中,很多花都在开放。很多花瓣都伸展开,把无辜的色彩染进空中。黑土小路上游移着悄无声息的人。黑土小路曲折回绕分头隐入花丛,在另外的地方默然重逢。

掐一朵花,在指间使它转动,凝神于它的露水它的雌蕊与雄蕊,贴近鼻尖,无比的往事便散漫到细雨的微寒中去。

把花别在扣眼上,插在衣兜里,插在瓶中再放到床头去,以便夜深猛然惊醒时,闪着幽光的桌面上有一片片轻柔的落花。

3床的孩子问:"就像这样的花吗?"

"兴许比这漂亮。"我说。

"那像什么?"

"也许就是这样的花吧。"

孩子仔细看自己小小肚皮上的红方块,仔细看很久,仰起脸来笑一笑承认了它的神秘:"它是怎么长进去的呢?"

1床双目微合,端坐花间。

"他在干吗?喂!你在干吗?"

"他在做梦。"

"他在练功?"

"不,他在做梦。"

1床端坐花间,双手叠在丹田。

"今天会给他多画一个红方块吗?"

"你别信他胡说。"

"你呢?你想不想让她多给你画一个?"

"随她。"我说。

"你看那不是她来了?"

她正走上医院门前高高的白色的台阶,打了一把红色的雨伞,在铅灰色的天下。

1床端坐花间,双手摊开在膝盖上掌心朝天。天正赐细细的风雨给人间。

每天都有一段充满盼望的时间:在呻吟着的长夜过后,我从医院的东边走到西边,穿过湿漉漉的草地和阳光和鸟叫,走进另一条幽暗的楼道,走进那个仪器林立的房间,闻着冰冷的金属味和精细的烤漆味等她。闻着过于宽阔的屋顶味和过于厚重的墙壁味,等她。室内的仪器仿佛旷古形成的石钟乳。室外的青苔厚厚地漫上窗台。

　　所有仪器的电镀部分中都动起一道白色的影子,我渐渐又闻到了缥缈的幽香。

　　她温柔的手又放在我赤裸的胸上。她鬓边的垂发不时拂过我的肩膀。我听见她细细的呼吸就像细细的风雨,细细的风雨中布进了她的体温。我不把头扭开。我看见她白皙脖颈上的一颗黑痣。我看见光洁而浑实的她的脊背,隐没在衬衫深处。隐没了我从未见过的女人的躯体,和女人的花朵⋯⋯她又走开。她又回来。在我的胸上,把退了色的红方块重新描绘得鲜艳,那才是属于我的花朵。

　　然后她轻声说:"去吧。"

　　然后她轻声问:"行吗?"

　　然后她轻盈而苗壮地走开,把温馨全部带走到遥远的盼望中去。我相信 1 床那老混蛋说得对,画满!把那红方块给我通身画满吧,无论出于什么样的原因。

　　1 床问我:"你怎么没结婚?"

　　我说:"我才二十一岁。"

　　1 床浑浊的眼睛便越过我,望向窗外深远的黄昏。

　　3 床那孩子在淡薄的夕阳中喊道:"我妈跟我爸结过婚!"

　　1 床探身凑近我,踟蹰良久,问道:"尝过女人的味了没有?"

　　我狠狠地瞪他,但狠狠的目光渐渐软弱并且逃避。"没有。"我说。

　　3 床那孩子在空落的昏暗中喊道:"我妈跟我爸结婚的时候还没

有我呢!"

1床不说话。

我也不说。

那孩子说:"真的我不骗你们,那时候我妈还没把我生出来呢。"

1床问我:"你想看那个女人吗?"

"你少胡说!"

1床紧盯着我,我闭上眼睛。

很久,我睁开眼睛,1床仍紧盯着我。

我说:"你别胡说。"却像是求他。

我们一齐看那孩子——月光中他已经睡熟。月光中流动着绵长的夜的花香。

我们便去看她。反正是睡不着。反正也是彻夜呻吟。我们便去看她,如月夜和花香中的两缕游魂。

1床说他知道她的住处。

走过一幢幢房屋的睡影,走过一片片空地的梦境,走过草坡和树林和静夜的蛙声。

1床说:"你看。"

巨大的无边的夜幕之中,便有了一方绿色的灯光。灯光里响着细密柔和的水声。绿蒙蒙的玻璃上动着她沐浴的身影。幸运的水,落在她身上,在那儿起伏汇聚辗转流遍;不幸的便溅作水花化作迷雾,在她的四周飘绕流连。

1床说:"要不要我给你讲些女人的事?"

"嘘——"我说。

水声停了。那方绿色的灯光灭了。卧室的门开了。卧室中唯有月光朦胧,使得那白色的身影闪闪烁烁,闪闪烁烁。便响起轻轻的钢琴曲,轻轻的并不打扰别人。她悠闲地坐到窗边,点起一支烟。小小的火光把她照亮了一会,她的头发还在滴水,她的周身还浮升着水汽。她吹灭了火,同时吹出一缕薄烟,吹进月光去让它飘飘荡荡,她顺势慵懒地向后靠一靠,身体藏进暗中,唯留两条美丽的长腿叠在一起在暗影之外,悠悠摇摆,伴那琴声的节拍。

1床说:"你不会像我,你还能活。"

"嘘——"我说。

她抽完了那支烟。她站起来。月亮此刻分外清明。清明之中她抱住双肩低头默立良久,清明之光把她周身的欲望勾画得流畅鲜明。钢琴声换成一段舞曲。令人难以觉察地,她的身体缓缓旋转,旋转进幽暗,又旋转进清明,旋转进幽暗再旋转进清明,幽暗与清明之间她的长发铺开荡散她的胸腹收展屈伸,两臂张扬起落,双腿慢步轻移,她浑身轻灵而紧实的肌肤飘然滚动,柔韧无声。

1床说:"你不会死,你才二十一岁。"

"嘘——"我说。

她转进幽暗,很久没有出来。月光中只有平静的琴声。

她在哪儿?在做什么?她跳累了。她喘息着扑倒在地上,像一匹跑累了的马儿在那儿歇息,在那儿打滚儿,在那儿任意扭动漂亮的身躯,把脸紧贴在地面闭上眼睛畅快地长吁,让野性在全身纵情动荡,淋漓的汗水缀在每一个毛孔,心就可以快乐地嘶鸣……

她从暗影中走出来,已经穿戴齐整,端庄而且华贵而且步态雍容。她捧了一盆花,走到窗前,把花端放在窗台。她后退几步远远地端详,又走近来抚弄花的枝叶,便似有缥缈的幽香袭来。然后,窗帘在花的后面徐徐展开,将她隐没,只留花在玻璃和窗帘之间,只留满窗月色的空幻。

1床说:"我给你讲一个谜语。你不会死你还年轻,听我给你讲一个谜语。"

一个已经没人知道了的谜语。没人知道它的谜面,也没人知道它的谜底。它的谜面就是它的谜底。你要是自己猜不到,谁也没法告诉你。你要是猜到了,你就会明白你还没有猜到你还得猜下去。

我躺在冰冷的仪器下面等她,她没有来。我们去看她,她的窗户关着,窗帘拉得很严。那盆花在玻璃和窗帘之间,绿绿的叶子长得挺拔。

1 床又给 3 床的孩子讲那个谜语。

"那到底是个什么样的谜语呀?"孩子问。

"嗷,这一样是个谜语。"

我闻着医院里所特有的那种味道,等她,她还是没来。去看她,窗户关着窗帘还是拉得很严。那盆花在玻璃和窗帘之间,在太阳下,冒出了花蕾。

1 床用另一个谜语提醒 3 床的孩子。

"就在眼前可是看不见的,你说是什么?"

"是什么?"

"眼睫毛。"

她一直没来。她的窗户一直关着。她的窗帘一直拉得很严。玻璃和窗帘之间已绽开鲜红的花朵,鲜红如血一样凄艳。

那孩子一直在猜那个谜语。

"你敢说那不是你瞎编的吗?"

"嗷,当然。传说那是所有的谜语中最真实的一个谜语。"

有一天我们去看她,她的住处四周嗡嗡嘤嘤挤满了围观的人群。

据说她在死前洗了澡,洗了很久,洗得非常仔细。据说她在死前吸了一支烟,听了一会音乐,还独自跳了一会舞。然后她认真地梳妆打扮。然后她坐到窗边的藤椅中去,吃了一些致命的药物。据最先发现她已经死去的人说,她穿戴得高雅而且华贵,她的神态端庄而且安详,她坐在藤椅中的姿势慵懒而且茁壮。

她什么遗言也没留下。

她房间里的一切都与往日一样。

只是窗台上有一盆花,有一根质地松软的粗绳一头浸在装满清水的盆里另一头埋进那盆花下的土中。水盆的位置比花盆的位置略高,水通过粗绳一点点洇散到花盆中去,花便在阳光下生长盛开,流溢着缥缈的幽香。

D+X

我常有些古怪之念。譬如我现在坐在桌前要写这篇小说,先就抽着烟散散漫漫呆想了好久:触动我使我要写这篇小说的那一对少年,此时此刻在哪儿呢?还有那个上了些年纪的男人,那个年轻的母亲和她的小姑娘,他们正在干什么?年轻的母亲也许正在织一件毛衣(夏天就快要过去了),她的小姑娘正在和煦的阳光里乖乖地唱歌;上了年纪的那个男人也许在喝酒,和别人或者只是自己;那一对少年呢?可能正经历着初次的接吻,正满怀真诚以心相许,但也可能早已互相不感兴趣了。什么都是可能的。什么都不确定。唯一可以确定的是,就在我写下这一行字的同时,他们也在这天底下活着,在这宇宙中的这颗星球上做着他们自己的事情。就在我写下这一行字的时候,在太平洋底的某一处黑暗的珊瑚丛中,正有一条大鱼在转目鼓腮悄然游憩;在非洲的原野上,正有一头饥肠辘辘的狮子在焦灼窥伺角马群的动静;在天上飞着一只鸟,在天上绝不止正飞着一只鸟;在某一片不毛之地的土层下,在一具奇异动物的化石已经默默地等待了多少万年,等待着向人类解释人类进化的疑案;而在某一个繁华喧嚣城市的深处,正有一件将要震撼世界的阴谋在悄悄进行;而在穷乡僻壤,有一个必将载入史册的人物正在他母亲的子宫中形成。就在我写下这一行字迹的时候,有一个人死了,有一个人恰恰出生。

那天我坐在一座古园里的一棵老树下,也在做这类胡思乱想:在这棵老树刚刚破土而出的时候,我的爷爷的爷爷的爷爷的爷爷是不是刚好走过这里呢？或者他正在哪儿做什么呢？当时的一切都是注定几百年后我坐在这儿胡思乱想的缘由吧？我这样想着的时候，落日苍茫而沉寂的光辉从远处细密的树林间铺展过来，铺展过古殿辉煌落寞的殿顶，铺展过开阔的草地和草地上正在开花的树木，铺展到老树和我这里，把我们的影子放倒在一大片散落的断石残阶上面，再铺开去，直到古园荒草蓬生的东墙。这时我看见老树另一边的路面上有两条影子正一跃一跃地长大，顺那影子望去，光芒里走着一男一女两个少年。我听见他们的嗓音便知道他们既不再是孩子了也还不是大人。说他是小伙子似乎他还不十分够，只好称他是少年。另一个呢，却完全是个少女了。他们一路谈着。无论少女说什么，少年总是不以为然地笑笑，总是自命不凡地说"那可不一定"，然后把书包从一边肩上潇洒地甩到另一边肩上，信心百倍地朝四周望。少女却不急不慌专心说自己的话，在少年讥嘲地笑她并且说"那可不一定"的时候，她才停下不说，她才扭过脸来看他，但不争辩，仿佛她要说那么多的话只是为了给对方去否定，让他去把她驳倒，她心甘情愿。他们好像是在谈人活着到底是为什么，这让我对他们小小的年纪感到尊敬，使我恍惚觉得世界不过是在重复。

"嘿，那儿！"少年说。

他指的是离老树不远的一条石凳。他们快步走过去，活活泼泼地说笑着在石凳上坐下。准是在这时他们才发现了老树的阴影里还有一个人，因为他们一下子都不言语了，显得拘谨起来，并且暗暗拉开些距离。少女看一看天，又低头弄一弄自己的书包。少年强作坦然地东张西望，但碰到了我的目光却慌忙躲开。一时老树周围的太阳和太阳里的一对少年，都很遥远都很安静，使我感到我已是老人。我后悔不该去碰那样的目光，他们分明还在为自己的年幼而胆怯而羞愧。我只是欣喜于他们那活活泼泼的样子，想在那儿找寻永远不再属于我了的美妙岁月；无论是他的幼稚的骄狂，还是她的盲目的崇拜，都是出于彻底的纯情。这时少女说："我确实觉得物理太难了。"

少年说:"什么? 噢,我倒不。"过了一会儿少女又说:"我还是喜欢历史。"少年说:"噢,历史。"不不,这不是他们刚才的话题,这绝不是他们跑到这儿来想要说的,这样的话在一定程度上是说给我听的。我懂。我也有过这样的年龄。他们准是刚刚放学,还没有回家,准是瞒过了老师和家长和别的同学,准是找了一个诸如谈学习谈班上工作之类的借口,以此来掩盖心里日趋动荡的愿望,无意中施展着他们小小的诡计。我想我是不是应该走开。我想我是不是漫不经心地转过身去,表示我对他们的谈话丝毫不感兴趣最好。过时候少年说:"嚯,这儿可真晒。"少女说:"是你说的这儿。"少年说:"我没想到这儿这么晒。"少女说:"我去哪儿都行。"我想我还是得走开,这初春的太阳怎么会晒呢? 我在心里笑笑,起身离去,我听见在这一刻他们那边一点声音都没有。我猜想他们一定也是装作没大在意我的离去,但一定也是庆幸地注意听我离去的脚步声。没问题,也是。世界在重复。

太阳更低垂了些,给你的感觉是它在很远的地方与海面相碰发出的声音一直传到这里,传到这里只剩下颤动的余音;或许那竟是在远古敲响的锣鼓,传到今天仍震震不息。

世界千万年来只是在重复,在人的面前和心里重演。譬如,人活着到底是为什么? 人应该怎么活,人怎么活才好? 这便是千万年来一直在重复的问题。有人说:你这么问可真蠢真令人厌倦,这问不清楚你也没必要这么问,你想怎么活就去怎么活好了。就算他说的对,就算是这样我也知道:他是这么问过了的,他如果没这么问过他就不会这么回答,他一刻不这么问他就一刻不能这么回答。

我走过沉静的古殿,我就想,在这古殿乒乒乓乓开始建造的时候,必也有夕阳淡淡地照耀着的一刻,只是那些健壮的工匠们全都不存在了,那时候这天下地上数不清的人,现在一个都没有了。自从我见到那一对少年,我就知道我已经老了。我在这古园里慢慢地走,再没有什么要着急的事了,稀奇古怪的念头便潮水似的一层层涌来,只不过是毫无用处的乐趣。也可以说是休息,是我给我自己这忙忙碌碌的一生的一点酬劳。一点酬劳而已。我走过草地,我想,这儿总不能永远是这样的草地吧,那么在总要到来的那一天这儿究竟要发生什么事呢?我在开花的树木旁伫立片刻,我想,哪朵花结出的种子会成为我的孙子的孙子的孙子的孙子的面前的一棵大树呢?我走在断石残阶之间,这些石头曾经在哪一处山脚下沉睡过?它们在被搬运到这儿来的一路上都经历过什么?再譬如那一对少年,六十年后他们又在哪儿?或者各自在哪儿呢?万事万物,你若预测它的未来你就会说它有无数种可能,可你若回过头去看它的以往你就会知道其实只有一条命定之路。

这命定之路包括我现在坐在这儿,窗里窗外满是阳光,我要写这篇叫作小说的东西;包括在那座古园那个下午,那对少年与我相遇了一次,并且还要相遇一次;包括我在遇见他们之后觉得自己已是一个老人;包括就在那时,就在太平洋底的一条大鱼沉睡之时,非洲原野上一头狮子逍遥漫步之时,一些精子和一些卵子正在结合之时,某个天体正在坍塌或正在爆炸之时,我们未来的路已经安顿停当;还包括,在这样的命定之路上人究竟能得到什么——这谁也无法告诉谁,谁都一样,命定得靠自己几十年的经历去识破这件事。

我在那古园的小路上走,又和少年少女相遇。我听见有人说:"你不知道那是古树不许攀登吗?"又一个声音嗫嚅着嘴犟:"不知道。"我回身去看,训斥者是个骑着自行车的上了些年纪的男人,被训斥的便是那个少年。少女走在少年身后。上了些年纪的男人板着面孔:"什么你说?再说不知道!没看见树边立的牌子吗?"少年还要说,少女偷偷拽拽他的衣裳,两个人便跟在那男人的车边默默地走。少女见有人回头看他们,羞赧地低头又去弄一弄书包。少年还是强作镇定不肯显出屈服,但表情难免尴尬,目光不敢在任何一个路人脸上停留。

世界重演如旭日与夕阳一般。

就像一个老演员去剧团领他的退休金时,看见年轻人又在演他年轻时演过的戏剧。

我知道少女担心的是什么,就好像我记得她曾经跟我说过:她真怕事情一旦闹大,她所苦心设计的小小阴谋就要败露。我也知道少年的心情要更复杂一点,就好像我曾经是他而他现在是我:他怎么能当着他平生的第一个少女显得这么弱小,这么无能,这么丢人地被另一个男人训斥!他准是要在她面前显显摆摆攀那老树的本领,他准是吹过牛了,他准是在少女热切的怂恿的眼色下吹过天大的牛皮了,谁料,却结果弄成现在这副狼狈的模样。

我停一停把他们让到前面。我不远不近地跟在他们身后走。我有点兔死狐悲似的。我想必要的时候得为这一对小情人说句话,我现在老了我现在可以做这件事了,世界没有必要一模一样地重复,在需要我的时候我要过去提醒那个骑车的男人(我想他大概是古园的管理人):喂,想想你自己的少年时光吧,难道你没看出这两个孩子正处在什么样的年龄?他们需要羡慕也需要炫耀,他们没必要总去注意你立的那块臭牌子!

我没猜错。过了一会儿,少女紧走几步走到少年前边走到那个男人面前,说:"罚多少钱吧?"她低头不看那个男人,飞快地摸出自己寒伧的钱夹。

"走,跟我走一趟,"那个男人说,"看看你们到底知不知道自己是哪个学校的。"

我没有猜错。少年蹿上去把少女推开,样子很凶,把她推得远远的,然后自己朝那个男人更靠近些,并且瞪着那个男人并且忍耐着,那样子完全像一头视死如归的公鹿。年轻的公鹿面对危险要把母鹿藏在身后。我看见那个男人的眼神略略有些变化。他们僵持了一会,谁也没说话,然后继续往前走。

我还是跟在他们身后。如果那个男人仅仅是要罚一点钱我也就不说什么,否则我就要跟他谈谈,我想我可以提醒他想些事情,也许我愿意请他喝一顿酒,边喝酒边跟他谈谈:两颗初恋的稚嫩的心是不能这么随便去磕碰的,你懂吗?任何一个人在恋爱的时候都比你那棵老树重要一千倍你懂吗?你知不知道你和我是怎么老了的?

三个人在我前面一味地走下去。阳光已经淡得不易为人觉察。这古园着实很大,天色晚了游人便更稀少。三个人,加上我是四个,呈一行走,依次是:那个上了些年纪的骑车的男人、少年、少女和我。可能我命定是个乖僻的人,常气喘吁吁地做些傻事。气喘吁吁地做些傻事,还有胡思乱想。

渐渐的,我发现骑车的男人和少年之间的距离越拉越大了。我一下子没看出这是怎么回事。只见那距离在继续拉大着,那个男人只顾自己往前骑,完全不去注意和那少年之间的距离。我心想这样他不怕他们乘机跑掉吗?但我立刻就醒悟了,这正是那个男人的用意。嗷,好极了!我决定什么时候一定要请这家伙喝顿酒了。他是在对少年少女这样说呢:要跑你们就快跑吧,我不追,肯定不追,就当没这么回事算啦,不信你们看呀我离你们有多远了呀,你们要跑,就算我想追也追不上了呀——我直想跑过去谢谢他,为了世界在这个节骨眼上没有重演。我心里轻松了一下,热了一下,有什么东西从头到脚流动了一下,其实于我何干呢?我的往事并不能有所改变。

但少年没跑。他比我当年干得漂亮。他还在紧紧跟随那男人。我老了我已经懂了:要在平时他没准儿可以跑,但现在不行,他不能让少女对他失望,不能让那个训斥过他的男人当着少女的面看不起他,自从你们两个一同来到这儿你就不再是一个人了你就不再是个孩子,你可以胆怯你当然会胆怯,但你不该跑掉。现在的这个少年没有跑掉,他本来是有机会跑的但他没有跑,他比我幸运。他紧紧跟着那个男人。现在我老了我一眼就能看得明白:他并非那么情愿紧跟那个男人,他是想快快把少女甩得远远的甩在安全的地方,让她与这事无关。这样,他与少女之间的距离也在渐渐拉大。

少女慢慢地走着,仿佛路途茫茫。她心里害怕。她心里无比沮丧。她在后悔不该用了那样的眼色去怂恿少年。她在不抱希望地祈祷着平安。她在想事情败露之后,像她这样小小的年龄应该编一套什么样的谎话,她心乱如麻,她想不出来,便越想越怕。

当年的事情败露之后,我的爷爷问我:"你为什么要跑掉?"他使劲冲我喊:"你为什么要跑掉!"我没料到他不说我别的,只是说我:"你为什么跑掉!"他不说别的,以后也没说过别的。

我跟在少女身后,保持着使她不易察觉的距离。我忽然想到:当年,是否也有一个老人跟在我们身后呢?我竟回身去看了看。当然没有,有也已经没有了。我可能真是乖僻,但愿不是有什么毛病。

少女也没有跑掉。她一直默默地跟随。有两次少年停下来等她,跟她匆匆说几句话又跟她拉开距离。他一定是跟她说:"你别跟着你快回家吧,我一个人去。"她呢?她一定是说:"不。"她说:"不。"她只是说:"不。"然后默默地跟随。在那一刻,我感到他们正在变成真正的男人和女人。

那个上了些年纪的男人最后进了一间小屋。过了一会儿,少年走到小屋前,犹豫片刻也走进去。又过了一会儿少女也到了那里,她推了推门没有推开,她敲了敲门,门还是不开,她站在门外听了一会儿,然后就在门前的台阶上坐下。她坐下去的样子显得沉着。这一路上她大概已经想好了,已经豁出去了,因而反倒泰然了不再害什么怕,也不去费心编什么谎话了。她把书包抱在怀里,静静地坐着,累了便双手托腮。天色迅速暗下去了。少女要等少年出来。

我也坐下,在不惊动少女的地方。我走得腰酸腿疼。我一辈子都在做这样费力而无用的事情。我本来是不想看到重演,现在没有重演,我却又有点悲哀似的,有点孤独。

当年吓得跑散了的那一对少年这会儿在哪儿呢?有一个正在这儿写一种叫作小说的东西。另一个呢?音信皆无。自从当年跑散了就音信皆无。

我实在是走累了。我靠在身旁的路灯杆下想闭一会儿眼睛。世界没有重演,世界不会重演,至少那个骑车的男人没有重演,那一对少年也没有重演,他们谁也没有抛下谁跑掉。这真好,这让我高兴,这就够了,这是我给我自己这气喘吁吁的一个下午的一点酬劳。那对少年不知道,他们永远不会知道,正像我也不知道当年是否也有一个乖僻的老人跟在我们身后。大概人只可以在心里为自己获得一点酬劳,大概就心可以获得的酬劳而言,一切都是重演,永远都是重演。我老了,在与死之间还有一段不知多长的路。大鱼还在游动,狮子还在散步,有一颗星星已经衰老,有一颗星星刚刚诞生,就在此时此刻,一切都已安顿停当。但在这剩下的命定之路上能获得什么,仍是个问题,你一刻不问便一刻得不到酬劳。

我睁开眼睛,路灯已经亮了,有个小姑娘站在我面前。她认真地看着我。看样子她有三岁,怀里抱着个大皮球。她不出声也不动,光是盯着我看,大概是要把我看个仔细,想个明白。

"你是谁呀?"我问。

她说:"你呢?"

这时候她的母亲喊她:"皮球找到了吗? 快回来吧,该回家啦!"

小姑娘便向她母亲那边跑去。

Y+X

Y = 50 亿个人 = 50 亿个位置

Y = 50 亿个人 = 50 亿条命定之路

Y = 50 亿个人 = 50 亿种观察系统或角度

"测不准原理"的意思是:实际上同时具有精确位置和精确速度的概念在自然界是没有意义的。人们说一辆汽车的位置和速度容易同时测出,是因为对于通常客体,这一原理所指的测不准性太小而观察不到。

"并协原理"的意思是:光和电子的性状有时类似波,有时类似粒子,这取决于观察手段。也就是说它们具有波粒二象性,但不能同时观察波和粒子两方面。可是从各种观察取得的证据不能纳入单一图景,只能认为是互相补充构成现象的总体。

"嵌入观点"得出这样的结论:我们是嵌入在我们所描述的自然之中的。说世界独立于我们之外而孤立地存在着这一观点,已不再真实了。在某种奇特的意义上,宇宙本是一个观察者参与着的宇宙。

现代西方宇宙学的"人择原理",和古代东方神秘主义的"万象唯识",好像是在说着同一件事:客体并不是由主体生成的,但客体也并不是脱离主体而孤立存在的。

那么人呢?那么人呢?他既有一个粒子样的位置,又有一条波样的命定之路,他又是他自己的观察者。在这样的情况下要猜破那个谜至少是很困难的。那个谜语有三个特点:

一、谜面一出,谜底即现。

二、已猜不破,无人可为其破。

三、一俟猜破,必恍然知其未破。

(此谜之难,难如写小说。我现在愈发不知写小说应该有什么规矩了。好不容易忍到读完了以上文字的读者,不必非把它当作小说不可,就像有些人建议的那样——把它当作一份读物算了。大家都轻松。)

中篇1或短篇4

边　缘

那湖,并不大,十几个足球场的样子。

离开喧哗不息的市区几十公里,地势变化,起伏跌宕。山在前面大起来。能见度好的天气里,从市区也可以望见的那一脉远山,膨胀似的,大起来。山的各个部分,千姿百态相当复杂,山的整体却给人十分简单的印象。尤其是冬天。尤其在一夜罕见的大雪之后,到处是荒茫的白色,仿佛世界要回到初始的混沌。

前面的什么路段上交通发生故障。往山里去的车到这儿停下来,不走了。从山里来的车呢,一辆也没有。否则很少会有人在此逗留并注意到那一块小湖,不到中午也很少有人光顾路边的那家快餐店。

湖面,当然早已经冻硬。湖上、岸上、大路小路、山和快餐店的屋顶上,到处都盖着厚而且平坦的雪层。汽车孱弱地停在雪野里,被衬比得毫无尊严。旅客们纷纷朝那快餐店走去,一路大声抱怨:嘴上的哈气一冒头,刚来得及抖一下,便被刺骨的严寒吞灭掉。雪,柔软洁白绵延无际,把一切嘈杂都压盖住或吸收去了,留下无比透彻的安静。但湖上似乎出了点事,接近对岸的地方有两棵并排的大树,有一堆人,远远地能看出其中有警察——一个或者两个穿警服的人;厚而平坦的雪层上明显划出一个大圆圈,不可能很圆,但很大,几乎把整个湖面都包括进去。

　　"这儿怎么啦?"最先进来的一个小伙子问。

　　"哪儿? 说清楚。"快餐店的老板娘说。

　　"湖上,湖上不是出了什么事?"

　　"对了,是湖上,说清楚,不是这儿。"老板娘用指尖点一点她的柜台。

　　"怎么回事?"

　　"死了个人。"

　　"什么人?"

　　"喂,喝杯热咖啡,还是来点酒?"老板娘招呼随后进来的一群人。

　　有个五六岁的男孩儿站在后窗前的一把椅子上,举着一只小小的望远镜。刚才他可能正朝远处的湖面上瞭望,现在转过身数着进来的人:"一、二、三、四五六、七,没了。妈! 七个! 一共来了七个人!"

　　"知道了儿子,你跑一趟去叫你爸回来行不?"老板娘顾不上回头,又赶忙招呼围拢来的客人,"对不起啦各位,吃饭还得等一会儿。"她抬头看看钟,自语道:"还不到十点呢,谁想到今天人来得这么早?"

　　"嘿,我问你哪,"最先进来的那个小伙子说,"那个人是什么人?"

　　"您要是也不知道,这会儿就还没人知道呢。"老板娘扭开头,对他的语气明显地表示不满。然后她飞快地换成一副笑脸,向围在柜台前的其他人再说一声对不起:"快餐还得等一会儿,有各种饮料和各种酒。这么冷的天气,先都喝一杯吧。"

　　"好吧,"那个小伙子掏出一张钞票放在柜台上,"您给我来半升啤酒。"

　　老板娘量好半升啤酒,端给小伙子,目光中也带出一些歉意。

　　"请问死的是男的还是女的?"小伙子的语气客气了许多,但仍不免流露着焦虑。

　　"男的。一个老头。"

"有多大年纪?"一个戴眼镜的女人紧跟着问。

"那谁知道呢?"

"大概。"那女人往前两步,靠近柜台。

老板娘盲目地想一下。

戴眼镜的女人不眨眼地望着老板娘:"大概,估计一下,有多大岁数?"

"五六十? 要不,七八十?"

那个小伙子已经松下心来,对老板娘笑道:"不愧是老板娘。你真说得对,管他五十还是一百,只要是男的就都是老头。"

老板娘竟有些恼,红了脸:"我说了我不知道。我们那口子光告诉我是个老头。"

小伙子顾自嗤笑着离开柜台,端着酒杯想找一个角落里的坐位。但他发现两个最不惹眼的角落里都有了人,西北角上不声不响地坐着一个男人,东南角上同样静静地坐着一个女人,他们好像都对湖上的事缺乏兴趣。整个店堂呈正方形,有八九十平米,要在市区可以开一家大买卖。小伙子转了一圈,注意到后窗前的那个男孩,走过去。

一对温文尔雅的老人站在柜台前,面面相觑,望望窗外,又互相嘀咕。

老板娘:"一清早我们娘儿俩还正做梦呢,我们那口子就风风火火地跑回来跟我说,老天爷谁能想到呢,昨儿晚上那个老头死在湖上了。把我吓得! 我们儿子要去湖上看,我不让。"

另一个男人,南方口音:"昨天晚上? 说说看?"

老板娘:"还提呢! 昨儿,天擦黑的时候,那会儿雪越下越大,看看不会再有人来了,我们那口子出去正要关门上板,就在这门口碰见一个老头。老头背了个大背包,呼哧带喘地往湖那边去。我们那位好心好意地问他,天这么晚了您这是要上哪儿呀? 那老头头也不抬,说是去太平桥。哎哟喂老天爷我们孩子他爸说,上太平桥您怎么走到这儿来了? 走错啦您,这儿方圆几十里没有我不知道的地方,哪有个太平桥哇?"

南方口音的男人:"那么,太平桥在哪儿?"

"不知道,"老板娘接着说昨天晚上的事,"可您猜怎么着? 那老头破口就骂,说这条道儿我走了一辈子了他妈的用得着你管? 说,你瞎啦前头这不就是太平桥了吗? 还说,我乍走这条道儿的时候你他妈的还不知道是个什么呢? 您瞧瞧您瞧瞧,好心当成了驴肝肺……"

温文尔雅的老两口连连摇头叹气:"唉,这个人哪!""这人可也真是老糊涂了。"

"也不知道他从哪儿来吗?"戴眼镜的女人问,脸色有些苍白。

"不知道。"老板娘继续说昨天晚上的事:"这您说我们那口子还怎么管? 回来跟我说,我说随他去吧。我们那口子还直不放心,说你看这么大的雪。我说你缺骂啦? 他到前头找不着太平桥他还死在那儿不成? 嗨嗨,可谁想到真就……今儿天刚蒙蒙亮,我们孩子他爸一开门,雪停了,远远地就见湖上不知怎么回事划了个老大老大的圆圈儿,这么早,平展展的雪地上怎么会冒出来个大圆圈儿呢? 跑去一看,有个人躺在对岸那两棵大树底下,推推他,您猜怎么着? 死了。"

老板娘的儿子——那个五六岁的男孩,举着望远镜向湖上瞭望;后窗的玻璃被雪色辉映得白亮耀眼,把他小巧的身影衬照得虚虚暗暗。那个小伙子挨近男孩,也向湖上望。接近湖对岸的那一堆人缓缓蠕动指指划划,但听不见声音。

小伙子:"把望远镜让我看一下好吗?"

男孩不理他,也不朝他看一眼。

小伙子再说一遍:"把望远镜让我看看,行不?"

"不。"男孩一动不动地望着湖上。

戴眼镜的女人、那对老人、南方口音的男人,便离开柜台都到男孩这边来。

老板娘于是喊:"儿子! 不是让你去叫你爸爸快回来吗?"

男孩不吭声,仍旧不动。

"我跟你说什么呢儿子,听见没有?"

男孩举着望远镜,连姿势也丝毫不变:"不也是你,不让我到湖上去吗?"

老板娘茫然地想一想,理屈词穷,走出柜台,也到后窗边来。除去角落里的那两个人,大家都聚在这儿向湖上张望。

云,渐渐地稀薄,变白,天地茫茫一色。风,在湖面上、湖岸上、山脚下和树丛间卷扬起层层雪雾,一浪一浪地荡开,散落。

南方口音的男人:"确实奇怪得很,到底为什么会有那么一个大圆圈嘛?"

"都是脚印,"男孩说,"那个大圆圈上面都是他的脚印。"

"都是他踩的,"男孩说,"踩成了一道沟。"

戴眼镜的女人:"谁? 谁踩的?"

男孩不回答,神秘地笑了一下。

小伙子:"是那个老头?"

男孩松开手,让望远镜掉落在胸前,依然望着湖上:"废话,还能是谁?"

大家都愣了一会,然后"噢——"似乎有点明白。老板娘拍拍男孩的小屁股,得意于儿子的聪明,然后看看每一个人,但是没有谁去理会她的骄傲。

南方口音的男人:"给我用一用你的小望远镜好不好?"试图摸一下男孩的头。

"不。"男孩早有准备似的一弯腰,躲开他的手。

戴眼镜的女人:"我呢,给我用一下行吗?"这一回还不错,男孩总算扭头给了她一眼,但仍然是一个字:"不。"

老板娘更加骄傲起来,笑得厉害。

小伙子把酒杯倒过来扣在桌上,向门外走:"去看看。"

戴眼镜的女人望着小伙子的背影,紧紧张张地不能决定,直到店门在小伙子身后摆来摆去摆来摆去慢慢停住,她才慌慌地追上去:

"哎,等我一下。"

男孩转过身,环顾店堂一周:"一、二、三四五,妈! 还剩下五个人!"然后从望远镜中饶有兴致地看每个人的脸。

温文尔雅的老两口随便拣了个座位坐下,各自要了一杯茶。南方口音的男人把头探进柜台,眼睛几乎贴在货架上,像一匹警犬那样上下左右琢磨了很久,最后什么也没买,退几步在两位老人近旁坐下,抽自己的烟。老板娘在他身后恨恨地盯了一眼,转出柜台,重又堆起笑去招呼角落里的那两个人。

"这位先生,您喝点儿什么不?"

"喝什么?"西北角的男人仿佛一惊,站起身:"噢噢,一杯咖啡吧。"

老板娘再返身在店堂中走一条对角线:"您呢,想要点什么?"

东南角的女人说:"随便什么吧。好的,就要杯咖啡。"

店堂里一时安静下来。只有匙杯相碰发出的微细声响。只有茶杯轻轻地脱开桌面又落回桌面的声音。

老两口中的一个:"你也不记得太平桥在哪儿吗?"

老两口中的另一个:"不记得。"

"也没有印象,大概在什么方向吗?"

"我现在想,是不是真有那么个地方。"

老板娘给录音机接通电源,随手捡了一盘磁带装上,按下一个键。

"要我看,"老板娘说,"那老头准是碰上'鬼打墙'了。"

南方口音的男人:"是的是的,他在湖上有可能是'鬼打墙'了,但是在这之前呢,他说要去太平桥,他还说前面就是太平桥,这怎么理解?"

老板娘:"那,依您的高见呢?"

"我很怀疑,他到底看见了什么?"

钢琴声,似有若无。确实是钢琴声,轻轻的,缓缓的,一首非常悠久的曲子。窗外的雪地上有了淡淡的阳光。店堂里的光线随之明亮了许多,雪反射了阳光,甚至把窗棂的影子朦朦胧胧地印上天花板。钢琴声轻柔优雅,在室内飘转流动,温存又似惆怅,仿佛有个可爱但却远不可及的女人迈动起纤纤脚步。

后窗前的男孩忽然转回身,喊道:"妈,我害怕,妈——我害怕——!"

几个人急步向窗边去,悚然朝湖上望。

"怎么啦儿子?"老板娘搂住男孩,觉出他在发抖。

湖上没有什么明显的变化。

老两口互视片刻,安慰男孩也安慰自己:"不怕,没有什么事,别怕。"

男孩:"把录音机关了,妈,你把它关上。"

"为啥呢倒是⋯⋯?""你把它关上,关上——!"

"这孩子今儿可真是怪了,平时你不是爱听它吗?"老板娘说着走过去关了录音机,再回到儿子身边来。男孩偎依在母亲怀里,安稳了些。

南方口音的男人眯起眼睛望着湖上,侧耳谛听很久。然后他弓下身,目光依然不放弃白皑皑的湖面,在男孩耳边问道:"告诉我,你都看见了什么?"

过了差不多两小时,风大起来,前面的交通故障还不能排除。又一辆面包车在快餐店门前停下。

男孩举起望远镜。"一二三、四五六、七八、九。妈,妈——又来了九个!"现在他显得很快活,站在椅子上手舞足蹈,并且哼唱起一支古老的儿歌。后窗灿烂的光芒勾画出他幽暗的身形,就像个皮影。

九个人先后进门。老板娘团团转:"喂,有快餐盒饭,有荤的有素的。"

"听说那边大树下,死了个人?"

"对,一个老头。喂,有酒,还有各种饮料!"

"怎么回事呢,凶杀还是自杀?"

"请坐吧,都请坐吧。这么冷的天儿,先都喝杯热饮再吃饭吧。"

新来的几个人不急于落座,围着老板娘,围着那对温文尔雅的老人和那个南方人,询问湖上的事,叽里呱啦南腔北调一团嘈杂:……噢,是吗?……昨天晚上?……对,开始下雪了……太平桥。什么太平桥?……不,不记得。真的有这么个地方?……没人认识他?……到底怎么回事呢他从哪儿来?……

老板娘冲出重围:"劳驾劳驾,怎么回事我也不知道。"这时她见那个小伙子和戴眼镜的女人回来了,就说:"要问就问他们吧,他们刚从湖上回来。"

"喂,怎么样了?"老板娘自己先问。

戴眼镜的女人好像把离开时的惶恐和焦虑都丢在了湖上,微笑着,一边踢踢踏踏地跺脚一边擦去眼镜上的水雾:"冷死啦冷死啦,湖上好大的风噢。什么?哦,让他先说。"她望一眼小伙子,那光景他们已经很是熟悉了。

小伙子:"不错,你那宝贝儿子说对了。那圆圈整个是那老头踩出来的。"

戴眼镜的女人:"他在湖上一圈一圈整整走了一宿,把那一圈雪踩得又平又硬。不,不像是'鬼打墙'。"

小伙子:"不是'鬼打墙'。他不像是迷了路。他肯定是以为走到了他要去的地方,这才躺下来。喂老板娘,再给我一杯酒。"

戴眼镜的女人也要一杯。她很美,皮肤很白,带一副细边眼镜,很文雅。

小伙子:"他在湖上一圈一圈至少走了有四五十公里,最后在岸边看见了一块大石头。对,就在那两棵大树下。那石头两米多长一米多宽平平整整,邪门儿了,正好像一张床。看得出,他死前并没有迷了路的那种惊慌失措,他完全相信那是一张床。"

戴眼镜的女人:"他走到床前,他以为他走到了床前,脱了鞋,还把一双鞋端端正正地摆好——想必这是他几十年里养成的习惯,然后爬上床,脱了棉大衣把棉大衣当被子,躺下,把自己盖好。就这样。"

"有条不紊,看不出他有过一点慌张。"

"睡之前他还吸了一支烟。就这样。"

"他身上、衣兜里,什么也没有。没有一点能说明他身份的线索。"

"发现时,他死了并不久。就这样。"

"是我们那口子最先发现的。"

"那时候天也就是刚刚亮,对吗?"

"天刚蒙蒙亮。"

戴眼镜的女人看看手表:"就这样。现在是一点,他死了七八个小时了。"

没有人说话。都望着后窗。

过了一会儿,小伙子也看看手表:"噢,是吗?老板娘,给咱们开饭吧!"

"喂,都有哪位要快餐盒饭?该死的我们那口子怎么还不回来!"老板娘满腹怨气地朝湖上望望,顺手在录音机上换了一盘磁带,按下一个键。"有酒,也有烟,有各种饮料!"

这一回是一首提琴曲,开始的节奏急切、跳跃、断断续续,继而低回旋转、悠悠荡荡联成一气,反反复复地加强着同一个旋律。仿佛在一片大水之上,仿佛有一条船,仿佛是一个水手驾了一只木舟。窗外,丝丝缕缕的残云在天上舒卷撕缠,风刮起雪尘肆无忌惮地扬洒在空中,太阳把它们照耀得迷蒙灿烂。一只提琴孤独地演奏,拨弦,弓在弦上弹跳,似乎有些零乱,然后是一阵激动的和弦、变奏,渐渐又透出初始的旋律,缠绵如梦……仿佛有桨声,有水声,有船头荡破水面的声音,仿佛有喁喁的话语。

男孩又喊起来："妈我害怕！妈——我害怕，我害怕——！"

人们呼啦一下又都聚向后窗。除去西北角那个男人和东南角的那个女人。

"妈你把它关上，把它关上——！"

"天哪可真是怪了，今儿这孩子是怎么了？"老板娘说，忧心忡忡地看着众人。

"关上——！快把它关——上——！"

老板娘赶紧过去关了录音机，回来，搂住瑟瑟发抖的儿子，轻轻抚摸他的头，攥住他冰凉的小手，大气不出地盯着湖上。

湖上仍然看不出有什么特别的变化。

新来的一个人问："湖上那些人，他们在等什么？"

"可能在等新的线索。""可能，正与电视台联系，寻找老头的亲人。""等他的亲人，或者朋友。""也可能等运尸的车来。"

新来的人中有七个出了店门，到湖上去。

老板娘喊："喂，见着我们那口子让他快回来！你们就问谁是快餐店的老板，对，那就是我们孩子他爸，让他马上回家来！"

南方口音的男人也走到门外，站在台阶上抽了一支烟，又回到店堂里。他看看男孩已经又在母亲的怀中玩耍了，便凑近来盯住男孩的眼睛问："你看见湖上都有什么？别害怕，告诉我，你还看见了什么？"

文质彬彬的老两口颤颤地说："别，别再问他。""你看他刚刚好些了。"

老板娘茫然无措，不知该听谁的。

男孩似乎把刚才的恐惧全忘了，又高兴起来，举起望远镜看屋子里的每一个人："一、二、三……妈，现在还剩九个。"

一个新来的人："把你的望远镜让我看一下，行吗？"

男孩端着望远镜看，不理他。

另一个新来的人："给我看一下就还给你，怎么样，行不行？"

男孩从望远镜中看每一个人，对上述请求毫无反应。

最先来的那个小伙子喝着酒，笑笑："你们休想。这孩子邪门儿了。老板娘，你这儿子将来是个人物。"

"至少，"戴眼镜的女人说，"你这儿子能把你这小店守得牢牢的。"

但这时男孩从母亲怀中挣脱出来，下地，径直朝东南角走去。他走到那个女人跟前，站下。东南角的女人仿佛很疲惫的样子，从始至终一声不响，让人担心她是不是病了。男孩站在她跟前注视了她好一会，她才发觉。

"噢，你好，"她说，"有什么事吗？"

男孩："你想不想用一用我的望远镜？"

"喔，当然好。可用它看什么呢？"

"湖上，你可以用它看看湖上。"

"对对。好，让我来看看。"

下午四点多钟，湖岸上又来了一辆警车。红色的警灯一闪一闪，灭了。几个警察再次围着死者拍照：全景，近景，局部。摄像机对准老头平静的脸，推近拉开，推近，拉开，然后摇拍远景。

鲜艳的落日挨住了山顶。山的某些被照耀的细部，更加复杂、真切。风把天空刮得非常干净，山的全景依旧十分简单、甚至抽象。大山的影子倒下来，渐渐淹没了那两棵大树的影子，像黑色的油那样缓缓浸染着雪层。湖面上一半晦暗阴郁，一半灿烂悦目。雪层，和雪层上的那个大圆圈一点也不融化。

没有迹象表明前面路段上的交通故障可以很快排除。快餐店门前，有些汽车掉转头准备往回走了，发动机隆隆作响，排气管喷出一股股白烟。

"一、二、三、四、五、六、七，妈！走了七——个！"老板娘的儿子说。

阳光斜进快餐店的窗口。窗棂的影子一条一道,起起伏伏落在店堂中央的地上、桌椅上,落在人的身上、脸上。

从湖上回来的人说,在一尺多厚的雪层下,找到了老头的那个大背包。

"怎么知道一定是他的呢?"

"背包里有一张他年轻时的照片。很旧了,已经发黄,表面布满了裂纹。"

"是他?"

"很明显,那是他,是他年轻的时候。"

"是从一张合影上剪下来的。"

"噢?"

"照片的一侧,残留了一个女人的肩膀。"

"肯定是一个女人?"

"看得出,她穿的是一件碎花旗袍。"

"他呢?"

"他嘛,看样子那时他有三十多岁,很普通,一张最容易被人忘记的脸。"

老板娘一次次到门外去,张望她的男人。"该死的,还想不想回来! 到底是上哪儿去了……"

男孩又唱起那支古老的儿歌,唱得零零落落,不时向他的母亲报告湖上的情况。"妈,妈——! 他们把他抬上汽车啦。"

人们喝着酒,喝着咖啡和茶,漫不经心地扭转脸看一看窗外。往山里去的路还没有修好,往山里去的车无声无息还停在雪地里。

"没有他的地址吗? 背包里有没有什么可以证明他身份的东西?"

"没有。"

"背包里有一袋米、一罐油、一盒糕点和一包糖果。就这些。"

"还有几只漂亮的发卡。就这些。"

"对啦,还有几个红色的纸袋,每个纸袋里一沓崭新的钞票,一元一张的,十张。"

"会不会是压岁钱?"

"是压岁钱,再有几天就过年了。"

"呵对,还有些烟花爆竹。再没了。"

"还有一个礼拜,就要过年了。"

"这条路常出故障吗?"

"但愿今天夜里咱们都能回到家吧。"

男孩像模像样地扭着胯,扭着小屁股,扭出欢快的节奏,把那支陈旧的儿歌唱出崭新的激情。阳光不知不觉地消逝,昏昏暗暗的后窗把男孩的身影融化进去。风更大了,风声很响。"汽车开啦,妈!他们把他运走了。"几乎分辨不出这声音是从哪儿发出的。

老板娘扭亮了灯。昏黄的灯光让人打不起精神。老板娘走近录音机,但偷看一眼她的儿子,踌躇片刻,又战战兢兢地走开。

天黑起来的时候,往山里去的路通了。一二三四五六七,有七个人站起来,依次出门,打算进山。男孩从望远镜中看他们怎样走出去,看店门在他们身后怎样摆来摆去摆来摆去,看风怎样把碎雪从门隙间吹进来并且在门前化成水。男孩看见东南角上的那个女人还在,望远镜从那儿走一条对角线,男孩看见西北角里的那个男人也没走。

老板娘思虑良久,对男孩说:"我出去看看,不知你爸爸到底哪儿去了。"她看看角落里的两个人,把话甩给他们听,"我不会走远,我就到门前的大路上,绝不走远。"

"一、二、三。"男孩子把他自己也数进去,店堂里连他总共剩下三个人。

男孩从望远镜中看到:东南角的女人终于向西北角走去。

男孩看到:她走到西北角那个男人近旁停下脚步,站着,一言不发。

男孩看到：男人点了一支烟，吸了两口，才转过脸来，望着女人。

窗外一团漆黑，风声压倒一切。

男孩听见女人说："这么久，你还没有认出我吗？"

男孩听见男人并不回答。男孩看见，男人的眼睛里和女人的眼睛里，都有一层亮亮的东西涌起，涌得厚厚的。

男孩悄悄溜进柜台，按响了录音机，躲在柜台后面。窗外，漆黑的雪地上走过漆黑的风声。然后是一把吉他，一把要命的吉他，响起来，颤抖着响起来……仿佛在那颤抖的琴声前面和后面，都有着悠久的时间。男孩像那琴声一样，颤抖着，蹲下，把双膝紧紧抱在怀里。

很久很久，男孩听见那女人对那男人说：

"我等你，我们一直都在等你。"

"我们等你，我们到处找你。"

"我们找你找了，一万年。"

局　部

我知道，这之前他们一直都在找我。

这么多年他们一直也没放弃找我。

我知道早晚他们会找到我。他们找到我就是把我杀了，说实在的，我嘛，我也没有什么好抱怨的。换了我是他们我又能怎么办呢？杀一个叛徒不像杀一个别的什么，无论怎么讲，于情于理都是讲得通的。

我是个叛徒。叛徒，我看不用再怎么解释了，叛徒这两个字家喻户晓。

不不，不是冤案。可能有些"叛徒"是冤案，我不是，真的我不是。没人冤枉我，没有，真没有。我真是叛徒，不骗你。唉——，但愿还能有人信我的话，我希望不要因为我曾经是个叛徒，就再也没人肯相信我。相信我，至少我不是无赖。我认账。我罪恶深重我死有余辜，我都承认。我干过的事我一件都不抵赖。不翻案，我不翻案。

当然，也翻不了。

尽管如此我还是想说：该平反的平反，该翻案的翻案，我不浑水摸鱼；我知道自己是怎么回事。世上确实有冤狱，也确实有真正的叛徒，实事求是。从小，母亲，还有父亲，就希望我长大了至少做一个诚实的人，不管发生了什么都要实事求是。那时候，每逢过年，父亲给我买一些烟花爆竹，母亲给我一点压岁钱，我伸手去接，他们先不给我，他们先问我：在过去的这一年里你是不是一个诚实的孩子？我说是。他们说：再想一想，要实事求是。我再想一下，说是，或者说不是但明年我会是的，然后父母才把那些过年的礼物送到我手里。

我这么说，并不是要求宽恕。

自打我成了叛徒，多少年来——多少年了？有一万年了吧？——我心里非常清楚，就剩下实事求是能让我保存住一点点良心了，也是我唯一的赎罪方式。只有这样，我偶尔才能睡一宿好觉；才能在夜深人静却无法入睡的时候喝杯酒，指望随后可以梦见那些唾弃了我却总让我想念的人；才能在每年的清明，为我的父母和被我所害的人烧几张纸；才能悄悄地舒一口气，才能活下去。

够多滑稽是不是？总能找到活下去的理由。我的一切罪恶就出在这儿：贪生怕死。

照理说，我还活的什么呢？

有很多年，我从这儿跑到那儿，从那儿跑到这儿，隐姓埋名怕有人认出我，怕他们找到我。想象他们找到我的情景，比想象他们怎样处决我，还可怕。与其让自己人把我处死，真不如当初死在敌人手里。当然，他们早就不把我当自己人看了。我不敢想象怎么面对他们，我不敢想象在哪一年哪一天，在什么地方、什么情况下，他们忽然找到我。但是每年每月每时每刻，我都强迫着做这样的想象。一种强迫症。理智上并非不知道应该怎么办;应该不想,或者,应该去死。清醒起来,我知道我不如尽快去死,像我这样的人只有死路一条早晚还不是一样?那么麻烦别人倒不如自己干还要光彩些。让自己人——我是说让那么多好人——恨着骂着、蔑视、唾弃然后把你找到,就像找到一只史前动物那样惊异于你怎么还能活着,与其这样,真不如自己知趣早早地去死了吧。活得没有一点让人看得起的地方,就不能死得勇敢一点至少爽快一点么?想是想得挺好,可一着手去做我就又害怕了,下不去手,自己下不了自己的手。刀子、绳子、河边、楼顶、毒药……办法是不少,决心也不小,关键是得真干哪。真要去干了这才看出我是个天铸地造的叛徒胚——贪生怕死,禀性难移。一个人像我这么怕死真是无可救药了,活到我这个份上还怕死,真让人失望。你有多怕死你就有多愚蠢,我是说我。人的怕死和人的愚蠢,你怎么估计都不过分;当然,并非所有的人都是这样,我是指我自己,并不是所有的人都像我这么废物。好人们看我活得就像条狗。我自己最明白,我活得未必比得上一条狗。我的那条狗活得比我有道理。我到这大山里来之后养了一条狗,我东躲西藏了好多年然后在这片大山里住下了,养了条狗,它活得比我有用比我自信。它无条件地跟着我,除了春天它不知跑到哪儿去疯一阵子它从不离开我,它除了离不开我就只醉心于那片大山,它每天望着四周的大山玩一会儿然后睡一会儿,活得坦然自在。唉,但愿来生吧。但愿那时我能做到宁死不屈,但愿来生我能有这样的品质,能够那么勇敢和那么明智。宁死不屈,确确实实是明智的:死了,是无比的光荣,没死呢,得到大家的尊敬和爱戴,自己也更信任自己,自己也更看得起自己。关键是你得经得住打,经得住各种刑法的折磨,不怕死。

那座城市,我已经有很多很多年没去过了。我在那儿出生,在那儿长大,又在那儿成了叛徒。自从我成了叛徒逃出那座城市,很多很多年里我没有回去过一次。起初我是觉得没脸见人,没有比叛徒更卑鄙更丑恶的东西了;我从小就知道,谁都是从小就知道。尔后我才意识到他们不会饶过我,他们必定在全力寻找我,在没有证据说明我已经死了之前他们不会放弃这样的努力。这是对的,这完全应该理解:当然不能让一个出卖了别人也出卖了自己灵魂的人,就这么逍遥法外。我不敢回去。

不敢回去的原因还在于,我不想触景生情又回忆起我被敌人抓住以及此后种种可怕的情形。我一心想到大山里去,到深山野林里去,越是荒凉偏僻越是人迹罕至越是交通闭塞风气不开,越好,到一个没人认识我的地方,开荒种地自食其力了此一生。我以为这样就能把一切都忘掉,把善与恶都忘掉,把所有的人都忘掉包括把自己也忘掉,统统忘掉。

事实上这办不到。除非去死,你什么也忘不了。良心的规则跟下棋的规则类似,即便是棋错一步满盘皆输,那你也不能悔棋。然而生命的规则却又不同于下棋,生命已经被开垦过了,除非去死你不可能重来一盘。可我正是因为怕死才成了叛徒的呀。实际情况很可能就是这样:你要是看重良心你就别怕死,你要是怕死你就别在乎良心。可是,你又牵挂着良心又舍不得性命,我是说我,像我这样的人可还有什么出路么?

很多年很多年以前敌人把我抓住,先是劝导我,说我年轻无知受了人家的骗。实事求是地说,那阵子我表现得很像回事。我一一驳斥敌人,历数他们的罪行,揭穿他们的谎言,以严谨而且精彩的逻辑证明他们的虚伪,我那时生气勃勃才思敏捷滔滔不绝——可不像现在这么没用,质问得敌人瞠目结舌理屈词穷。好歹我这一辈子也算大义凛然慷慨陈词过那么一回。那感觉真不错,觉得自己是那么崇高,真是一种幸福。我想,我那时看上去一定是非常勇敢。事实上不是那么回事。我想我有幸能够勇敢了那么一阵子,归根到底是因为我坚信我的信仰是对的。但正是因为这样,我才是一个货真价实的叛徒。或许有必要把叛徒的概念界定一下：一种情况是，经过劝导，你真的相信是你错了，你真的认为你是受了骗，于是你放弃了你原来的信仰，那么你不应该算叛徒，你只是改变信仰罢了，信仰和改变信仰那是一个人的自由不是吗？另一种情况是，敌人，譬如说用高官用金钱或用美色来引诱你，于是你就放弃了你原来的信仰，那么依我看你也不是叛徒，因为这说明你原来就谈不上有什么信仰，你只不过是找错了升官发财和享乐的途径，你本来就是个利禄熏心贪图享乐的人，现在你只是调整了你的经营方式你并没有背叛你的初衷。再一种情况也就是我的情况，我一点不怀疑我的信仰，我懂得那是唯一正确的道路，我至今都相信那是人间最最美好的理想，可是，在死的威胁下我放弃了它，背叛了它，为了活命我出卖了它，这就是彻头彻尾的叛徒。

铁案如山。

劝导无效，他们就打我。我是说敌人。敌人开始打我，给我用刑。

我不想说这些事，不想说那些细节。残酷残酷，无非是说那些刑法有多么残酷，说这些干吗？为自己开脱罪责？不管多么残酷，不是有人挺住了吗？那就是说人是可以挺得住的。人折磨人的方法，和人经受折磨的能力，都是能让人自己为之震惊的。我不想说那细节还主要不是因为这个，主要是因为那场面太让人觉得屈辱。他们就像揍一条畜生那么揍你，就像打一只苍蝇那样恨不能一下子就打死你，就像摔一堆破盆子烂罐子没头没脑地把你摔来摔去，就像猫摆弄一只耗子，他们一踹就把你踹得跪在地上，你好不容易又站起来那好他们再踹再把你踹得趴下，你别指望还能保持什么尊严，他们把你围在中间像轮奸似的那么轮流着揍你，东一鞭子西一棍子，揍得你满地乱滚，浑身是土是汗，满脸是血是泥，你不可能不呻吟不可能不把身子蜷缩起来，别相信电影里那些有分有寸的拍摄，你的衣裳不可能只是在肩膀上或后背上撕破那么一小块，你被打得连裤子全都掉下来这一点儿都不算新鲜,甚至那个最要命的玩意儿都哆哆嗦嗦的上面沾满了土,他们就用不管是鞭子还是棍子去拨弄它还他妈的笑着,你想想看那原本可是为了做爱的呀。这时候,你要是还能相信,你是人,说实在的,那也就不算是一件很容易的事了。这时候,你要是还清醒,你会觉得以往的人间很可能全是幻觉,什么上学啦你要衣着整洁尊师爱友那些小时候的事,后来长大了又是什么要注意言谈举止彬彬有礼要尊重别人也要自尊,什么文明礼貌什么文雅潇洒风度翩翩什么讲究卫生注意营养还有什么什么——碰破块皮还要小心翼翼地上一点药?那全是假的,全是幻觉,是梦要么就是谣言。人哪,真是神秘真是不可思议,任何时候你都不敢说你是在梦里还是从梦里醒来了,你在梦里是不是也可以再做梦呢?你醒来了是不是还可以再醒来呢?别再说这些事了,我怕我又糊涂了,又不知道自己这是在哪儿了。我一度精神不大正常。我老是得不时的这么掐一掐自己的大腿,感觉一下疼不疼,等一等看,会不会又醒过来。习惯了,其实没用。

我说我精神一度不大正常没别的意思。我不要求宽恕。请相信我。

其实在梦里你也能想起来掐一掐自己的大腿,你也能有疼的感觉,于是你欣喜若狂以为这一回不是梦了,可这么一欣喜若狂那才妙呢,忽悠一下你就醒了。有一回,我梦见我爱过的那个女人在大山脚下的那个小湖边把我找到了。我的那条狗把她领来,把我找到了。湖水清冽,波光潋滟,小时候读过的那篇古文中怎么说的?"近岸,卷石底以出,为坻,为屿,为嵁,为岩。青树翠蔓,蒙络摇缀,参差披拂。潭中鱼可数百头,皆若空游无所依。日光下彻,影布石上,怡然不动;俶尔远逝,往来翕忽……"正是那样。绿草茵茵,山青水碧,轻风徐徐,树影婆娑,正是这样。湖岸上,她向我走来。我那条狗走在她前面,想必是它领她来的。她走到我跟前沉默着看了我很久,然后说:

"我一直在等你,我们到处找你。"她含着泪对我说:"你不是叛徒,真的你不是,你弄错了。"可我干过的那些事呢?"那是假的,"她说,"那是梦,是你做过的一个梦。"可我怎么才能知道现在这不是梦呢?她叹一口气:"你看。"她让我看她身上那件碎花的旗袍。细细碎碎的小花真真切切,一团团一片片都带着她的体温和汗香,连贴边上密密的针脚我都一一看过。这是真的?这真是真的?她擦去泪水,微笑着:"你真是梦怕了。"我仍然不敢相信,就掐着自己的大腿,围着那片湖水满腹狐疑地走。她跟在我身后,说:"跟我回家吧,回太平桥去。"她这么一说,我想我倒得先验证一下她是否真是我爱过的那个人,我猛地转回身问她:"你还是在太平桥经营着那个小酒吧?"她点点头说:"这么久你都到哪儿去了?我们一直在等你回来。"我低头想了一会儿,心里盘盘绕绕的有点糊涂。她又说:"不信你看呀。"我寻着她所指的方向看去,看见我的父母、亲人一二三四五六七都来了,看见我的朋友,一二三四五六七八九,他们都来了,他们毫无恶意毫无轻蔑毫无仇恨地望着我,他们有说有笑互相随随便便地交谈着向我走来。真的这回真是真的啦我想,我再把他们一一从头到脚看个仔细,抓住他们的手抓住他们的胳膊抓住他们的衣襟这回错不了啦我想,这回到底是真的了我说,是真的当然是真的他们也说。"回家吧,"他们说,"再有几天就要过年了。"我就在那湖边的一块大石头上坐下,痛痛快快地哭。我那条狗蹲在我身旁一会看看这个一会看看那个,嗓子里哼哼唧唧的,眼神也是那么又悲又喜似的,我想这还会错吗?我哭了又哭心里那个舒坦、那个轻松、那个庆幸、那个高兴啊……然后忽悠一下,醒了。还是醒了。就这么忽悠一下,睁开了眼,非常简单。

忽悠一下。一秒钟都没用。

甭提有多简单了。

醒了,还是那条结结实实的炕,还是那间空空落落的屋子,还是

203

我，一个人，后窗外是那片湖，一片白，远处是大山，白茫茫天地一色，下雪了，下了一宿大雪这会儿已经停了，太阳出来，雪地上和山谷里，飘浮起空蒙寂寥的光芒。有个孩子的声音，也许一个也许几个，在说歌谣：一一、一二三，打江山；二二、二三四，写大字；三三、三四五，烤白薯；四四、四五六，亲骨肉；五五、五六七，七七四十九，九九八十一，捡个骡子当马骑！童谣，没人知道是什么意思。阳光照进屋里，门前两棵老树，树干的影子倒进来，斜着，把屋子分开成三块；早晨是西边的一块最小，中午有那么一会儿三块一样大，然后树影继续移动、延长，傍晚时东边的一块最小，越来越小变红变暗，每天都这样。我的那条狗卧在院前，卧在两棵老树之间，每天都这样。它不叫，它已经老了，很少有什么事还能让它大惊小怪。并没有院墙，一直可以望到大山，四周连绵不断的大山，没有公路通到这儿。太阳东山出，西山落，每天这样。月亮圆了，月亮缺了，月影走过湖面，月月如此。那片湖并不大，几十个足球场的样子，差不多也就那样。山绿了山又黄了，湖水封冻了，湖水融化了，年年如此。沿湖岸，错错落落十几户人家，春种秋收生儿育女，祖祖辈辈就这样。

说实在的，严刑拷打我还是经受住了不少，有个把月我什么都没说。实事求是，我不是想要求宽恕。可是慢慢我明白了，就这么打下去非把我打死不可。最后无非两种结果：要么我招供；要么我以后的日子就只剩了坐牢和挨打，不打死我就不算完。敌人明确地说："你别以为我们不敢打死你，你不算个什么重要人物。"这下我害怕了，我相信他们会的，会打死我，我无足重轻。

不知道为什么一听见死我就害怕了。只知道这一害怕，把我全毁了。

越害怕就越害怕，越想越怕。

我那时候二十一岁。我躺在牢房里越想越委屈，就这么就完啦？所有的愿望，所有的准备，所有的梦想令人激动的种种梦想，长大吧快点长大吧一天天盼着长大去实现那些梦想,终于长大了接近那些期待了,按捺不住的期待眼看着就来了……然后忽悠一下就这么全完了?再也没有了再也不可能有了?黑暗,无穷无尽的黑暗、虚无、无着无落,噢天哪那是什么?也许连黑暗连虚无都没有,那会是什么?什么也没有,谁都没有,自己也没有,没人知道你到哪儿去了,你死啦,死啦死啦死啦,死啦,什么也没有死啦,什么也看不见也摸不着什么也干不了,死了……这时候我才懂了活着有多么好,我才发现我是多么想活。

小时候,我这么想象过一回死,想到最后我赶紧跑到母亲身边偎依在母亲怀里:"妈,我害怕。"父亲走过来问我:"怕什么?你看见了什么?"我不回答,母亲搂住我,我觉得安全了。我问母亲:"妈,死疼吗?"母亲愣一下,望望窗外,把我搂得更紧些,说:"想那个干吗,那还早着呢,还早着呢。"我想是呀还早着呢,还有好多好多年呢,这样,很快我就不去想它了。

可现在,死这么快就来了,没想到会这么快。我才二十一岁。我躺在牢房里委委屈屈地哭起来,一边哭我一边想到我甚至还没结过婚呢。我爱着一个女人,就是我梦见在湖边把我找到的那个女人。事实上,我还没来得及对她说过什么。我有把握她对我印象不错。在漆黑的牢房里我肆无忌惮地哭着,想着,越想越相信她对我印象不错,要是我对她表白她不会拒绝我的。我真后悔为什么我早点没对她说,有什么可不敢对她说的呢,要是我知道我这么快就要死了我一定敢对她说。至少她不会一下子就拒绝我。有一次好几个朋友一起吃饭,她一定要挨着我坐,那不像是偶然的。人多,坐得很挤,我们俩几乎是紧挨着了,我先还尽量躲开一点,后来我发现她并不躲,好吧我也不躲试试看,结果我不躲她也没躲,那不像是无意的。我永远都记得她的体温和汗香。那一天有点让我神魂颠倒,夜里想起来觉得很紧张。她长得很美,皮肤很白,戴一副黑边眼镜很文雅,不不绝不是什么"情人眼里出西施",第一次见到她我就发现她很美,不是漂亮而是美,很美,而且很文雅。她年龄比我大,这并不重要。我第一次见到她是在长途汽车上,汽车在半路停下来,下着大雨,前面的什么路段上交通发生故障,汽车都停下来。旅客们都到路旁的一家咖啡店里去。咖啡店很小,所有的座位上都有了人,上帝的安排只有我和她没有座位。有一扇后窗,很高,很窄,窗台却很宽。我把咖啡放在窗台上,她走过来也把咖啡放在窗台上。雨很大,窗外是茫茫雨雾和隆隆的雷声。我和她站在后窗前,上帝的安排,我们必然要互相说些话。雨一直没停,前面的交通故障一直到天快黑时才排除,上帝的安排,我们俩先是站在后窗前,后来就轮流着在窗台上坐会儿。她很美,很有文化很有思想,很有修养,又很有激情性格很开朗。我呢,我那时才思敏捷自命不凡,不管什么事一点就通,不仅理解得快还能加以引申,虽不免有穿凿附会之嫌但凭着机智总能跟上她的思路。她坐在窗台上。她身后的玻璃上,雨水一层层抖开、一浪一浪地铺落,闪电不时照亮那面玻璃,照亮她和我。我对她一见钟情。雷声雨声一刻都不减弱,为了听清我的话或是为了让我听清她的话,她一次又一次把头凑近我,我感到了她的呼吸,甚至听见唾液在她喉咙里纤柔地滚动。渐渐地,我头一次感到自惭形秽,感到自己才学疏浅却还自以为是,不懂装懂,真是可怜可笑。不过看来她挺喜欢我。天黑前我们成了朋友,我胆怯地问,我们可以做朋友吗?她说,当然。这是上帝的安排。正是她的引领和介绍,使我找到了我信奉终生的理想……不不,是信而未奉,我是个叛徒。

有一回我到她的住处去。

晚上,她正在浴室里。她在浴室里喊:“请进!”

她在浴室里说:“你先在客厅里等一下。”水声,喷洒溅落的水声。她说:“你坐,我马上就好了。”

我坐下。水声不断。水落在地上的声音,和不是落在地上的声音,使我想入非非。那浴室的六面想必都应该是墨绿色的,墨绿的和雪白的,都挂了晶莹的水滴,灯光在水雾中尤其飘幻宁和,深暗的影子摇动着那墨绿的,和勾画出雪白的……我觉得身体里和灵魂里都一阵阵颤抖,慌忙地抽烟、看报纸,然后不得不跑到阳台上去,努力驱除对那色彩和对那些水声的渴望。我躺在昏暗的牢房里,铁窗外有几盏星光,心里又翻动起那样的渴望。"喂,你干吗呢一个人在阳台上?进来。"水声停了,她从浴室里出来,头发还是湿的,穿一件紫红色睡袍。她舒舒坦坦地坐下,散散漫漫地跟我谈话。我想,对啦,应该是紫红的,紫红的和雪白的,我眼前便出现那样的画面:紫红的、静的、浑然缥缈的,和雪白的、动的、真实的鲜活的……我害怕我的眼睛里已经流露出了亵渎。"喂你怎么走哇?"我走了。我这辈子,什么都让这"害怕"二字给毁了。我成年累月地渴望那水声和那水声停下来的时刻,想象墨绿的、紫红的、和雪白的。躺在清冷的牢房里,晨鸟开始啼鸣,我知道如果不招供我也许都活不到夜鸟归巢的时候,我将死去,我将没有结过婚就死去,我将没有感受过女人就这么死去,我将没能对我所爱的女人表明我的心意就死去,永恒的黑暗和无边无际的虚无那是什么?天哪,那些墨绿的、紫红的、和雪白的……

第二天敌人再拷打我,那些刑具一摆出来我就哭了。这一下全完了,这是我毁灭的开始。这一下敌人知道他们很快就要赢了。他们更加自信了:就这么打下去,变本加厉地打,打下去,用不了很久他们就要赢了。果然,我没能让他们失望。就这样。

我只想到,我要是就那么死了我就再不可能得到她了。我竟然没想到,我叛变了我也一样不可能得到她了。事实上,当我疏忽大意地在那趟车上胡言乱语让敌人盯了梢的时候,这件事就已经注定了。当我走进那家小饭馆,还是那么放松着警惕,自命不凡地跟一群人高谈阔论的时候,一切就都安排定了,我已经再不可能得到她了。

敌人把我放出来的那天我才明白这一点。

那是个阴云密布的下午,看样子就要有一场大雪。我听见路上的人说,就快要过年了。敌人把我入狱时的那个大背包还给了我,里面还有一点钱,我买了一袋米、一罐油、一盒糕点和一包糖果,心想快过年了,回家去应该给父母买些年货。买了,这才想起父母每年都要问我的话,"在过去的这一年里你是不是一个诚实的孩子",虽然我已经不是孩子了,但二十一年中这已成为父母向我祝贺新年的习惯。我这才想起我是不能回家了。

我出了城,无目的地沿着公路走。天快黑时下起雪来。

我独自在大雪中走了一夜,并不考虑方向。从我被敌人抓住的那一刻始,一切就都晚了,我无论如何都回不了家了。也许这件事决定得还要更早些。在我还没有看出保持警惕是多么重要、在我还没来得及改掉自命不凡的坏习惯就有了自己的信仰之时,这件事就已经决定了。

天蒙蒙亮时,雪停了。公路上有了汽车。我用尽身上所有的钱买了一张车票。售票的老头问:"去哪儿?"无所谓去哪儿,我想,越远越好。

我在东北的大森林里待过几年,在那儿伐木。我到过南方的海岛,打过几年鱼。我还到过西北,黄土高原,贩过几年盐和牛。我跟着一个江湖医生学了些医道,先只是为了自己的保健(我一度病得厉害差点死在滇西的一个小寨子里),后来也给别人治治病,要一口饭钱,不多要,我是个罪孽深重的人。闲了闷了或是病倒在床上了,时间多得打发不完,我就读读医书,也读史书,什么书都读,找见了就读,并无计划,也无章法,不过是一种消磨光阴的方式。有《四郎探母》那么一出戏,我看了那么多书,只在那个戏本上发现有人给过叛徒一点儿同情。当然那不是一本好书。我这么说可没有别的意思,我说过了,我自己都不会宽恕自己。四郎虽也是贪生怕死,但他没出卖过别人。我山南海北的走了好多年,还是想念家乡,就又回来,在离那座城市几百里外的大山里住下了。

养了条狗,盖了间房,我们一起在大山里,一住几十年。

几十年中，数不清有多少次我想到那座久别的城市里去看看，但一次都没去。这真是糊涂。

我那条狗，可真是条长寿的狗。它老得连叫都懒得叫了，甚至到了春天它不出去跑了。它整天整天就守着我，整天整天就趴在门前那两棵老树之间，永不厌倦地瞭望四周的大山。它年轻时可不这样，一到春天，它就呜呜咽咽的叫几宿，我拍拍它的头说"你去吧"，它就去上十几天，十几天我们不见面，夜里我偶尔能从风中听见它在山里跑，追着它的相好，漫山遍野地叫。十几天后它准回来。

每次它准时回来，我都感动得想哭，同时相信我不如一条狗。并不是说我不如它快乐，而是说我不如它忠诚不如它心怀坦荡。

如果，小时候，是因为离死还太远太远，在这漫长的时间里，你不知道会有什么美妙的事在等着你，所以，死虽然毕竟是你的方向，你也先不去理会它，你偶尔想它一下就把它抛在脑后一心一意地去享受生，那是有道理的。

如果，二十一岁那年，你还太年轻，你还不知道命运早已决定，你爱着一个女人，一个美好的女人，至少你想得到一个女人的爱，因此你想活下去，即便你是被命运蒙蔽着而选择了不死，你也是有道理的。

可现在，谜底早已揭穿，终点也已经看得见了，从现在到终点的这段很短很短的距离中，肯定来不及出现什么奇迹了，一切都能够预见了，不过是取这几十年中的若干分之一再重复一下罢了，再这么怕死再这么怕他们找到我是没道理的。

不要再美化自己了。不要为自己的怕死找理由了。我就是常说的：怕死鬼。

树影消失了。门前那两棵老树，我越来越对它们怀着恐惧又对它们抱着希望，他们早晚会从那两棵老树后面转出身来，找到我，我害怕他们找到我因为我害怕看他们仇恨、轻蔑的眼睛，但我希望他们处死我，快些处死我。

尽管我自己还是下不了自己的手,但我对我的这个下场心悦诚服。

未来是什么且不去管它了。问题是过去无法更改。关键是,现在应该结束。

在所有我看过的那些书中,都没有叛徒的天堂。这我知道。即便是在《圣经》上,也没有,没有叛徒的天国之路。这我都明白。

那天,那是春天,奇怪,我的那条狗又呜呜咽咽地叫起来。它已经好多年不这样了。我想,说不定要有事了。我拍它的头说:"去吧。"它就去了。我明白,这是天意,肯定要出事了。它向暮色的山中跑去了。我很高兴不让它看见我被抓住,不让它看见我也许被处死。否则它会受不了的。

月亮出来了。月色下,那两棵老树的影子指向黑黝黝的大山。他们是从左边这一棵后面出来,还是从右边这一棵后面出来,只剩下这个问题悬而未决。

到底我也没弄明白他们是从哪一棵后面来的。

我想,唯一的悲哀是等了这么多年,何必要白白等这么多年呢。自从我疏忽大意被敌人盯了梢的时候,或者再晚一点是我被敌人抓住的时候,或者再早一点,是我认识了我终生所爱慕着的那个女人的时候,我就注定应该去死了。或者更早一点,是那场大雨把前面的路冲坏了的时候,是我走进那家小咖啡店发现所有的座位上都有了人的时候,是我和她都看中了那扇又高又窄的后窗的时候,我已经非死不可了。

可供选择的仅仅是:一种死法可以上天堂,另一种死法只能下地狱。

这么多年来,我却怎么也回忆不起,那个大雨天,我坐了长途汽车,是要到哪儿去?

他们来了。他们早晚会找到这儿来的。

我点了一把火，烧了那间房子。这样，那条狗回来找不到我，也就不必总在这儿瞎等了。它会想明白。它没办法它总得离开这儿，到别处去度过它最后的生命。

构　成

甚至可以这样认为：你们不期而遇，你对她一见钟情，你至死不渝地爱着那个女人，这件事，还在你五岁那年就已注定。

你五岁那年的一天早晨，也许你还能记得也许你早已忘记，那时，太阳刚刚从对面的山梁上升起，你站在门前端着一只小小的望远镜，望着你的父亲爬上对面的山梁，望着你的父亲背着一个大背包，沿着唯一的羊肠小道爬上那道山梁，朝你们挥手。照理说你不会忘记。那时你问母亲，父亲他要到哪儿去？母亲摇摇头眼里有泪光，顾不上看你，说："父亲，他要去找他想找的东西。"你再举起那只小小的望远镜：父亲不见了，父亲消失在那片苍茫的大山里。当然当然，这你忘不了。父亲那一走，就再也没有回来。

就是在那时候，已经注定了，在你身后在人群密聚的城市里有一个小姑娘，未来她要使你坠入情网。

因为父亲再没有回来。因为，将来，某一天傍晚，会有一个人从大山里来，无意中给你带来父亲的消息。因为，那时候，母亲已经老了，你已经到了父亲当年的年龄，只好是你到大山里去跑一趟，证实那个消息。

但是现在你还看不见那个人，这时候你还看不见他。

你正在写你那篇小说，标题是：众生。但这时候那个人正朝你走来，带着有关你父亲的消息。

你坐在写字台前，面对敞开的窗户，窗外，阴凉的南墙上挂满了牵牛花浓绿的叶子，花已蔫萎，一批崭新的花蕾正在悄悄地膨胀。你并未注意那些花,但事后你会回忆起它们。房门在写字台左边,离你大约三米远,也敞开着。这座房子没有什么变化,跟若干年前一样,房门直对着那道山梁。那道山梁,是远方那一片峰峦叠嶂的大山的余脉。推敲词句的当儿,你有时朝山上望一眼,有时侧过脸,目光在那山上呆呆地停留很久。不管你看见了什么,你只能看见山的正面。你看不见它的背面。你看不见,在山的背后正有一个人在往山顶上爬,看样子他是要翻过这座山。

如果他翻过那座山,那,他就一定要从你门前经过。那山梁上,唯一蜿蜒而下的小路,穿过一大片水田,经过你的门前,然后连接起大路,连接起条条大路,通向市区。

阳光,曾经从敞开的门中,落在你近旁,然后不知不觉在地上转了一个弧,像一把折扇那样收拢,在门脚下收拢成一条线,退出门去。南墙下的阴影便展开,齐齐的一线向前推进,在一个由季节所规定的位置上停下来,犹豫片刻,转移角度又开始收缩。在这过程中,盛开的牵牛花渐渐凋残。你一直坐在写字台前写你那篇小说。这会儿,对面的山梁上全是夕阳橘红色的余晖了,满山的鸟啼虫鸣。水田里,蛙声渐渐高亢。

那个人,正在山的阴影里往上攀登。他要翻过这座山,尽管这件事尚未验证,但看不出他有其他企图。他显然是要翻过这座山,而且看不出他有改变主意的迹象。

一俟他翻过那座山,他别无选择,他就要从你门前的这条小路上走过。望着远处浩如烟海的城市,从山里来的这个人,他要向他遇见的第一个人问路,这再合情合理不过。一俟他翻过那座山,注定,他要向你问路,那时你也别无选择。他是个喜欢传播消息的人,一俟他翻过那座山这就是命运的选择,他永远不会想到,他的嗜好会给别人的命运造成什么样的转折。

但这会儿你看不见他。这时候,他、以及他将要带来的消息,对你来说还都不存在。他将告诉你一件在深山里已经发生了的事情，但这会儿对你来说，那件事尚未发生。

但只要山背后的那个人能够翻过那座山，你就会在天黑之前听说那件事。那件事将引得你做出一个决定：明天一早到山里去，乘长途汽车，到很远很远的深山里去。虽然这会儿你完全没有这样的打算，但只要山背后的那个人能够翻过那座山，你明天乘长途汽车到那片莽莽苍苍的大山里去——这件事，就正在发生。

他翻不过那座山的可能性，差不多没有。

与此同时，在你这间房子以西在喧哗不息的市区，在纵横交错密布如网的街道上，在林林立立的高楼中，在飞扬的歌声、蒸气、烟尘的笼罩下，在成群成片的蚁穴一般的矮屋里，和在一些相对幽静的地方，分布着十几个也打算明天到大山里去的人。明天，天一亮就动身。你们，你，和那十几个人，都已在这个世界上生活了很久，但素昧平生，明天，你们将有机会见面。除去其中的一个，那十几个人和你，你们互相说几句无关痛痒的话，那是你们一生中相距最近的时候。那十几个人，除外其中的一个，你们互相不会留下什么印象。正如天文学家有时候发出预言，一颗不知名的小彗星，什么时候，在什么方位，经过它离地球的最近点，然后离去，直到它毁灭再没有机会回来。

除外的那一个，就是那个女人。就是当年的那个小姑娘。只不过现在她长大了。等待了这么多年，她长成了一个美丽而且文雅的女人。

此时此刻在市区中心，在四周喧喧嚣嚣的包围之中，有一条安静的小街，小街上有一座更为安静的院落，院子里有两棵高大的梧桐，和一栋西洋式的小楼。红砖的楼墙，墙根下长满了绿苔，砖面有所剥蚀。窗框都是白色的，都有百叶窗，百叶窗也是白色的。门廊的台阶很高，一、二、三、四、五、六、七，七层。花岗岩廊柱的顶端有涡旋状翻卷的纹饰，沾染了斑驳的锈色。从楼门到院门之间，在梧桐树巨大的影子里,一条石子铺成的甬道,差不多呈 S 形。甬道两旁的土地,想必曾经是草坪,想必原来是绿茵茵的草坪并且时常开放几朵淡黄的野花,但非常遗憾,现在都裸露着。

她就在那儿,在其中的一扇玻璃窗后面。她一直就在那儿,这么多年过去,她从小姑娘长成了女人。

你和她之间,一条无形的路,早已注定,等了这么多年,这条路是否能够疏通?还要等一会儿看。

现在,她正在梳洗打扮。

夕阳照耀着你对面那道山梁的同时,也透进她的卧室,在紫红色的地毯上投下一块整齐的光芒。你窗外的那一墙牵牛花开始蔫萎的时候,她正在午睡。那时,有一只蝴蝶在院子里飞来飞去,在树阴里,在门廊下,在裸露的土地上,在她窗前,飞。然后在她的窗台上落下也睡了一会儿,在梦中翅膀仍然一张一合,一张一合。她醒来之前,那只蝴蝶飞走了。那只蝴蝶越过院墙,一直向东飞,这会儿飞近市区的边缘,在离你不远的一棵合欢树周围流连。合欢树下的那户人家,注定与你无关,无论山背后那个人打的什么主意,也不管未来和远方正在如何编排你的命运,此生此世你都不会与那一家人有任何关联,你们也许偶尔会离得很近,比如在市场上,但你们之间有一道无形的墙,你们相当于在两座相邻的但事实上没有出口的迷宫里,走着。

蝴蝶飞走后不久,那个女人醒了。她醒来的时候,正是你窗外南墙的阴影开始退缩的时候,你全神贯注于那篇小说——《众生》。一个长久以来的问题吸引着你,可是想不清:一旦佛祖普度众生的宏愿得以实现,世界将是什么样子?如果所有的人都已成佛,他们将再做些什么呢?这时候她醒了,她看看太阳,又看了看表,起身转进浴室。

墨绿色闪现一下,随即浴室的门关了。

隔着门,水细密地喷洒,像雨,水落在地上的声音像雨,水不是落在地上的声音令人想入非非。但是屋里没有别人。屋里有两盆盛开的瓜叶菊,分别安放在屋子的东南角和西北角,相距仿佛很远。屋里有一排书柜。书柜旁有一台落地式电风扇。中间的书柜里，有一只装上电池就又会叫又会翻跟头的小布狗。对面墙上挂了一幅很大很大的油画，画的是：湖岸；冰消雪化的季节，残雪之中可见几片隔年的枯叶；落日时分，背景上山峦起伏，山的某些被夕阳照耀的局部描绘得相当精细，山的整体晦暗不清只是一脉十分简单的印象。屋里，最不惹人注意的地方，有一只老座钟。当——，声音沉重、深稳，当——当——当——当——当——当。七点。

七点，你正在城区的边缘，离那只蝴蝶不太远的地方，侧脸呆望那座山，沉浸在你自己编织的故事当中：设若有一天，佛祖的宏愿成为现实……

七点钟，水声停了。浴室的门轻轻推开，从墨绿当中脱颖出一缕如白昼般明朗灿烂的光彩，在幽暗的过道里活泼泼地跳了一下，闪进卧室。随之，很多人（以前有很多人，以后还会有很多人）的梦想就在紫红色的地毯上无遮无拦地呈现。乌黑的和雪白的、飘洒的和凝重的、真切地隆起和虚幻地陷落，都挂着晶莹的水滴，在那两盆盛开的瓜叶菊间走着对角线，时而迈过那块阳光，时而踩进那块阳光，打开电风扇，蜂鸣似的微风吹着真实抑或梦境的每一个细节，自在徜徉毫不经意，使很多人的梦想遭受轻蔑，轻蔑得近乎残酷。

她戴上眼镜，坦然坐在床边，腹部叠出两条细细的折皱，修长的双腿绞在一起不给任何淫荡的联想留有余地。她摘下眼镜，在床单上擦一擦镜片，再戴上，看那幅很大很大的画。她的模样很美，很文雅，很沉静，久久地看着那幅画，目光生气勃勃。

七点，山背后的那个人爬到了半山腰。那儿有一块青条石，就像一条石凳。那个人卸下肩上的大背包，坐下来歇口气。

天空碧透，万里无云。远远近近高耸的山峰，顶部还留着一抹残阳，矮山全部沉暗了。山谷中暮霭缭绕，流漫着草木被晒烤后的苦热的味道。往低处听，掠着草叶或贴着地面听开去，是各种小虫子"唧唧、吱吱、嘟嘟"的聒噪,此起彼落如同那大山一般绵延不绝。往高处听,是千篇一律的蝉鸣和灰喜鹊的吵闹声。再往高处听,有一只布谷鸟独自飞着,飞一会儿便简单地唱一句,但弄不清它在哪儿。头顶上有一只鹰,稳健地盘旋,盘旋,盘旋……更为深远的高空,清清寂寂。

清清寂寂,但绝非无声无息。或许倒更是轰轰烈烈。但是你听不见。

七点钟,天空碧透万里无云。但这时候你看不见(至少还包括明天与你同车进山的那十几个人,其中当然有那个戴眼镜的女人,你们都看不见),在万里之外,"万里"是一种夸张,实际是在百里之外,在山区,在那峰峦叠嶂的大山脉的上空,你看不见,你们都看不见,在六公里以上的高度,那儿,出现了一层薄薄的白丝状的云彩。

这会儿它还称得上是一片美丽的云霞,夕阳和微风把它映照得吹拂得妩媚多姿。

但这是一个气旋,也叫低压。就是说,两小时之内,薄幕般的云层将布满整个天空。那时你在百里之外,你可能看见月亮周围有一圈朦胧的光晕,并且感到有凉爽的晚风吹来。那时在山区,在你明天将要经过的路上,风开始强劲,气压再度降低,天空中乌云滚滚而来,会越聚越厚,再过几个小时,到半夜,一场大暴雨在所难免。

当然你看不见。对此你一无所知。

未来的大暴雨将大到什么程度,人们无法料定。

那个气旋的形成,是多种因素的整体效果,是多种因素的随机构成,是上帝没有乐谱的即兴的演奏。多种因素,可能包括远古留存的一缕信息,也可能包括远方一只蝴蝶的扇动翅膀。这你当然无法知道。就在你专心致志地构想那篇《众生》,设想佛祖所许诺的那个没有痛苦的极乐世界的时候,在这颗星球上,在这个姑且被称之为地球的地方,已经有人接近猜到了佛祖的悲哀:一只蝴蝶的扇动翅膀,可以是远方一场大暴雨的最初原因。

是那只曾在那女人的窗台上睡过一会儿的蝴蝶吗?可以肯定,

不是它。但那只蝴蝶,当它在窗台上落下,翅膀一张一合一张一合进入梦乡的时刻,它正在创造着什么,现在谁也不知道。

　　现在,那个女人穿一件碎花旗袍,走出楼门。不慌不忙,走下七级台阶,走上 S 形甬道,高大的梧桐树下,挺直粗壮的树干之间,碎花旗袍飘飘摆摆。你不久就要见到那件飘飘摆摆的碎花旗袍,并且,它要在你的眼前、心中和梦里,飘飘摆摆飘飘摆摆伴随你的一生。在她的房间里,电风扇还在循规蹈矩地转着,唯两盆花团锦簇的瓜叶菊响应它的吹拂。地毯上,阳光已经退尽,紫红色愈加浓重。书柜中的那只玩具狗,一双忠厚的眼睛,永不厌倦地瞭望对面墙上那幅油画:湖岸、残雪、远山。

　　阳光差不多没了,水田里的青蛙快活起来,愈唱愈烈。你偶尔发现,对面的山梁上冒出一个人来。这会儿你还看不出他的出现有什么重要。如果,你明天到大山里去并不需要过一条河,或者河上并不止那一座老桥,那,这个人的出现只不过是一件无关宏旨的小事,与一只飘然而至又飘然而去的蝴蝶没什么两样。

　　那个女人出了院门,往西走,看似离你越来越远了,事实上她正一步步走近你的命运。她能否走进你的命运,现在,决定于那座老桥了。

　　决定于那座老桥。决定于老桥一座桥墩上的一条裂纹。决定于一对青年恋人和一个老年养路工。

　　在那片美丽的云霞下面,一对青年男女正走向那座老桥,他们沿着河边走,一前一后,走下河堤,分开没膝的荒草,走到老桥底下。

　　这时候,那个养路工,那个老头,也正从河对岸朝老桥走来。

　　那对青年男女一走到桥下,什么都来不及说,就搂抱在一起。老桥有三座桥墩,他们靠着北边的一座,疯狂地亲吻,发出焦渴的叹息。那片美丽的云霞倒映在河中,给绿腻腻的河水添一片明快的色彩。

在晴朗的日子,这条河一向很安稳,甚至是很沉闷,水流很柔弱、很浅、流速缓慢,但三座桥墩都很高,这说明它必是有奔腾咆哮狂暴不驯的时刻。正是这对恋人身旁的一座桥墩,在荒草掩盖的部分,有了一条裂纹,表面看并不严重,但这裂纹已经延伸进桥墩的内部很长也很深了。小伙子正年轻,有的是力气,他把姑娘抱起来,把头埋进她的怀里,姑娘目光迷离任他摆布。潺潺的流水声中,隐约可闻快乐的呻吟。

老年的养路工,那个老头,这时走到了桥上,他耳也不聋眼也不花,什么都看得见什么都听得着。他不想冲散这对痴男恋女,便在桥头坐下,心想等一等,等那两个孩子度完他们最要命的时刻。老头抬头看天,凭着几十年的经验,他相信头上这一缕美丽的云彩不是什么好兆,十有八九是要有一场大水了。他就是为看看这座老桥来的,看看它有什么问题,经不经得住洪涛巨浪;没想到会碰上桥下这两个小疯魔。"小疯魔",老头在心里说,笑笑,想起自己早年也那么疯魔过,一点不比桥下这两个来得规矩。老头抽了一袋烟,尽量不去偷听桥下的动静,桥下都是怎么回事老头一清二楚,时光如飞,他自己做那样的事仿佛就在昨天,现在他已经没兴致了,但他记得那对一个人来说是多么要命的时候。可是桥下娇声嗲气地开始有说有笑了,虽然那两个孩子以为他们的声音很轻,但含含混混的话语流进老头的耳朵都变得清清楚楚,老头极力忍住笑,驱逐开想往桥下看一眼的欲望。这两个孩子他认识,仿佛前两天还见他们为一只蝴蝶打架呢,怎么?老头愣愣地想,这么快他们就长大了?到了懂这种事的年纪了?老头掐指算了算,仰天叹一口气,习惯地在桥面上磕了磕烟锅儿。这一下,桥下的窃窃私语戛然而止。半天没有动静。

"谁呀?"小伙子的声音。

老头心里很抱歉,不言语。

"没人。"小伙子对姑娘说。

"有,肯定有。"姑娘的声音,很轻。

姑娘从小伙子怀里跳下来的声音。

"桥上有人吗?"小伙子又问。

老头屏住呼吸,不敢动。

"没人。"

"喔哟——,吓得我……"

"怕什么?"

"我的心这会儿还嗵嗵跳呢。"

"是吗?我听听。"

"你听。去!别动……"

又没声音了。老头把烟锅插进腰间,慢慢站起身。这时桥下又传上来快乐的呢喃和呻吟,一阵一阵,娇痴或者蛮憨,一阵强似一阵、长似一阵。老头看看天色,心说,我还是回家去吧。

老头走了,沿着河岸走了很久,融进暮色之中。这一来,年轻恋人身旁那座桥墩上的裂纹,在大暴雨到来之前就不可能被发现了。

这一来,你和那个女人之间的一条无形的路,就完全疏通了。这么多年来,一点儿一点儿,到那老头离开这座老桥,你们之间的阻碍才算全数排除了。

那场大雨一到,半夜,山洪就会下来。水从大山的每一条沟壑中蹿跃而来,灌进这条河,聚成浩荡洪流,掀起排天大浪,一路翻滚咆哮轰轰烈烈经过这座老桥,桥墩上那条裂纹被冲撞得不断延长、加深,顶多挨到拂晓那桥墩就挺不住了,老桥势必坍塌,往大山里去的路在这儿阻断。而你们,你和那个女人之间的路将彻底连通。你们一同乘坐的那趟汽车,在半路听说了河上的消息,停下来。路边有一家小饭馆。河上来的消息不太明确,只知道在前面的什么路段上交通出现故障。你和车上的十几个人都到那家小饭馆里去。那时你将发现,所有的座位上都有了人,只有你和那个女人站着。你们,你和那个女人,同时看中了那扇很高但是很窄的后窗,把烫烫的咖啡放在窗台上,站在后窗的两侧。她很美,她的皮肤很细很白,戴一副黑边眼镜,仍然穿着那件碎花旗袍……剩下的事你都知道了。

现在,山背后的那个人走到了你的门前。

"请问,太平桥怎么走?"他在门外问。

天黑下来,昏昏暗暗的你看不清他的面孔。

他把肩上的大背包放在台阶上,跟你要一杯水。

你的母亲在里间屋问:"谁呀? 是谁来了?"

这个从山里来的人很爱说话,或者是孤零零的一个人走了这么久,很想找人说说话。他一边喝水,一边给你讲大山里发生的那件事。

你的母亲在里间屋问:"你在跟谁说话?"

暮色沉沉,你扶着门框站在门里,那个路人坐在门外的台阶上,在晚风掀起的欢快的蛙鸣中,你们一起谈论大山里发生的事:

"这么说,他在那湖上整整走了一宿?"

"对。谁也不知道他从哪儿来。"

"他身上,没有什么能说明他身份的东西么?"

"背包里有一张他年轻时的照片。很旧了,已经发黄,表面布满了裂纹。"

"是他,是他年轻的时候。是从一张合影上剪下来的。"

"噢?"

"照片的一侧,残留着一个女人的肩膀。"

"肯定是个女人?"

"看得出,她穿的是一件碎花旗袍。"

"什么颜色?"

"墨绿色的衫底,紫红色的碎花。"

"他呢?"

"他嘛,看样子那时他有三十多岁,一张最容易被人忘记的脸。"

山里来的这个人走后,你回到写字台前,看那篇已经接近完成的小说——《众生》。看了很久,反复看了几遍,然后你相信,除了其中的第一句话,其余的都应该作废、重写。那句话是:终于有一天,弟子们会看见佛祖所处的两难境地。

南墙上层层叠叠的叶子在晚风中抖动。蔫萎的花朵缩得更小,将被半夜的狂风吹落。那些崭新的花蕾信心十足地生长,将在天明时的暴雨中开放。

你走进里屋,对母亲说:"明天我要进山去,天一亮就动身。"

众 生

—

[注]:此一节全文引自道格拉斯·R.霍夫施塔特和丹尼尔·C.丹尼特所著《心我论》第十八章"第七次远足或特鲁尔的徒然自我完善"中所引用的斯坦尼斯瓦夫·莱姆的一篇文字(《心我论》,译者陈鲁明,上海译文出版社出版)。

宇宙无限却有界,因此,一束光不管它射向哪一个方向,在亿万年之后,将会回到——假如这光足够强有力——它的出发点。谣言也同样,从一个星球到另一个星球,传遍每一处。有一天,特鲁尔听远处的人说,有两个力大无比的建造者兼捐助人,聪明过人,多才多艺,谁也不是他们的对手。他赶忙跑去见克拉鲍修斯。后者向他解释说,这两个人并不是什么神秘的敌人,而正是他们自己,因为他们已经遐迩闻名。然而,名声有一个缺点,即它对人的失败只字不提,尽管这些失败正是极度完美的产物。谁若是不信,就请回忆一下特鲁尔七次远足的最后一次,那次他没与克拉鲍修斯结伴同行,后者因有要事而不能脱身。

在那些日子里,特鲁尔非常自负,他接受了各种各样应得的荣誉和称号,这都是十分正常的。他驾着飞船向北飞去,由于他对这个区域不熟悉,飞船在渺无人烟的空间航行了好一段时间,途中经过了充满战乱的区域,也经过了现已变得荒芜寂静的区域。突然,他看见了一颗小星球,与其说是一颗星球,倒不如说是一块流失的物质。

就在这块大岩石上,有人在来回奔跑,奇怪地跳着脚,挥着手。对这个无比孤独、绝望、也许还是愤怒的人,特鲁尔感到惊讶,也感到关切,于是他立刻把飞船降落了。那个人就向特鲁尔走来。此人显得异常傲慢,浑身上下都是铱和钒,发出叮零当啷的金属碰撞声。他自我介绍说,他是鞑靼人埃克塞尔修斯,曾是潘克里翁和西斯班德罗拉两大王国的统治者。这两个王国的臣民一时疯狂而将他赶下王位,放逐到这颗荒芜的小星球上,从此他便永远在黑暗和流星群中飘游。

当这位被废黜的国王知道了特鲁尔的身份后,就一个劲地要求他帮助自己马上恢复王位,因为特鲁尔做起好事来也是个专家。那位国王想到王位,眼中燃烧着复仇的火焰,他那双高举的铁手紧握着,仿佛已经掐住了那些可爱的臣民的脖子。

特鲁尔并不想按照国王的要求行事,因为那样做会造成极大的罪恶和苦难,但他又想安慰一下这位蒙受耻辱的国王。思索片刻之后,他觉得事情还有补救的希望,因为完全满足国王的心愿还是可能的——而且不会让那百姓遭殃。想到这里,他卷起衣袖,施展出他的全副本领,给国王变出了一个崭新的王国。新王国里有许多城市、河流、山脉、森林和小溪;天空中飘着白云;军队骁勇无比;还有许多城堡、要塞和淑女的闺房;繁华的集市在阳光下喧嚣不止,人们在白天拼命干活,到了晚上则尽情歌舞到天明,男人们还以舞刀弄剑为乐。特鲁尔想得很细,还在这个王国里放进了一座大理石和雪花石膏建造的豪华首都。在这里,聚集着一群头发灰白的贤人;还配有过冬的行宫和消夏的别墅;这里也充斥着阴谋家、密谋者、伪证人和告密者;大路上奔驰着浩浩荡荡的骑兵队伍,红色的羽毛饰迎风招展。特鲁尔别出心裁，使嘹亮的号声划破天空，紧接着是二十一响礼炮，他还往这个新王国里扔进一小撮叛国者和一小撮忠臣，一些预言家和先知，以及一个救世主和一个伟大的诗人。做完这些之后，他弯下腰，发动起机关，并用微型工具做了最后的调整。他给那个王国的妇女以美貌，给男人以沉默与酒后的粗暴，给官吏以傲慢与媚骨，给文学家以探索星球的热忱，给孩子们以擅长吵闹的能力。所有这些都被特鲁尔有条不紊地装进一个盒子，盒子不太大，可以随身携带。他把这个盒子赠给可怜的国王，让他对它享有永久的统治权。他先向国王介绍了这个崭新王国输入和输出的所在，教他怎样编制关于战争、镇压暴乱、征税纳贡的程序，还向他指明了这个微型社会的几个关键之处，哪些地方最容易发生宫廷政变和革命，哪些地方则最少有这类变动。特鲁尔把一切有关的情况都做了仔细介绍，而国王又是统治王朝的老手，马上就领会了一切，于是在特鲁尔的监督下，他试着发布了几个号令，他准确地操纵着控制杆，控制杆上面雕刻着雄鹰和勇狮。这些号令一宣布，全国便处于紧急状态，实行军事管制和宵禁，并对全体国民征收特别税。王国里的时间过去了一年，而对在外面的特鲁尔和国王来说，还不到一分钟。国王为了赢得仁德之君的声名，用手指在控制杆上轻轻拨了一下，便赦免了一个死刑犯，减轻了特别税，撤销了紧急状态，于是，全体臣民齐声称谢，欢呼声如同小老鼠被倒提着尾巴时发出的尖叫。透过刻有花纹的玻璃你可以看到，在尘土飞扬的大道上，在水流缓缓的河边，人们在狂欢，齐声歌颂统治者的大恩大德。

由于盒子里的王国太小，就像小孩的玩具，起先这位国王还颇不满意，但是当他透过盒子的厚玻璃顶盖看去，发现盒中的一切看上去都很大时，他慢慢地有所领悟，大小在此无关宏旨，因为对政府是不能用公尺和公斤来衡量的，对感情也同样，无论是巨人还是侏儒，他们的感情很难有高矮之分。因此他感谢了制造这个盒子的特鲁尔，尽管态度多少有点生硬。又有谁会知道这位狠毒的国王在想些什么呢？也许此刻他正在肚子里盘算着将他的恩人特鲁尔套上枷锁，折磨至死，杀人灭口，免得以后有人说闲话，说这位国王的王朝只不过是某个以四海为家的补锅匠的微薄施舍。

然而，由于他们大小悬殊，这位国王很明智，认为这是绝不可能的，因为还没等他的士兵抓住特鲁尔，后者放几个跳蚤便可将他们统统抓住。于是，他又一次冷淡地向特鲁尔点了一下头，把象征王权的节杖和圆球夹在腋下，双手捧起盒子王国，咕隆一声，走向那流放时住的小屋。外界，炽热的白昼与混沌的黑夜交替着，这位被臣民认为是世界上最伟大的国王，根据这颗小行星的旋转节奏，日理万机，下达各种手谕，有斩首，也有奖赏，使得百姓对他忠心耿耿，百依百顺。

特鲁尔回到了家中，不无自豪地将这件事告诉了克拉鲍修斯。他将事情的经过一一讲出，说起他如何略施小计，既满足了国王的独裁欲望，又保障了他以前的臣民的民主愿望，言谈间不禁流露出得意之情。但令他吃惊的是克拉鲍修斯并没有赞赏他，反而脸上显出责难之色。

沉默片刻之后，克拉鲍修斯终于开口了："你是不是说，你把一个文明社会的永久统治权给了那个杀人不眨眼的暴君，那个天生的奴隶主，那个以他人的痛苦取乐的虐待狂？而且，你还对我说他废除了几个残酷的法令便赢来了一片欢呼声！特鲁尔，你怎能做出这样的事？"

"你是在开玩笑吧？"特鲁尔大声说道。"事实上，这个盒子王国才二英寸长，二英寸宽，二点五英寸高……这不过是个模型……"

"什么东西的模型？"

"什么东西？当然是一个文明社会的模型，只不过缩小了几亿倍。"

"既然如此，你又怎么知道天下没有比我们大几亿倍的文明社会？如果真有的话，我们这个文明社会不就成了模型了？大与小有什么关系？在盒子王国中，居民们从首都去边远的省份不也要花几个月的时间吗？他们不也有痛苦，也有劳累，也会死亡吗？"

"请等一下,你很清楚,所有这些过程都是根据我设计的程序进行的,因此它们不是真的……"

"不是真的? 你的意思是说盒子里是空的,里面发生的游行、暴力和屠杀都是幻觉?"

"不,不是幻觉,因为它们具有实在性,只是这种实在性完全是我通过摆弄原子而导致的微型现象,"特鲁尔分辩说。"问题的关键在于,那里发生的生生死死、恩恩怨怨,只不过是电子在空间里的轻微跳跃,完全听从我的非线性工艺技术的安排,我的技术……"

"行了行了,别再吹了!"克拉鲍修斯打断了他,"那些过程是不是自组的?"

"当然!"

"它们是在无穷小的电荷中发生的?"

"你知道得很清楚,当然是的。"

"那么,那里发生的黎明、黄昏、血腥的战争都是因为真实变量的相互作用而产生的?"

"正是的。"

"如果你用物理、机械、统计和微观的方法来观察我们这个世界,不也是些电荷的轻微跳跃吗? 不也是正负电荷在空间的排列吗? 我们的存在不也是亚原子的碰撞和粒子的相互作用的结果吗? 尽管我们自己把这些分子的翻转感知为恐惧、渴望和静思。当你在白日里遐想时,在你大脑里除了相联与不相联环路的二进制代数和电子的不断游动外,还有什么呢?"

"你说什么,克拉鲍修斯? 难道你认为我们的存在与那个玻璃盒里的模拟王国是一样的?"特鲁尔慷慨陈词,"不,不一样,这完全是风马牛不相及的! 我只不过想制造一个国家的模型,这个模型只从控制论的角度来看是完美的,仅此而已!"

"特鲁尔! 我们的完美正是我们的灾难,因为我们每前进一步,都将招致无法预料的后果!"克拉鲍修斯的声音越来越大。"如果一个拙劣的模拟者想要折磨人,会制造一个木偶和蜡像,然后使它大概有个人样,这样,不管他怎样拳打脚踢,也完全是微不足道的讽刺而已。但如果这场游戏有了一系列的改进,情况就会大不一样。比方说,有这样一个雕塑家,在他的塑像的肚中安装了一个放音装置,只要照准它的腹部打去,它就会惨叫一声。再比方说,要是一个玩偶挨了打会求饶,就不再是个粗糙的玩偶了,而是一个自稳态生物;如果一个玩偶会哭,会流血,知道怕死,也知道渴望安宁的生活,尽管这种安宁只有死亡才能带来! 你难道看不出,一旦模拟者如此完美无缺,那么模拟和伪装就都变成真事了,假戏就会真做! 特鲁尔,你想让多少个血肉之躯在一个残酷的暴君手下永远受折磨……特鲁尔,你犯下了一个弥天大罪!"

"这纯属诡辩!"特鲁尔厉声喊道,因为他此刻已感到了他朋友话中的含义。"电子不仅在我们的大脑里游动,它们同样也在唱片中游动,这并不能说明什么问题,当然也不能证明你这种类推! 那个魔鬼国王手下的百姓们被杀了头也确实会死,也知道伤心、战斗,还有爱,因为我建立的参数正是这样。但是,克拉鲍修斯,你不能说他们在这个过程中会有什么感觉,因为在他们大脑中跳跃的电子不会告诉你这方面的知觉!"

"但是,如果你窥视我的大脑,也只能看到电子,"克拉鲍修斯反驳说,"好了,不要再装傻了,别假装不明白我的意思了,我知道你不至于那样愚蠢! 你想想,一张唱片会听你差遣,会跪地求饶吗? 你说你无法分辨那些臣民挨了打之后是真哭还是假哭,因为你不知道他们是因为电子在身内跳跃而发出尖叫,还是因为真的感觉到了疼痛而失声痛哭。这个区别好像很有道理,但是特鲁尔,痛苦是看不见、摸不着的,只要一个人的行为有痛苦的表现,那他就是感觉到了痛苦! 你此时此刻请拿出证据给我一劳永逸的证明,他们没有感觉,没有思维,没有意识到他们在生前死后之间的这段空白。特鲁尔,你把证据拿给我看看,我就算服了你! 你把证据拿出来,证明你只模拟了痛苦,而没有创造痛苦!"

"你心里太清楚了,这是不可能做到的,"特鲁尔平静地回答道,"即使当盒子里还一无所有,我还没拿起工具的时候,我就预料到有这样一种求证的可能性,我的目的是为了消除这种可能性。不然,那个国王迟早会发现他的臣民不是真人,而是一群傀儡,一群木偶。你应该理解,没有其他办法! 一旦让国王发现半点蛛丝马迹,那就会前功尽弃,整个模拟就会变成一场机械游戏。"

"我明白,我太明白了!"克拉鲍修斯大声说道,"你有崇高的愿望,你只想建造一座能以假乱真的王国,鬼斧神工,没有人能辨出真假,我认为在这一方面你成功了! 你虽然回来了才几小时,但是对于那些被囚禁在盒子里的人们来说,几百年的光阴已经流逝了,有多少生灵遭到蹂躏,而这纯粹是为了满足那个国王的虚荣心!"

听到这里,特鲁尔二话没说,拔腿就向他的飞船跑去,并发现他的朋友也紧随其后。特鲁尔的飞船直驶太空,开足马力,朝远处两大团火光之间的那条彩虹飞去。在路上,克拉鲍修斯对他说:"特鲁尔,你真是不可救药。你做事总不三思而行。到了那儿之后,你打算怎么办呢?"

"我要把那个王国从那个国王手里夺回来!"

"夺回来以后又怎么处置呢?"

"毁了它!"还没等话说完,特鲁尔已经意识到这话的意思,赶紧住了口。最后他喃喃地说道:"我要举行一次选举,让百姓们从他们中间选举出公正的领袖。"

"你的程序把他们设计成为封建君主的顺民,选举又能解决什么问题? 首先,你必须砸碎整个王国的结构,然后从头建立起一个新秩序……"

二

C(指克拉鲍修斯,后同):你首先要把这盒子里的"封建程序"删除，然后建立起诸如自由、平等、民主、解放等等新的程序。或许这两件事是要同时进行的，因为你千万不能使这个盒子里出现片刻的零值，出现零值就意味着毁灭。只有这样，盒子王国中的人民才能摆脱那个暴君的压迫，一个民主和法制的国家才能诞生。

T(指特鲁尔，后同)：你是说，盒子里的百姓会奋起推翻这个封建王朝？

C：是的。当然，这需要设计一整套相当复杂的程序。如果你要挽回你的过失，你就只有这样去做了。这盒子里现在已经遍布着生命和情感了，如果你毁了它，则无异于一场灭绝种类的大屠杀，你当然不能这么干。那么你就只好多费费心，向这个盒子里输入科学、哲学、文学艺术、一切灿烂的思想、不断更新的生产力、最最美丽的理想以及为此理想而奋斗的持久不衰的热忱，等等一整套复杂的程序。然后等待盒子里的百姓觉醒，自己起来推翻这个封建王朝。

T：这并不复杂。这对我来说轻而易举。但是，那个国王呢？

C：看来他最好的命运就是被废黜。

T：然后再把他流放到另一个荒无人烟的地方去？

C：除非他不再想复辟，否则怎么办呢？

T：但是这样我岂不是等于什么都没干么？在我来到这儿之前，这样的事不是已经发生了吗？

C：你以为你多么伟大？你想要干什么？

T：难道没有一种办法可以拯救所有的生命和灵魂么？难道那个国王的痛苦就不是痛苦？你刚才说得对，只要一个人的行为有痛苦的表现，那他就是在痛苦着。

C：也许可以不流放他，但只允许他做一个与大家平等的公民，自食其力。

T：这也不难办到。但是你所说的那个"法制"到底意味着什么？它的存在，难道不说明仍然有罪恶、丑行、贫富之分、利害冲突存在，因而必然有痛苦存在么？连那个恶贯满盈的国王都知道——无论巨人还是侏儒,他们的感情没有高矮之分。如果我们仅仅是消灭了这样的痛苦,而依然保存了那样的痛苦,仅仅使这些人不再痛苦,而使另外一些人依旧痛苦,那我们岂不是等于什么都没做么? 假如这个世界上还只剩一个人痛苦着,难道其他人就可以心安理得地享受快乐了吗? 我们为什么不去设法消灭所有的痛苦呢?

C:T,我的好朋友! 现在我真正理解你了,你虽然莽撞地闯下了大祸,但谁都应该看到你有一颗至善至美的心。

T:谢谢。但是我们现在怎么办?

C 想了很久。

C:只有一个办法可以试试了。

T:什么?

C:佛法。使芸芸众生皈依佛法。

T:什么是佛法?

C:据说,佛祖为了寻求痛苦的解脱与人生的真理,曾抛弃了王位、财富和父母妻子,走遍了深山旷野,最后渡过连禅河,到了迦耶山附近的菩提迦耶,在一棵菩提树下,用草铺了一个座位,他就在这座位上坐下,并发出坚强的誓言:"我不成正觉,誓不起此座。"过了七日,佛祖的禅定中出现魔境的扰乱,魔王派遣魔女来诱惑他,并发动魔兵魔将来威吓他,但佛祖意志坚定,不为所动,终于把魔王降伏。这说明了佛祖达到无欲无畏的过程。降魔后,佛祖集中精神,思考大地人生的问题,终于在三十五岁那年的一个半夜,看见明星出现,豁然觉悟,完成了无上正觉,于是成佛。

佛祖所觉悟的真理就是佛法。简而言之,那是世界上最为圆满的真理,它说明了宇宙的真相、人生的意义、和道德的轨则。佛说此法济度众生,使众生止恶行善,转迷为悟,离苦得乐,舍己利人。

T:所谓众生,是不是绝无例外地包括每一个人?

C:佛祖曾发宏愿,誓度一切苦恼众生。

T:这可办得到么?

C：佛祖在菩提树下初成正觉时，感叹道：奇哉，奇哉，大地众生，皆有如来智慧德相，但以妄想执着不能证得。若离妄想，则一切智慧皆得现前。后来，佛祖在涅槃之前又对他的弟子们说道：一切众生均有佛性，皆可做佛，绝无例外，就是断了善根的人也仍然有机会成佛。不能成佛的原因，是无明烦恼障蔽了佛性。所以，只要我们把佛法输入到这个盒子里去，使盒中众生皈依佛法，弘扬佛法，了悟缘起，断除无明烦恼，扫尽业、惑阻障，众生就都可以慧光焕发，佛性显现，内心清静，无欲无畏，解脱一切痛苦，进入极乐了。

T：那就请你先行行善事，把佛法输入这个盒子里去吧。这不是既可救助这盒子王国中的众生，也可以救助我，甚至救助你自己吗？

C：让我们试试看。

于是 C 和 T 动手把佛法输入盒中。并且设计了一套使每一个人不仅仅是可能成佛，而且必将成佛的程序，也输入盒中。

两个人自以为德行圆满大功告成，欢天喜地地回家去了。

三

但是不久之后，T 和 C 驾飞船在宇宙中逍遥自在地遨游，当他们又经过那颗小行星时，听见那只小盒子里静悄悄的一点声音都没有。他们觉得奇怪，便又一次在那小行星上着陆。在 T 和 C 想来，他们离开的这几天，小盒子中已经过了上万年，在那儿，即便佛祖的宏愿仍未完全实现，总也该是夜不闭户、路不拾遗、为官者不威不贪勤廉治政、为民者互爱互敬乐业安居、百业兴盛万事昌荣、笙箫管乐歌舞升平，几近乐土的一个世界了。怎么会一点声音也没有呢？

C 有一种不祥的预感，跳下飞船，拼命向小盒子那儿跑去。

当 T 慢悠悠地走出驾驶舱来到 C 近旁时，发现 C 抱着那只小盒子一言不发，面如土色双目失神。

T：怎么了？

C 仰望苍天，欲言无声。

T慌了,把C抱住:C!怎么了你这是?!

很久C才透过一口气,喃喃道:"天哪,这到底是为什么?"

T:出了什么事?

C:你自己看吧。盒子里的正值与负值、真值与假值、善值与恶值、美值与丑值……总之一切数值都正在趋近零,一切矛盾都正在化解,一切差别都正在消失。

T:难道这不是我们所期望的吗?

C:T,你真是秉性难改,你还是那样遇事不能三思。要知道,这样下去盒子里就要出现零值了!如果我们期望的是这个,我们当初何必费那么大力气呢?我们把这个盒子毁掉不就完了吗?零值!懂吗?一旦达到零值,盒子里的所有生灵就都要毁灭了!

T往盒中细看,也不禁大惊失色。盒子里的亿万众生都一动不动,脸上没有任何表情,身上没有一丝生气,呆若亿万朽木枯石,在他们的大脑里也几乎观察不到电子的跳跃了。

C:肯定是在哪一个环节上出了差错。

T:在哪一个环节?

C:天知道。

就在这时,从对面的山梁上走下来一个人。T和C举起望远镜,看见来者的模样很像昔日的那个国王,但肯定不是他,来者一身平常的装束,一副平常人的表情。来者走到T和C面前,站住。

T问:你是谁?

那人说:有人说我是好人,也有人说我是坏蛋。

C问:你从哪儿来?

那人说:有人说是从天堂,也有人说是从地狱。

C:你有什么事吗?

那人:当然,无事可做我就不存在了。

C心里忽然有所觉悟,便把那个盒子拿给他看。

那人把盒子托在掌心,笑道:噢嘀,一个没有了烦恼的世界。

C:它到底出了什么毛病？盒子里的众生为什么都一动不动？

那人:他们全都成佛了,你还要他们做什么呢?

C:要他们行一切善事,要他们普度众生。

那人又笑一笑:所有的人都已成佛,这盒子里还有什么恶事呢?他们还去度谁呢?没有恶事,如何去行善事呢?

T:至少他们的大脑应该活动吧?

那人:你要他们想什么呢?无恶即无善,无丑即无美,无假即无真,没有了妄想也就没有了正念,他们还能想什么呢?

T:也许他们可以尽情欢乐?

那人:你这位老兄真是信口开河,无苦何从言乐?你们不是为他们建立了消除一切痛苦的程序么?

C心里已经完全明白了,问:那么,我们应该怎么办?

那人:再输入无量的差别和烦恼进去,拯救他们。同时输入无量智慧和觉悟进去,拯救他们。至少要找一个(比如像我这样的)坏人来,拯救这些好人。要找一个魔鬼来拯救圣者。懂了吗?

T:可是,哪怕只有一个人受苦,难道亿万人可以安乐吗?佛法说,要绝无例外地救度一切众生,不是吗?

那人:你们忘了佛祖的一句至关重要的话:烦恼即菩提。普度众生乃佛祖的大慈,天路无极是为佛祖的大悲。

那人说罢,化一阵清风,不见了。

T:C,我们到底怎么办?

C:不知道。我只知道我们俩半斤对八两,不过是一对狂妄的大傻瓜。

礼 拜 日

　　最后到了现在,这个男人只记得那个女人对他说过一回:"我就住在太平桥。"

　　他慢慢地把这句话又默念了一遍。这时候空中有了光亮,仿佛天在升上去,地在沉下去,四周的一切看得清楚了。不过当初忘了问她太平桥在哪儿。想到这儿他爬起来披上衣服,东翻西找从床底下抻出一本地图,弹去上面的尘土。横的竖的斜的弧形的街道密密麻麻,像对着太阳看一片叶子时看到的那些精致的网脉,不同型号的铅字疏密无秩又像天上诸多的星座。找不到太平桥。

　　夜里做了好多梦。夜夜如此。一个梦醒了又是一个梦,一个接一个一个接一个没完没了。都是很精彩有意思的梦,可是记不住。自己做的自己又记不住,天一亮就全忘了,光记得都很有意思,都很精彩。

　　有两个孩子在窗根下说话,一个总是说:"哟——,真叫多哟!"另一个老说真长:"哎呀,真——长。"这声音随着安静的湿漉漉的黎明一同流进屋里,又干净又响亮,搅起回声流得到处都是。

　　他又拿起地图小心翼翼翻了一遍。还是没有太平桥这么个地方。有那么半支烟的工夫,这个男人认真地怀疑那个女人是否也是一个梦。为了这个愚蠢的怀疑,他叼着另外半支烟开始穿衣服,顺便在身上掐了一把,被掐的地方确实很疼。

　　这个男人第一次见到那个女人是在很久以前了,在一个朋友家。

这朋友叫天奇。天奇的妻子叫晓堃,晓堃刚好是那个女人的朋友。只一间小屋,似乎是说只有这一个世界,夫妻俩各占一角和自己的朋友倾心交谈——一边是"阿波罗登月以及到底有没有飞碟",一边是"要孩子还是不要孩子"。叽哩咕噜嗡嗡嘤嘤,中间隔了三米飘忽不定的浩瀚宇宙,谈话声在那儿交织起来使空气和烟雾轻轻震动,使人形失去立体感。在两边的话题碰巧都暂停的时候,发现这屋里还有一座落地式自鸣钟,坦荡而镇静地记录着一段过程。这时男人和女人互相看一眼,既熟悉又陌生。叽哩咕噜嗡嗡嘤嘤空气和烟雾又动荡起来,淹没了钟声。"既然我们可以到月亮上去,更高级的智能为什么不会到我们这儿来?""这已经不是问题了,问题是他们来干吗。"女人们还是说孩子:"要是让一个生命来了,你就得对这生命负责。""你也是一个生命,你也来了,谁对你负责?"……那是在他们的朋友刚刚结婚不久的时候。

第二次见面竟是在差不多十四年以后,在法院的大门口:他的朋友和她的朋友在大门里的某个地方办理离婚手续。太阳又升起来,照着门旁的卫兵和灰色高墙上的爬山虎。爬山虎的叶子正在变红,不久以后将变成黑褐色然后在这一年里消失。他比她来得晚。

"是您?您还记得我吗?"男人问。

女人把他看了好一会:"喔哟,有十好几年了吧?"笑一笑伸出手来。

"可不是吗,十四年了。"男人说,"他们在里头吧?"

"进去好一阵子了。"

"情绪怎么样,他们俩?"

"好像没有什么特别。看不出来。"

"到底怎么回事?"

"您指什么?"

"他们俩,怎么会闹到这一步?"

"怎么,您不知道?您是他们家的常客呀?"女人说。

"我这几年去得少了。总有事，也说不清有什么大不了的事。"

"最近又写什么呢？我看过您的小说。"

"是吗？"男人笑笑，退步到墙边的阴影里，太阳一直晃得他睁不开眼睛，"我也正在想我写的都是什么。"

女人也走到阴影里，两个人在法院对面的大墙下并排站着。爬山虎在风中轻轻抖动，整座墙都在动。每年的这个季节都有挺长一段好天气，鸟儿飞得又高又舒缓，老人和孩子的说话声又轻又真切。

"前些年他们倒总是吵，"男人说，"吵起来凶得一个要把一个吃了，恨不能吞了。"

"是吗？可真想象不出来。"

"我也不说谁更凶，半斤对八两。"

"嗯，我想是。我想准是旗鼓相当。"

"这几年好像不了，唉？好像不怎么吵了，是不是？"

"这两年他们可简直是相敬如宾。"

"是吗，这么严重？"男人说，"这我不知道。"

女人很快地仰起头看了男人一眼，头一回看得这么认真，这么不平静。

"要是这样就没什么可奇怪了。这就快完了。"

"已经完了，"女人说，"没办法了。"

大门里，也许是在白色的走廊上，也许是在别的什么地方，有一只钟，不动声色地走个不停。大墙下的阴影渐渐窄了。

"您得等他们出来吗？"男人问。

"得等。晓堑得有人陪她一段时候。您不吗？"

"不。我只是来看看，没什么事也没什么办法就行了。天奇最不愿意在他倒霉的时候有人特意来陪他。"

"男子汉，是吗？"女人说，语气不大客气。

他惊讶地扭转脸看她："不，我没这么说。"目光磕磕绊绊地下移，停在她胸前的扣子上，"不过是各人有各人的方式，可能有的人更习惯一个人听听音乐,喝喝酒。"

"真多,哟——,真多哟!"

"真长,是吧? 真——长。"

原来是一对双胞胎的兄妹俩蹲在窗根下数蚂蚁。两个孩子和一幕蚁群迁徙的壮观场面:千万只蚂蚁一只挨一只横着铺开纵着排开,一支浩荡的队伍弯弯曲曲绵绵延延不见头,每只都抱了一份口粮或一只白色的蚁卵,匆忙赶路。

孩子问一个过路人:"它们在干吗呀?"

"大概是搬家。"

"干吗搬家呀?"

"也许是去旅游。"

"上哪儿去呢?"

"无所谓。说不定就是出去逛逛。"

"逛逛呀?"

两个孩子正正经经地想了一会,想蚂蚁出去逛逛的事,也想起自己出去逛过的事。一个男孩,一个女孩,几乎是同时来到这世上,之后在某一个早晨,父母打发他们到院子里去玩,在那个令人惊讶的窗根下,世界变得更真实更具体了,更美妙也更神秘。孩子的父亲有一回说起这两个孩子:"本来没想这么早要他们。"这句话其实不能成立,如果晚要的话就不再是他们了,是另外的两个,或者一个,也没准是三个。年轻的父亲说:"其实是一次失误。""失误?""以为是那种药,结果不是,是治感冒的。"这一失误不要紧,看起来是上帝的事,结果呢,就有两个灵魂在那儿认认真真地数蚂蚁了。不过数来数去还是二十、二十七、二十八、二十九、二十……

"嘿,你们俩怎么没去幼儿园?"

"今天是礼拜日!"

"给我说个歌谣,听见没有? 说个歌谣。"

孩子不说，又强调了一遍礼拜日，语气神态都极虔诚，生怕这不是礼拜日。阴蒙蒙的天，湿润的空气中有煤烟味，萌动着淡淡的绿色。

男人又把地图册翻过两遍了，毫无结果。他站在屋子中央反复回忆着女人在说那句话时的表情，唯一可以确定的是他绝没有记错：是太平桥。背后的玻璃窗越来越亮，地上有了他模糊的影子。四壁间回旋着一连串空幻的噼啪声，是他把手指关节掰得响。

淡淡的绿色之中，有斑斑块块忧郁的鹅黄；当他离开家的时候，连翘花正在开放。那时节细雨霏霏，行人寥寥，什么时候杨树备下了新鲜的枝条，现在弯曲着描在天上，挂一串串杨花，飘飘摇摇如雨中的铃铛。单薄的连翘花，想必有一点苦味。在冬天里，在以往的日子里，譬如寂寞的黄昏，譬如夜里北风刮得门窗突突作响，那时你干什么呢？它们却已经准备好了有一天和你相见，在礼拜日的早晨，在路上。

两个人第三次见面是偶然碰上的，在夜行火车里。两个人从不同的地方回来，回相同的地方去。火车在夜里经过许多大站小站，一些人下去，又一些人上来。夜很长路也很长。人都稀里糊涂地睡，用大衣把自己蒙起来，也是因为冷，也是因为人睡着了样子都挺俗气，像傻瓜，像可怜虫。等到车厢里的灯光刷地灭了，窗外现出远山和田野上的雾。人们推开大衣，找白天的感觉，尽快使自己懂得这是在什么地方，什么年代。两个人醒了的时候互相发现了对方，原来一直面对面坐着，原来夜里还都听见过对方的梦呓。

"怎么会是您？"几乎同时说。

又几乎同时问："到哪儿去？"

回家。都是回家。大概就是在这时候，女人说起过她就住在太平桥，说得漫不经意，眼神恍惚还像在梦里。随后两个人又说起他们的朋友。

"这一宿睡得好吗?"男人问。

"那天,您刚走,"女人说,忽然瑟缩着望了望窗外。那儿,一团团淡紫色的阳光正在雾气中洇开。

男人不由得也朝女人望过的地方望去。

"那天您刚离开,他们俩就出来了,"女人说,回过头来,"哦,我睡得挺好,做了一宿梦。"她见男人望得那么专注,倒不知外头究竟有什么了。

"没什么。野外的早晨快给忘光了,"他也回过头来,望着她,仍似望着那片雾,"那天,我是怕碰上那种场面不知道该说什么。"

"还是您聪明。"

"我怕那种时候有别人在场,是不是好。"

"您干吗不也提醒我一下?"女人说。

"到底好不好我吃不准。谁也不知道谁是怎么回事。照我想天奇顶多一个人听听音乐喝几天闷酒,可他失踪了。"

"失踪了? 您说什么,天奇失踪了?!"

"您还不知道?"

"什么时候的事?"

"那天之后我见过他一回,后来就不知他到哪儿去了。"

"怎么会哪,"女人说,"别人也不知道?"

"谁也不知道。有好久了。就好像忽然间没了。"

车厢里还很安静,有嘁嘁嚓嚓的低语声和火车的行驶声混合在一起。某一处行李架上吊着一只玩具帆船,和窗外雾气一个颜色一样朦胧。

"晓堃说,其实他们俩有一年多谁也不跟谁说话了。"

"她是怎么说的? 为什么?"男人问。

"是天奇先有什么话都不跟她说的,她怎么知道为什么?"

"是吗? 她这么说。"男人无可奈何地笑笑。

"他怎么说？天奇这家伙是怎么说？"

"这么问，咱们俩也快打起来了，"男人笑笑，这一回笑得挺宽厚，又说，"咱们俩要是吵起来，最后也是弄不清是谁先吵的。"

女人笑起来，突然停住又突然大声笑起来，终于醒了，又漂亮又有生气。在她背后不远的地方，那只玩具帆船有节奏地荡，像一只钟摆。

然后她觉得自己太放纵了。

"晓堕告诉我，"她说，"天快黑的时候屋里还没有点灯，她常乘天奇不注意半天半天地偷着看他，不是在看，是在读，读不懂他。"

"天奇也一样，真想把她读懂。"

"可她读了这么多年，还是没读懂。"

"天奇也是一样。"

两个人沉默了一会，看着田野村庄和太阳都在亮起来。

"刚才您说什么？做了一宿梦，您？"

"我要么整宿整宿失眠，要么睡着了就整宿整宿做梦。"

男人眼睛一亮："怎么您也这样？"仿佛他一直期待的就是这个，却又不期而至。

"您也是吗？"

"嘿，简直！"

"是——吗！"女人含笑甩一下头发。

"我平生最遗憾的一件事，不，是之一，最遗憾的事之一就是所有我做的那些千载难逢的好梦全都记不住，"他想了一下，看见女人的目光一直没有离开他，"吹个牛吧，要能记住哪怕十分之一，我的小说就会写得比现在强一百倍。"

女人笑得又倾心又着迷："我的梦倒是全都能记住，您先听我说，可我一点儿都不懂我怎么会做那样的梦，稀奇古怪简直不着边际。"

"说一个行吗？"

"譬如，我梦见自己长了条尾巴，上面全是鱼鳞。"

"还有呢？"

"我浑身湿淋淋的冷得发抖，到处不见一个人。"

"嗯。然后呢？"

"记不清了。好像是……不行，实在是忘了。"

男人把一支烟捏来捏去，想这个梦，把烟放在鼻子下闻，把烟捏软了从中抽出烟梗。这期间女人做着自己的事，但注意力都在他那儿。

"这样不行。"男人说。

女人立刻停下手里的事。

"光说这么一点儿不行，"他把那支烟点着，透过烟雾看了她一会，"有一种释梦的方法，您知道吗？"

女人坐在太阳里。还有她背后那只帆船，也被太阳染成金黄，安安静静，飘飘荡荡。

有个养鸟的老人坐在一块大树根上。树早不知道被运到哪儿去了，说不定已经被做成了什么。鸟笼子挂在离他一箭之遥的几棵小树上，这样他觉得跟他那些鸟更近了，每一只的叫声都意味着什么就更清楚了。

女人对年仅十四岁的女儿说："那么你觉得什么有意思呢？"她把"有"字说得又长又重。

女儿背对母亲站在阳台上，不停地踢脚下的水泥栏杆。

"我想，"母亲又说，"总还有些事是有意思的。总会有些事你觉得有意思吧？"

女儿仍不回答，低头瞧瞧自己的鞋尖儿，不踢了。

"譬如，你喜欢什么，爱好什么。再譬如说，你想没想过将来要干什么呢？"

女儿做了个不耐烦的表示，又开始踢栏杆。

"哪能觉得什么都没意思呢？你刚这么小，你才十四岁……"

女儿转身走进屋里去，经过厨房时把什么东西碰了一下，然后是嘭的一声门响。

夜晚漫长得失去节奏。楼下，松墙围起来的空地上孤零零地坐着一个雪人，屋子里静悄悄的，自来水管不时轰隆轰隆响一阵。听不见女儿在干吗，女儿仿佛不在家。女人站在阳台上，站到月亮升高了，她使劲裹了裹身上的衣服。雪人正在消融。

过厅里的水仙花悄悄开放。六片白色的小花瓣，不引人注目。

她推开女儿的房门。一束橘黄色的灯光里，女儿懒洋洋地倒在床上看小说，四周都暗。桌上摊开一大堆作业。"你怎么才回来？"女儿问她，没有抬头。一瞬间，她也觉得自己刚从一个遥远的地方回来，风尘仆仆。

她定了定神："我记得从你一懂事我就跟你说，而且一直是这么说，我们首先是朋友，其次才是母女。"

女儿放下小说坐起来，开始踢桌子腿，很抱歉地对着母亲打了个哈欠，低下头，不停地踢着桌子腿。

"无论你想什么，"母亲说，"你都可以跟我说。"

"不管是什么，你都可以说。"母亲说。

"怎么想都没关系。我们首先是朋友。以前你不是有什么都跟我说吗？"

"我没想什么。我就是觉得没意思。"

"什么？什么没意思？"

"什么都没意思。"

"像我这样呢？像妈妈这样每天都能治好很多人的病，救活很多人呢？有意思吗？"

女儿摇摇头。

"也没意思？"

"不是，我是说我也不知道。"女儿又是那么抱歉地看着母亲。这时候只要母亲多露出一点伤心的样子,女儿就会改口,但那就更不是真的。

水仙花的幽香一阵阵流进屋里,若有若无。

男人说:"您总算还记住了您长过一条尾巴,可我,所有的梦都记不住。"

"您别笑,"他又说,"为了回忆起那些梦,您不知道我白白浪费了多少个白天。"

"想起来多少?"她问,兴趣很浓的样子。

"总在快要想起来的时候,忽一下又全没了。"

"既然您说的那种释梦的方法,可以把忘记的事引导出来,您干吗不自己试试?"

"自己跟自己?"

"那怎么不行? 行吗?"女人的目光里抱着相反的期望。

"就是说,自己想跟自己说什么就说什么,是吗? 好主意。自己跟自己胡说八道一通,同时自己听自己胡说八道一通,然后一本正经地去吃喝拉撒睡,井井有条,您这主意好。这一下就太平无事了。您信不信? 要能这样,世界上就保险什么问题都没有了。"他每说一句,她就笑得更厉害一点。

"也许您行,"男人又说,"喔,这么坐着可真他妈冷。"

天空光秃秃的,展开在树梢上,树枝细密如烟,鸟儿寥寥落落地叫。

"天奇还没有回来?"

"无影无踪。"

不知在什么地方,或许有一个年轻的樵夫,远远的有清脆的劈裂声传来。细听,又像没有。

"其实这方法本身倒是挺不错,不必非释什么梦不可,"女人说,然后突然被自己的想法震动了,变得生气勃勃,"要真能那样可真不错,想说什么就说什么,说什么都行。"

"自己跟自己?"

"当然不是。互相,人和人互相,想说什么说什么。"

"说什么?"

"就按您说的那个释梦的方法,百分之百怎么想就怎么说,"女人惊愕地看着男人,仿佛想了一下遥远的往事,"啊?您说是不是?是不是挺棒的?"

"是挺不错,倒是挺不错的。"男人故作镇静。他讨厌故作镇静,在这个意义上他羡慕女人。

"真太棒了,"女人说,"嘿!其实我觉得那真太棒了!"

"不过你也许没明白,我说的百分之百是什么意思,"男人站起来使劲跺脚,"喔,咱们蹓蹓吧,脚都冻麻了。"

方砖小路,干冷,空净。老麻雀瑟缩着时起时落,熬着冬天。轻轻的劈裂声,很远。

"我当然明白。真的,我确实觉得那太够意思了。我明白你说的百分之百。"

"连自己挺糟糕的念头也能说。"

"就是就是,连那些丑恶的想法也可以说。"

"连那些有失尊严的事。"男人说。

"甚至一闪念的罪恶心理。可惜我一会儿还有事,"她捏着手表算了一下,又抬起头,"嘎,那可太棒了!真是太棒了。"

"我不知道你是怎么理解百分之百的。"

"甚至胡说八道都行。"

"对对对胡说八道。胡说八道都行,只要想。"

"其实人需要有这样的时候"。

"需要这样的机会。""太需要了。""真是,要是老那么戒备森严的……""老那么仪表端庄的受不了。""就是,太受不了。""等于自找苦吃而且……""其实没必要。""而且,对了,根本没必要。""况且活得就够不容易的了。""还得提心吊胆小心谨慎,他妈的要是那样还不如……""不行,我的时间快到了。""我是说,要是那样还不如谁也不认识谁。""对了,那样倒还好受,说不定。""要不就什么都可以说,不必在乎。""什么都行,完全随便,再说……""谁也不用担心说得不合适。""再说人和人太需要这样了。""太需要了。""其实非常需要。"

"我不知道你是不是觉得这样挺棒的。"

"是挺棒的。"

"其实是挺棒的。"

"甚至包括心里一些阴暗的东西,都可以说。"

"都可以。""连他妈的一些绝对算不上高尚的想法。""都可以,全都可以。""连一些他妈的……嘿,我今天脏话真多。""这挺好,真的,骂得又真诚又坦率。""是吗?""当然,人有时候得想说什么就说什么。""是。""想怎么说就怎么说毫无顾忌。""谁也不怕谁看不起,因为谁也不会看不起谁。""噢!我就是这么想的我正要这么说呢。""一套一套的礼貌让人发晕。""没错儿没错儿,晕过去,而且不是心理的简直是生理的。""生理的,直接恶心你的肠胃。""唉——,我真得走了,下午还得上班,还有一个手术得做。"

黑色的树干成群地默立,徒然高举着密匝匝的枝条。老麻雀出没其间。还有冻硬的土路,在林间蜿蜒,挂一层往日的苔藓。果真有一位樵夫的话,必是一位年轻的樵夫,清脆的劈裂声响在苍白的天空里。

"天奇会上哪儿去呢?"她问。

"不知道。"

"没再问问别人?"

"没人知道,"男人说,"谁也不知道。就像写小说。"

"像写小说?"

"上帝把一个东西藏起来了,成千上万的人在那儿找。"

"找什么?"

"问得真妙。问题就是,不知道上帝把什么给藏起来了。谁也不知道。"

"或者是一位号手。果真是一位号手的话,肯定是位年幼的号手,手艺极不精到,躲在哪一片灌木丛里不知疲倦地吹着,把清脆的劈裂声吹给空旷的冬天。"

在冬天的末尾,鹿成群结队北上,千里迢迢日夜兼程。在北极圈附近,它们要涉过冰河赶往夏栖地。太阳的角度变了一下,它们感觉到了。冰河已经解冻,巨大的透明的冰块在蓝色的激流中漂浮旋转、翻滚、撞击,野性的呼喊震撼着冻土,沿着荒莽的地平线一直推广到远方的黑色的针叶林,在那儿激起回声。鹿群惊呆了。继而嘶鸣。听不见。全是浪声,浮冰的碰撞声和爆裂声。

十四岁的女孩子,心怦怦跳,为那些可爱的鹿们担心。"不能等冰化完了吗?"她心里说。

不能等了。鹿群镇定下来,一头接一头跳入冰河,在河那边,有整整一个夏天的好梦。它们游泳的姿态健美而善良,又心焦又认命。巨浪和浮冰不怜悯任何一点点疏忽,连偶然的意外也不饶过。

过道的门响,妈妈回来了。

每年的这个时候,在这条河上,都有些美丽的尸体漂散在白冰碧浪之间。有些已经年老,有些正年轻,有些尚在童年。美丽的河上,自古以来就渴望这些美丽的灵魂……

妈妈回来了,再说也不想再看,她关上电视机。

"今天是礼拜日,想看就看吧。"妈妈在厨房里说。

女孩子已经走到街上。

她在街上整整逛了一个下午。吃了十二根冰棍;踢遍了路边所有的邮筒;替一个老太太买上了电影票,老太太挤不到人堆里去够不着售票窗口;买了一份报纸看,看完忘记丢在了哪儿;然后在马路牙子上走,至少走了有两站地才掉下来;最后来到一片空场上看别人驯鸟,那鸟叫蜡嘴雀,飞起来可以一连叼住主人抛上半空的三颗骨头球,她跟在人家屁股后头问人家那鸟要多少钱才卖,人家顾不上理她因为她年纪太小。驯鸟的人走了,围观的人群也都散了,她还在空场上坐着不想回家。

这时候,那个老人向她走来。老人把鸟笼挂在远处的几棵小树上,走来找他那块大树根,看见这小姑娘正坐在上面。

细雨无声,且无边际。男人一路走一路打听,问了多少人都说不知道太平桥在哪儿?"太平桥?不知道。"把他上下打量一番摇摇头走开。

灰色的天底下几条灰色的小街。他站在街口,还没拿定主意怎么走,已经听见路面上响起一个人孤独的脚步声,才知道是自己的,细雨无声,无边无际。

河水流过城市的时候变得污浊,解冻的一刻尤为丑陋。但春天的太阳在哪儿都是一样,暖和而又缥缈。

"你那些梦,怎么样,想起一点儿来没有?"

"没有。一点儿也想不起来。记性坏透了。我甚至有这样的时候,到很远的地方去找一个人,东打听西打听等到了地方却一点儿也想不起为什么要来了,只好又回去。"

女人吃惊地看着他,然后又看着那条河。

"写起小说来也常这样。兴致勃勃地写,兴致勃勃兴致勃勃,忽然间,假如意识真像一条河流的话这时候准是遇到一片沙漠,全被吸干了,既想不起为什么兴致勃勃,也想不起为什么不兴致勃勃。想一个下午也想不起来。"

"可还写?"女人说,带着同情。

"可还写,"男人说得漠然,"像是上了贼船。"

正在消融的冰雪像一团团陈年的棉絮,在河上缓缓浮游。清新而凛冽的空气中,或者是太阳里,一缕风琴声重复着一首儿童的歌。

"我不知道你是不是还……"男人正要说什么,被女人打断了。"唉——,都这样。"女人说。

"什么都这样?"他问。

"都是不知道为什么,可还干。"

"好像是,为了,晚上,"他一步一步推想着,"睡觉的时候,睡觉的时候你得能觉得,觉得自己还是干了点儿什么的。就这么回事。"

"干了点儿什么呢?"

男人点上一支烟。风琴声无比宁静。这附近应当有一所小学校。应当有一个梳辫子的年轻女教师,在练琴。

"我不知道你是不是……"男人要说什么又被女人打断了。"那天我们抢救一个病人,"女人说,"在抢救之前我们就知道,即使救活了他也肯定是个白痴,甚至又傻又瘫。"

"活了?"

"活了。"

"怎么样?"

"跟我们抢救之前知道的一样。"

"混蛋你们。"

"可在医学上,这是个出色的抢救。"

"说不定正有人把它写成论文呢?"他说。

"这样将来的抢救才可能更好,不傻也不瘫。"

男人抽着烟不说话。

女人说:"你不能不说,这是个站得住的理由。"

她又说:"只要你不再往下想。只要你不再想那个被救活了的人。只要你不想,一个人,即便不瘫不傻又怎么样。"

"我不知道你是不是还对我们上次说的事感兴趣?"男人终于说,说得很快很突然。

"什么? 哦,当然。"

"我想你没准儿已经觉得没劲了吧?"

"没有。"

"可是看样子你兴趣不大似的。"

"没有没有,我还怕你觉得没劲了呢。"

"你还觉得那样很棒吗?"

"没有。哦不不,很棒,还觉得很棒,我是说我没有兴趣不大似的。"

"你好像在想别的。"

"噢——,我在听这琴呢。"她说,声音很轻,伸起一个指头指一下,阳光里的琴声仿佛都集中到她这个指头上。

无缘无故地相信那是一个梳辫子的年轻女教师,在练琴。礼拜日,孩子们都回家了,她独自走进教室,在这之前她梳洗过了,现在坐在琴前,按动琴键,满室阳光,一排排小桌椅如同所有的男孩子和女孩子……

"其实不对,我知道了!"她霍地转过身来看着他,"不是得能够觉得自己还是干了点儿什么的,不是,不是这么回事。"

"嗯? 说呀?"

她又想了一下:"是得能够觉得,自己是还干了点儿什么的人。差一个字懂吗?"

半晌,男人张着嘴,让烟自己一点点儿冒出来。两个人一块看着那烟一点点儿冒出来,飘散。然后男人说:"懂。只差一个字,可意思差多了。"

"是吧?"女人说,像是解开了一道题那样有点轻松。

"这样就可以睡一个安稳觉了,"男人说。

"这样早晨起来一出门你就能结出一层硬壳把你罩住,防着有人看不起你。"男人说。

"如果你觉得有人看不起你……""如果有人看不起你你就想一下,我是还干了点儿什么的人。""对对,就这么回事。""如果再有人看不起你你就再想一下,他还不知道我他妈的是作家呢,或者是他妈的别的什么呢。""就是就是,就是这么回事。""你就瞧机会让他知道知道。"女人连连点头,笑着。"可是他妈的人家先让你知道了,人家是干了两点儿什么的人。"女人笑得厉害。"得,你就下决心跟傻瓜似的没日没夜地干吧,干两点儿干一百点儿让他妈的谁也别瞧不起咱们。""最后连自己是什么全忘了。""不不,没忘,是干了一百点儿什么的人。""一百点儿什么呀?""对了,就是这个,他妈的老闹不清楚。"

"唉——,硬壳。"

"盔甲。"

"我是用假面具这个词儿。"

"嗯——! 这词儿好。假面具。这词儿好。"

"因为你还得能随时换一套。"

"嗯——! 有时你得装得像是满腹经纶不动声色,有时候,又得装得豁达大度虚怀若谷。"

"或者是信心百倍毫不含糊。""或者是稳重,他妈的我得深沉点儿显得有分量。""还有乐观,虽然一会儿你没准儿想自杀。""还有幽默,不过幽默是没法儿装的,一装就像傻瓜。""还有坚强,还有和蔼。""假面具,这词儿真他妈用得棒!""装得浑身酸疼,晚上往被窝里一钻盼着天别亮。""你还得装得像根本没装。""装得像是根本不会装。""装得像是最讨厌装的人。"

"那……咱们俩呢?"

"咱们俩要是不装怎么会知道得这么清楚。"

"真他妈对。"

琴声。一阵快板之后又是慢板,缓缓如伴流云。河里,云在走水也在走。有几个孩子,来到教室外面的窗根下,心想这是什么歌呢?他们一个驮一个,轮流扒着窗户往教室里看。女教师闭上眼睛弹,沉醉在自己的琴声里。孩子们想,明天就要学这支歌了,明天……

“好多年以前，晓堃就说，得找一个把所有假面具全都摘下来的地方。”

“那时天奇也是这么说。”

“全摘下来，休息休息，得有一个能彻底休息休息的地方，那时她说。”

“那时天奇也是这么想的。在那儿你怎么想的就怎么说，你是什么就是什么，用不着防备。”

“用不着维护尊严。”

“主要是用不着维护。”

“维护可太累了。”

“因为在那儿压根儿没有丢人这么个概念。”

“嚄，那可太棒了。不过可不是在一个没有人烟的荒岛上。”

“当然不是。嫦娥其实是被罚到广寒宫去的。”

“可是据说，他人即是自己的地狱。”

“可你别忘了，在哪儿碰到地狱，在哪儿才可能找回天堂。”

“广寒，唉——，这名字。”

“‘阿波罗’带去了人的标志，金子铸成的一个标志，上面是一对赤身裸体的男女。”

“那时晓堃说，连男女之间那种赤裸的相见都是为了这个，为了彻底的自由，彻底的理解。”

“至少，你觉得男女之间那种事很美主要是因为这个。”

女教师弹琴，一直弹到月亮升起来。几个孩子趴在月光里，听得入迷。树影轻摇，弄不清这琴声来自哪里。

女人说：“瞰，我又记起一点儿我的梦来了。”

男人在夜色里看着她。

“我走出森林，”她说，“走下山，走下山然后走出森林……”

第二天，孩子们坐在教室里学那支歌。女教师弹着琴唱一句，孩子们跟着琴声唱一句。唱的是五月,到河边去,看紫罗兰开放。来吧亲爱的五月,给树林穿上绿衣,让我们在小河旁,看紫罗兰开放。我们是多么愿意,重见到紫罗兰……

　　十四岁的女孩子和那个养鸟的老人认识了。一老一少坐在那块大树根上,谈得挺投机。她问老人,他的鸟叫什么名字。老人说,是画眉。

　　"您有蜡嘴雀吗?"

　　"没有。你有?"

　　"我也没有。我看见有一个人有,蜡嘴雀飞起来,那个人就把三个骨头球儿扔上天去,蜡嘴雀就这么在半空里哒哒哒把三个骨头球儿全叼住,飞回来吐在那个人手上。您干吗不养蜡嘴雀呀?"

　　"我喜欢画眉。"老人说,觉得这孩子眼熟。

　　"我问那个人那只蜡嘴雀要多少钱才卖,那个人没听见。"

　　"人家不会卖。"

　　"再说我也买不起呀。我就是问问。蜡嘴雀可真不错。再说我也没钱。"

　　"你要是想买本正经书什么的,你妈大概多少钱都给。"

　　"欸?您怎么知道的?"女孩子惊奇地看着老人。老人笑笑,觉得她这神气可真熟悉。

　　"我妈是个老朽。"她开始用脚后跟磕那树根。"我呢?"老人说。

　　"我看您还行。我妈是个老朽,连我给同学写封信都不行。"

　　"给男同学写还是给女同学写呀?"

　　"男同学,怎么了?!我们光是谈学习上的事。您不信?"

　　"我干吗不信呀?我信。"

　　礼拜日,母亲一个人待在家里,不知道女儿上哪儿去了。她打扫了一下女儿的房间,又找到女儿的书包看了看女儿的功课。夏天来临了，一只小蜘蛛在纱窗上飞快地爬。她弹了一下纱窗，小蜘蛛立刻拉起一条长丝滑下去，不见了。然后飞来一只蝴蝶。

在其他的地方也有蝴蝶。在山里，在山脚下开满野花的坡地上，在沼泽，在河的源头，在遥远的不为人知的地方，也有蝴蝶。也有小蜘蛛。

两头幼狼蹲在草丛里，热切地观察着这个世界，有一种使命感。

男人还在四处打听太平桥，差不多从城东走到了城西，从早晨走到了中午。

"这没什么，依我看这没什么。"老人对女孩子说。她从那块树根上跳下来，一会又坐上去。

"我十岁时就喜欢上一个十岁的小姑娘，"老人说，"现在我还记得怎么玩'跳房子呢'。"

"我们可光是谈学习上的事。"女孩子说。

"把一块石片扔进'房子'，双腿叉，单腿跳，把石片踢进所有的'房间'不能压线。对不对？"

"我可不是光玩。您爱看小说吗？"

"年轻的时候爱。"

"作家可真了不起，一会儿让你整天都高兴，一会儿让你整天都……唉，说不出来的那么一股滋味儿。"

"我们那时候都十岁——我，和那个小姑娘。倒不是因为'跳房子'，是因为她会唱一支歌。"

"什么歌？您唱一个，我看我会不会。"

"头一句是，"老人咳嗽一下，想了想，"当我幼年的时候，母亲教我歌唱，在她慈爱的眼里，隐约闪着泪光。"老人唱得很轻，嗓子稍稍沙哑。

"下面呢?"

老人想了一会,说:"你得让我好好想想,好些年不唱了。"老人又想了一会,说:"这么着吧,回头我好好想想,想起来告诉你。"

"这歌挺好听。"她说。

"噫——,得你们这样的唱才好听呢。"老人看着她,终于明白她像谁了。"那大概是在过一个什么节的晚会上,舞台的灯光是浅蓝的,她这么一唱,那些小男孩都不嚷嚷也不闹了。"

女孩子得意地"嘿嘿"笑,看着老人。

"在那以前我几乎没注意过她。她是不久前才从外地转学到我们这儿的。"

"那些小男孩,也包括您吧?"

"那时候我们都才十岁。晚会完了大伙儿都往家走,满天星星满地月亮。小女孩们把她拥在中间,亲声密语的一团走在前头。小男孩们不远不近地落在后头,把脚步声踩出点儿来,然后笑一阵,然后再踩出点儿来,点儿一乱又笑一阵。"

女孩子又从那块大树根上跳下来,站在老人对面,目光跟着老人的手势动,想象着,在这个世界上还没有她的时候所发生的事。

"有个叫虎子的说,她是从南方转来的。小不点儿说,哟哟哟——,你又知道。有个叫小不点儿的。虎子说,废话,是不是? 小不点儿说,废话,南方地儿大了。小男孩们在后头走成乱七八糟的一团,小女孩都穿着裙子文文静静地在前头走。那时候的路灯没现在的亮,那时候的街道可比现在的安静。快走到河边了,有个叫和尚的说,她家就住在桥东一拐弯儿。虎子说五号。小不点儿说:哟哟哟——,你又知道了。虎子说,那你说几号? 小不点儿说,反正不是五号,再说也不是桥东。和尚,是桥东,不信打什么赌? 小不点儿说,打什么赌你说。他让和尚说。和尚说打赌你准输,她家就在桥东一拐弯那个油盐店旁边。小不点儿又说,哟哟哟——五号哇? 和尚说五号是虎子说的,是不是虎子? 他问虎子。虎子说,反正是在桥东。小女孩有几个回过头来看，以为我们这边又要打架了呢。"

女孩子笑着："打架了吗，你们?"

"没有。"老人说。他在想，那支歌再往下是怎么唱的呢？他在心里把前面的又唱了一遍，可再往下还是记不起来。

"我喜欢虎子。"女孩子说。

"是吗?"

"我不喜欢小不点儿。"

老人看着她，觉得她们长得太像了，说不定世界是在反反复复做着同一件事。

"不过……"女孩子想了想，"没准儿我也能喜欢小不点儿。我也不知道。"然后她问老人："她们家是住在桥东吗?"

"是。"

"是桥东一拐弯儿的油盐店旁边吗?"

"是。哎哟，时候可不早了。"

"是五号吗?"

"记不清。我得回去了，家里还有几只鸟呢。"太阳还没有落尽，月亮已经出来了。

"明天您还来吗?"

"我没有别的地方去。我是个老朽了。"

"不过我看您还行。"

男人和女人频繁相见的时候，远方的鹿群早已来到夏栖地。它们贪婪地吃着青草和嫩枝，一心一意准备着强壮的体魄，夜里也在咀嚼。与此同时，可爱的幼狼也在盼望着长大，不断嗅着暖风里飘来的诱人的气息。

对一个人来说，这个星球还是太大了。在这个椭圆的球面上，每时每刻都发生着数不尽的似乎是绝不相同的事情。虽然对宇宙来说这个星球小得可以忽略不计。

在这个季节，城市时而在烈日里喧嚣，时而在暴雨里淹没。

暴雨倾泻的时候两个人站在城郊的山冈上,站在两顶雨伞下,周围只有雨没有别的。只有雨声,只有被雨激起的泥土味草木味,没有别的。只有两个人站在雨里,其他什么都没有。

"你觉得那样可能吗?你觉得两个人无话不说,这可能吗?"

"我觉得那样确实挺好的。"

"我没说不好。可你觉得这可能吗?"

"你觉得不可能?"

"大点儿声,你说什么?!"雨声很大。

"我说!你觉得不可能吗?!"

"我不知道。不过我想照理说应该是可能的。"

"照理说怎么啦?!"雨声很大,雷声也很响。

"照理说!我想应该是可能的!"

"照理说。是呀,照理——说。"

"不对吗?"

"我不是说不对。对。可实际上呢?"

"我说的就是实际上。实际上能吗?你觉得。"

"我觉得我能,我不知你。"紧密的雨点打在伞上像是敲鼓,很响。"我说我觉得我能!我不知道你?不知道你觉得能不能!"

"我没问题,我一直希望人和人能这样。"

"我也是。"风声,或者是漫山遍野草木的欢呼声。"我也是!一直觉得那样非常难得!"

"光说好听的高尚的光明的,那很容易。"

"那还叫什么无话不谈呀?那没劲。"

"那样的话到哪儿说去都行。"

"大声点儿!我没听见!"

"我说!要说那种话到哪儿去说都行!"

雨声,雷声,山下的水声,大极了。

"就是,到哪儿去说不行啊?何必非……"

“人这一生中,绝大多数的时候倒像个囚犯。”

“什么?!”

“我说人活一辈子,倒是像个囚犯的时候多,不能乱说乱动。”

“就是。我说你说得对！我常常觉得我自己就像个囚犯,这个世界处处得小心!”

“所有的人差不多都像囚犯。”

“又都像看守。”

“嘍,说得太对了。不过看守更是囚犯,看守更得随时小心着,更没有自由。”

“噢！我还没想到这一层。”

“是不是?”

“是。所以好多年以前晓堃说,人干吗非要爱情不可？就是为了找一块自由之地。”

“那时候,天奇也这么说。”

“在那儿谁也不是囚犯,谁也不是看守。”

“彻底自由,互相又彻底理解。”

“不对不对,是因为互相彻底理解,才彻底自由。”

“是是,天奇也是这个意思。”

“唉——,为什么不能那样呢?”

“为什么不能？龟孙王八蛋的,我说能!”

“嘿,我能不能也骂一句人?”

“你说什么?!”

“我说！我也想象你那样痛痛快快骂一句!”

“什么你说?!”

“咳呀——!”

雨又紧起来。雨大一阵小一阵,两个人等这一阵过去。

“说吧。你刚才要说什么?”

“没什么。”

"不对！你想说就应该说！"

"我说，我也想骂一句人，行吗？"

"当然可以。"

"有时候真想也像你们男人那样使劲骂一句。"

"骂吧，我听着。这太棒了，冲着全世界骂。"

女人笑着。

"骂呀？"

"可骂啦？非常非常难听的？"

"非常非常响亮的。我洗耳恭听。"

"真的？"

"真的。骂呀？"

暴风雨里响彻了女人的笑声。"这就行了，这已经就行了！"笑声又纯正又疯狂。

这时候女儿坐在教室里。老师的课讲完了，离下课时间还有几分钟，老师出一道智力题给全班的学生。"世界上有几种人？要求十秒钟回答。"学生们抢着回答。有说三种的：黄、白、黑。有说五种的：白、黄、棕、红、黑。老师笑笑："两种，同学们，两种——男人和女人。下课！"

雨小了，渐渐看清了城市，不久雨停了。

"你的女儿还是那样觉得什么都没意思吗？"

"还是那样。唉——，还是那样。"

两个人穿大街过小巷。一路上有人跟他打招呼，也有人跟她打招呼。一会是她不得不停下来跟人应酬几句。男人在一旁等着。一会又轮到他必须跟几个人点头微笑，女人站得远远的听不见他们说什么。

在一处安静一点的冷饮店里坐下，两个人都有一种重返尘世的感觉。屋子里很凉快，有隐隐约约的钢琴声，旋律很简单。窗外是轰轰烈烈的太阳,是河水一样翻涌的人流,无数鲜艳夺目的阳伞在上面漂浮,像碰碰车那样碰来碰去似乎没有目标。

"不是出了什么事吧?"女人问。

"没有,"男人说,"这是礼拜日。"

饮料的泡沫响起一片沙沙声。

在有地毯的屋子里,人们的谈话声都显得温文尔雅,动作都小心翼翼,表情都不过分。只有一个小孩出声地嘬着一块雪糕,吃得醉心掩饰不住自己的愉快,母亲在告诫他。他不断扭转身子盯着所有桌上的所有的好吃的东西,奇怪别人为什么都不喜欢吃,一边把自己的雪糕吃得满身满脸都是。母亲强压着怒火在轻声告诫他。

"我想,我们说过的那些话,你最好别对别人说。"女人对男人说。

"当然。我不会对别人说的。"

"不是最好,是绝对,绝对别对别人说。"

"放心,我懂。"男人说。

"你懂什么?"

这时服务员把点心端来了。两个人看着服务员把点心一碟一碟放在桌上,又沉默了一会,估摸服务员已经走远。

"你懂什么?"

"别人也许不会理解。我们说的那些话恐怕很少有人能理解。"

"不理解就会把这想得很坏。"

"其实是很高级的事,要是能理解的话。"

"不过你别跟别人说。"

"这我知道,这你放心。"

"对谁也别说。"

"当然。我还能对谁说呀?"

"就连你认为能够理解这事的人,你也别说。"

"你放心好了,没问题。"

"我跟你说那些话是因为我对你特别信任。"

"那你就信任我吧,我不会对任何人说。假设我要对谁说,我也会事先征得你的同意的。"

"不,对谁也别说。"

"我是说假设,假设我要对谁说我也会……"

"别假设,连假设也别假设。就是对谁也别说就够了。"

"那好吧。"

那个小孩的雪糕吃完了,磨着母亲再去买一块。母亲低声斥责他:"看下回还带你来吗? 下回哪儿也不带你来了。"小孩只想再吃一块雪糕,完全顾不上下一回的事。母亲又去买了一块回来,小孩继续吃得津津有味。"下回还带我来。""不带。""带!""你这么不听话。""带!!""好好好,那你听话。"小孩赶忙坐得端正些,像大人那样长出一口气由衷地看着母亲,不再把雪糕嘬得那么响。

"也许真的是不可能。"

"我绝不对任何人说就是了。"

"也许只有两个完全不相识的人,才能想什么就说什么。"

"完全不相识?"

"你不知道我是谁,我也不知道你是谁,说完了,你走你的我走我的。"

"你还是不相信我。"

"我认识的人你都不认识,你认识的人我也都不认识。说完,各走各的路。"

"你还是不相信我,这我可没办法。"

"我不是这意思。我愿意相信你。"

"你呢? 你会把这些事跟别人说吗?"

"我? 我当然不会。我怎么会?"

"那好,你就像相信自己那样相信我吧。"

街上,沥青马路被晒软了,留下车辙和脚印。一把钥匙嵌进路面,不知是谁丢的。

母亲不在家,女儿也不在家。过厅里的吊兰垂下柔韧的枝条几乎抚到地面,开着白色的小花。傍晚的阳光在窗帘上布满橘红,窗帘微微飘动。厨房或是厕所里,传出有节奏的滴水声。不久,那座落地钟简单地敲了一下,分针叠在"6"上。

老人继续给女孩子讲他少年时的故事。

"她家确实就在桥东,油盐店旁边,两扇脱了漆皮的小门。门常开着,门道里总停着一辆婴儿车。我家住在桥西。打那儿以后我挺愿意帮家里去打酱油。沿河边走一阵子,过了石桥,到那个油盐店去就得经过那座小门。有时候能瞅见她在门道里哄着弟弟玩。打完酱油我就把装满油瓶的草篮子搁在她家的台阶上歇歇。她瞅见我说:'你又买酱油呀?'她在门道里踢毽儿,一把薅住踢在半空的毽儿走过来瞅瞅,说:'买这么多呀?'我说我们家人也不知怎么回事儿,特别能吃酱油。"

女孩子被逗得笑:"真是吗?"

"为了证明这个,我打开一瓶喝了一口。'不咸哪?'她说,皱眉裂嘴地看着我。那模样儿我现在记得清清楚楚的。我就又喝了一大口,说,你要吗?你要就拿一瓶我们家有的是呢。她说不要,就又开始踢毽。我说我还能一口吃一整瓣儿大蒜呢。这会儿有人喊她,她就跑进院里去了。我坐在台阶上等了一阵子不见她出来,提起草篮子磨磨蹭蹭往家走。"

"一口吃一瓣大蒜一点儿也不难,我也行。"

"你吃过?"

"吃过。我们班男生说我们不行,我就当场给他们吃了一瓣。其实一点儿都不难,只要忍着点儿,一会儿就不辣了。"

老人默默地想了一会,说:"这她跟你可不一样。"然后继续讲他的故事。"小门里总停着一辆婴儿车,站在桥头也能看见。我绕到石桥底下,杂草老高可是不算密。我用石笔在桥墩上写下她的名字,写得工工整整,还画了一个自以为画得挺好看的小姑娘。头发可是费了工夫,画了半天还是画不好。头发应该是黑的,画成白的怎么也好看不了,我就东找西找捡了一块煤来。"

"煤呀?!"女孩子咯咯地笑。

"怎么啦?"

"用煤画头发呀?"她还是笑个不停。

"有一天我把这个秘密告诉了小不点儿。那天我们俩在城墙上逮蚂蚱。城墙下不远就是那条河。开来一辆娶媳妇的花汽车,在城墙下的一个小院前停下。五彩的绸子扎成球铺满车顶再悬挂下来。我们跑下城墙去看,怎么也弄不清哪个是新娘子。"

女孩子说:"要是我,我一眼就能看出来。"

"看了一会儿我们又去逮蚂蚱。我问小不点儿,你长大了结婚吗?小不点儿说不,我也说不。我又问小不点儿,你长大了不结婚?小不点儿说不,我说我也不。逮了一阵子蚂蚱我又跟小不点儿说,你坐过花汽车吗?他说没有。我说结了婚就能坐,那你结婚吗?他说你呢?我说你呢?他说你先说,我说你先说。他说:'我就是没坐过花汽车。'我说:'反正我也结婚。'我就带他去桥底下,把那个秘密指给他看。小不点儿说:'你要跟她结婚哪?'我说:'你可别跟别人说。'他说行,还说她长得是挺好看的。我说,她长得比谁都好看。然后我们俩就在桥底下玩,一到夏天那儿特别凉快。我们用树枝划水,像划船那样,划了老半天,又给蚂蚱喂鸡爪子草狗尾巴草,喂各种草,还喂河水,把结婚的事全忘了。那时候我们才十岁知道什么叫结婚呀?"

"后来呢?"女孩子问,严肃起来。

"后来不知道为什么事,快回家的时候我们俩吵了一架,小不点儿就跑到堤岸上去,说要把这件事告诉虎子去,告诉和尚告诉所有的人去。'哟哟哟——，你没说呀?''哟哟哟哟——，你再说你没说!'他就这么冲我又笑又喊特别得意。我只有一句话说，我说:'你还说你要坐花汽车呢?'他说:'我也没说我要结婚哪!'我说:'那你干吗要坐花汽车?'他说:'哟哟哟——，桥墩上的美妞儿谁画的?'说完他就跑了。我站在桥底下可真吓蒙了，一个人在桥下待到天快黑了。"

女孩子同情地看着老人。

"一个人总有一天会发现自己是孤零零的一个人。"老人说。

"他告诉别人了吗?"女孩子小声问。

"我想起应该把桥墩上的字和画擦了，一个人总会有一天忽然长大的。"

"这不对!"女孩子说，"您不用怕他们。"

"用野草蘸了河水擦，擦成白糊糊的一片。然后沿着河岸回家，手里的蚂蚱全丢了。像所有的傍晚一样，太阳下去了，一路上河水味儿、野草味儿、爆米花和煤烟味儿，慢慢儿的闻见了母亲的炒菜的香味儿。那时候我妈还活着，比我这会儿还年轻得多呢。一个人早晚会知道，世界上没有比母亲炒菜的香味儿更香的味儿了。"

"那个臭小不点儿，他去告诉别人了吗?"

老人没听见，笑眯眯地想着往事。

"他要敢告诉人，要是我我就让他也活不好!"

老人心里一惊，想到了一件没想到的事。

"他告诉了没有，那个臭小不点儿?"

"没有，他没有。"

"真没有?"

"一个人最终得懂得原谅别人才行。"老人说。

"真没有还是假没有?"

老人想了一会，说:"真没有。对，是没有。不过你得学会宽容。你自己也不见得全好。"

女孩子余怒未消。

老人笑笑："可惜那支歌往下怎么唱我还是没想起来，你容我慢慢儿想行吗？"

女孩子点点头，一心只遗憾自己不会唱那支歌。

在一片楼群中间的草地上，男人躺在那儿，用那本地图盖上眼睛，听蜂飞蝉鸣。向日葵展开一圈耀眼的花瓣，追踪太阳。

不久，一个老太太拄着拐棍走到他身旁，不出声地惊愕地看了他好一会，然后把拐棍在地上使劲戳响。男人一骨碌坐起来。

"我当你是病到这儿了。"老太太说。

"我走得有点儿累了，躺在这儿歇歇。"

老太太依然心有余悸地盯着他："不要紧的？"

"不要紧不要紧，"他说，伸伸懒腰打了个冷战，站起来跺跺脚，"您知道太平桥在哪儿吗？"

老太太或者有九十岁，或者更多，眼睛是灰白的。"太平桥？"灰色的眼珠转动一下，"怎么还有人问这个地方？"

"您说还有人？"

"多少年没人问啦，"她的脸不住地晃，上唇裹一裹下唇，仰脸看看四周的高楼，"这地方儿原本就叫太平桥来着。"

"地图上写的可不是。"

"地图？"老太太极轻蔑地瞥一眼他手里的地图，说："早多少年就不这么叫啦。你找谁？叫得上太平桥来的人我全认得。"

"一个女的，三十多岁。"

"三十多？三十多岁的人谁还知道太平桥？"老太太在心里哼了一声。

"她说她常到那座桥上去站一会儿的。"

"什么您说？"老太太嘿儿喽带喘地笑起来，"我都没见过太平桥，早拆啦，我奶奶的奶奶怕都没见着过。"

"会不会现在还有个太平桥，不在这儿？"

"那我可不敢说。我就知道有一个太平桥。"老太太一路笑着走远了。

　　海潮淹没了太阳,接着又呼唤月亮。

　　"晓堑说这不可能。晓堑说,好多年以前她和天奇也是这么打算的,他们结婚的时候都以为是找到了这样的地方。"

　　"是,这我都知道。"男人说。

　　"后来证明不是。后来证明这不可能。"

　　"他们不能,不证明这不可能。"

　　月光很亮。月亮里那些稍暗的部分,据说是"海",是一片荒原。"阿波罗"带上去的那座人类的标志就在那荒原上。

　　"也许我们也是被什么更高的智慧送到地球上来的,为了一件我们不可能理解的事。"

　　"这很可能。很可能我们也是一种标志。上帝把他的动机藏起来了。"

　　"你最近又写了吗?"女人问。

　　"小说? 没有。我不知道上帝是什么动机。"

　　"不管是什么动机,我们来了。人,来了。晓堑说,来了之后发现太孤单……噢! 你等一下,我的梦又想起一点儿来了。我出了森林,在一条路上,走,一个人,看见很多房子很多非常漂亮的房子……对,我想起来了。我走进那些房子,房子里没人,所有的房子里都摆设得非常华丽,床啊桌椅啊灯呀地毯呀都布置得非常舒适,可是没有人。"

　　"然后呢?"

　　"我看遍了所有的房子,都没人。"

　　"然后呢?"

　　"我直发慌,使劲喊,还是没有人。没有人。"

　　"然后呢?"

　　"记不清了。"女人叹口气,看着月亮。

月亮挑逗着海，海便不得安静，焦灼地涌荡。这是潮汐，是月亮和海的磨擦。在月亮和海之间，有一股无形的力量。这力量开始于何时是一个问题；这力量将结束于双方的安息之日，是没问题的。

"我有点儿明白我的梦了，就因为一个人太孤单了所以到处找人。晓堇说得真对，最后找到了爱情那儿。"

"天奇也没有说错。天奇也是这么说的，也是真心这么去做的。"

"可是能够互相彻底理解的人实在是太少了。都戴了假面具。在父母那儿是一种，在朋友那儿又换上一种，在男人那儿一种在女人那儿又是一种，大家都把自己包裹上一层东西再见人。""这我们已经说过了。""最后就只剩了一个指望，爱情，一个彻底自由的地方，什么都可以说，什么都可以做。""这太难得了。""可这不可能。""他们没做到，并不证明不可能。""你就像在海上，在无边无际的水呀浪呀里，漂呀颠呀摇呀想找到一个岛。把船拴起来，你躺在沙滩上也行礁石上也行，不遮不掩地随心所欲地歇一会儿。连男女之间赤身裸体地在一起，连那种事都是一种象征，彻底的给予和彻底的接受，整个一个人整个一颗心，不需要任何乱七八糟的玩意儿来掩饰，不需要完全不需要。""这太棒了，你知道吗？这太棒了。""可以随意说点儿什么，不必用脑子，不必思前想后的怕哪一句说得有损自己的形象，又怕哪一句显得不够尊重对方。""这不是不可能的。""是不可能，晓堇说得对。"

"晓堇？"男人不以为然地笑笑，"晓堇还知道什么？"

"还知道天奇现在到哪儿去了。"女人说。

"嗯？"

"她知道他还在找，找那不可能找到的东西。"

"可怎么见得就找不到呢？"

"你刚才说那样的地方太难得了吧？好。你承认那样的地方太少太少了吧？好。我想你会同意，找到一个那样的地方实在是太不容易了吧？甚至错过一个机会这一辈子就可能再也找不着了，是吧？

那好。"

"又怎么样呢?"

"你好不容易找到的,你会轻易把她失去吗?"

"当然不。我凭什么要失去?"

"但是你可能失去。"

"我可以不失去,我可以尽我的努力不失去。"

"唉——,可惜让晓堃说对了。你怎么努力? 你一旦感到可能失去,一旦怕她失去,你就会想把握住她,你就开始要猜疑了,你就会对她的一句话想很多很多,拼命想弄清楚她为什么那么说,你想不清楚你就拼命让她解释清楚,可她只不过是随便说说而已的,没动脑子,根本没动那么多脑子,连她自己也不清楚为什么要那么说!"

"好不容易找到了,"男人说,"不愿意轻易失去,这总不算错吧?"

"问题就在这儿,问题就是这并不错。"

"互相解释一下,这不对吗? 否则怎么彻底理解?"

"这也对,可糟就糟在这也对。一切都对,可到最后就是没完没了的猜疑和解释不完的解释,成了习惯,成了习性。成了条件反射。其他的倒都忘了。"

"这不是猜疑。"

"也可以不叫猜疑,可你总在想对方的话到底是什么意思,这意思会不会使我失去她。不叫猜疑也可以。可是最后你就不敢想说什么说什么了,因为有些想法你自己也无法解释,你还敢说吗?"

海潮涌来又落下去涌起来又落下去,落下去又涌起来,对着月亮叹息。叹息声不知几万里远。月亮只好按着自己的轨迹运行。

"老天,我不知道错在了哪儿。"男人说。

"不知道。"女人说。

"也许万恶之源就在猜疑。"

"你害怕失去她,这一点儿都不错。"

"也许应该相信根本不会失去？"

"凭什么呢？什么可以保证根本不会失去？"

"也许不想解释就别解释？"

"不是不想，是不能！是无法解释。"

"那就别解释。"

"可他想知道。不解释只会使猜疑加重。"

"他可以不问。"

"他可以嘴上不问。他眼睛里和心里不可能不问。另一方呢？随时感觉到他在问。"

"心里也别问。心里也不问，行吗？"

"咱们又说回来了。除非你不怕失去她，这办得到吗？你要是不怕失去她，你也就不会那么想要得到她了。"

　　夏日的长昼为荒原提供了充足的阳光，上千种植物纵横挥洒把天底下的地方全部变作绿色，上千种野花怒放。雪水融成的溪流在草下伸展开，四处闪光。鹿群自在徜徉，偶尔踏入溪中便似拨响了原野的琴弦，金属似的震颤声久久不息。

　　公鹿的犄角已经长成，剥落着柔软的表皮，变得坚韧了。它们有一种预感：冥冥中有种神秘的东西将要降临；搅扰得它们又焦躁又兴奋。这东西是什么，还不知道。它们一有工夫就在带刺的矮树丛上磨砺自己的双角，也是听凭了冥冥中神秘的指使。母鹿们悄悄观察着公鹿的举动，安详地等待着某一天的到来。

　　半山腰上，懒洋洋的狼群在晒太阳，或卧或躺眯缝着绿幽幽的眼睛傲视一切，除了太阳的移动，其他都不放在心上。幼狼不见了，有的已半途夭折，活下来的都长大了长得无比健壮，混同于它们的父母。唯皮毛的色泽显示着年轻的欲望，没有老狼身上的累累疤痕，偶尔爆发出来的低嗥也缺乏老狼声音中的沉稳。老狼转动着耳朵养精蓄锐，对周围发生的事了如指掌。

男人说，我并不是要占有一个人。

女人说，你要只是想得到一个人那倒好办了，可能有那样的人，一辈子都是你的。可你做梦也想要的是一块自由之地，这样你一旦害怕失去，她就已经失去了。

中午的太阳"轰炸"着城市。最热的时候，到处都是太阳的声音。人差不多都躲起来了。洒水车无精打采地开过去，敷衍着响几下铃铛。水就像是洒在烧热的炉壁上那样，变薄、缩小，说不定还有几个水珠嗞嗞地滚动几下然后消失。水泥路面上浮着一层抖动的蒸气，使一只过街的野猫变得弯弯曲曲。

野猫仓皇奔逃，蹿进一幢大楼的阴影里卧下来喘息，回过头去望，不明白那些闪光的地方是不是一条路。

路边，树阴遮不到的地方有一条石凳。

"站会儿吧。"

"就站会儿吧。"

两个人站在梧桐树的影子里。

"如果稍微解释一下呢？"男人说。

"稍微？"女人看着他的影子，"怎么稍微？"

"主要是表明愿意解释，是否解释得清楚倒不重要，倒在其次。"

男人的影子像一个日晷。女人说："那不知又会引出多少需要解释的东西来。"

"会吗？"

"解释不清的解释就又是一个新问题，新问题又需要解释，又解释不清，这就没完了。"

"我们干吗一上来就不相信，是可以解释得清的呢？"

"太阳解释得清吗？太阳？"

太阳自古以来就待在那儿，像现在一样坦坦然然不隐瞒什么。万物都与它有关。关于它，一定有一个清楚的解释默默地存在着——不妨这么相信。可是,自古以来,关于它,有多少回解释就有多少回尚待解释。

"那回,晓堇只是对天奇说她想一个人待一会儿。她说'你该干什么干什么去,我想一个人待一会儿',她就说了这么一句。她确实只是想一个人待一会儿。"

"天奇说什么了吗? 他不是什么也没说就立刻到过厅里写他的东西去了吗? 还要他怎么样呢?"

"关键就是这句'还要他怎么样'。晓堇要他怎么样了吗? 她完完全全就是想一个人待一会儿,没有其他意思。"

"可天奇什么也没说就出去了呀?"

"是什么也没说,可你看他那脸色吧! 他把门使劲一关,嘭! 使劲那么一关,心里就是说的那句话——'看你还要怎么样'。"

"不不不,这是晓堇的误会,天奇绝不会看你晓堇还要怎么样,绝不是这个意思。""那是什么意思?""他是说,意思是说晓堇你还要我天奇怎么样呢?""这不一样吗?""这不一样。""我看不出有什么不一样。好吧。关于这件事他怎么跟你说的?"

"天奇说,他知道是因为什么。"

"什么因为什么?"

"他知道晓堇为什么说想一个人待一会儿。就因为上午天奇要写东西,那天是礼拜日,第二天他必须把那篇东西写完,交稿,他就对晓堇说,你带着女儿出去玩玩吧,或者上谁家去串个门吧。就因为这个,下午晓堇回来就不搭理天奇,就说她也想一个人待一会儿,让天奇该干什么干什么去。是不是这样?"

"根本不是。她就是随便那么一说,她那会儿心烦想一个人待一会儿。""说露了,心烦? 心烦什么?""咳哟——! 请问人可不可以有心烦的时候?""当然可以,天奇也没说不可以。可天奇不知道她为什么心烦,问她她也不说,就让天奇出去。""心烦什么? 天奇一写东西其实就烦晓堇,不想让晓堇在他身边。这样的事好几次了,好几十次了好几百次了!"

"写东西的时候怕人打扰,这我懂。"

"你是这样,可天奇不是。"

"是怕人打扰,对这点晓堑应该能理解。"

"对这点,开始晓堑非常能理解,可后来发现不是这么回事。实际上天奇认为他干的事晓堑一点儿都不懂,其实他根本就看不起晓堑。""这不对。天奇总是跟我说,他心里要是没有爱情,他简直就不知道为什么还要写诗写小说。""心里的爱情! 可这不一定是指晓堑。""这你可错了。他总是说真正的爱情只有一次。""也许是下一次,为什么不可能是下一次呢? 也许他已经感到这一次不是真正的了。"

"那是晓堑要那么想。"

"晓堑不会无缘无故那么想的。譬如说,那心里的爱情要是指晓堑,天奇为什么还担心没有爱情?"

"他担心了吗? 真是怪事,他什么时候担心了。"

"他说心里要是没有了爱情,干吗还要写诗写小说。这话他说了吧? 这不是担心是什么?""他说的是'要是',是说如果是说假设。""假设! 他根据什么做这样的假设? 一切都是平平安安的,会想到要假设人类毁灭吗?""他随便一说罢了。""爱情可不是随便一说的,你这么随便一说,她心里会怎么想?""那怎么说? 一说爱情就得像写一本书那样字斟句酌再加上一二三四一大堆注释吗?"

"我没说要那样。可随便一说跟随便一说可以完全不一样。天奇要不是感到他心里的爱情已经不那么来劲儿了,他不会这么随便一说的。任何看来偶然的东西都有必然的原因。"

"你只听了晓堑一面之词。"

"对不起,你也是,你也只听了天奇一面之词。"

"天奇不是担心自己不爱晓堑了,而是担心晓堑不像过去那么爱他了。"

"这种担心完全没必要。这担心一点儿根据也没有。事实是只可能天奇腻了晓堇,不可能晓堇不爱天奇。"

"晓堇担心会这样?"

"当然。哦,你别钻空子,她这担心是有根据的,你别笑。天奇既然总是担心,晓堇当然就会担心。"

"天哪天哪……"

"这一点儿都不可笑!天奇既然总是担心晓堇不像过去那么爱他了,你让晓堇怎么办?晓堇不知道怎么办才能让他感到还是像过去那样,事实上还是跟过去一样,晓堇就会担心,怕哪句话说得不合适又加重他的担心。晓堇是担心这样时间长了,天奇就不会再像过去那样爱她了。"

"好了,咱们都别把自己的感情加进去,你就客观地说说晓堇的那一面之词吧。"

一座座高楼在烈日下昏睡。有家阳台上挂了一串小尿布,低垂着一动不动。有人在屋子里伸懒腰,书掉在地上,没有声音。

"有些话,只是我们女人之间才能说的。"

"我懂你的意思。"

"是只有我们女人才能感觉到的。"

"那不见得。譬如说那天晚上,天奇希望他们能好好地亲热亲热,可晓堇一晚上都不理他。"

"那是因为天奇一下午都不理晓堇。"

"天奇正是想这样来打消白天的误会。"

"希望,打消。出于这样的考虑那简直像一个谈判会了,一个交易会了。""好家伙,没想到晓堇会这么想。天奇可是真心的。""每次都是吵了嘴,天奇就变得更亲热。""这不对吗?""你一想到对不对就已经不自然了,已经不敢为所欲为想说什么说什么了,生怕这个谈判会失败。小心翼翼小心翼翼,所有的动作都不对劲儿,都像隔着一层什么,都是技术性的没热情,每时每刻都有一种作戏感。"

男人不说话。

女人希望他能反驳她。

"天奇是在应付她。"女人说，仍然希望男人能反驳她。

男人看着楼顶上落着一只鸽子。

"至少晓堃是这样，"女人说，"生怕哪儿做错了，总以为已经做错了，生怕他已经看出来她是在应付他。"她仍然给男人留着反驳的机会。

"天奇不知道他还能怎么办。"男人说。

"晓堃现在还盼着天奇回来呢，可是不知道他在哪儿。"

"他就像在梦游，自己也不知道自己在哪儿。"

"他回来又能怎么样呢？晓堃又怕他回来。"

"天奇要是知道这一切都错在了哪儿，他就会回来。"

"他要是能找到最初的那个梦就好了。"

"那就好了，就可以慢慢全都回忆起来了。"

荒原变成黄色，变黄的速度非常之快。公鹿猝不及想，一夜之间领悟了冥冥中神秘的安排。它们赞叹并且感恩于那神秘的旨意，在秋天的太阳里引吭高歌。公鹿的嗅觉忽地百倍敏锐，母鹿身上浓烈的气味赋予它们灵感，启发它们的想象力，弄得它们激情满怀。公鹿一遍又一遍地唱着情歌，意欲拜倒在母鹿脚下抛弃以往的威严。纤巧的母鹿狡黠地躲避着公鹿的祈求，但只要发现公鹿稍有怠顿，母鹿们又及时地展示自己的魅力，引诱得公鹿欲罢不能。她们要把他们的欲火烧得更旺更猛些，上帝要求她们造就出坚韧不拔的英雄，造就真诚的情人，造就热情不衰的丈夫和强悍而智慧的父亲。鹿族的未来要求公鹿具备这些气概，要求母鹿在这黄金的季节里卖弄风情。

公鹿知道，它必须赶快找一片开阔地，必须在那儿迎候优秀的敌手，必须振作起雄风来赢得他的意中人。

牵牛花不知疲倦地吹着号角,前赴后继。

向日葵热烈的情怀甚至烤焦了自己的花瓣。

夜里,夜来香芬芳四溢,浓郁而且沉着。

日日夜夜。

母亲对女儿说:"你最近活得好吗?"

"还可以。"女儿回答。

"你觉得有意思点儿了吗?"

"我也不知道。"

"也许我不该反对你给那个男孩子写信,"母亲低着头说,在给女儿织一件毛衣。

"友谊是件非常好的事。"母亲又说。

"不过你还不到十五岁,"母亲说,"你们还都不懂爱情有多么严峻。"

"你们将来会懂。你们现在还只是友谊。"

母亲抬起头,发现女儿已经不在跟前。大门咔哒响了一下。母亲走到过厅里侧耳细听,一串轻捷的脚步声下楼去了。

"当我幼年的时候,"女孩子唱道,然后问老人,"对吗?"

"对。"

"当我幼年的时候,母亲教我歌唱……"

"对对,就这样儿。"

"在她慈爱的眼里,隐约——是隐约吗? 在她慈爱的眼里,隐约闪着泪光。"

"唉,你唱得可真像,"老人说,"还是你行。"

"下面的歌词还没想起来呀?"

"没有。"

女孩子又把前面的四句唱了一遍。

"人这一老可真麻烦。后头的词儿我怕是再也想不起来了。"

女孩子又唱了几遍,发觉自己原来能唱得这么好听,一时也感到惊讶。

"我想送给你一只鸟。"老人说。

"送给我?真的!我随便挑吗?"

"噉噉老天爷,你慢点儿,慢点儿。不是这些。这几只跟我熟了,给你你也养不活。"

"那给我哪只?"

"我家里有只鹦鹉新近孵了几只小鹦鹉,等再长大点儿,我给你带来。那些小家伙儿准保你更喜欢。"

"我们同学家就养着鹦鹉,哎呀——"女孩子像大人那样摇头啧舌,"真叫好看。什么时候给我带来?"

"别忙,等它们再长大点儿。"

"要不我自己去您家拿吧?"

"你也是个急脾气。"老人笑笑。

女孩子也笑了:"都是让我妈说的,我妈老说我是急脾气,我就真是个急脾气了。"

他们坐在那块大树根上,看着那些鸟。画眉在夏天的末尾叫得更加宛转,悦耳,变化万千不辞辛劳。暑气消散。行人的脚步显得悠闲。

"该你给我讲个故事了。"老人对女孩子说。

"我?讲个故事给您?干吗呀?"

"不干吗。我都给你讲了,我还给你鸟,你也该给我讲一个吧?"

"那行。讲什么呢?"

"你看了那么多小说,你还不知道?"

"好吧。可我不知道您想听什么。"

"什么都行。你要想当作家你就得会讲故事。"

"那好吧。嗯……"

"甭那么认真,随便讲一个就行。"

"行。嗯……《老人与海》行吗?"

"我就知道你憋坏主意呢,那你还不如讲个老人与鸟呢。"

"真是《老人与海》我不骗您!好吧那就讲个别的吧,《老人与海》也太长了。行!我想起来了。"女孩子理理头发,坐得端正些,仿佛将要做一件极其严肃的事了。

"有个卖棺材卖花圈的商店。"女孩子讲道。

"好丧气,你怎么想起要讲这个? 不不不,没关系,谁早晚不得死呢?"

"有一天晚上这店里来了个顾客,是个老头。"

"小伙子谁去那儿呀。讲吧讲吧,我爱听。"

"胖老板娘就问,'您买点儿什么呀?'"

"没这么问的,你当是平常的商店哪?"

"要不您讲!"

"好好好。人儿不大脾气可不小。我听着。"

"老头说要买花圈。胖老板娘问他买几个。"

"买一个还不够还买几个? 你可真会糊弄我。"

"真的,书上就这么写的!老头跟老板娘说,您帮我算算得买几个吧,一个母亲送给儿子的,一个儿子送给父亲的……"

老人不再打岔了,盯着他的鸟,听着。

"一个哥哥送给弟弟的,一个妹妹送给哥哥的,一个外甥送给舅舅的,一个姑姑送给侄子的,一个孙女送给爷爷的,一个表姐送给表弟的……哎呀我都说乱了,多少个了?"

"没记住,你说这么快。"老人觉得这故事倒真是新奇得很,出乎意料。

"人一共能有多少亲人吧,您说?"

"哎呀——,那可就多了,没算过。"

"反正他就要买那么多花圈,一辆汽车也拉不完,缎带上的称谓都不一样。"

"怎么会所有的亲人一下都死了呢？这事可太惨了。"

"胖老板娘差点儿乐疯了。"

"胖老板娘都不是好东西。"

"她一年也未必卖得出去这么多花圈，她店里所有的花圈加起来还不够呢。她就跟老头说，您把住址留下吧，等我们做够了一块给您送去。老头说什么也不留住址，说他过几天自己来取。"

"这为什么？"

"是呀，老板娘也有点儿疑心了。她先是以为一架飞机失事了，正好老头的亲人都坐在上面。老头走后老板娘越想越不对劲儿，怎么死的都是男人呀？爷爷、父亲、儿子、外甥、侄子、哥哥、表弟……怎么全是男人呀？"

"这可倒是。"老人连连点头。

"他是不是要把他家所有的男人都杀了，把所有的财产都留给一个坏女人呢？"

"哎哟！"老人紧张地看着女孩子，头和身子都有些抖，"这么大岁数了可别这么着。"

"后来老板娘跟踪那个老头，终于弄清楚了其中的秘密，您猜是怎么回事！"

"怎么回事？"

"您猜。"

"我猜不着。不是像老板娘想的那样吧？"

"是——，就是像老板娘想的那样——。"

老人盯着女孩子，懵了半晌，最后拍着腿说："这是何苦呢，唉，这是干的什么呢！"

女孩子咯咯咯地笑起来，笑得蹲在地上："不是——！我骗您呢！"她笑够了，就势坐在地上，继续讲，"那老头其实是什么亲人都没有。压根儿就是他一个人。他怕将来没人给他送花圈，那些花圈都是他给自个儿准备的。"

出乎女孩子意料，老人一点儿都没笑。

"您听明白了吗？爷爷、父亲、侄子、舅舅什么的都是他自个儿一个人。"

老人还是不说话，单是动了动鼻子。

又过了半天，老人咳嗽了一阵还是不说话，光是挪了挪腿。女孩子有点儿心慌。

"这小说叫什么名儿？"

"我也忘了，我看书从来不记名儿。"

"你说这事是真的吗？"

"反正书上是这么写的。没准儿瞎编的吧？"

画眉不住地啼啭。

一轮巨大无比的落日里，一个人在拉琴。

男人寻找太平桥经过这个人身旁，便向他打听。拉琴的人不回答，只顾埋头拉琴。

别人告诉这个男人："你怎么问他呀？你仔细看看他。"

拉琴人的目光呆滞得像是已经死了，凡世的景物只不过在他的瞳孔里流过罢了。

"你再仔细听听他的琴声。"

琴声永远重复着那七个或八个音符，间隔长短亦为一律，凡世的音响不再惊动他。这是个傻子，很美很动人的一个白痴。

男人只好继续走自己的路。

太平桥必定在某个地方。

"我找遍了所有的屋子，都没有人。我走过街道，穿过花园，走上长长的走廊、又高又陡的台阶，走到大墙的拐角、假山背后、草坪上和草坪上的树丛里，到处都不见人，然后……我可以如实说吗？"

"当然得如实说，"男人说，"那种释梦的方法唯一的要求就是实话实说。"

"然后我又走进一座大厅,这时候,我忽然看见一个人向我走来,一个女人。那我可就如实说啦?"

"是怎么就怎么说。"

"那女人赤身裸体一丝不挂,身体的每一部分都非常丰满非常成熟,你懂吗?非常匀称健康你懂吗?焕发着光彩焕发着欲望,连我心里都一振。她从幽暗中向我走来,无声无息的一道白光,走得极其散漫极其舒展,极其不管不顾肆无忌惮,极其……"

"什么?"

"不,"女人想了一下才又说,"当我们走到一起的时候,我才发现那是一面镜子。你懂吗?"

"镜子。我懂。"

"好大好大的一面镜子。"

男人点一下头,抽着烟。

"把我吓坏了。吓得我越紧跑开到处去找衣服,这时候我已经听见四处都有人声了。所有的屋子里都挂着衣服,可都是别人的衣服没有我的衣服,我想不起来把自己的衣服都脱在了哪儿,所有的衣服我穿着都不合身,挺费劲地套上一件又挺费劲地揪下来,这时候人声越来越嘈杂了。我顾不了那么多,东找一件西找一件好歹穿起来。总算松了一口气。可就在我这么一回头之间,发现原来在我穿衣服的屋子里早都坐满了人。幸好人们都在啜茶聊天,像是没注意到我。我慌忙往外溜,贴着墙往外溜,有人挡了我的路我也不敢出声,提心吊胆地等着,等人走开时瞅准机会溜了出去。咳呀,心想这下喘口气吧,找个地方歇会儿吧。忽然又听见笑声,所有的人都在笑,都看我,原来他们不是没注意到我而是一直都盯着我看我做出多么可笑的表演。我那身衣服确实花花绿绿的不伦不类像个马戏团里的丑角。我越是想把衣服抻抻平,整理得像点儿样子,笑声就越是一浪高过一浪。"

女人停一下，吁一口气，吁一口气也似潮水那样不平整。

男人靠眼神安慰她。

还有秋光，在安慰她。

她就又说下去。

"然后我走在城郊的路上。然后我走在野地里。然后我蹚过河，上了山坡。很高的山腰处是黑色的森林，我往那儿爬。我在一条土路上爬，一边是峭壁寸草不生，一边是悬崖，悬崖下云缭雾绕，峭壁随时要倒下来悬崖随时要塌下去。前面出现一个隧道拱形的洞口，我爬进去，心想只要能再爬出来就是森林了，森林那边就是海。可这洞并不像我想的那样是隧道，而是一个没有出口的洞，数不清的金属拱架支撑着圆形的穹顶。我只好又往回爬，可是回去的洞口也被封死了，拱架支撑不住洞顶，整个洞就像一口大锅扣下来把我扣在了里头。我看见那教堂一样的穹顶上有一个洞，我攀着拱架爬上去，挣扎着想挤出来，洞口很小，把身上的衣服又全都挤掉了，这才算出来了，又是那么赤身裸体地站在地上。回头看那洞口，又有一个人挤出来，也把全身的衣服都挤掉了，挤得浑身鲜血淋淋，她长得很像我，但我知道那不是我。那幸亏不是我，那个人挤出洞口一下子掉下悬崖去了。"

"你的女儿最近情绪稳定点儿了啦？"

"不，那不是她！绝对不是，这我非常清楚。我爬到悬崖边往下看，深渊里竟是一片和平景象，炊烟袅袅，房舍错落，鸡犬声此起彼伏，车水马龙秩序井然。有个男人拿着麦克风在唱，歌声悠扬又凝重，姿态放荡又真诚。我在悬崖边想寻一条路下到深渊里去，可是找不到，一当看见一条路，悬崖就轰隆隆塌下去一大块，把路塌没了。"

"那个男人唱的什么？"

"很多。也听不太清。"

"可这很重要。对解释这个梦很重要。"

"好像有这么一句，我听不太清可我感到总是有这么一句：今天你来了我不再忧伤,让我忘掉你曾漂泊远方。"

又到了一年当中最好的季节。鸟儿在天上飞得舒缓,落叶在脚下嬉戏。落叶就像玩累了的孩子,躺在床上还不死心,还要一直玩进梦乡去(之后将没有什么再能打断孩子的好梦)。

山里的山楂红透了。山里五彩斑斓。

庭院中的柿子树硕果累累,使人想起春天的连翘,但比连翘黄得沉重。偶尔一两个柿子落地,砰然有声。

河水又深又宽阔,流得平稳。忽然一天,记不住是哪一天,蜻蜓都不见了,知了也不叫了。

男人说:"再没有比梦更诚实的事了。那大概免不了是深渊。"

"就算是吧,"女人说,"可在梦里我还是诚心诚意想要找一条路下去。"

"我想不必,既然你看出是深渊就不必。"

"我不是这个意思。我要下去,我是想下去,只是希望那不是深渊。"

"这样就好办。我也是这个意思,咱们可以不让它成为深渊。"

他们看见一个老人推着婴儿车走在一棵大树下。树冠如一顶巨伞支开,漏下斑斑块块的秋阳。(车里的孩子将会记住那金黄的树叶和枝叶间的蓝天,等他长大了他将到处找那棵树却到处也找不到了。)

男人说:"依我看,天奇和晓堃的全部错误就在于他们一定要结婚。"

"嗷?"

男人又说:"结婚这东西纯粹是一种人为的保证,天真的愚蠢的条约。"

"问题怕不在这儿。"女人想:可能没这么简单,就怕没这么简单。

"这东西压根儿就不该有。一有它,人就害怕失去它,一有它就说明人害怕失去它,结果反而失去它。所以不如干脆没有这个形式,这样就能打消怕失去的心理。对吗?"

"我不知道。你先往下说吧。"

"要是能彻底理解,要真是自由之地,就不需要这条约来维持,要是没有彻底的理解根本不是自由之地,这条约就压根儿是狗屁。"

"这对。"

"要想不失去,先就别怕失去。"

"这行吗?"

"行不行也是它。你越怕失去你就越要失去。"

"这不错。"

推婴儿车的老人走过一棵小树,一片树叶落进车里,老人把它捡出来。(当孩子长大了,小树也长大了。当他千百次走过一棵大树的时候,他已经认不得这棵树,他已经忘了那个秋天这棵树上的一片叶子,在梦里抚摸过他。)

"天奇和晓垫互相失去了,就因为他们曾经太怕失去了。""他们现在又在互相寻找,是吗?""这样他们失去的只是那种怕失去的心理。""天奇也在盼望回到晓垫身边来,是吗?"

"你有一万块钱你就怕丢,你丢了你就难过得要死,你没丢你也紧张得要命。"

"你真的不知道天奇现在在哪儿?"

"你不如相信那一万块钱根本就不是你的。你本来就没有。结果你有了,你就喜出望外了。一样的事。"

"真对真对。"

"咱们反正是什么都没有了,来到这世上一无所有。咱们不怕失去,失去顶多还是像刚来到世上时那样。""咱们本来已经失望了,结果咱们又找到了希望,是吗?""正是,正是这样。""噢,太棒了。"

他们看见那老人走在河边,河水里映出老人和那婴儿车的影子。老人走得那么缓慢,车里的孩子大概在这温馨的秋风里睡着了。(梦里他听见潺潺的流水声,多少年以后他在所有的河上找那声音,却再也找不到。)

"行了,我想咱们可以开始了,咱们可以毫无顾忌了。""我不知道这是不是梦。""这不妨就是你那梦的继续,你的船终于找到了那个岛。""那个港湾吗?那片沙滩?""你可以随心所欲自由自在地歇歇了,不管是躺在沙滩上还是趴在礁石上。""我怕这是梦。""你别怕这是梦,这就不是梦了。""我可以相信这不是梦吗?""或者不如像你说的那样,就当咱们是陌生人,那就可以想说什么说什么了,说完了各走各的路。""可以想什么就说什么吗?""完全可以。""唔——,我要的只是这个。"

那个老人推着婴儿车走过森林,走过他们身旁。车里并没有孩子,而是五六只鸟笼。笼子上罩着粗针大线缝成的笼套,画眉都不叫。

溪流和钢琴。山谷和圆号,无边的原野和小号。落叶和长笛。月光与提琴。太阳和铜钹和定音鼓。公鹿的角斗声像众神纵情的舞步,时而稍停时而爆发,开天辟地。

狼群屏息谛听。那角斗声远远传来,也令年轻的狼胆战心惊。它们不禁信服了老狼的忠告。老狼偶尔看一眼太阳,教会年轻的狼识别山和溪流的色彩,识别原野的风:这是鹿的节日,在这日子里,鹿拥有着天地万物乃至整个宇宙。

开阔的角斗场四周,母鹿们显得不安,也不时遥望太阳,白昼越来越短了。公鹿也注意到了这一点,大地再偏斜一点儿的话北极的寒风就将到来,那时一切就都来不及了;它们必须尽快战胜对手和自己的情人欢聚一堂。以往的艰辛的迁徙和跋涉都是为了现在,它们记得遗留在冰河上的那些美丽灵魂的嘱托。鹿族的未来将嘲笑任何胆怯,将谴责哪怕一秒钟的松懈和怠惰。它们拼着性命要留下英名,它们的身体里流着祖先的血液,千万代祖先曾经就是这么干的。

公鹿用前蹄刨土,把土扬得满身都是,舞动着华丽而威武的双角如同舞着祭典的仪仗,它们跪倒,祈求苍天再多赐给它们些智慧和力量,苍天默然不语只让秋风一遍一遍地扫荡一丝一缕的愚昧。公鹿幡然猛醒抖擞着站起来,存心忘掉失败的可能,把天地之气推上胸腔,推向肩头、颈项,集中到角上又运遍全身,狂吼着冲向对手。公鹿的性子暴烈起来甚至不亚于狮子,整整一个夏天的贮备使它们的力量不亚于一头熊,吼叫声搏斗声似风卷万千旌旗猎猎不息。有过发情的公鹿杀死狼的记载。

老狼站起来,不露声色,带领它的部族悄悄向下风头转移,在那儿鹿群闻不到狼的气味,狼却可以知道鹿的日子还剩多少。鹿的节日终归会过去的,那时候,幸运之神将垂青于狼。

此刻人间,男人和女人形影不离,自在周游,不舍昼夜。窃窃私语融为秋声,魂销魄荡化作落叶猩红。

寒冷到来之前,鹿的营地上开遍最后一批花朵。得胜的公鹿昂首阔步,角上挂着失败者的带血的毛,和最漂亮的母鹿们成亲。公鹿终于博得了母鹿的赞许,日月轮流做它们的媒人。

小号轻柔地吹响,母鹿以百般温存报答公鹿的骁勇,用舌尖舔平铁一样胸脯上的伤痕。

圆号声镇定如山。公鹿甚至傲视苍天。

母鹿并不急于满足公鹿的欲望,让它平静下来平静下来,听一听落叶中的长笛吧,再去领悟自然的命令。

战败的公鹿渴望来年,大提琴并不奏出恨怨。年幼的鹿在溪边饮水,在钢琴声中对未来浮想翩翩。

傲慢的公鹿有些惭愧,母鹿这才授予它权利。公鹿便把日赐其精、月赐其华全部奉献给母鹿,奉献给后世子孙,在那一刻体尝了雄性的辉煌与快乐,胸腔里喉咙里发出阵阵鼓声构成四季的最强音。

母鹿在喜庆的日子里不禁忧伤,它们知道这奉献对公鹿来说意味着什么,母鹿凭本能觉察到不远处的狼群,在这欢乐的交响之中闪烁着不祥的梆声。

天上人间,男人和女人神游六合,似洪荒之婴孩绝无羞耻之念,说尽疯话傻话呆话蠢话;恰幽冥之灵鬼,不识物界之规矩,为所欲为。

酒神把舞神灌得酩酊大醉,舞神给酒神套上魔舞鞋。舞得秋风大作时,枯枝败叶漫天飞卷。舞得秋雨缠绵,成熟的种子落入水中,随之漂流,将在一个命定的时辰,一个命定的方位,埋进土地,注定未来的生活将有另一种结构。

女儿为那座古老的落地钟上弦。她和那座钟一般高了。钟的旁边有一盆白色的菊花。钟在夜里敲响总是吵醒她,一醒来便看见钟摆上跳着月光,有些害怕。幸亏还能看见这白色的花瓣也在月光下洒开,便觉得明天准有好事等着她。

老人身着黑色秋装,给女孩子带来一对白色的鹦鹉。女孩子穿了一身红。

"两只哪,都给我?"女孩子喜出望外。

"这是一对儿,分开了哪只都活不长。"

"我们同学家的鹦鹉是带色儿的,有绿的有蓝的。"

"那样儿的好找,"老人说,"白的你问问有几家有? 我的鸟都是好品种。"

"真白呀,像雪一样。"

"那是当然。等下了雪你比比去,把雪都比黑了。"

"我能拿起来瞧瞧吗?"

"拿吧,就是给你的。"

女孩子把插在婴儿车上的两根木棍摘下来,每根木棍上站着一只白鹦鹉,脖子上都挂着金属链。

"您家也有这样的婴儿车呀?"

"我的孙子自小跟着我,这会儿都大了,这车没用了,冬天出来遛鸟我用它当拐棍儿。"

"我们家也有跟这一模一样的婴儿车,是我小时候坐的,现在也没用了。"

老人把画眉笼子挨个挂在树上,摘下笼套,画眉愣一会,一声一声叫起来。

"你妈一个人把你带大可不容易。"老人说。

"可不吗? 上班下班她推着我,有一回下雪天她摔了一大跤把嘴都摔流血了。那会儿我光会哭。"

"可你还说你妈是个老朽。"

"我什么时候说了?"

"没说就好。"

"我光是说她有时候有点儿保守,那怕什么的? 当她面我也这么说。我们俩还是最要好的朋友。"

"带大一个孩子你以为容易吗?"

女孩子把两根木棍并拢,让两只鹦鹉靠近。一只稍微大一点,一只小一点。

"夏天怕热着,怕中暑。中了暑就拉稀,得吃藿香正气水,孩子懂什么? 不喝。不喝就得狠狠心往下灌。"

"我最不爱喝那种药,又辣又呛嗓子。"

"天凉了又怕得感冒。打针吃药,孩子知道什么? 打着挺儿哭,哭也不行呀,针还是得打,打得小屁股肿成疙瘩。"

两只鹦鹉互相啄了啄嘴。换了个位置,这只跳到那根木棍上,那只跳到这根木棍上。女孩子再想把两根木棍分开可不行了。

"最怕得肺炎,喘气儿又急又不吃东西,身子缩成一团儿像个绒球儿,没精打采的。得用葡萄糖水把土霉素化开,掰着嘴一滴一滴往里喂,弄不好能要了命。"

"我得过肺炎，我还住过院呢。我妈说我差点儿死了。"

"饿瘦了，身子虚了，再光给苏子吃可不行了。"

"给苏子吃？苏子是什么呀？"

"苏子都不知道？苏子还不好买呢。前些日子我托人在乡下买了十斤好苏子，等回头我给你点儿吧。"

"我没吃过苏子。也许小时候吃过我给忘了。"

"要是大便干燥，得喂苹果泥。要是消化不良闹肚子，就给喂点儿大蒜泥。要是身上脏了，你就弄盆水在太阳底下晒一会儿，它们会自个儿跳进去洗，洗一会儿就得，别让身上都湿透了。"

"您说谁哪？"

"听着别打岔。经常也得吃点儿荤腥儿，喇喇蛄、知了、油葫芦、蜘蛛什么的都行。有种叫三道纹儿的蜘蛛，脊背上有三条纹儿，最好了。"

"吃蜘蛛哇?!"

"冬天没这些东西了，就养点儿黄粉虫，就是粮食里长的小虫，放在瓦罐里养，温度在十五到二十五度之间就行。"

"您是说鸟呢吧？"

"是呀？你这老半天听什么呢？"

女孩子大笑起来："我还当是说您孙子呢！我说的呢，怎么给人吃蜘蛛吃喇喇蛄呀。"她又笑得跪在地上，两只白鹦鹉有些惊慌。"还说什么三道纹蜘蛛，您可真逗，几道纹儿的人也不能吃呀。"

老人的脸腾地红了，呆愣着说不出话来光咽唾沫。他才想起来，原本是要说自己的孙子来着，怎么就说到喇喇蛄去了呢？一瞬间他真感到自己是老了，说着说着就弄不清在说什么了。近来他常常把人和鸟弄混，把年月弄混，把天和地都能弄混。

老人闷闷寡言，一直到和女孩子分手。女孩子一直在笑，和那两只鹦鹉玩得开心极了。

"我得走了。一会儿我得练嗓子，我决定学唱歌了。"

看着女孩子端着白鹦鹉走远,老人心里空空落落。这时他忽然记起那支歌后半部分的歌词来。他在心里唱了一遍,分明丝毫不错。他想喊住女孩子,喊她回来告诉她往下怎么唱,那样女孩子又可以跟他多待一会儿了。可是,那红色的身影和那两个小白点已经走得看不见了。那支歌的后半部是这么唱:如今我教我的孩子们,唱这首难忘的歌曲,我辛酸的眼泪,滴滴流在我这憔悴的脸上。

终于,狼的日子来了。老狼猛地站起身,眼睛里焕发出绿色的光彩,刹那间便发动起全部力量,展臂舒腰,敏捷的脚步富于弹性,喉咙里响着喜悦的鼓点,翕动鼻翼甚至向年轻的狼们笑了笑。年轻的狼们一开始有些惊慌,不知发生了什么。老狼便立起耳朵,示意它的部下们细听:远处的角斗声早已停歇了,疯狂的婚礼也已结束,荒原上唯余寒风一阵紧似一阵,风中有疲惫的公鹿的喘息声。年轻的狼们欣喜若狂,不能自制。老狼却又蹲下来,把自己隐蔽在山石后面,但浑身的筋肉都绷紧着,胸脯急剧起伏。年轻的狼们好不容易安静下来,也都找到了各自的隐蔽所,本能教会它们拉开距离,形成一个包围圈,听觉、嗅觉、视觉不放过一丝风吹草动。

公鹿把体内的全部精华都奉献出去之后,迅速地衰老了,力竭精疲,步履维艰了。鹿群要往南方迁移了,到越冬地去。公鹿跟在浩荡的队伍后边,蹒跚而行,距离越拉越大。母鹿回过头来看它,恋恋的,但知道在自己的腹中寄托着鹿族的未来,于是心被撕成两半。公鹿用视死如归的泰然的神情来安慰母鹿,并以和解的目光拜托它往日的情敌。当它确信自己绝无力气在冰封雪冻之前赶回家园的时候,它停下了脚步,目送亲朋好友渐渐远去。它知道狼已经准备好了,它还记得父亲当年的壮烈牺牲,现在轮到它了。公鹿都有一天要做那样的父亲,这不值得抱怨,这是神赐予雄性的光荣的机会。不如把所余的力气积攒起来,以便对付那些等了它一夏天的狼。公鹿钦佩山腰上它的敌人的韧性和毅力。

老狼看见了老鹿。老鹿知道老狼看见了它。老狼一秒钟之前还蹲着,一秒钟之后已如离弦之箭飞下山岗。年轻的狼们一呼而起,从四面八方包围过去,即便是要杀死一头羸弱的老鹿,没有这样的集体行动也办不到。漫山遍野回旋着狼的气息和豪情。

老鹿明白,末日已来临,但它仍旧飞跑,它要领狼群到一个它愿意死在那儿的地方去,或者它要证明自己的死绝不是屈服,它朝与鹿群远去的相反方向跑,它要在最后的时刻尝够骄傲。

狼群把老鹿包围了。老狼坐下来,指挥年轻的狼冲上去。它要让儿孙们领教领教老鹿的厉害,以便这些小子们将来能懂得天高地厚。老鹿看出这些毛头小子的狂妄和轻浮,瞅准机会只一冲,便撕豁了一头狼的鼻子。它遗憾自己的气力不够了,否则不要这家伙的命才怪。又一头不要命的扑上来了,老鹿把双角一扫,把那个愣小子扫了个滚儿。老狼暗暗称赞这一冲一扫,并觉得这招法非常熟悉,它看了看自己前胸的伤疤,认出眼前这头老鹿是谁的儿子了。老狼狞笑一回,看出老鹿的腿劲已经不济,便冲上去,避开锋利的鹿角,从横里猛撞老鹿的身子,老鹿一晃险些跌倒。这一下年轻的狼们被提醒了,接二连三地去撞老鹿的肩、腹和腿,老鹿左闪右挪没有还击之力了。这些狼可真年轻呵,老鹿羡慕它们的年轻,心想,到了把肉体也奉献出去的时候了。

就快结冰的溪流中,殷红的鹿血洇开了,散漫到远方去,连接起夕阳。鹰群在天上盘旋,那是上帝派来的死亡使者,迎接老鹿的灵魂安然归去……

"我想,我们大概还是弄错了。"女人说。

男人不语,抽着烟,望着街上的人群。

当若癫若狂的爱情之火稍稍平稳的时候,在如醉如痴似梦非梦的神游之后,男人和女人又似从天堂重返人间,落到地上,坐在一家小酒店里。

"给我一支烟。"女人说。

"你要烟? 抽?"女人点上烟,抽得很在行。

"喝酒吗?"男人问她。

"不。"

"女儿怎么样,情绪?"

"好多了。"

"怎么回事?"

"弄不太清。好像是从那次我同意她跟那个男孩子通信之后,她的情绪一下子就全好了。她决定学唱歌。"

"这挺好,她的嗓子从小就不错。"

"你呢? 又开始写什么了吗?"

"写了一篇,就快结尾了。"

"知道为什么要写了?"

"知道了。不过是因为活着。"男人仰脸看看窗外的天。

"要下雪。"女人说。

"你倒是不如喝点儿酒。"男人说,给女人斟满一杯红色的葡萄酒。

女人光是看着那杯酒,把酒杯在手里转动着,一个红色的小酒店也随之转动。"不过,我们也许还是错了。"

"说说看。"

女人叹一口气,然后每说一句话都是由衷的感叹。"我没有怨你。我是说我自己。我老是摆脱不了那种恐怖感。我怕再一次失去你。"

男人的酒是白的。他已经接近知道他们错在哪儿了。

女人说:"你说要想不失去,先就不要怕失去。可这本身就是怕失去。你说越怕失去就越要失去,可这本身正是怕失去。"

男人不说话。

"你说别怕这是梦,这就不是梦了。实际上你也是怕这是梦。我呢,当我说我可以相信这不是梦吗？实际上我等于是在说,没有什么东西能保证这绝对不是梦。对吗?"

男人不回答,有节奏地喝着酒。

"你说错就错在一定要结婚,结婚纯粹是人为的愚蠢的保证。可两个人相爱既然不是由结婚来保证的,也就不是因为结婚才使两个人担心互相失去的。"

男人点一下头。

"爱得越深越怕失去,越怕失去说明爱得越深。"

男人又点一下头。

"你干吗不反驳我?!"女人使劲吸烟。

"我反驳不了你。"男人说。

酒店外面,飘起了雪花。紊乱而无声。

"可你越怕失去你越要失去,"男人说,"这并不错。"

"并不错,是并不错。"

"因为你一怕失去,你就不能自由自在想说什么就说什么了。这也不错。"

"确实也不错,我懂。"

"我们要找的,不是一个提心吊胆地互相搂抱着的机会。"

"我们要找的是彻底的理解彻底的自由,"女人说,"这总不错吧?"

"我正在想这件事。"男人说。

"我找到了,好不容易找到了,怕失去,这有什么不对的呢？我知道我知道,一怕失去就已经失去了。天哪,到底怎么办才对呢?"

"你是说,怎么办才能不失去吗?"

女人紧张地盯着男人:"怎么办?"

"天知道。你再想想你问的这句话是什么意思吧。"

"噘——!"女人沮丧地闭上眼睛,再睁开眼睛的时候,她大声嚷,

"可我不想再否认我怕失去,我怕,我怕! 我怕!! 我知道你不怕,我就知道你才不怕呢!"

男人把杯里的酒一饮而尽,然后再斟满。

"你不怕,你多镇静你多理智! 告诉你,我也不怕! 你爱到哪儿去就到哪儿去吧,你一辈子不回来我也不怕! 当然,即便这样你也还是不怕,你这个老混蛋!"

雪编织着天空,又铺展着大地。白色的世界上,人们行色匆匆,都裹在五颜六色的冬装里,想着心事。

"喊够了吗?"

"够了。"

"能听我说一句了吗?"

"你说吧。"

"能相信我说的是真的吗?"

"我愿意相信。"

"事实上我比你还怕,实际上我比你还害怕。"男人说。

男人从春天走到冬天,从清晨走到了深夜。他曾走遍城市。他曾走遍原野、山川、森林,走遍世界。地图已经磨烂了,他相信在这地图上确乎没有那个地方。

最后他又走回海边,最初他是从那儿爬上人间的。海天一色。月亮和海仍然保持着原有的距离,互相吸引互相追随。海仍然叹息不止,不甘寂寞不废涌落;月亮仍然一往情深,圆缺有秩,倾慕之情化作光辉照亮海的黑夜。它们一同在命定的路上行走,一同迎送太阳。太阳呢? 时光无限,宇宙无涯。

在月亮下面,在海的另一边,城市里万家灯火。

随便哪一个窗口里,都是一个你不能清楚的世界。

一盏灯亮了,一会又灭了,一会又亮了,说明那儿有一个人。那个人终于出现了,走出屋子,一会又进来坐在灯前翻一本书。有朝一日你和他在路上擦肩而过,你不知道那就是他,他更不知道你曾在某一个夜晚久久注视过他。

两颗相距数十万光年的星星,中间不可能没有一种联系。在这陆地还是海的时候,在这海还是陆地的时候,那座楼房所处之地有一头梁龙在打盹,有一头食肉的恐龙在月光下偷偷接近了它;或者是一头剑齿虎蹑手蹑脚看准了一头柱牙象——你现在这么想也仿佛在远古之时就已注定。人什么时候想什么,不完全是自由的。

男人走累了,想累了,躺在礁石上睡去。天在降下来,地在升上去,合而为一。然后男人开始做梦。

漫无边际的黑暗中,有谁吹起一支魔笛,他不由得跟着那笛声走。只有一件黑白相间的长斗篷在他前面飘动,缓缓前移。他很想超越过去看看这吹魔笛的是谁,但他紧走慢走还是超越不过去,看不见那斗篷里到底是谁或者是什么,只见几根灵巧的手指伸而屈,屈而伸,所吹的曲子令人神往。他就那么一直追着那笛声向前走。很久很久之后,他看见一点曙光,看见广袤无垠的荒漠,看见大大小小的环形山和环形山的影子。那件黑白相间的长斗篷渐渐隐去不露形迹,魔笛声却回旋飘荡不离不散愈加诱人。在山脚下,放着两本书。他拿起一本来看,讲的是天堂里美丽的神话,他看懂了。他又拿起一本来看,说的是地狱里残酷的鬼语,他也能看懂。但当他拿起这一本书去看那一本书的时候,他却什么也看不懂了;反过来,拿起那一本书来看这一本书时,也是茫然不知其所云。

他在梦里梦见了以前忘记了的梦,于是记起:两本书互相是不可能完全读懂的,正如两个人。这样他又想起把书颠倒过来读一回,从结尾读向开头。他发现,自由是写在不自由之中的一颗心,彻底的理解是写在不可能彻底理解之上的一种智慧。

一个巨大的火球在荒漠之边寂静升起。

而在月亮上,"阿波罗"带去的那座人的标志,仍在渴望更高的智慧来发现他们。

　　而在地上,大雪覆盖荒原,老狼也走到了生命的尽头。鹰群在高处向它炫耀新鲜的精力,在窥测它的行踪,并将赞美它所选择的墓地。老狼也要追寻着老鹿而去了,无论是谁,包括这些正在高傲地飞旋着的鹰,早晚都要去。不久将再来,在以往走过的路上重新开始展现和领悟生命。

　　而在家中,古老的大落地钟旁,菊花白色的花瓣散落一地,在根部保存起生机。

　　而在山里,在山下开阔的坡地上,在林间,在沼泽,在河的源头,在遥远的不为人知的地方,种子埋进冻土,为了无尽无休的以往继续下去成为无尽无休的未来。花开花落,花落花开,悠悠万古时光。

原罪·宿命

原 罪

　　我要给您讲的这个人以及我要讲的这些事,如果确实存在过的话,也是在好几十年前了。我这么说,是因为那时我还太小,如今他们在我的记忆里已经模糊到了这种程度:假如我的奶奶还活着,跟我说,"哪儿有这么个人呀,没有",或者"哪儿来的这些事呀,压根儿就没有过",那样我就会相信我不曾见过这个人,世上也不曾有过这些事。然而我的奶奶已经去世多年。

　　因此您对这个故事的真确性,不必过于追究。不妨权当作是曾经进入了他的意识而后又合着他的意识出来的那些东西,我只能认为这就是真确。假如当一个故事来说,这理由也就很充分了。

　　这个人姓什么叫什么我看也不重要,重要也没办法,我反正是一点印象也没有了。我只记得奶奶让我管他叫十叔。那时我们住在同一条街上,差不多在街的正中间有一座小庙叫净土寺,我家住在街的南头,他们家挨近街的北口。他的父亲在那儿开着一爿豆腐房,弄不清什么岁数上死了老婆,请来个帮工叫老谢。老谢来的时候,据说我爸跟我妈还谁都不认识谁呢。

　　十叔整天整夜躺在豆腐房后面的小屋里。他脖子以下全不能动,从脖子到胸,到腰,一直到脚全都动不了。头也不能转动。就是说除了睁眼闭眼、张嘴闭嘴、呼气吸气之外,他再不能有其他动作。

可他活着。他躺在床上，被子盖到脖子，你看不出他的身体有多长，你甚至会觉得被子下面并没有身体。你给他把被子盖成什么样就老是什么样，把一个硬币立在被子上，别人不去动就总不会倒。他就这么一年一年地活着。现在让我估算一下的话，他那时总也有十六七岁了，不会再小，否则奶奶不至于让我管他叫十叔，而且他能像大人那样讲很多有趣的故事。正是因为这后一点，我极乐意跟奶奶到豆腐房去，去打豆浆要么去买豆腐。奶奶说我是喝十叔他爸的豆浆长大的。几十年前天天都喝得起牛奶的人家还不多。那时我六岁，正是能记事而又记不清楚事的年龄。

甚至也记不清楚我是不是六岁，单记得比我大四岁的阿夏早就上了小学，她弟弟阿冬比我小一岁和我一样整天在家里玩。阿夏阿冬和我家在一个院子里住。他们家天天都喝得起牛奶可还爱喝豆浆，奶奶和我去打豆浆时，阿夏阿冬的妈妈就让他俩也跟我们一块去，让阿夏提一个小铁桶。阿夏管十叔叫十哥，她说是她爸爸让这么叫的，可见那时十叔的年龄再大也不会比我估计的大很多。阿冬有时随着她姐姐叫十哥，有时又随着我叫十叔。为什么是十叔我也不知道，我记得他连一个哥哥姐姐弟弟妹妹都没有。

街不宽，虽然长却很直，站在我家门口一眼就能望到十叔家的豆腐房。午后的街上几乎没人，倘净土寺里没有法事，就能听见豆腐房嗡隆嗡隆的石磨声，听久了，竟觉得是满地困倦的阳光响，仿佛午后的太阳原是会这么响的。磨声一停，拉磨的驴便申冤似的喊一顿，然后磨声又起。直到天要黑时，磨才彻底停了，驴再叫喊一回，疲惫、舒缓，悠悠长长贯过整条苍茫了的小街，在沿途老墙上碰落灰土，是月亮将出的先声。

我和阿冬在院门口的台阶上跳上跳下，消磨我们的童年。净土寺的两个尼姑在南墙下的阴凉里走过，悄无声息仿佛脚并不沾地。我和阿冬就站到门两旁的石台上去，每人握一把"手枪"朝她们瞄准，两个尼姑冲我们笑笑仍不出丁点儿声音，像善良的两条鱼一样游进净土寺。阿冬的枪是铁皮做的是从商店买来的,可以噼噼啪啪响,我的枪是木头削的而且样子不像真枪。我跟阿冬说:"咱俩换着玩一会儿吧?"他说:"老换老换老换!"我只好变一个法儿说。

我说:"可惜你昨天没听见十叔讲的故事。"

"什么故事?"阿冬说。

"可惜昨天是你家阿姨打的豆浆,你和阿夏都不知道十叔讲了什么故事。"

"什么故事?"阿冬说,

我"哼!"一声,看着他的枪。阿冬一点都不笨,装出不在乎的样子说:"可惜十叔讲的故事我也听过呀,可惜呀。"

我说:"可惜昨天那个你没听过呀,可惜昨天那个故事才叫棒呢,是新的不是老的。"

阿冬闷了一阵,然后问:"是讲什么的?"

"是神话的。"

"什么神话?"

"嘿哟喂!"我说,"那个神话又好听又长。"

阿冬把他的枪掂来倒去,我知道我很快就能玩到它了,但我故意不看它。我说:"才不是你听过的那些呢,才不是讲耗子跳舞的那个呢。"阿冬就把它的枪递给我,说:"换就换。"这样,我就玩着那把铁皮枪开始给阿冬讲故事。

"你知道为什么会刮风吗?"阿冬摇摇头。"你不知道吧?刮风是老天爷出气呢。你知道为什么会刮特别大的风吗?"阿冬又摇摇头。"那是老天爷跑累了喘呢,不信你试试。"我把嘴对着阿冬的脸,呼哧呼哧大喘气,吹得他直闭眼。"你看是不是?"阿冬信服地点点头,等着我往下讲。可我已经讲完了,十叔讲了老半天的故事让我这么两句话就讲完了。阿冬问:"完啦?"可我还没玩够那把枪呢,我就说:"没有,还长着呢。"但是十叔讲的那些我都不会讲,老天爷怎么跑哇,跑到了哪儿又跑到了哪儿呀,看见了什么呀,山怎么海怎么云彩怎么树怎么,我都不会讲。"没完你倒是讲啊。"阿冬催我。我就瞎胡编:"你知道为什么会下雨吗?""为什么?"我随口说道:"那是老天爷撒尿呢。"不料阿冬却笑起来对此深觉有趣,于是我也很兴奋而且灵感倍增。我又说:"下雪你知道吗?是老天爷拉屎呢。"阿冬使劲笑使劲笑。"打雷呢?打雷你知道吗是老天爷放大屁呢!""老天爷——放大屁——!"阿冬就喊,笑个没完。"轰隆隆,老天爷放屁可真响,是吧阿冬?""轰隆——!轰隆——!"我们俩便坐在台阶上齐声喊:"老、天、爷!放、大、屁!轰隆——!轰隆——!老、天……"这时候阿夏跑出来了,站在门槛上听我们喊了一会儿,让我们别胡说八道了。我们反而喊得更响,更高兴了。她就回过头去喊她妈妈和我奶奶:"快来看呀,你们管不管他们俩了呀?!"我和阿冬赶紧闭了嘴,跑回院里去。这时豆腐房那边的磨声停了,驴叹气般地拖长着声音叫,家家都预备吃晚饭了。

阿夏却不回来,一个人在幽暗的门道里轻轻跳舞,转着圈,嘴里低声哼唱,浅颜色的连衣裙忽而展开忽而垂下,一会儿在这儿,一会儿在那儿……

十叔的小屋只有六平米,或者还小,放一张床一张桌子,余下的地方我和阿冬阿夏一去就占满了。但那屋子特别高,比周围的屋子都高好多,所以我说站在我家院门口一眼就能望到。唯一的小玻璃窗高得连阿夏站到床栏上去都够不着,有一回她说她准保能够着,可她站到床栏上使劲够还是差一大截。十叔急得喊她快下来,可别摔坏了腰。

"十叔让你快下来呢,阿夏!"我说。

"十叔叫你快下来呢!"阿冬也说。

"你又叫十叔,"阿夏说阿冬,"爸让咱们叫十哥你怎么老记不住。"

正对着窗户的墙上挂了一面镜子,窗户下又挂一面镜子对着第一面镜子,第一面镜子下再挂了一面镜子对着第二面镜子,这样,两面墙上一共挂了七面镜子，一面比一面矮下来，互相斜对着，跟潜望镜的道理是一样的，屋顶上还有两面镜子，也都斜对着墙上的镜子。这样十叔虽然不能动却可以看见窗外的东西了，无论怎么躺都能看见。是老谢给他想出这法子来的，老谢不识字也根本不知道什么叫潜望镜，阿夏回家把这事讲给她爸爸听。阿夏阿冬的爸爸是大学教授，整天埋头在书案上不是写就是算，这时抬起头来笑笑说："哦，是吗？老谢没上过学真是可惜了。"

从那些镜子里可以看到：墙头上的一溜野草（墙的这边想必是一条窄巷，偶尔能听见有人从那儿走过），墙那边的一大片灰压压的屋顶和几棵老树，最远处是一座白色的楼房和一块蓝天。再没有别的了。十叔永远看到的就只是这些东西，但那儿有他永远也讲不完的故事。

"你们看见树梢都绿了吗？"十叔说。

我说："看见了，怎么啦？"

阿冬也说："看见了，怎么啦？"

"阿冬就会跟人学，"阿夏说，"笨死了快。"

"看没看见有一棵还没绿？"十叔说。

"我看见了，怎么啦？"阿冬抢先说，然后看看阿夏。阿夏这时偏不注意他。

十叔说："那是棵枣树，枣树发芽晚。看那上头有什么？"

阿夏说："一条儿布吧？是一条破布条儿。"

阿冬也说是一条破布条儿。"我没跟你学，我也看见了！我就是也看见了，干吗就许你一个人看见呀！"阿冬冲阿夏喊，差点要哭。

"娇气包儿，笨死了。"阿夏说。

阿冬把眼泪咽回去。

"你们都没说对，"十叔说，"是纸条儿。是一个风筝，一个风筝挂在树上挂坏了就剩下那么一绺纸条儿。是昨天下午的事。画得挺讲究的一个大沙燕儿，准把他心疼坏了。"

"谁呀十叔？把谁心疼坏了？"我问。

"他应该到南边空场上放去。"十叔说。

"谁呀？谁应该到南边空场上放去呀！"

"那儿多宽敞,是不是?"十叔说,"就是使劲跑那儿也跑得开,闭上眼跑都保证撞不上什么东西。等风筝升高了你就把它拴在树上,一点儿甭管它它也不会掉下来。拴在一块石头上也行,然后你就坐在石头上,你看着那风筝在天上一动也不动,你就可以随便干点儿别的事了。就是枕着石头睡一觉也不怕,睡醒了你看见那风筝还在天上。唉,要是我,反正我宁可多走几步路到南边空场上放去。"

"十叔,南边哪儿有空场呀?"我问。

十叔便望着镜子老半天不说话。枣树上那纸条儿飘呀飘的,一会儿也不停。

阿冬说:"十叔你讲个故事吧。"

"你又叫十叔。"阿夏打阿冬屁股一下。

"十哥你讲个别的故事吧。"阿冬说。

十叔出了一口气,说:"你还要听什么故事呢?"阿冬说听神话的。"好吧,神话的,"十叔说,又出一口长气,"知道人有下辈子吗?"

"没有,十哥没有,"阿夏说,"那是迷信。"

"什么是迷信呀?"阿冬问,然后嚷开了,"不不! 就讲这个十哥你就讲这个,敢情阿夏她听过了。"

"我给你讲个别的,讲个更好的。"

"不! 我就要听这个,阿夏都听过了。"

"你要是捣乱咱们就回家吧。"阿夏说。

阿冬这才不嚷了,说讲一个别的也得是神话的。十叔说行,沉一下,讲:"看见阳台上那个姑娘没有? 三层,三层的那个阳台上?"十叔说的是远处那座白色的楼房。

"是穿红衣服的那个吗?"我说。

十叔闭一下眼,如同旁人点一下头。"每天这时候她都站在那儿往楼下看。从她还没有阳台栏杆高的那会儿,我就天天这时候见她站在那儿。那会儿她是两手抓住栏杆从栏杆的空隙里往下看。下雨了，她就伸出小手去试试雨的大小，雨大了她就直抹眼泪。她是在等母亲下班回来。"

我问："你怎么知道是？"

"因为过了一会儿就见她高兴地跳，然后蹲在窗台底下藏起来，紧跟着阳台的门开了，母亲就走出来还没来得及放下手里的书包呢。母亲装着在阳台上找她，她就忍不住跳出来大喊一声，喊声又尖又脆连我都听见了。母亲就抱起她来使劲亲她。"

"她大概还没我高吧？"阿冬说，

"是，那时候还没有。后来她长得比阳台栏杆高了，她就扒着横栏欠起脚往下看，还是都在每天的这会儿。还是像先前那样，一会儿母亲回来了，已经顾得上先把手里的东西放下了，她还是藏在窗台下这时候跳出来，喊声又清又柔，母亲弯下腰来亲她。"

"这有啥意思呀，十哥你讲个神话的吧。"

"少捣乱你，听着！"阿夏说。

"再后来她就长到现在这么高了，比她母亲还高半个头了，她还是天天这时候都在那儿等母亲回来，胳膊肘支在横栏上往下看，两条腿又长又结实。可她还是有点儿孩子气，窗台底下藏不下了就躲在门后头，母亲一回来一走上阳台，她就从后面捂住母亲的眼睛，她不再那么大声喊了，可她的笑声又圆又厚，母亲嗔怪她的声音倒像是个孩子了。"

"这不是神话，根本就不像神话。"阿冬说。

"有一天又是这时候她又在阳台上，一会儿往楼下看看，一会儿来来回回走，拿着一本书可是不看，隔一分钟就对着窗玻璃拢拢头发，她有点儿心神不定，她确实是有点儿心神不定，我应该想到可我一点儿也没想到。然后就见她轻轻跳了一下，我知道她又要跟母亲捉迷藏了，可这一回她好像忘了该躲在哪儿，在阳台上转了好几圈儿还是没找好地方。我算计着母亲上楼的脚步。最后她还是又躲在了门后头。这时门开了，可出来的不是她母亲，是个我从来没见过的高个小伙子。"

"他是谁?"阿夏轻声问。

十叔闭上眼睛不讲了。

"这不是神话。"阿冬说。

我跟阿冬说："这回没准儿是神话了。"然后我又问十叔："这个小伙子是王子吧?"

"他是勇敢的王子吧?"阿冬也问。

我说："是'白雪公主'里那个王子吧?"

阿冬也说："是'灰姑娘'里那个王子吧?"

十叔仍闭着眼，说："这下我才想起来，一转眼都过去这么多年了。"他是说给自己听。

"这到底是不是神话呀，十哥?"

"就算是吧。"十叔说。

"那后来呢? 后来他们怎么啦?"

"后来，白天晚上小伙子都在那儿了。"

"完了? 这就完了呀?"阿冬轻叹一声，又对我说，"这不像神话是吧? 一点儿都不像。"

"可这是神话，"十叔说，"是。"

我看见十叔用上牙使劲咬自己的下嘴唇，都咬出挺深的牙印来了，都快咬破了。

回家的路上，阿冬还是一股劲念叨："这根本不是神话，这有什么意思呀。"

"笨死了你，自己听不懂你怨谁。"阿夏说。

阿冬委屈得直要哭。

我问："阿夏，他们后来到底怎么啦?"

阿夏不吭声，低着头走她的路。

这样看来，十叔当时的年龄就与我估计的有些出入了。细算一下的话，他那时至少该有二十多岁了。甚至可能在三十岁以上。我跟您说过，我的奶奶已去世多年。一个人早年的历史只好由着他模糊的记忆说了算，便连他自己也没有旁的办法，对您来说，只有我给您讲过这么一个故事——这件事本身才是真确的。倘您再把它讲给别人，那时就只有您给别人讲了一个故事——这才是真确的了。历史都不过是一个故事，一个传说，由一些人讲给我们大家，我们信那是真的是因为我们只好信那是真的，我们情愿觉得因此我们有了根，是因为这感觉让人踏实，让人愉快。

那时奶奶领着我们三个往家走，小街又是黄昏。走过净土寺，两个尼姑正关山门，朝我们笑笑依旧无声息，笑脸埋没在苍茫里。

我问奶奶："十叔的病还能治好吗？"

"能。"奶奶说。

阿夏却说不能："我爸说的，不能。"

阿夏阿冬的爸爸是科学家，光是书就有好几屋了，他说什么，没有人不信。

"你可千万别跟十叔他爸这么说。"奶奶说阿夏。

阿冬说："我们叫十哥，是不是阿夏？"

阿夏问奶奶："为什么别说呀？"

"反正你别说，要你说就能治好。"

"那不是骗人吗？"

"那你就什么都别说，行不？"

"可是为什么呀？"

奶奶说过，十叔他爸从早到晚磨豆腐挣的钱，全给十叔瞧病用了，除去买黄豆和给那匹驴买草料，剩下的钱都送到药铺去了。奶奶说过，要不他挣的钱再续弦一个也够了，再盖几间大瓦房也够了，再买十匹驴也够了。"奶奶，什么叫续弦呀？"奶奶不理我。十叔他爸的那匹驴已经老得皮包骨了，只能拉半天磨了，剩下的半天十叔他爸自己推。老谢专管滤豆浆、煮豆浆、点豆腐,永远在蒸腾的热气中忙得顾不上说话。

阿夏阿冬的爸爸说:"十哥的父亲太不懂科学了,科学才不管人的感情呢。"

"你也叫他十哥吗?"阿冬问。

阿夏阿冬的爸爸说:"这么多年了,既然毫无效果,何苦还总把钱往药铺送呢?"

阿夏说:"要不要我去告诉他?"

"告诉什么?"

"十哥的病治不好了呀,干吗撒谎?"

"我也去!"阿冬说。

阿冬阿夏的爸爸说:"我问过最有名的大夫了,脊髓要是完全断了,简直一点儿办法也没有。"

"我去告诉他们吧?"阿夏说。

"我也去!"阿冬说着跳下床,往屋外跑。

"回来,阿冬!"他妈妈喊住他。

阿东阿夏的爸爸说,不应该让十叔这么整天躺在床上什么都不干,得给他想个别的办法活下去。可是,就连阿夏阿冬的爸爸自己也想不出还能有什么别的办法。很少有阿夏阿冬的爸爸也不知道的事。他偶尔闲了,也给我们讲故事,讲月亮之所以亮不过是反射了太阳的光,讲一共有九颗行星围着太阳转,地球不过是其中一颗;讲银河系中的恒星少说也有一千亿颗,而银河系在宇宙中不过像一片叶子长在大树上。"十哥讲过,星星都在跳舞。"阿冬说。他爸爸便笑笑,说:"这说法也不坏,它们确实像在跳舞。"

除去冬天最冷的时候,十叔的小窗不分昼夜总是开着的,为了看清外边的事为了听清外边的声音,成了习惯,他倒也不因此受凉生病。对于十叔,无所谓昼夜,他反正是躺着,什么时候睡着了便是夜,醒了就在镜子里看他的世界,世界还通过那小窗送给他各种声音。他常从梦里大叫几声惊醒,叫声凄长且暴烈,若在深夜便听得人发痒。"什么叫哇,奶奶?""还有谁?又是豆腐房那边儿。"奶奶说,叹一口气。我便知道,此刻十叔又在看那些镜子了。我便也掀起窗帘看天上,我很想看看夜里星星怎么跳舞,可是这夜星星都不动,满天的星星各自悄悄待在自己的位置上。即便是冬天最冷的时候,太阳一上来,十叔也要叫老谢把他的小窗打开一会儿。您能想象,他不能太久地看不到什么不听到什么。您可以想象,他独自在那儿同世界幽会,不知是它们从那儿来了还是他从那儿去了。您想象一道阳光罩住一张木床,在阳光中飞舞的是他的灵魂,在阳光中死去的是他的肉体。待夕阳把远处那座白楼染得凄艳,十叔就盼着我们去听他的故事了。要是我们不去,要是晚上老谢没事了,十叔憋了一整天的故事便讲给老谢一个人听。当然,十叔屋里有一个非常旧非常旧的无线电,可他没法扭那两个旋钮,要是他爸和老谢都忙着,他不想听的他也得听,所以十叔不怎么爱听它。十叔更乐意自己讲故事。自己想听什么自己讲来听,这有多好。当然,他更盼着我和阿冬阿夏去听。

"十哥你昨天又做恶梦了吧?我妈说你夜里又做恶梦了。"

"阿冬你胡说什么!"阿夏搡了他一把,"什么都不懂什么都不懂,简直快笨死了你。"

"我是叫的十哥我没跟人学。"阿冬分辩说。

"都快笨死了你知道吗,还不知道呢!"

"阿夏!"十叔喊。然后他闭了一会儿眼睛,仿佛有个恶梦在他脸上很快跑了一圈,之后他猛地睁开眼睛问我们:"今天想听什么故事呀?"完全换了一副神情。

"神话的!"阿冬说,"听那个耗子跳舞的。"

"光会听一个,你都快笨死了。"

"嘘——"十叔说,"你们听。"

一个男人轻轻地唱着歌从窗外走过去了,从镜子里看不见他,声音跟牛似的。

"他又去演出了。"十叔自言自语地说。

"演什么? 你怎么知道他去演出?"阿夏问。

"一到这时候他就走了,半夜里准回来。你听他的嗓子有多好,是不是?"

"他唱的什么呀?"阿冬问。

"我也听不清,"十叔说,"他总唱这支歌,可我总也听不清这歌里唱的是什么。"

阿夏说:"我倒听清了一句,好像是——'你可看见了魔王'。"

"他的嗓子真是好,你说呢阿夏?"

"他是谁呀?"

"他就住在那座楼上,四层,从左边数第三个窗口。每天夜里他从这儿过去不一会儿。那个窗口的灯就亮了。"

十叔指的还是那座白色的楼房。从早到晚,那楼房在阳光里变换着颜色,有时是微蓝的,有时是金黄的,这会儿太阳西垂了它是玫瑰色的。楼下几棵大树,枝繁叶茂,绿浪一样缓缓地摇。

"他长得什么样儿?"阿夏问。

十叔想了想,说:"嗯,个子长得真高。"

阿冬说:"有我爸高吗?"

"当然有。他比谁都高,也比谁都魁梧,腿比谁都长肩比谁都宽,噢对了。他是运动员,也是歌唱家也是运动员。"

"那他跑得快吗?"

"当然,当然快,特别快。他跳得也特别高。你说什么,跳起来摸房顶? 当然能,这在他算什么呀。你们会打篮球吗?"

"我会!"阿夏说。

"他一跳你猜怎么着? 头都碰着篮筐了。"

"十叔你也会打球?"我问。

"可我听说过,那篮筐高极了,是吧阿夏?"

"高极了高极了的,"阿夏比划着说,"连我们体育老师使劲都够不着篮板呢!"

"都快有天高了吧?"阿冬说。

"可我轻轻一跳,连头都能碰着篮筐。"

"十叔你怎么说你呀? 你怎么说'我'呀?"

"我说我了? 没有没有,我哪儿说我了?"

"十哥,我想听个神话的。"阿冬说。

"他又特别聪明,"十叔继续讲,"跟他一般大的人中学还没毕业呢,他都念完大学了。等人家大学毕业了,他早都是科学家了。想跟他结婚的人数也数不过来。光是特别漂亮的就数不过来。可他还不想结婚,他想先得到全世界去玩玩,就一个人离开家。他也坐过飞机也坐过轮船,也会开汽车也会骑马。他还是最喜欢骑马,他有一匹好马,浑身火红像一个妖精,跑得又快又通人性,是一个好妖精。"

"那只会跳舞的耗子也是好妖精。"阿冬说。

"是,也是。"

"你还说有一只猫和一只狗都是好妖精。你还说有一棵树和一个虫子也都是好妖精。"

"这匹马也是。不管到哪儿它都不会迷路。高兴了我就和它一起跑,累了就骑一会儿。"

"十叔你又说'我'了,你说'高兴了我就',你说了。"

"噢是吗,我说错了,"十叔停了一会儿,又说,"我讲到哪儿了? 噢对了,他就这么绕世界玩了一个痛快。还记得我给你们讲过风的故事吗? 他就像风一样到处跑到处玩儿,想到哪儿去就到哪儿去,一会儿在深山里,一会儿在大道上。江河湖海他也都见了。当然,当然会划船,再说他也会游泳、多深多急的河里他也敢游。废话,淹死了还算什么,他能在海里游三天三夜也不上岸,他能一口气在水里憋好几分钟也不露出头来。当然是真的,不是真的我还给你们讲什么劲儿？他也到大森林里去过，十天半个月都走不出来的大森林，都是十好几丈高的大树，一棵挨一棵一棵挨一棵。不累，他从来不知道累，更不知道什么叫生病。他哪儿都去过，哪儿都去过什么都看见过。告诉你阿夏，他的腿比你的腰还粗一倍呢，你想想。"

阿夏问："他去过非洲吗？"

"怎么没去过？"十叔说，"那儿有沙漠有狮子，对不对？当然得去。他还有一杆枪，他的枪法没问题，一枪撂倒一头狮子，要不一头狗熊，这对他根本不算一回事。"

"十哥，我也有一杆枪！"阿冬说。

"哈，你那枪！"十叔笑起来，"阿夏，要是我我没准儿把阿冬也带上。夜里就住山洞，阿冬你敢吗？用火烤熊肉吃你敢吗？狼和猫头鹰成宿地在山洞外头叫，你敢吗阿冬？"

"阿冬这会儿就快吓死了。"阿夏笑着。

"还说什么你那枪！"十叔也笑着。

阿夏又问："十哥，那他去过南极洲吗？见过企鹅吗？"

"什么你说？什么鹅？"

"怎么你连企鹅都不知道哇？"

十叔脸上的笑容渐渐消失，那个恶梦好像在别处跑了一圈这会儿又回来了。

"企鹅是世界上最不怕冷的动物，"阿夏还在说，"南极洲是世界上最冷的地方，一年四季都是冰天雪地。"

"那有什么，"十叔低声自语，"只要他想去他就能去。"

"那他去过美洲吗？还有欧洲？"

"他想去他就能去。"十叔又闭上眼睛。

"还有澳洲呢？他去过吗？"

"只要他想去，阿夏我说过了，他就能去。拿你刚学的那点儿玩艺儿来考我。"

"十叔，他去过天上吗？"我问。

"十叔,我爱听星星跳舞的那个故事。"

"阿冬你又叫十叔,你少跟人学行不行!"

这当儿十叔一直闭着眼,紧咬着下嘴唇。

阿夏看看阿冬和我,愣了一会儿,趴到十叔耳边说:"十哥你生气啦?我没想考你。"

十叔松开牙但仍闭着眼,出一口长气有点颤抖:"没有,阿夏,我不是生你的气。我不是生别人的气。我凭什么生别人的气呢?别人想到哪儿去就到哪儿去,跟我有什么关系?我就在这儿。"

十叔虽这么说,可我觉得他还是生了谁的气了。他一使劲咬下嘴唇而且好半天好半天闭着眼睛,就准是生谁的气了,可我不知道他到底是生谁的气。太阳又快回去了,十叔的小屋里渐渐幽暗。在墙上,你几乎分不清哪是窗口哪是镜子了,都像是一个洞口一条通道,自古便寂寞着待在那儿,从一座无人知晓的洞穴往旷远的世界去。那儿还有一块发亮的天空,那座楼变成淡紫色,朦朦胧胧飘忽不定。阿夏轻声说:"咱们该走了。""不,十哥还没讲神话的呢!"阿冬不肯走。磨房里的驴便亮开嗓门叫起来,磨声停了。然后那驴准是跟了老谢踱到街上,叫声在古老的黄昏里飘来荡去,随着晚风让人松爽。又伴了暮色使人凄惶。净土寺那边再传来做法事的钟鼓声。

十叔好像睡着了。

阿夏拉起阿冬和我,让我们不要出声,轻一点儿轻一点儿,悄悄的,往外走。

"别走阿夏,我答应了阿冬,我得给他讲一个神话的。"十叔睁开眼,像是才睡醒。

我们等着。连阿冬都大气不出。很久。

"有一天夜里,满天的星星又在跳舞。我这么看着他们已经看了好几十年,一天都没误过。就是阴天,我也能知道哪片云彩后面是哪颗星星,这天夜里,星星上的神仙到底被感动了,就从这窗口里进来,问我,要是他把我的病治好,我怎么谢谢他。"

"十哥这是迷信，"阿夏说，"你的病治不好了。你的病要是治不好了呢？"

"你的性子真急阿夏，我还没说完呢。我的病治不好了这我不比谁知道？所以我说我讲的是个神话。"

"让我告诉你爸去吗？"阿冬说。

"噢可别，阿冬你千万可别。"十叔说。

"干吗撒谎？"阿冬学着阿夏的语气。

"这你们还不懂，你们还小。一个人总得信着一个神话，要不他就活不成他就完了。"

暗夜在窗外展开，又涌进屋里，那些镜子中亮出几点灯光，或者竟是星星也说不定。净土寺那边的钟声鼓声诵经声，缥缥缈缈时抑时扬，看看像要倦下去却不知怎样一下又高起来。

十叔苦笑道："要是神仙把我的病治好，我爸说要给他修一座比净土寺还大的庙呢。"

"十叔你呢？你怎么谢他？"

"我？我就把他杀了。他要是能治这病，他干吗让我这么过了几十年他才来？他要是治不了他干吗不让我死？阿冬，他是个坏神仙，要不就是神仙都像他一样坏。"十叔的语气极其平静，像在讲一个无关痛痒的故事。

"你也信一个神话吗，十哥？"

"阿夏，平时你可不笨，"十叔说，"人信以为真的东西，其实都不过是一个神话，人看透了那都是神话，就不会再对什么信以为真了，可你活着你就得信一个什么东西是真的，你又得知道那不过是一个神话。"

"那是什么呀？"

"谁知道。"黑暗中十叔望着那些镜子。

我们去问阿夏阿冬的爸爸，他摇头沉吟半晌，最后说，一定得想个办法,让十叔能做一点有实际价值的事才行。

"什么是实际价值?"

"就是对人有用的。"

"什么是有用的?"

"阿冬!别总这么一点儿脑子也不用。"

可结果我们还是给十叔想不出办法来。他要是像阿夏阿冬的爸爸那么有学问也好办,可他没有,没有就是没有甭管为什么,也甭说什么"要是"。但从那以后阿冬阿夏的爸爸不让他们去十叔那儿听故事了,说那都是违反科学的对孩子没好处。阿冬阿夏的爸爸便尽量抽出些时间来,给我们讲故事,讲太阳是一个大火球,热极了热极了有几千几万度,讲地球原来也是个火球,是从太阳身上甩出来的后来慢慢变凉了;讲早晚有一天太阳也要变凉的,就像一块煤,总有烧乏了的时候。阿夏说:"那可怎么办呀?"她爸爸说:"放心,那还早着呢。"阿夏说:"早晚得烧完,那时候怎么办呢?粮食还怎么长呀?"她爸爸笑笑说:"那时候还有地球吗? 地球在这之前就毁灭了。"阿夏说:"那可怎么办?"她爸爸说:"那时候人类的科学早就特别发达了,早就找到另外的星球另外的适合人类生活的地方了。"阿夏松了一口气。我也松了一口气。阿冬问:"要是找不着呢?"阿冬阿夏的爸爸说:"会找着的,我相信会找着的。"

我还是能经常到十叔那儿去。奶奶不在乎什么科学不科学,她说谁到了十叔那份儿上谁又能怎么着呢? 死又不能死。

这一来我反倒经常可以玩到阿冬那把枪了,还有他妈妈给他买的各种各样好玩的东西。我只要说"十叔昨天又讲了一个神话的",阿冬就会把他所有的玩具都端出来让我挑。对我们来说,阿夏阿冬的爸爸讲的和十叔讲的,都一样都是故事,我们都爱听。

我问阿冬:"你还记得十叔家窗户外的那座白楼吗?"阿冬一点也不笨,阿冬说:"你想玩儿什么你就玩儿吧,这些玩具是咱们俩的。"我说:"你还记得那座楼房旁边有好几棵大树吗? 上头老有好些乌鸦的?"阿冬说:"我记得,十哥说它们都是好妖精。"我说:"十叔说它们没有发愁的事跟咱俩一样,一早起来就那么高兴,晚上回来还是那么高兴。"阿冬说:"那些乌鸦,啊——啊——啊——的老叫是不是?"我说:"你还记得楼顶上老落着一群鸽子吗?""那也是一群好妖精,十哥说过。""十叔说它们也没那么多烦心事,它们要是烦心了就吹着哨儿飞一圈,它们能飞好远好远好远也不丢。"十叔的故事都离不开那座楼房,它坐落在天地之间,仿佛一方白色的幻影,风中它清纯而悠闲,雨里它迷蒙又宁静,早晨乒乒乓乓地充满生气,傍晚默默地独享哀愁,夏天阴云密布时它像一座小岛,秋日天空碧透它便如一片流云。它有那么多窗口,有多少个窗口便有多少个故事。一个碎了好几块玻璃的窗口里,只住着一个中年男子,总不见女人也不见孩子,十叔说他当初有女人也有孩子,偏他那时太贪杯太恋着酒了,女人带着孩子离开了他。十叔说:"不过他的女人就快回来了,女人一直在等着他,现在知道他把酒戒了。"我说:"要是她还不知道呢?"十叔说:"那就去找她,要是我我就把酒戒了去找她。"我问:"她在哪儿?"十叔想了一会儿,说:"也许,就在那一大片屋顶中的哪一个屋顶下。"……另一个窗口里,有一对老人。老两口整日对坐窗前,各读各的书或者各写各的文章,很久,都累了,便再续一壶茶来,活动活动筋骨互相慢慢地谈笑。十叔说他们的儿女都是有出息的儿女,都在外面做着大事呢。十叔说:"他们的儿子是个音乐家。"我说:"你怎么知道?"十叔说:"他们的儿媳妇是个画家。"我说:"你是怎么知道的?"十叔说:"他们的女儿是个大夫,女婿是个工程师。"我问:"你到底是怎么知道的呀?"十叔便久久地发愣……还有个窗口里住着个黑漆漆的壮小伙子,一到晚上就在那儿做木工活。十叔说他就快结婚了,未婚妻准是个美人儿。我问:"怎么准是呢?"十叔闭一下眼睛如同旁人点下头,说:"准是。"表情语气都不容怀疑。……还有一个窗口白天也挂着窗帘,十叔说那家的女人正坐月子呢,生了一对双儿,一个男孩一个女孩。十叔说:"当爹的本想要个闺女,当妈的原想要个儿子,爷爷呢,想要孙子,奶奶想要孙女,这一下全有了。"……还有一个摆满了鲜花的窗口,那儿有个白发苍苍的老太太。十叔说她都快一百岁了,身体还那么硬朗,什么事都不用别人干。那些花都是她自己养的,几十种月季几十种菊花,还有牡丹、海棠、兰花,什么都有,天天都有花卉,满满几屋子都是花都是花的香味儿。十叔说:"她侍弄那些花高高兴兴的一辈子,有一天觉得有点儿累了,想坐在花丛里歇一会儿,刚坐下,怎么都不怎么就过去了。"我问:"过哪儿去了?"十叔说:"到另一个世界去了。"我说:"到天上去了吧?"我说我知道了,这是个神话。十叔笑一笑,叹一口气又闭上眼睛……

白色的楼房,朝朝暮暮都在十叔的镜子里,对十叔的故事无知无觉。那些窗口里的人呢,各自度着自己的时光,日复一日年复一年,不曾想到世上还有十叔这么个人。

阿冬阿夏终于耐不住了,有一天我们又一起到十叔的小屋去。我们进去的时候,正好听见那个男人又唱着歌从窗外走过。

阿夏说:"十哥我又听清一句了!他唱的是'你可看见了魔王?他头戴王冠,露出尾巴'。"

"谁呀?阿夏,他是谁呀?"阿冬问。

"阿冬你这么笨可怎么办!就是那个又高又大全世界哪儿都去过的人。这都记不住。"

阿冬说:"十哥,我好些天没来我真想你。"

"阿冬就会甜言蜜语。"阿夏撇一下嘴。

"我就是想了,我没骗人我就是想了。"

"怎么想的你?"

"我,我想听个神话的。"

只有十叔没笑,他说:"我正要给你们讲件怪事呢,我发现了一件特别奇怪的事。"

"十哥我爱听奇怪的事,我爱听神话的。"

"你们看最顶层尽左边那个窗口,"十叔指的还是那座白楼,"那儿总也不亮灯,晚上也从来不亮灯,真是怪了。"

"大概那儿没人住吧?"阿夏说。

"可你们看那窗帘,多漂亮是不是? 窗台上还放着两个苹果呢。看见墙上那个大挂钟没有? 钟摆还来回动呢。"

太阳这时正照在那面墙上,好大好大的一只挂钟,钟摆左一下右一下,闪着金光。

"也许晚上没人在那儿住吧?"

"我原来也这么想,"十叔说,"可是有天晚上月亮正好照进那个窗口,我看见那儿有人。我明明看见一个人,一会儿坐在窗前,一会儿在屋里走动,可就是不开灯。这下我才开始注意那儿了,原来每天夜里都有人,我看见他点火儿抽烟了,我看见烟头儿的红光在屋里走来走去,可他在那黑屋子里就是不开灯,从来都不开。"

阿冬说:"十哥,我有点儿害怕。"

"胆小鬼,又笨胆儿又小。"阿夏说。

那座楼房这会儿是枯黄色的。楼顶上的鸽子探头探脑地蹲在檐边,排成行。乌鸦还没回来,老树都安静着。

"我们去那楼里看看吧。"阿夏说。

阿冬说:"我不想去。"

"你不想去因为你是个胆小鬼! 十哥,我们到那楼里去看看吧? 我们还从来没到那楼里去过呢。"

十叔说:"我早就想到那儿去看看了,可是阿夏,我怎么去呢?"

"要是有一辆车就行了,我们推你去。"

"我早就想去了,可是不行阿夏,我想过多少遍了,那么高我可怎么上去呀?"

"让老谢抱你上去,我们再把车抬上去。"

"阿夏你要是去,我就告诉爸爸。"

"胆小鬼,你敢!"

我记得是老谢给十叔做了一辆小车，不过是钉了个大木箱又装上四个小轱辘，十叔躺在里头，我们推着他到那座白色的楼房去，小车轱辘叽哩嘎啦叽哩嘎啦地响，十叔的身体短得就像个孩子，轻得就像个孩子。老谢跟在我们身后走，什么话也不说。

　　奇怪的是，我们在那些七拐八弯的小胡同里转了很久，也没能接近那座白楼，我们总能看到它却怎么也找不着通到那儿去的路。阿冬不停地说，咱们回去吧咱们回去吧。阿夏便骂他是胆小鬼，仍然推着车往前走。阿冬紧拽着阿夏的衣襟不松手。残阳掉在了一家屋顶上，轻轻的并不碰响什么，凄艳如将熄的炭火，把那座楼房一染呈暗红色了。我们推着十叔再往西走了一阵，又往北走，那楼房像也会走似的，仍然离我们那么远。阿夏问老谢："到底该怎么走呀？"老谢说他没去过他不知道，说："问你十哥，他要去他想必知道。"十叔让我们再往东走。乌鸦都飞回来，在老树上吵闹不休。暮霭、炊烟在层层叠叠的屋顶上，在纵横无序的小巷里，摇摇荡荡。看看那座楼像是离我们近了，大家欢喜一回紧走一阵，可是忽然路到了尽头，又拐向南去，再走时便离那楼愈远了。阿冬还是不住地说："回去吧，阿夏咱们回去吧。"阿夏说："要回你自己回去！"阿冬只好念念叨叨再跟了走，不断回头望。离家已是那么遥远了，仿佛家在千里之外。天便更暗下来，四周模糊不清，那座楼由青紫色变成灰黑。"老谢，到底怎么走才对呀？""问你十哥，他要来他就应该知道。"老谢还是这么说。可无论我们怎么走，总还是那些整齐或歪斜的屋顶、整齐或歪斜的高墙、整齐或歪斜的无数路口，总是能看到那座楼也总还是离它那么远。天黑透下去，乌鸦藏进老树都不出声。阿冬说："阿夏咱们别走了，一会儿该迷路了。"阿夏没好气地说："我们已经迷路了，我们回不去家了！"阿冬愣一下，懵了，转身就跑，看看不对又往回跑，然后站住，"哇"地一声哭出来。十叔忙哄他："阿冬别怕，阿夏吓唬你玩儿呢。"阿冬才慌慌地住了哭声，紧跑到阿夏身边抱住阿夏，抽噎着再不敢动。阿夏把他搂在怀里。

这时候传来一阵歌声,低沉浑厚得像牛一样。"……啊父亲,你听见没有,魔王低声对我说什么？你别怕,我的儿子你别怕,那是寒风吹动枯叶在响……"

"十哥,是他!"阿夏说,"是那个人。"

"噢！他在哪儿？"十叔说。

从一个巷口拐出一个人来,他手里拎根竹竿探路,边走边轻声唱。走近了,我们听得更清楚了,"……啊父亲,你看见了吗？魔王的女儿在黑暗里。儿子、儿子,我看得很清楚,那是些黑色的老柳树……"他从我们面前走过,我们也看清他的模样了,他长得又矮又小又瘦,而且他手里拎了根竹竿探路。他大概觉出有几个人在屏住呼吸看他,便朝我们笑笑点一点头,不说什么,一心唱他的歌一心走他的路去。

阿夏对十叔说:"咱们问问他,往那个楼去怎么走吧？"

十叔不吭声。

"十哥,你不是说他就住在那座楼上吗？他能知道到那儿去怎么走。"

"不。"十叔说。

"他不是住在四层左边第三个窗口吗？"

"不,那不是他,"十叔说,"他不是那个人,他不是！那个人不是他,不是……"

在黑得看不见的地方,仍传来那个人的歌声:"……啊父亲,啊父亲,魔王已抓住我,它使我痛苦不能呼吸……"渐行渐远,渐归沉寂。

渐归沉寂,我们还在那儿坐着。

我们还在那儿坐了很久。满天的星星都出来,闪闪烁烁闪闪烁烁,或许就是十叔说的在跳舞吧。净土寺里这夜又有法事,钟声鼓声诵经声满天满地传扬,嗡嗡呓呓伴那星星的舞步。那座楼房仿佛融化在夜空里隐没在夜空里了,唯点点灯光证明它的存在,依然离我们那么远。

"老谢,咱们还去吗?"

"问你十哥,他应该知道了。"

十叔的眼睛里都是星光。

阿冬已经困得睁不开眼了,不住地说,十哥咱们回家吧,咱们回家吧十哥。

十叔说:"回家,阿冬咱们回家,我以前给你们讲的都是别人的神话。"

我们便往家走。阿夏背着阿冬,告诉阿冬别睡,睡着了可要着凉,"马上就到家了,快醒醒阿冬。"声音无比温柔。老谢背着我,又推着十叔。我不记得是怎么回到家的了,很可能我在路上也睡着了。

我说过,我不保证我讲的这些事都是真的。如果我现在可以找到阿冬阿夏,我就能知道这些事是不是真了,可我找不到他们。好几十年过去了,我不知道阿冬阿夏现在在哪儿。我看这不影响我把这个故事讲完。您要是听烦了您随时都可以离开,我不会觉得这是对我的轻蔑——请原谅,这话我该早说的。人有权利不去听自己不喜欢的故事,因为,人最重要的一个长处,就是能为自己讲一个使自己踏实使自己愉快的故事。

那夜归来,十叔病了。第二天我和阿冬阿夏去看他,他那小屋的门关得严严的。耳朵贴在门上听听,屋里静得就像没人。"十哥,十哥!""十叔!"叫也没人应。我们正要推门进去,老谢来了,说十叔病了正睡呢,叫我们明天再来。这样有好多天,每次去老谢都说十叔正睡呢:"他刚吃了药,正睡呢。""他什么时候醒啊?""你们看这门什么时候开了,他就醒了。"

也不知又过了多久,终于有一天那门开了,我和阿冬阿夏跳着跑进去。阿冬喊:"十哥! 这么多天没见你我可真想你。"阿夏撇一下嘴。阿冬说:"我没甜言蜜语! 我也想听神话的,我也想十哥了。"

小屋里稍稍变了样子,所有的镜子都摘了下来,都扣着摞在墙旮旯儿。十叔平躺在床上,头垫高起来,胸上放一只小碗,嘴上叼一根竹管,竹管如铅笔一般长短一般粗细。见我们来了他冲我们笑笑,笑得很平淡。然后,他上嘴唇压过下嘴唇把竹管插进碗里,再下嘴唇压过上嘴唇把竹管抬起来,轻轻吹出一个泡泡。泡泡颤几下脱离开竹管,便飘飘摇摇升起来,晃悠悠飞出窗口去,在太阳里闪着七色光芒。

"我能吹一个非常大的。"十叔说。

他果然吹出了一个挺大的。

"这不算,"十叔说,"这不算大的。"

他又吹出了一个更大的。

"我也会,"阿冬说,"让我吹一个行吗?"

"少讨厌你,阿冬!"阿夏把阿冬拉在怀里。

十叔说:"我得吹一个比磨盘还大的,那才行呢。"

"你能吹那么大的吗?"

"我要能吹一个比这窗户还大的就好了。"

"怎么就好了呀,十叔?"

"下一辈子就好了。"

"十哥,那是迷信。"阿夏说。

十叔不理会阿夏的话,专心地吹了一个泡泡又吹一个泡泡,吹了一个又一个。

"嘿,快看这个!大不大?"十叔兴奋地喊。

满屋里飞着大大小小七彩闪耀的泡泡,忽上忽下忽左忽右轻盈飘逸,不断有破碎的,十叔又吹出新的来。我和阿冬满屋里追逐它们,又喊又笑又蹦又跳。十叔吹得又专心又兴奋。

"都太小了,"十叔说,"我要能一连吹出一百个像刚才那个那么大的,就好了。"

"什么就好了,十哥?"

"像我这样的病就都能治好啦。"

"这也是迷信,十哥,这也是。"阿夏说。

"明天我让老谢给我找一根再粗一点儿的竹管来,"十叔说,"那才能吹出更大的来呢。也许我能一连气儿吹出一万个来呢。"

"吹那么多呀!"阿冬说,高兴得不得了,"吹一万一万一万一万个,是吧十哥?"

"那就没人得病了,就没病了。"

"十哥,我觉得这还是迷信。"阿夏说。

"这不是迷信,阿夏你说这怎么是迷信?"

阿夏怔怔的,回答不出来。

泡泡一个又一个,一个又一个,飞得满屋,飞出窗口,飞得满天。十叔说:"阿夏你看哪,飞得多漂亮!"

阿夏回家又去问她爸爸,什么是迷信? 她爸爸说:"盲目,盲目地相信一件事。"

阿冬问:"什么是盲目?"

"就是没有科学根据。"

"什么是科学根据?"

"好啦阿冬,你这脑子又动得太多了,这你还不懂。还是我来多给你们讲些故事吧。我以后一有时间就给你们讲些科学的故事,好吗?"

阿夏阿冬的爸爸又给我们讲月亮、讲太阳、讲银河、讲宇宙、讲一光年是多远;讲宇宙一直在膨胀一直都在膨胀,讲所有的天体都离开我们越来越远越来越远,讲总有一天宇宙也要老的,要走完生命的旅程,要毁灭。

"那可怎么办? 那我们到哪儿去?"阿夏问。

"那时候人类的科学已经非常非常发达了,人早就又找到一个可以生存的地方了。"

"要是找不着呢?"阿冬问。

"会找着的,我相信会找着的。"

"为什么会找着?"

"我想会的。"

宿　命

一

　　现在谈谈我自己的事,谈谈我因为晚了一秒钟或没能再晚一秒钟,也可以说是早了一秒钟却偏又没能再早一秒钟,以至终身截瘫这件事。就那一秒钟之前的我判断,无论从哪方面说都该有一个远为美好的前途。截至那一秒钟之前,约略十三人十八人次主动给我提过亲,其中十一回附有姑娘的照片,十一回都很漂亮,这在一定程度上或可说明问题。但我当时的心思不在这上头,我志向远大,我说不,我现在的心思不在这上头。提亲的人们不无遗憾,说,莫非(莫非是我的姓名),莫非我们倒要看你找个什么样的天仙。然后那一秒钟来了。然后那一秒钟过去了,我原本很健壮的两条腿彻头彻尾成了两件摆设,并且日渐削瘦为两件非常难看的摆设,这意味着倒霉和残酷看中了一个叫莫非的人,以及他今后的日子。我像孩子那样哭了几年,万般无奈沦为以写小说为生的人。

　　曾有一位女记者问我是怎样走上创作道路,我想了又想说,走投无路沦落至此。女记者笑得动人:您真谦虚。总之她就是这么说的,她说您真谦虚。

二

　　实际无关谦虚。

　　说不定,牵涉十叔的那些懵里懵懂似有若无的记忆,原是我童年时的一个预感。据说孩子的眼睛可以洞察许多种神秘事物,大了倒失去这本领。自然这不重要。要紧的是我的腿不能动了随之也没了知觉,这不是懵里懵懂似有若无的记忆,这一回是明明白白确凿无疑的事实,而且看样子只要我活下去,这一事实就不会不是个事实。

我以前从不骂人,现在我想世上一切骂人的话之所以被创造出来就说明是必要的。是必要的,而且有时还是必然的结论。

三

不过是一秒钟的变故,现在说它已无多少趣味,是个夏夜,有云,天上月淡星稀,路上行人已然寥落,偶有粪车走过将大粪的浓郁与夜露的清芬凝于一处,其味不俗。我骑车在回家的路上,心里痛快便油然吹响着口哨,吹的是《货郎与小姐》中货郎那最有名的咏叹调。我刚刚看完这出歌剧。我确实感觉自己运气不坏。我即将出国留学,我的心思便是在这上头,在地球的另一面,当然并不限于那一面,地球很大。我的腰包里已凑齐了护照、签证、机票以及与此相关的一系列文件,一年又十一个月艰苦奋斗之所得。腰包牢牢系在裤腰带上,除非被人脱了裤子去这腰包是绝不可能丢的,这腰包的设计者今生来世当有好报,这是我当时的想法。气温渐渐降下来,且有了一丝爽风。沿途的楼房里有人在高声骂娘又有人轻轻弹奏肖邦的练习曲,外地小贩便于路旁的暗影中撒开行李,豪爽地打响一串哈欠有如更夫的钟鼓。平凡的一个夏夜。我吹着口哨。地球是很大,我想在假期里去看看科罗拉多河的大峡谷,在另一个假期里去看看尼亚加拉大瀑布,平时多挣些钱且生活尽可能地简朴,说不定还可以去埃及看看胡夫大金字塔去威尼斯看看圣马可大教堂,还有法国的卢浮宫英国的伦敦塔日本的富士山坦桑尼亚的塞卢斯野生动物保护区等等,都看看,都去看一看,机会难得。我精力充沛我的身体结实如一头骆驼,去撒哈拉大沙漠走一遭也吃得消,再去乞力马扎罗山下露营,我不打狮子,那些可爱的狮子。我吹着口哨,我吹得不很好,但那曲子写得感人。我不是个禁欲主义者。莫非不是个禁欲主义者,他势必会有个妻子。她很漂亮很善良,很聪明,很健康很浪漫很豁达,很温柔而且很爱我,私下里她不费思索单凭天赋便想出无数奇妙的爱称来呼唤我,我便把世间其他事物都看得轻于鸿毛,相比之下在这方面我或许显得略笨,我光会说亲爱的亲爱的我最亲爱的,惹得她动了气给我一记最最亲爱的小耳光。真正的男人应该有机会享受一下软弱。不过事后他并不觉得英雄因此志短,恰恰相反,他将更出类拔萃,令他的妻子骄傲终生!凉爽的夏夜使人动情,使人赞美万物浮想纷纭,在那一秒钟之前有理由说莫非不是在梦想。我骑在车上,吹响一路货郎的那段唱。我盘算以四年时间拿下博士学位,然后回来为祖国效力。我不会乐不思蜀,莫非不是那种人,天地良心,知道我出去学什么吗?学教育,祖国的教育亟待改革迫切需要人才。莫非不是没能力去学天体物理抑或生物遗传工程,但莫非有志于祖国的教育事业,在那一秒钟之前我一直在一所中学里任教。我骑车拐上一条稍窄的街,那是我回家的必由之路,路面上树影婆娑,以后会证明这树影婆娑可与千刀万剐媲美。我依然吹着口哨。我是一个无罪的人。我想四年之后我回来,那时我就可以要一个儿子(当然在这之前需要结婚),抑或是一个女儿,设若那时政策允许也可以是一个儿子又一个女儿,哪个在先哪个在后完全不在考虑之列,我看男女应该平等,唯愿儿子像我女儿像母亲,唯望这一点万勿颠倒了。这样想不对吗?我看不出这有什么错。我是个无罪的人,在那个夏夜以及那个夏夜之前我都是一个无罪的人。无罪,至少是这样。

我吹着《货郎与小姐》中最著名的唱段,骑车朝那万恶的一秒钟挺进。与此同时有一位我注定将要结识的年轻司机,也正朝这一秒钟匆忙赶来。

四

照理说,那不是个能给人留下深刻印象的夏夜,如果不是有人在马路上丢了一只茄子的话。我吹着口哨吹着货郎的唱段,我的前车轮于是轧到那只茄子,事后知道那茄子很大很光又很挺实,茄子把我的车轮猛扭向左,我便顺势摔出二至三米远,摔进那一秒钟内应该发生的事里去了。只听一声尖厉的急刹车响,我的好运气就此告罄,本文迄今所说的那些好事全成废话，全成了废话一堆。成了一个永久的梦例。

否则也就无事，问题出在它不把你撞死而仅仅把你的腰椎骨截然撞断。以往的一切便烟消云散烟消云散，烟消云散之后世界转过身去把它毫无人味的脊梁给你看，我是说给我看，给莫非。

五

在以后的日子里我常想起一只电动玩具母鸡，在沙地上煞有介事地跑，碰上个石子颠了个跟头翻了个滚儿，依然煞有介事地往前跑，可方向与当初满拧（有可能是前翻一周半加转体一百八十度）。我见人玩过那样一只电动玩具母鸡，隔一会儿下一个假蛋。

六

我躺在马路中央，想翻身爬起来可是没办到。前面提到过的那个年轻司机跑过来问我，您觉得怎么样？我说很奇怪好像我得歇一会儿了。司机便把我送到医院。

我说大夫我什么时候能好？我很快就要出国没有很多时间可耽误。大夫和护士们沉默不语，我想他们可能没弄懂我的意思，他们把我剥光了送上手术台，我说请把我裤腰带上那个腰包照看好，我还把机票的有效日期告诉了他们。一个女护士说哎呀呀都什么时候了。我心想时间是不早了，我说是不早了不过我这是急诊。女护士一动不动看了我有半分钟。这下我明白了，他们一时还不可能了解我，不了解我多年来的志向和脚踏实地的奋斗历程，也不了解那一年又十一个月的奔波和心血，因而不了解那腰包对我意味着什么。我鼓励大夫，您大胆干吧不要发抖，我莫非要是哼一声就不算是我。大夫握了握我的手说，我希望您从今天起尤其要时时保持这种勇气。我当时没听懂他这话中的潜台词。

七

事实真相不久便清楚了:我已经被种在了病床上,像一棵"死不
了儿"被种在花盆里那样。对那棵"死不了儿"来说世界将永远是一
只花盆,一个墙角,一线天空,直至死得了为止。我比它强些。莫非
比它强些。"莫非我们看你找一个什么样的天仙"——那样一个莫
非,将比"死不了儿"强些。我于是仰天嚎啕大放悲音,闻其声恰似回
到了自由自在的童年,观其状惟妙惟肖一个大傻瓜。我有个姐姐,她
从遥远的地方赶来,紧紧把我搂住像小时候那样叫着我的小名儿,你
别着急你别担心,你别这样别这样,无论如何我会照顾你一辈子的
(你别哭你别闹,蚂蚱飞了,不就是蚂蚱飞了吗姐姐明天再给你逮一
只来)。但这一次不是童年,蚂蚱也没飞,根本没有什么蚂蚱。飞了
的是一条很好很好的脊髓。我把姐姐搡开,把我的手从她冰凉的手
里掰出来,走!走开!所有的人都给我出去!!姐姐再度将我抱住,
她的劲一时大得出奇。我看了一眼太阳,太阳还是原来的太阳,天
呢?也还是地上的头。母亲没来,还没敢让母亲知道。父亲像个不
会说话的瘦高影子,无声地出去,又无声地回来买了好多好吃的东西
放在桌上;又无声地出去无声地回来,买了更多好吃的东西放在我的
床边。我吼一声,父亲机灵一下惊得闪开,我把花瓶打进痰桶,把茶
杯摔进便盆,手表砸扁扔进纸篓,其余够得着的东西横扫一遍然后开
始骂人,双手垫在脑后,看定了天花板,尽情尽意尽我所知的脏话向
世界公布数遍,涕泪纵横直到天昏地暗时,然后累了,心如千年朽木
糟成一团。偷偷在自己的大腿上掐一把,全无知觉,慌得紧把手缩回
深恐是调戏了别人。这他娘的到底是怎么了呢?漫长寂静中,鸽子
在窗外咕咕咕地嘶鸣,空旷、虚幻,天地也似无依无着。

到底是怎么了呢?无人肯告与莫非。

八

警察向我说明出事的情况,那个年轻司机没什么错儿,您那么突

如其来地蹿向马路中央是任何人所料不及的。司机没有超速行驶，没喝酒，刹车很灵也很及时，如果他再晚一秒钟踩刹车，警察说恕我直言，您就没命了。我说谢谢。警察说那倒不用我们来向您说明情况是我们的工作。我说请问我有什么错没有？姐姐说你有话好好说。警察说，您也没什么错儿，您在慢行道内骑车并且是在马路右边，你是个自觉遵守交通规则的好公民，可谁骑车也不见得总能注意到一只茄子，而且那条路上光线较暗。我说，树影婆娑。什么您说？是的树影颇多，从出事现场看您决不是有意去轧那个茄子的。我说，废话！姐姐说，莫非！警察叹口气，可您摔出去得太巧了，要是再早一秒的话，汽车就不至于碰到您。大夫也这么说过，太巧了，刚好把脊髓撞断，其他部位均未伤及。照您说这是我的错儿？警察说我没这么说，我只是说路上光线较暗，注意不到一只茄子是可以理解的。那么到底是谁的错儿？姐姐说，莫非——！我说，姐，难道我不能问这到底是谁的错儿吗？警察说，莫非同志您可以要求一点经济赔偿。滚他妈的经济赔偿，我眼下只缺一条完整的脊髓！莫非同志您这是无理要求，并且请您注意您对一个正在执行公务的警察的态度。我说既然如此，您有义务向我说明这到底是谁的错儿。茄子，警察说，如果您认为这样问很有意义的话，那么，茄子，您干吗不早不晚偏在那一秒钟去惹它？

九

日子便这样过去。每天所见无非窗外的旭日到夕阳。腰包里的文件犹在，默默然一部古书似的记载了无数动人的传说。

人类确凿不能将人类被撞断的脊髓接活，日子便这样过去。医学院的实习生们常来围了我，主治大夫便告诉他们为什么我是一个典型的截瘫病例：看看，上身多么魁伟，下身整个萎缩。

日子便这样过去，消化系统竟惊人的好，毫不含糊地纳入各种东西，待其出来时都变作统一的臭物。日子便这样过去。

向日葵收获了。夜来香的种子落在地上,随风埋进土里。天上悬了几日风筝,悬了几日,又纷纷不见了踪影。雪无声飘落。孩子们便嚷着在雪地上飞跑,啃着热气腾腾的烤白薯。我说哎,烤白薯!我是说世界并没有变,烤白薯仍旧还是烤白薯。父亲瘦高的身影却应声蹒跚于雪地上,向那卖烤白薯的炉前去……

日子便这样过去了又过去。苍天在上,莫非过上这样的日子实在是冤枉的。哭一回想一回,想一回哭一回,看来那警察的最后一句问话是唯一的可能有道理。

十

渐渐地我想起来了,在离出事地点大约二百米远的时候,我遇见了一个熟人。我记起来了,我吹着口哨吹着货郎的咏叹调看见他,他摇着扇子在便道上走,我说嘿——!他回过头来辨认一下,说噢——!我说干吗去你?他说凉快够了回家睡觉去,到家里坐坐吧?他家就在前面五十米处的一座楼房里。我说不了,明天见吧我不下车了。我们互相挥手致意一下。便各走各的路去。我虽未下车,但在说以上那几句话时我记得我捏了一下闸,没错儿我是捏了一下车闸,捏一下车闸所耽误的时间是多少呢?一至五秒总有了。是的,如果不是在那儿与他耽误了一至五秒,我则会提前一至五秒轧到那只茄子,当然当然,茄子无疑还会把我的车轮扭向左,我也照样还会躺倒在马路中央去,但以后的情况就起了变化,汽车远远地见一个家伙扑向马路中央,无论是谁汽车会不停下么?不会的。汽车停下了。离我仅一寸之遥。这足够了。我现在在科罗拉多河大峡谷或在地球的其他地方而不是被种在病床上。不是。绝不是被种在病床上。那样一个莫非。那样一个令人以为要娶一个天仙的莫非。

十一

顺便提一句:至今仍只是十三人十八人次主动给莫非其人提过

325

亲,其中十一回附有姑娘的照片。这三个数字以后再没有增长,这从一个侧面反映了今日之莫非与昨日之莫非断不是同一个莫非了。天地翻覆,换了人间。

我说这些没有其他意思,虽则莫非事实上是无辜的。

话说回来,姑娘们也是无辜的。一个姑娘想过一种自由的浪漫的丰富多彩的总而言之是健全的生活,这不是一个姑娘的过错。一对父母希望自己的女婿站在别人的女婿面前,更体现出自己晚年的幸福与骄傲,这不是一对父母的过错。析此理而演绎开去,上述三数字的不再增长,不是媒人的过错,不是朋友们的过错,不是谁的过错。天高地厚,驴比狗大,没错。

十二

莫非之不幸,盖自那一至五秒的耽误。

我们不禁要问,我们也完全有理由这样问:是什么造成了莫非在距出事地约二百米处遇见了那个熟人的?

这样我又想起来一件事,在我遇见那个熟人前三至五分钟时,我在一家小饭馆里吃了一个包子。我饿了,不是馋了当真是饿了,一个人饿了又路经一家小饭馆,吃便是必然的。上帝如果因此而惩罚我,我就没什么要说的了。我走进那家小饭馆,排在六个人后边成为第七个等候买包子的人。我说,包子什么时候熟?第六个人告诉我,您来的是时候,马上就要出笼了,我从上一锅等起已经等了半个小时了。我便等了一会儿,心想这么晚了回家去也不再有饭,而我还是九小时以前吃的午饭呢。包子很快出笼了,卖包子的老妇人把包子一个个数进碟子,前六个人有吃四两的有买五斤拿走的,轮到我,老妇人说没了还有一个。我探头在筐箩里搜看,说,厨房里还有?老妇人说没了,就这一个了您要不要?我说还蒸吗?她说明天还蒸,今天到点了。我看看墙上的大表:二十二点半。我就吃了那一个包子。现在让我们计算一下:如果我不是吃了一个包子而是吃了五个包子(我原打算是吃五个包子），按吃一个费时两分钟计，我至少要晚八分钟离开那小饭馆。而我遇到那个熟人时，熟人正往家走且距离家只有五十余米，一个正常人走五十余米是决然用不了八分钟的。我那熟人很正常，这一点由我来担保。这就是说，如果我早些到那小饭馆排在第五或第六位，我必吃五个包子，就不会遇见那个熟人。不会喊他，不跟他说那几句话，不必捏一下车闸，不耽误一至五秒从而不撞断脊髓，今日之莫非就在地球的另一面攻读教育学博士，而不是在这儿，更不是坐在轮椅里。

十三

到现在问题已经比较明朗了。请特别注意小饭馆里第六个买包子的人所说的那句话，他说他从上一锅等起已经等了半个小时了。这就是说我若不能提前半小时到达那家小饭馆，则我必排名第七，必吃一个包子，必遇见那个熟人，必耽误一至五秒从而必撞断脊髓，今日之莫非就还是坐在轮椅里。

我们必须相信这是命。为什么？因为歌剧《货郎与小姐》结束的时候，是二十二点整。无论剧场离那家小饭馆有多远，也无论我骑车的速度如何，我都不可能在二十二点半之前半小时到达那家小饭馆，这是一个最简单的算术问题。这就是说，在我骑车出发去看歌剧的时候，上帝已经把莫非的前途安排好了。在劫难逃。

十四

现在就要看看上帝是用什么方法安排莫非去看那歌剧的了。

我说过我一直在一所中学里任教。出事的那天我本该十八点一刻下班的，历来如此，这儿看不出上帝的作用，下午第四节课是我的物理课，十八点一刻我准时说道：下课！学生们纷纷走出去，我也走出去。我走到院子里找到我的自行车，我准备直接回家，我希望在出国之前能和二老双亲多待一会儿。这时候我听见身后有个学生问我:老师,我能回家了么?我才想起,这个学生是我在上第四节课时罚出教室的。事情是这样的:课上到一半时,这个学生忽然大笑起来,他坐在最后排靠近窗户,平时是个非常老实的学生,我有时甚至怀疑他智商不高。我说请你站起来。他站起来。我说说你解释一下你为什么笑?他低头不语。我说好吧坐下吧注意听讲。他坐下,但还是笑。我说请你再站起来。他又站起来。你到底笑什么?不说话。我看得出他非常想克制住自己不笑,他用手捂住自己的嘴像女孩子那样,我一直怀疑他智商偏低。我说你坐下吧不许再笑了。他坐下但仍止不住地笑,课堂秩序便有些乱。淘气的学生们借机跟着大笑。我没办法只好请他出去,我说请你出去镇静镇静,否则大家都不能听课了。他很听话,自己走出去。放学时我几乎把他忘了。我相信他至少是性格里有些问题。可怜的孩子。我说你可以回家了,以后注意课堂纪律。结果他又开始笑,不停地笑。这下我有点生气了,我说你到底有什么可笑的?就这样问了他约二十分钟,毫无结果,他光是笑不肯回答。这时候我们可敬的老太太校长喊我:莫老师,有张戏票你看不看?我问是什么。歌剧《货郎与小姐》,看不看?怎么想起来给我,您不去吗?她说她非常想去,可是刚刚接到教育局的电话有个紧急会议要她去参加,看不成了,你看不看?我说好吧我看,以后的事情我都说过了。

十五

之后我出院了。医院离家不远。我坐在轮椅里,二老双亲轮换着推我在街上走。杨树又已垂花,布谷鸟在晴朗的天上"好苦好苦"地叫得悠远,给人隔世之感。风吹鸟啼,渐悄渐杳。又听得有人喊我,莫非,莫非!是莫非么?我说没错儿是我。大学时的一个女同学站到我面前。怎么,莫非你怎么在这儿?我说依你我应该在哪儿?你不是出国留学去了吗?你这是怎么了?我说你问我,你让我去问谁?她睁大眼睛,她好像才注意到我的两条腿:这是怎么弄的?我说这很简单,再容易不过了。她脸红一下,在上大学时我常对她这么说,在她经常解不出一道数学题的当儿。母亲又忍不住落泪,拉了父亲站到远处去。五个包子的问题,我说,或者一个茄子。我便把事情的经过简要地告诉她。她说真是真是,唉——!我说我们必须承认这是命。她说,莫非你别这么想,莫非你要坚强,她眼泪汪汪的,莫非你要活下去。

遥远的姐姐来信也是这么说:你要活下去。谁也没说活下去是指活到什么时候,想必是活到死,可有谁不是活到死的呢?姐姐说,别担心,姐姐有一个窝头就有四分之一是你的(另外三个四分之一分别是姐姐、姐夫和小外甥的)。可我担心的是比窝头更重要的一些事,在活到死这一漫长的距离内有一些更重要的东西,那是贤惠的姐姐无法给我的。所以后来我就写写小说。所以后来女记者采访我的时候,我说是万般无奈沦落至此。如同落草为寇。

十六

多年以来我一直暗自琢磨,那个后排靠窗户坐的学生为什么突然笑起来没完?那是我命运的转折点。那孩子智商肯定偏低,但他笑得那么莫测高深,恰似命运的神秘与深奥。孩子的眼睛或许真有超凡的洞察力?不知道他在那一刻看见了什么。我想我要是能把他当时的笑态准确地画下来,我就能向各位展示命运之神的真面目了。

若不是那神秘的笑,我便不可能在那天晚上有一场《货郎与小姐》的歌剧票,我莫非博士今天已是衣锦还乡功成名就老婆孩子一大堆了。

十七

在那艰难岁月,我喜欢上了睡觉。我对睡觉寄予厚望,或许一觉醒来局面会有所改观:出一身冷汗,看一眼月色中卧室的沉寂,庆幸原是做了一场恶梦,躺在被窝里心咚咚跳,翻个身踹踹腿庆幸那不过是个恶梦,然后月亮下去,路灯也灭了闹钟也叫了,起床整理行装,走到街上空气清新,赶往飞机场还去赶我的那次班机……

应该说会做恶梦的人是世上最幸福的人,因为可以醒来,于是就比不会做恶梦的人更多了幸福感。

在那些岁月,我每每醒来却发现,我做了一个想从恶梦中醒来的美梦。做美梦是最为坑人的事。因为必须醒来。

要么从恶梦中醒来,要么在美梦中睡去,都是可取的。可在我,这事恰恰相反。

躺倒两年后,我开始写小说,为了吃,为了喝,为了穿衣和住房,还为了这行当与睡觉有异曲同工之妙,而且比睡觉多着自由——想从恶梦中醒来就从恶梦中醒来,想在美梦中睡去就在美梦中睡去,可以由自己掌握。同是天涯沦落人,浪迹江湖之上,小说与我相互救助度日,无关谦虚之事。

十八

终于有一天我又见到了我的那个学生,那个一向被我认为智商不高的学生。他在一本刊物上见了我的小说,便串连起一群当年的同学来看我。孩子们都长大了,胡子拉碴的,有两个正准备结婚。大家在一起回忆往事,说说笑笑很是快活。学生们提议,为莫老师成了作家,干杯!我这才想起问问那个学生,你那天为什么笑个没完呀?他仍羞着怯怯推说不为什么。我换个问法,我说你看见了什么?他说,一只狗。一只狗?一只狗值得你那么笑吗?他说那只狗,说到这儿他又笑起来笑得不可收拾,但他终于忍住笑镇定了一下情绪,他毕竟是长大了,他说,那只狗望着一进学校大门正中的那条大标语放了个屁。大家都说他瞎胡编。他说我就知道说出来你们都不会信,反正那只狗确实是放了个屁,我听见的我看见的,很响但是发闷。大家还是不全信,说他有可能听错了。他便问我,莫老师您信吗?我没听错真的我没听错,确实是因为那个狗屁莫老师您信吗?

过了很久我说我信。我看那孩子的神情像个先知。

十九

如今当我做任何一件事情的时候,我都听见那声闷响仍在轰鸣。它遍布我的时空,经久不衰,并将继续经久不衰震撼莫非的一生。

为什么为什么为什么? 为什么要有这一声闷响?

不为什么。

上帝说世上要有这一声闷响,就有了这一声闷响,上帝看这是好的,事情就这样成了,有晚上有早晨,这是第七日以后所有的日子。

命若琴弦

莽莽苍苍的群山之中走着两个瞎子,一老一少,一前一后,两顶发了黑的草帽起伏躜动,匆匆忙忙,像是随着一条不安静的河水在漂流。无所谓从哪儿来,也无所谓到哪儿去,每人带一把三弦琴,说书为生。

方圆几百上千里的这片大山中,峰峦叠嶂,沟壑纵深,人烟稀疏,走一天才能见一片开阔地,有几个村落。荒草丛中随时会飞起一对山鸡,跳出一只野兔、狐狸,或者其他小野兽。山谷中常有鹞鹰盘旋。

寂静的群山没有一点阴影,太阳正热得凶。

"把三弦子抓在手里。"老瞎子喊,在山间震起回声。

"抓在手里呢。"小瞎子回答。

"操心身上的汗把三弦子弄湿了。弄湿了晚上弹你的肋条?"

"抓在手里呢。"

老少二人都赤着上身,各自拎了一条木棍探路,缠在腰间的粗布小褂已经被汗水洇湿了一大片。蹚起来的黄土干得呛人。这正是说书的旺季。天长,村子里的人吃罢晚饭都不待在家里;有的人晚饭也不在家里吃,捧上碗到路边去,或者到场院里。老瞎子想赶着多说书,整个热季领着小瞎子一个村子一个村子紧走,一晚上一晚上紧说。老瞎子一天比一天紧张、激动,心里算定:弹断一千根琴弦的日子就在这个夏天了,说不定就在前面的野羊坳。

暴躁了一整天的太阳这会儿正平静下来,光线开始变得深沉。远远近近的蝉鸣也舒缓了许多。

"小子！你不能走快点吗?"老瞎子在前面喊,不回头也不放慢脚步。

小瞎子紧跑几步,吊在屁股上的一只大挎包叮嘟哐嘟地响,离老瞎子仍有几丈远。

"野鸽子都往窝里飞啦。"

"什么?"小瞎子又紧走几步。

"我说野鸽子都回窝了,你还不快走!"

"噢。"

"你又鼓捣我那电匣子呢。"

"噫——！鬼动来。"

"那耳机子快让你鼓捣坏了。"

"鬼动来!"

老瞎子暗笑:你小子才活了几天。"蚂蚁打架我也听得着。"老瞎子说。

小瞎子不争辩了,悄悄把耳机子塞到挎包里去,跟在师父身后闷闷地走路。无尽无休的无聊的路。

走了一阵子,小瞎子听见有只獾在地里啃庄稼,就使劲学狗叫,那只獾连滚带爬地逃走了,他觉得有点开心,轻声哼了几句小调儿,哥哥呀妹妹的。师父不让他养狗,怕受村子里的狗欺负,也怕欺负了别人家的狗,误了生意。又走了一会,小瞎子又听见不远处有条蛇在游动,弯腰摸了块石头砍过去,"哗啦啦"一阵高粱叶子响。老瞎子有点可怜他了。停下来等他。

"除了獾就是蛇。"小瞎子赶忙说,担心师父骂他。

"有了庄稼地了,不远了。"老瞎子把一个水壶递给徒弟。

"干咱们这营生的,一辈子就是走,"老瞎子又说,"累不?"

小瞎子不回答,知道师父最讨厌他说累。

"我师父才冤呢。就是你师爷,才冤呢,东奔西走一辈子,到了没弹够一千根琴弦。"

小瞎子听出师父这会儿心绪好,就问:"什么是绿色的长乙(椅)?"

"什么?噢,八成是一把椅子吧。"

"曲折的油狼(游廊)呢?"

"油狼?什么油狼?"

"曲折的油狼。"

"不知道。"

"匣子里说的。"

"你就爱瞎听那些玩艺儿。听那些玩艺儿有什么用?天底下好东西多啦,跟咱们有什么关系?"

"我就没听您说过,什么跟咱们有关系。"小瞎子把"有"字说得重。

"琴!三弦子!你爹让你跟了我来,是为让你弹好三弦子,学会说书。"

小瞎子故意把水喝得咕噜噜响。

再上路时小瞎子走在前头。

大山的阴影在沟谷里铺开来,地势也渐渐的平缓,开阔。

接近村子的时候,老瞎子喊住小瞎子,在背阴的山脚下找到一个小泉眼,细细的泉水从石缝里往外冒,淌下来,积成脸盆大的小洼,周围的野草长得茂盛,水流出去几十米便被干渴的土地吸干。

"过来洗洗吧,洗洗你那身臭汗味。"

小瞎子拨开野草在水洼边蹲下,心里还在猜想着"曲折的油狼"。

"把浑身都洗洗。你那样儿准像个小叫花子。"

"那您不就是个老叫花子了?"小瞎子把手按在水里,嘻嘻地笑。

老瞎子也笑,双手掬起水往脸上泼。"可咱们不是叫花子,咱们有手艺。"

"这地方咱们好像来过。"小瞎子侧耳听着四周的动静。

"可你的心思总不在学艺上。你这小子心太野。老人的话你从来不竖着耳朵听。"

"咱们准是来过这儿。"

"别打岔！你那三弦子弹得还差着远呢。咱这命就在这几根琴弦上，我师父当年就这么跟我说。"

泉水清凉凉的。小瞎子又哥哥呀妹妹的哼起来。

老瞎子挺来气："我说什么你听见了吗？"

"咱这命就在这几根琴弦上，您师父我师爷说的。我都听过八百遍了。您师父还给您留下一张药方，您得弹断一千根琴弦才能去抓那付药，吃了药您就能看见东西了。我听您说过一千遍了。"

"你不信？"

小瞎子不正面回答，说："干吗非得弹断一千根琴弦才能去抓那付药呢？"

"那是药引子。机灵鬼儿，吃药得有药引子！"

"一千根断了的琴弦还不好弄？"小瞎子忍不住嗤嗤地笑。

"笑什么笑！你以为你懂得多少事？得真正是一根一根弹断了的才成。"

小瞎子不敢吱声了，听出师父又要动气。每回都是这样，师父容不得对这件事有怀疑。

老瞎子也没再作声，显得有些激动，双手搭在膝盖上，两颗骨头一样的眼珠对着苍天，像是一根一根地回忆着那些弹断的琴弦。盼了多少年了呀，老瞎子想，盼了五十年了！五十年中翻了多少架山，走了多少里路哇。挨了多少回晒，挨了多少回冻，心里受了多少委屈呀。一晚上一晚上地弹，心里总记着，得真正是一根一根尽心尽力地弹断的才成。现在快盼到了，绝出不了这个夏天了。老瞎子知道自己又没什么能要命的病，活过这个夏天一点不成问题。"我比我师父可运气多了，"他说，"我师父到底没能睁开眼睛看一回。"

"咳！我知道这地方是哪儿了！"小瞎子忽然喊起来。

老瞎子这才动了动，抓起自己的琴来摇了摇，叠好的纸片碰在蛇皮上发出细微的响声,那张药方就在琴槽里。

"师父,这儿不是野羊岭吗?"小瞎子问。

老瞎子没搭理他,听出这小子又不安稳了。

"前头就是野羊坳,是不是,师父?"

"小子,过来给我擦擦背。"老瞎子说,把弓一样的脊背弯给他。

"是不是野羊坳,师父?"

"是!干什么?你别又闹猫似的。"

小瞎子的心扑通扑通跳,老老实实地给师父擦背,老瞎子觉出他擦得很有劲。

"野羊坳怎么了?你别又叫驴似的会闻味儿。"

小瞎子心虚,不吭声,不让自己显出兴奋。

"又想什么呢?别当我不知道你那点心思。"

"又怎么了,我?"

"怎么了你?上回你在这儿疯得不够?那妮子是什么好货!"老瞎子心想,也许不该再带他到野羊坳来。可是野羊坳是个大村子,年年在这儿生意都好,能说上半个多月。老瞎子恨不能立刻弹断最后几根琴弦。

小瞎子嘴上嘟嘟囔囔的,心却飘飘的,想着野羊坳里那个尖声细气的小妮子。

"听我一句话,不害你,"老瞎子说,"那号事靠不住。"

"什么事?"

"少跟我贫嘴。你明白我说的什么事。"

"我就没听您说过,什么事靠得住。"小瞎子又偷偷地笑。

老瞎子没理他,骨头一样的眼珠又对着苍天。那儿,太阳正变成一汪血。

两面脊背和山是一样的黄褐色。一座已经老了,嶙峋瘦骨像是山根下裸露的基石。另一座正年轻。老瞎子七十岁,小瞎子才十七。

小瞎子十四岁上父亲把他送到老瞎子这儿来,为的是让他学说书,这辈子好有个本事,将来可以独自在世上活下去。

老瞎子说书已经说了五十多年。这一片偏僻荒凉的大山里的人们都知道他:头发一天天变白,背一天天变驼,年年月月背一把三弦琴满世界走,逢上有愿意出钱的地方就拨动琴弦唱一晚上,给寂寞的山村带来欢乐。开头常是这么几句:"自从盘古分天地,三皇五帝到如今,有道君王安天下,无道君王害黎民。轻轻弹响三弦琴,慢慢稍停把歌论,歌有三千七百本,不知哪本动人心。"于是听书的众人喊起来,老的要听董永卖身葬父,小的要听武二郎夜走蜈蚣岭,女人们想听秦香莲。这是老瞎子最知足的一刻,身上的疲劳和心里的孤寂全忘却,不慌不忙地喝几口水,待众人的吵嚷声鼎沸,便把琴弦一阵紧拨,唱道:"今日不把别人唱,单表公子小罗成。"或者:"茶也喝来烟也吸,唱一回哭倒长城的孟姜女。"满场立刻鸦雀无声,老瞎子也全心沉到自己所说的书中去。

他会的老书数不尽。他还有一个电匣子,据说是花了大价钱从一个山外人手里买来,为的是学些新词儿,编些新曲儿。其实山里人倒不太在乎他说什么唱什么。人人都称赞他那三弦子弹得讲究,轻轻漫漫的,飘飘洒洒的,疯癫狂放的,那里头有天上的日月,有地上的生灵。老瞎子的嗓子能学出世上所有的声音,男人、女人、刮风下雨、兽啼禽鸣。不知道他脑子里能呈现出什么景象,他一落生就瞎了眼睛,从没见过这个世界。

小瞎子可以算见过世界,但只有三年,那时还不懂事。他对说书和弹琴并无多少兴趣,父亲把他送来的时候费尽了唇舌,好说歹说连哄带骗,最后不如说是那个电匣子把他留住。他抱着电匣子听得入神,甚至没发觉父亲什么时候离去。

这只神奇的匣子永远令他着迷,遥远的地方和稀奇古怪的事物使他幻想不绝,凭着三年朦胧的记忆,补充着万物的色彩和形象。譬如海,匣子里说蓝天就像大海,他记得蓝天,于是想象出海;匣子里说海是无边无际的水,他记得锅里的水,于是想象出满天排开的水锅。

再譬如漂亮的姑娘,匣子里说就像盛开的花朵,他实在不相信会是那样,母亲的灵柩被抬到远山上去的时候,路上正开遍着野花,他永远记得却永远不愿意去想。但他愿意想姑娘,越来越愿意想;尤其是野羊坳的那个尖声细气的小妮子,总让他心里荡起波澜。直到有一回匣子里唱道,"姑娘的眼睛就像太阳",这下他才找到了一个贴切的形象,想起母亲在红透的夕阳中向他走来的样子。其实人人都是根据自己的所知猜测着无穷的未知,以自己的感情勾画出世界。每个人的世界就都不同。

也总有一些东西小瞎子无从想象,譬如"曲折的油狼"。

这天晚上,小瞎子跟着师父在野羊坳说书,又听见那小妮子站在离他不远处尖声细气地说笑。书正说到紧要处——"罗成回马再交战,大胆苏烈又兴兵。苏烈大刀如流水,罗成长枪似腾云,如似海中龙吊宝,犹如深山虎争林。又战七日并七夜,罗成清茶无点唇……"老瞎子把琴弹得如雨骤风疾,字字句句唱得铿锵。小瞎子却心猿意马,手底下早乱了套数……

野羊岭上有一座小庙,离野羊坳村二里地,师徒二人就在这里住下。石头砌的院墙已经残断不全,几间小殿堂也歪斜欲倾百孔千疮,唯正中一间尚可遮蔽风雨,大约是因为这一间中毕竟还供奉着神灵。三尊泥像早脱尽了尘世的彩饰,还一身黄土本色返璞归真了,认不出是佛是道。院里院外、房顶墙头都长满荒藤野草,蓊蓊郁郁倒有生气。老瞎子每回到野羊坳说书都住这儿,不出房钱又不惹是非。小瞎子是第二次住在这儿。

散了书已经不早,老瞎子在正殿里安顿行李,小瞎子在侧殿的檐下生火烧水。去年砌下的灶稍加修整就可以用。小瞎子撅着屁股吹火,柴草不干,呛得他满院里转着圈咳嗽。

老瞎子在正殿里数叨他:"我看你能干好什么?"

"柴湿嘛。"

"我没说这事。我说的是你的琴,今儿晚上的琴你弹成了什么。"

小瞎子不敢接这话茬,吸足了几口气又跪到灶火前去,鼓着腮帮子一通猛吹。"你要是不想干这行,就趁早给你爹捎信把你领回去。老这么闹猫闹狗的可不行,要闹回家闹去。"

小瞎子咳嗽着从灶火边跳开,几步蹿到院子另一头,呼噜呼噜大喘气,嘴里一边骂。

"说什么呢?"

"我骂这火。"

"有你那么吹火的?"

"那怎么吹?"

"怎么吹?哼,"老瞎子顿了顿,又说:"你就当这灶火是那妮子的脸!"

小瞎子又不敢搭腔了,跪到灶火前去再吹,心想:真的,不知道兰秀儿的脸什么样。那个尖声细气的小妮子叫兰秀儿。

"那要是妮子的脸,我看你不用教也会吹。"老瞎子说。

小瞎子笑起来,越笑越咳嗽。

"笑什么笑!"

"您吹过妮子脸?"

老瞎子一时语塞。小瞎子笑得坐在地上。"日他妈。"老瞎子骂道,笑笑,然后变了脸色,再不言语。

灶膛里腾的一声,火旺起来。小瞎子再去添柴,一心想着兰秀儿。才散了书的那会儿,兰秀儿挤到他跟前来小声说:"哎,上回你答应我什么来?"师父就在旁边,他没敢吭声。人群挤来挤去,一会儿又把兰秀儿挤到他身边。"噫,上回吃了人家的煮鸡蛋倒白吃了?"兰秀儿说,声音比上回大。这时候师父正忙着跟几个老汉拉话,他赶紧说:"嘘——,我记着呢。"兰秀儿又把声音压低:"你答应给我听电匣子你还没给我听。""嘘——我记着呢。"幸亏那会儿人声嘈杂。

正殿里好半天没动静。之后,琴声响了,老瞎子又上好了一根新弦。他本来应该高兴的,来野羊坳头一晚上就又弹断了一根琴弦。可是那琴声却低沉、零乱。

小瞎子渐渐听出琴声不对,在院里喊:"水开了,师父。"

没有回答。琴声一阵紧似一阵了。

小瞎子端了一盆热水进来,放在师父跟前,故意嘻嘻笑着说:"您今儿晚还想弹断一根是怎么着?"

老瞎子没听见,这会儿他自己的往事都在心中。琴声烦躁不安,像是年年旷野里的风雨,像是日夜山谷中的流溪,像是奔奔忙忙不知所归的脚步声。小瞎子有点害怕了:师父很久不这样了,师父一这样就要犯病,头疼、心口疼、浑身疼,会几个月爬不起炕来。

"师父,您先洗脚吧。"

琴声不停。

"师父,您该洗脚了。"小瞎子的声音发抖。

琴声不停。

"师父!"

琴声戛然而止,老瞎子叹了口气。小瞎子松了口气。

老瞎子洗脚,小瞎子乖乖地坐在他身边。

"睡去吧,"老瞎子说,"今儿个够累的了。"

"您呢?"

"你先睡,我得好好泡泡脚。人上了岁数毛病多。"老瞎子故意说得轻松。

"我等你一块儿睡。"

山深夜静。有了一点风,墙头的草叶子响。夜猫子在远处哀哀地叫。听得见野羊坳里偶尔有几声狗吠,又引得孩子哭。月亮升起来,白光透过残损的窗棂进入了殿堂,照见两个瞎子和三尊神像。

"等我干吗,时候不早了。"

"你甭担心我,我怎么也不怎么。"老瞎子又说。

"听见没有,小子?"

小瞎子到底年轻，已经睡着。老瞎子推推他让他躺好，他嘴里咕噜了几句倒头睡去。老瞎子给他盖被时，从那身日渐发育的筋肉上觉出，这孩子到了要想那些事的年龄，非得有一段苦日子过不可了。唉，这事谁也替不了谁。

老瞎子再把琴抱在怀里，摩挲着根根绷紧的琴弦，心里使劲念叨，又断了一根了，又断了一根了。再摇摇琴槽，有轻微的纸和蛇皮的摩擦声。唯独这事能为他排忧解烦。一辈子的愿望。

小瞎子做了一个好梦，醒来吓了一跳，鸡已经叫了。他一骨碌爬起来听听，师父正睡得香，心说还好。他摸到那个大挎包，悄悄地掏出电匣子，蹑手蹑脚出了门。

往野羊坳方向走了一会儿，他才觉出不对头，鸡叫声渐渐停歇，野羊坳里还是静静的没有人声。他愣了一会儿，鸡才叫头遍吗？灵机一动扭开电匣子。电匣子里也是静悄悄。现在是半夜。他半夜里听过电匣子，什么都没有。这匣子对他来说还是个表，只要扭开一听，便知道是几点钟，什么时候有什么节目都是一定的。

小瞎子回到庙里，老瞎子正翻身。

"干吗哪？"

"撒尿去了。"小瞎子说。

一上午，师父逼着他练琴。直到晌午饭后，小瞎子才瞅机会溜出庙来，溜进野羊坳。鸡也在树阴下打盹，猪也在墙根下说着梦话，太阳又热得凶，村子里很安静。

小瞎子踩着磨盘，扒着兰秀儿家的墙头轻声喊："兰秀儿——兰秀儿——"

屋里传出雷似的鼾声。

他犹豫了片刻，把声音稍稍抬高："兰秀儿——！兰秀儿——！"

狗叫起来。屋里的鼾声停了，一个闷声闷气的声音问："谁呀？"

小瞎子不敢回答，把脑袋从墙头上缩下来。

屋里吧唧了一阵嘴,又响起鼾声。

他叹了口气,从磨盘上下来,怏怏地往回走。忽听见身后嘎吱一声院门响,随即一阵细碎的脚步声向他跑来。

"猜是谁?"尖声细气。小瞎子的眼睛被一双柔软的小手捂上了。——这才多余呢。兰秀儿不到十五岁,认真说还是个孩子。

"兰秀儿!"

"电匣子拿来没?"

小瞎子掀开衣襟,匣子挂在腰上。"嘘——,别在这儿,找个没人的地方听去。"

"咋啦?"

"回头招好些人。"

"咋啦?"

"那么多人听,费电。"

两个人东拐西弯,来到山背前那眼小泉边。小瞎子忽然想起件事,问兰秀儿:"你见过曲折的油狼吗?"

"啥?"

"曲折的油狼。"

"曲折的油狼?"

"知道吗?"

"你知道?"

"当然。还有绿色的长椅。就是一把椅子。""椅子谁不知道。"

"那曲折的油狼呢?"

兰秀儿摇摇头,有点崇拜小瞎子了。小瞎子这才郑重其事地扭开电匣子,一支欢快的乐曲在山沟里飘荡。

这地方又凉快又没有人来打扰。

"这是'步步高'。"小瞎子说,跟着哼。

一会儿又换了支曲子,叫"旱天雷",小瞎子还能跟着哼。兰秀儿觉得很惭愧。

“这曲子也叫‘和尚思妻’。”

兰秀儿笑起来：“瞎骗人！”

“你不信？”

“不信。”

“爱信不信。这匣子里说的古怪事多啦。”小瞎子玩着凉凉的泉水，想了一会儿。“你知道什么叫接吻吗？”

“你说什么叫？”

这回轮到小瞎子笑，光笑不答。兰秀儿明白准不是好话，红着脸不再问。

音乐播完了，一个女人说：“现在是讲卫生节目。”

“啥？”兰秀儿没听清。

“讲卫生。”

“是什么？”

“嗯——，你头发上有虱子吗？”

“去——，别动！”

小瞎子赶忙缩回手来，赶忙解释：“要有就是不讲卫生。”

“我才没有。”兰秀儿抓抓头，觉得有些刺痒。“噫——，瞧你自个儿吧！”兰秀儿一把搬过小瞎子的头，“看我捉几个大的。”

这时候听见老瞎子在半山上喊：“小子，还不给我回来！该做饭了，吃罢饭还得去说书！”他已经站在那儿听了好一会儿了。

野羊坳里已经昏暗，羊叫、驴叫、狗叫、孩子们叫，处处起了炊烟。野羊岭上还有一线残阳，小庙正在那淡薄的光中，没有声响。

小瞎子又撅着屁股烧火。老瞎子坐在一旁淘米，凭着听觉他能把米中的砂子捡出来。

“今天的柴火挺干。”小瞎子说。

“嗯。”

“还是焖饭？”

"嗯。"

小瞎子这会儿精神百倍,很想找些话说,但是知道师父的气还没消,心说还是少找骂。

两个人默默地干着自己的事,又默默地一块儿把饭做熟。岭上也没了阳光。

小瞎子盛了一碗小米饭,先给师父:"您吃吧。"声音怯怯的,无比驯顺。

老瞎子终于开了腔:"小子,你听我一句行不?"

"嗯。"小瞎子往嘴里扒饭,回答得含糊。

"你要是不愿意听,我就不说。"

"谁说不愿意听?我说'嗯'!"

"我是过来人,总比你知道的多。"

小瞎子闷头扒拉饭。

"我经过那号事。"

"什么事?"

"又跟我贫嘴!"老瞎子把筷子往灶台上一摔。

"兰秀儿光是想听听电匣子。我们光是一块儿听电匣子来。"

"还有呢?"

"没有了。"

"没有了?"

"我还问她见没见过曲折的油狼。"

"我没问你这个!"

"后来,后来,"小瞎子不那么气壮了,"不知怎么一下就说起了虱子……"

"还有呢?"

"没了。真没了!"

两个人又默默地吃饭。老瞎子带了这徒弟好几年,知道这孩子不会撒谎,这孩子最让人放心的地方就是诚实、厚道。

“听我一句话，保准对你没坏处。以后离那妮子远点儿。”

“兰秀儿人不坏。”

“我知道她不坏，可你离她远点儿好。早年你师爷这么跟我说，我也不信……”

“师爷？说兰秀儿？”

“什么兰秀儿，那会儿还没她呢。那会儿还没有你们呢……”老瞎子阴郁的脸又转向暮色浓重的天际，骨头一样白色的眼珠不住地转动，不知道在那儿他能“看”见什么。

许久，小瞎子说：“今儿晚上您多半又能弹断一根琴弦。”想让师父高兴些。

这天晚上师徒俩又在野羊坳说书。“上回唱到罗成死，三魂七魄赴幽冥，听歌君子莫嘈嚷，列位听我道下文。罗成阴魂出地府，一阵旋风就起身，旋风一阵来得快，长安不远面前存……”老瞎子的琴声也乱，小瞎子的琴声也乱。小瞎子回忆着那双柔软的小手捂在自己脸上的感觉，还有自己的头被兰秀儿搬过去时的滋味。老瞎子想起的事情更多……

夜里老瞎子翻来覆去睡不安稳，多少往事在他耳边喧嚣，在他心头动荡，身体里仿佛有什么东西要爆炸。坏了，要犯病，他想。头昏，胸口憋闷，浑身紧巴巴的难受。他坐起来，对自己叨咕：“可别犯病，一犯病今年就甭想弹够那些琴弦了。”他又摸到琴。要能酝酿叮叮当当随心所欲地疯弹一阵，心头的忧伤或许就能平息，耳边的往事或许就会消散。可是小瞎子正睡得香甜。

他只好再全力去想那张药方和琴弦：还剩下几根，还只剩最后几根了。那时就可以去抓药了，然后就能看见这个世界——他无数次爬过的山，无数次走过的路，无数次感到过她的温暖和炽热的太阳，无数次梦想着的蓝天、月亮和星星……还有呢？突然间心里一阵空，空得深重。就只为了这些？还有什么？他朦胧中所盼望的东西似乎比这要多得多……

夜风在山里游荡。

猫头鹰又在凄哀地叫。

不过现在他老了，无论如何没几年活头了，失去的已经永远失去了，他像是刚刚意识到这一点。七十年中所受的全部辛苦就为了最后能看一眼世界，这值得吗？他问自己。

小瞎子在梦里笑，在梦里说："那是一把椅子，兰秀儿……"

老瞎子静静地坐着。静静地坐着的还有那三尊分不清是佛是道的泥像。

鸡叫头遍的时候老瞎子决定，天一亮就带这孩子离开野羊坳，否则这孩子受不了，他自己也受不了。兰秀儿人不坏，可这事会怎么结局，老瞎子比谁都"看"得清楚。鸡叫二遍，老瞎子开始收拾行李。

可是一早起来小瞎子病了，肚子疼，随即又发烧。老瞎子只好把行期推迟。

一连好几天，老瞎子无论是烧火、淘米、捡柴，还是给小瞎子挖药、煎药，心里总在说："值得，当然值得。"要是不这么反反复复对自己说，身上的力气似乎就全要垮掉。"我非要最后看一眼不可。""要不怎么着？就这么死了去？""再说就只剩下最后几根了。"后面三句都是理由。老瞎子又冷静下来，天天晚上还到野羊坳去说书。

这一下小瞎子倒来了福气。每天晚上师父到岭下去了，兰秀儿就猫似的轻轻跳进庙里来听匣子。兰秀儿还带来熟的鸡蛋，条件是得让她亲手去扭那匣子的开关。"往哪边扭？""往右。""扭不动。""往右，笨货，不知道哪边是右哇？""咔哒"一下，无论是什么便响起来，无论是什么两人都爱听。

又过了几天，老瞎子又弹断了三根琴弦。

这一晚，老瞎子在野羊坳里自弹自唱："不表罗成投胎事，又唱秦王李世民。秦王一听双泪流，可怜爱卿丧残身，你死一身不打紧，缺少扶朝上将军……"

野羊岭上的小庙里这时更热闹。电匣子的音量开得挺大，又是孩子哭,又是大人喊,轰隆隆地又响炮,嘀嘀哒哒地又吹号。月光照进正殿,小瞎子躺着啃鸡蛋,兰秀儿坐在他旁边。两个人都听得兴奋,时而大笑,时而稀里糊涂莫名其妙。

"这匣子你师父哪买来?"

"从一个山外头的人手里。"

"你们到山外头去过?"兰秀儿问。

"没。我早晚要去一回就是,坐坐火车。"

"火车?"

"火车你也不知道?笨货。"

"噢,知道知道,冒烟哩是不是?"

过了一会儿兰秀儿又说:"保不准我就得到山外头去。"语调有些恓惶。

"是吗?"小瞎子一挺坐起来,"那你到底瞧瞧曲折的油狼是什么。"

"你说是不是山外头的人都有电匣子?"

"谁知道。我说你听清楚没有?曲、折、的、油、狼,这东西就在山外头。"

"那我得跟他们要一个电匣子。"兰秀儿自言自语地想心事。

"要一个?"小瞎子笑了两声,然后屏住气,然后大笑:"你干吗不要俩?你可真本事大。你知道这匣子几千块钱一个?把你卖了吧,怕也换不来。"

兰秀儿心里正委屈,一把揪住小瞎子的耳朵使劲拧,骂道:"好你个死瞎子。"

两个人在殿堂里扭打起来。三尊泥像袖手旁观帮不上忙。两个年轻的正在发育的身体碰撞在一起,纠缠在一起,一个把一个压在身下,一会儿又颠倒过来,骂声变成笑声。匣子在一边唱。

打了好一阵子,两个人都累得住了手,心怦怦跳,面对面躺着喘气,不言声儿,谁却也不愿意再拉开距离。

兰秀儿呼出的气吹在小瞎子脸上,小瞎子感到了诱惑,并且想起那天吹火时师父说的话,就往兰秀儿脸上吹气。兰秀儿并不躲。

"嘿,"小瞎子小声说,"你知道接吻是什么吗?"

"是什么?"兰秀儿的声音也小。

小瞎子对着兰秀儿的耳朵告诉她。兰秀儿不说话。老瞎子回来之前,他们试着亲了嘴儿,滋味真不坏……

就是这天晚上,老瞎子弹断了最后两根琴弦。两根弦一齐断了。他没料到。他几乎是连跑带爬地上了野羊岭,回到小庙里。

小瞎子吓了一跳:"怎么了,师父?"

老瞎子喘吁吁地坐在那儿,说不出话。

小瞎子有些犯嘀咕:莫非是他和兰秀儿干的事让师父知道了?

老瞎子这才相信:一切都是值得的。一辈子的辛苦都是值得的。能看一回,好好看一回,怎么都是值得的。

"小子,明天我就去抓药。"

"明天?"

"明天。"

"又断了一根了?"

"两根。两根都断了。"

老瞎子把那两根弦卸下来,放在手里揉搓了一会儿,然后把它们并到另外的九百九十八根中去,绑成一捆。

"明天就走?"

"天一亮就动身。"

小瞎子心里一阵发凉。老瞎子开始剥琴槽上的蛇皮。

"可我的病还没好利索。"小瞎子小声叨咕。

"噢,我想过了,你就先留在这儿,我用不了十天就回来。"

小瞎子喜出望外。

"你一个人行不?"

"行!"小瞎子紧忙说。

老瞎子早忘了兰秀儿的事。"吃的、喝的、烧的全有。你要是病好利索了,也该学着自个儿去说回书。行吗?"

"行。"小瞎子觉得有点对不住师父。

蛇皮剥开了,老瞎子从琴槽中取出一张叠得方方正正的纸条。他想起这药方放进琴槽时,自己才二十岁,便觉得浑身上下都好冷。

小瞎子也把那药方放在手里摸了一会儿,也有了几分肃穆。

"你师爷一辈子才冤呢。"

"他弹断了多少根?"

"他本来能弹够一千根,可他记成了八百。要不然他能弹断一千根。"

天不亮老瞎子就上路了。他说最多十天就回来,谁也没想到他竟去了那么久。

老瞎子回到野羊坳时已经是冬天。

漫天大雪,灰暗的天空连接着白色的群山。没有声息,处处也没有生气,空旷而沉寂。所以老瞎子那顶发了黑的草帽尤其蹒动得显著。他蹒蹒跚跚地爬上野羊岭。庙院中衰草瑟瑟,蹿出一只狐狸,仓皇逃远。

村里人告诉他,小瞎子已经走了些日子。

"我告诉他我回来。"

"不知道他干吗就走了。"

"他没说去哪儿?留下什么话没?"

"他说让您甭找他。"

"什么时候走的?"

人们想了好久,都说是在兰秀儿嫁到山外去的那天。

老瞎子心里便一切全都明白。

众人劝老瞎子留下来,这么冰天雪地的上哪去?不如在野羊坳说一冬书。老瞎子指指他的琴，人们见琴柄上空荡荡已经没了琴弦。老瞎子面容也憔悴，呼吸也羸弱，嗓音也沙哑了，完全变了个人。他说得去找他的徒弟。

若不是还想着他的徒弟，老瞎子就回不到野羊坳。那张他保存了五十年的药方原来是一张无字的白纸。他不信，请了多少个识字而又诚实的人帮他看，人人都说那果真就是一张无字的白纸。老瞎子在药铺前的台阶上坐了一会儿，他以为是一会儿，其实已经几天几夜，骨头一样的眼珠在询问苍天，脸色也变成骨头一样的苍白。有人以为他是疯了，安慰他，劝他。老瞎子苦笑：七十岁了再疯还有什么意思？他只是再不想动弹，吸引着他活下去、走下去、唱下去的东西骤然间消失干净。就像一根不能拉紧的琴弦，再难弹出赏心悦耳的曲子。老瞎子的心弦断了。现在发现那目的原来是空的。老瞎子在一个小客店里住了很久，觉得身体里的一切都在熄灭。他整天躺在炕上，不弹也不唱。一天天迅速地衰老。直到花光了身上所有的钱，直到忽然想起了他的徒弟，他知道自己的死期将至，可那孩子在等他回去。

茫茫雪野，皑皑群山，天地之间蹀动着一个黑点，走近时，老瞎子的身影弯得如一座桥。他去找他的徒弟。他知道那孩子目前的心情、处境。

他想自己先得振作起来，但是不行，前面明明没有了目标。

他一路走，便怀恋起过去的日子，才知道以往那些奔奔忙忙兴致勃勃地翻山、赶路、弹琴，乃至心焦、忧虑都是多么欢快！那时有个东西把心弦扯紧，虽然那东西原是虚设。老瞎子想起他师父临终时的情景。他师父把那张自己没用上的药方封进他的琴槽。"您别死，再活几年，您就能睁眼看一回了。"说这话时他还是个孩子。他师父久久不能言语，最后说："记住，人的命就像这根弦，拉紧了才能弹好，弹好了就够了。"……不错，那意思就是说：目的本来没有。老瞎子知道怎么对自己的徒弟说了。可是他又想：能把一切都告诉小瞎子吗？

老瞎子又试着振作起来,可还是不行,总摆脱不掉那张无字的白纸……

在深山里,老瞎子找到了小瞎子。

小瞎子正跌倒在雪地里,一动不动,想那么等死。老瞎子懂得那绝不是装出来的悲哀。老瞎子把他拖进一个山洞,他已无力反抗。

老瞎子捡了些柴。打起一堆火。

小瞎子渐渐有了哭声。老瞎子放了心,任他尽情尽意地哭。只要还能哭就还有救,只要还能哭就有哭够的时候。

小瞎子哭了几天几夜,老瞎子就那么一声不吭地守候着。火光和哭声惊动了野兔子、山鸡、野羊、狐狸和鹞鹰……

终于小瞎子说话了:"干吗咱们是瞎子!"

"就因为咱们是瞎子。"老瞎子回答。

终于小瞎子又说:"我想睁开眼看看,师父,我想睁开眼看看!哪怕就看一回。"

"你真那么想吗?"

"真想,真想——"

老瞎子把篝火拨得更旺些。

雪停了。铅灰色的天空中,太阳像一面闪光的小镜子。鹞鹰在平稳地滑翔。

"那就弹你的琴弦,"老瞎子说,"一根一根尽力地弹吧。"

"师父,您的药抓来了?"小瞎子如梦方醒。

"记住,得真正是弹断的才成。"

"您已经看见了吗?师父,您现在看得见了。"

小瞎子挣扎着起来,伸手去摸师父的眼窝。老瞎子把他的手抓住。

"记住,得弹断一千二百根。"

"一千二?"

"把你的琴给我,我把这药方给你封在琴槽里。"老瞎子现在才弄懂了他师父当年对他说的话——咱的命就在这琴弦上。

目的虽是虚设的,可非得有不行,不然琴弦怎么拉紧,拉不紧就弹不响。

"怎么是一千二,师父?"

"是一千二。我没弹够,我记成了一千。"老瞎子想:这孩子再怎么弹吧,还能弹断一千二百根?永远扯紧欢跳的琴弦,不必去看那张无字的白纸……

这地方偏僻荒凉,群山不断。荒草丛中随时会飞起一对山鸡,跳出一只野兔、狐狸,或者其他小野兽。山谷中鹞鹰在盘旋。

现在让我们回到开始:

莽莽苍苍的群山之中走着两个瞎子,一老一少,一前一后,两顶发了黑的草帽起伏躜动,匆匆忙忙,像是随着一条不安静的河水在漂流。无所谓从哪儿来、到哪儿去,也无所谓谁是谁……

来到人间

星期六晚上,男的八点多才回到家,在过道里锁车的时候就感到意外:孩子没喊他,也没听见孩子的笑声。

屋里光线很暗,没开大灯,只一盏八瓦的小灯亮在尽里头的写字台上。女的坐在床沿上,见他进来,只把两条腿变了下位置,脸依然冲着电视,披了件旧外套,像是怕冷的样子。床上扔满了玩具。孩子在玩具中间睡着了,没脱衣裳,身上盖了条毛毯。

"没想到又这么晚。"男的说,看了看手表。女的没搭腔。

男的走到床的另一侧,一边解风衣扣一边俯身看看孩子:"怎么这么睡?"

女的还是没回头,说:"饭在厨房里,锅里。"声音瓤瓤的,掏出手绢擤鼻子。

男的又绕到女的身旁,站着看电视,把胳膊抱在胸前,注意着妻子的脸。电视的光忽明忽暗在她脸上晃,让人弄不清她的表情。电视里在播球赛。

"怎么了你?"男的问。

"饭在锅里,凉了热热。"妻子的声音仍旧嚷嚷的,鼻音很重。

男的愣了一会,正转身要去厨房,听见女的长出气,并且像啜泣那样颤抖。

"到底怎么了你?"男的又转回身来问。

"你先吃饭去。"

男的走了几步,伸手去开大灯。

"别开!"女的说。

男的退回到床边,挨着女的坐下,瞪着电视发愣。街上过汽车,荧光屏咔嚓咔嚓地闪。

"到底怎么啦?"

女的不说话,一条腿不住地颠。

"是不是孩子又怎么了?"

"她没说幼儿园好不好?"男的又问。

这下女的忍不住了,"哎——哎——"地哭起来,把头顶在丈夫肩上,浑身不住地抽动。丈夫茫然地坐着,抓紧妻子冰凉的手。

这孩子一来到世上,面前就摆好了一条残酷的路。先天性软骨组织发育不全。一种可怕的病。能让人的身体长不高,四肢长不长,手脚也长不大,光留下与正常人一样的头脑和愿望。一条布满了痛苦和艰辛的路,在等一个无辜的小姑娘走去。也许要走六十年,七十年,或者还要长,重要的是没有人知道这种病到什么时候才有办法治。

孩子不知道这些。和别的孩子一样,她睁开眼睛,看见一个五光十色的世界。小拳头紧攥着,蹬蹬腿,踹踹脚,想来这个世界上试试似的。饿了,她也哭,或者尿了,就哭。吃饱了,高兴了,她也笑。买只红气球挂在床栏杆上,太阳把气球照得透明闪亮,她皱着眉头不眨眼地看。和别的孩子完全一样。

"你说她是吗?"年轻的母亲说,不愿意说出那个病名。人们一般管那种病叫"侏儒症"。

年轻的父亲捅捅那只气球。一片红光飘来飘去,孩子的眼睛跟着转,笑了。还在褓褓里,这孩子就会笑。

妻子斜靠在被摞上,两手垫在脑后,眨巴着眼睛看对面的墙,像是那儿有一道题。丈夫趴在椅背上,交叉起两手顶着下巴,好像另一道题写在妻子的脚上。对面阳台上有个人在给盆花浇水,一边唱着京戏,遇着高音就巧妙地变个调子。孩子什么都不管,看着那只红气球,"咿咿唔唔"地说着自己的歌,仿佛知道童年不会太长,得抓紧懂事前的这段好时光。

"要不再到别的医院去看看?"母亲说。

父亲好一会儿没有出声,把目光从妻子的脚上转向窗外的天上。

"我看她不像。"母亲又说。

父亲猛地站起来:"那就走!"

两口子急急忙忙把孩子裹好,抱起来,出了门,就像这回准有什么好结果。

"我们团有个编剧,"一边下楼梯女的一边说,"头一回化验说是肝炎,还很厉害,没过几天又到另一个医院去化验,结果各项指标都正常。咱们上哪儿?"

街上永远有那么多人,那么多车,简直不知道是为什么。男的站在马路边想了想,说:"这回咱们不去太大的医院了。"

女的没有哭太久。"把灯开开吧。"她说。

男的把大灯拉开。

"把电视关了吧。"

男的把电视关掉。

女的开始收拾床上的玩具,一样一样收进一只小木箱。然后给孩子脱衣服。"嗷嗷,把衣服脱了睡。"不管你心里愿不愿意承认,孩子现在四岁了,个子就是比其他同岁的孩子矮,胳膊腿也明显地短。孩子一岁多的时候,这种病的特征开始显露,再不用跑医院检查了,剩下的是怎么接受这个事实。"嗷嗷,妈妈在这儿,脱了衣服好好睡。"孩子在梦里睁开眼看了看妈妈,又看见了爸爸,困得又闭上眼睛,呼吸中带着抽噎。

两个人一直看着孩子睡熟了,呼吸平稳了。

"嗯?"男的说,是问话,看着女的。

"下了班我去接她,"女的说,"一进幼儿园就见她一个人靠窗台站着,光是看着别的孩子在院儿里玩。一见我来,她就跑过来,拽着我要回家。两个阿姨在聊天。我问阿姨她怎么样。阿姨说还好,不过才两个礼拜,谁知道时间长了怎么样? 对了,你先吃饭吧。"

"等会儿。"

"出幼儿园没多远,她就跟我说,她的被子和枕头都丢在幼儿园了,让我回去拿。我说不用,星期一还要来呢。她一下子就哭起来,蹲在地上说什么也不走了,非让我把她的被子和枕头都拿回来不可。我说'你不想上幼儿园吗?' 她光是哭。我说'你怎么又不想上了呢?' 她光是哭。要不我去把饭给你拿来?"

"不用,不着急。"男的等着她往下说。

"她用胳膊勾住路边的一棵小树,就是不走。小胳膊勾也勾不住,就用两只胳膊这么抱着。我拉她也拉不动,就打了她一下。"女的用手抹眼泪,伤心地摇头。

男的焦急地等着她往下说。

"我还从来没打过她。我不知道我今天是怎么了。我从来没打过她一下。"

"我知道,我知道。这也没什么。"

"我打了她一巴掌,"女的仰起脸,把一缕头发拢到耳后,声音放得平缓些,"她就一个人哭着往幼儿园走,走到幼儿园门口又不敢进去,自己靠墙边站着,把脸扭过去不朝我这边看。好半天,还是我先过去跟她说对不起,问她为什么不想再上幼儿园了。她说,'你把被子和枕头拿回来,我再告诉你'。你看她。"

男的想:糟糕的就是她还这么聪明。

"我本来想说,你告诉我,我就去把被子和枕头拿回来。"

"千万别这么说。"

"就是。我知道不能骗她,"女的说,"她又让了一步,说'你要是拿不动,明天让爸爸来拿。'"

"你答应了?"

"没。我知道咱们不能骗她。"

男的叹了口气。"嗯,后来呢?"

"这会儿天就快黑了。我狠了狠心,猛地抱起她来就走。你猜她怎么?也不哭了,也不喊了,使劲闭着嘴,一直到家,一句话都不说。我跟她说什么她也不理我。你说她这脾气。"

"就是,这孩子又聪明又有个性。"男的说。

女的到厨房去拿来个面包,给男的。

"不用。等会儿再吃,"男的把面包搁在桌上,"她到底跟你说为什么了没有?"

"回到家她还是不理我,自己坐在床上摆弄那只塑料狗。我把饭做好摆在桌子上,她连看也不看。我把所有的玩具都给她拿出来,好,她连那只塑料狗也甩到一边去。我坐在床上,想跟她一起玩,她干脆一个人跑到厕所里去,把厕所的门插上。过一会儿,我贴着厕所的门听,听见她在厕所里小声哭。我扒着门缝跟她说,'是不是别的小朋友说你什么了?'她立刻'哇——'的一声大哭起来,一边哭一边说,说别的孩子管她叫大头,叫她大脑壳,还叫她丑八怪,还有。我说,'你告诉了阿姨了没有?'她说她才不去告诉阿姨呢,她说她知道阿姨光喜欢别的孩子。"

女的又抽泣起来。男的不说话。

"我怀疑是阿姨那么叫过她,孩子们怎么想得起来那么叫她?"

"你先别这么瞎怀疑,"男的说,"先冷静点。"

"我要去找阿姨谈谈,找她们园长!"

"谈谈不是不可以,必要的时候甚至……不过这都不是最要紧的。"

"我让她把门开开,她说不,除非我答应明天把她的被子和枕头都拿回来。我说好吧。"

"你这么说了?"

"我没骗她！我明天就去把她的东西都拿回来！不让她去了。让她自己在家里玩。要不就把原来看她的那个老太太再请来，多少钱都行，五十，六十也行！"

"你再好好想想。"

"我早想了！"

"问题不在钱上，问题是她不能总在家里！"

"我也没说在钱上。得得得！我不听你说！"

"咱们别又吵。你想想，孩子总有一天……"

"你要说什么我都知道！我养她，养她一辈子。你不养算了，我一个人养！"

"你又不冷静。"男的说，站起来朝厨房走去。

女的追到过道里说："就你那德行冷静！"然后又回到屋里，坐到沙发上，呆愣着坐了好一会，眼泪又止不住地流。

死应该是一件轻松的事。生才是严峻的。一个人快要死了，无论如何我们可以安慰他："放心吧！伙计，不管怎么说，你把你的路走完了，走得还不坏。"对一个刚来世上的孩子呢？你能安慰他什么？你能知道这个娇嫩的肉体和天真的心灵，将来会碰上什么吗？你顶多可以跟他说："行了伙计，既然来了，就得开始了。"

对所有的人来说，也都是这样。没人知道什么时候会碰上什么。生活中随时可能出现倒运的事。

丈夫很有才气，得了硕士学位，现在是工程师，身高一米八十三。妻子是话剧演员，当然漂亮，身高一米六十八。有一套一居室的房子，有厨房、厕所、煤气、暖气。女的还在香港有个叔叔，送给他们彩电、冰箱、录音机。然后，这个孩子来了，上帝像是生怕世上有一个平平安安的家庭。

妻子生这孩子的时候就不太顺利。孩子先是窒息、抽风，之后又得肺炎，一直在医院里抢救。母亲也出了点毛病，住在另一间病房里。母子俩还没见过面,有一天大夫告诉父亲:"发现您这孩子有一种先天性的疾病。""嗯?什么病?""软骨组织发育不全。""我不懂,对病我一点都不懂。""这病,怎么说呢?不好治,而且……""会死吗?"年轻的父亲有些慌。"那倒不会,这病没有生命危险。"接着,大夫把那种病的后果告诉了他。

年轻的父亲跑到医院的小花园里坐着。夏天的中午,小花园里没什么人,晒蔫了的洋槐树下有一条长椅,水泥路面上浮着一层颤抖的热气。他坐了一个多小时,才渐渐明白发生了什么。一个矮人儿,只有一米一二高,头很大,躯干也像成年人的一样,只是四肢短,手指像脚趾一样又粗又短。他记得自己小时候就嘲弄过那样的人,追在人家身后喊"大个儿",没人教过他,也没有人制止他。他已经把这事忘了很多年了。这些年他忙这忙那,忙着考大学,忙着考研究生,不知不觉已经做了父亲。现在他清晰地记起来,那个矮人怎样装作没听见他的话,怎样急匆匆地走,想要摆脱他。现在他才想到,他曾给过一个心灵怎样的折磨。那颗心上已经磨出了老茧,已经不反抗了,只是逃避。他将有一个那样的女儿。

"不对!"他的一个老同学跟他说,"糟糕的不是你有一个那样的女儿,是有一个灵魂要平白无辜地来世上受折磨!"

"这我想过。不过,所有的人不都是一样吗?譬如说我现在。"

"不一样。当然,人世间的痛苦你都可能碰上。可她呢?她是生来就注定了,痛苦要跟她一辈子。"

"她也许因此成为一个很有作为的人呢?"

"战争能造就不少英雄,但是为了造就英雄就发动一场战争,有这回事吗?"

"那当然不。"他说。

"人是不得不成为英雄的。"

"这我同意。"

"大夫怎么说?"

"大夫说,她的肺炎很厉害,救得活救不活还不敢说。"

"这是暗示。"

"我知道是暗示。"

"你也可以给大夫一个暗示。"

"这我得跟我爱人商量。"

"她会同意吗?"

"我想不会。"

"你得说服她。"

"她肯定不听。"

正如父亲预料的那样,年轻的母亲一听便大哭起来:"不! 不! 我就要她! 什么模样我也要!"

男的把饭菜热好,端进屋里。女的在看当天的晚报。

"不再吃点?"

"什么叫再吃点? 我一点也没吃呢!"

男的听出,她已经冷静下来了。男的又跑去拿了一个碗和一双筷子,盛好饭放在茶几上,自己在另一个沙发上坐下。

"你怎么买着鱼了? 哪儿买的?"

她没回答,把自己的饭拨一半到男的碗里。

"什么鱼? 是鲤鱼吗?"男的拨弄着碗里的鱼,很快地朝女的脸上扫一眼。

过一会,男的又说:"我看像鲤鱼。"

"不是。"女的勉强回答。

"不是鲤鱼?"男的装出惊讶的样子。

"我看她现在还太小。"女的说。

男的在嘴里费劲儿地倒着鱼刺,考虑怎么回答她。

"再过一年,啊? 怎么样? 明年再让她去。"

"还不是一样吗？反正早晚有这么一天，她得知道她长得丑。"

"我答应了她，你没见她多高兴呢，立刻不哭了，一个人在床上玩，让我跟她一块玩。我到厨房去，她跑到厨房来问我，'你说我丑吗？'"

女的张了张嘴，没说出话来，低头吃饭。

"你准又说她不丑。我跟你说不能骗她！"

"等她再大点，到五岁，再告诉她，可能会好一点。"

"干吗不到六岁？干吗不到七岁？一点也不会好！别说五岁。头一回知道自己是畸形人，和所有的人都不一样，别说五岁，五十岁也受不了。岁数越大也许越糟糕。"

"那怎么办？"

"没别的办法。得让她知道，让她及早在心里接受这个事实。"

男的又想起自己小时候嘲弄过的那个矮人。是接受这个事实，可不能是习惯、麻木和自卑，男的在心里对自己说，得让她保留生来的自尊。

"我怕她受不了。"女的说。

"谁受得了？谁他妈的也受不了！"男的喊，使劲把饭碗蹾在茶几上。

妻子吓坏了。丈夫在屋里走了两个来回，赶紧把攥紧的拳头松开，提醒自己：要冷静。

"要是世界上只有你、我和她，咱们就永远不让她知道。"男的说。

"不过，"男的又说，"即使那样也不行，她自己早晚会发现，你就长得比她漂亮。"

"还不如让我是她，让她是我。"母亲说。

"别瞎说了。"

"真的，我真的愿意。"

"我知道，"父亲抓住母亲的手，"我知道。不过不可能。即便可能又怎么样呢？她也会像你现在这样，你也会像她这样。这事轮上谁，谁也受不了。"

"要是她是我，我是她，我就受得了。"

"咱们别说废话了好不好？"男的说。

"就让她再过一年再去吧。"女的坐到床上去看着熟睡的孩子。

男的不说话。

"我已经答应她了，我不能骗她。"

父亲还是不说话。

母亲看着梦中的孩子。"咱们还不如不生她。还不如那时候不让她活。"

孩子能满床上爬了，满床上爬着追那只气球，气球在她眼前飘，她总是抓不住，捉不着。气球飘到桌子上，飘上玻璃窗，飘上屋顶，又飘下来。孩子嘎嘎地笑，尖声地叫，一心一意地追。她挺聪明，等到气球滚到她跟前，一下子扑上去，抱着气球坐在床上笑，举起来给爸爸妈妈看。忽然"呼！"的一声。孩子吓愣了，抬起头来看看桌子上，看看屋顶上，看爸爸，看妈妈，"哇——"地哭开了。

孩子那惶然四顾的样子，给了父母很深刻的印象。还是那一声哭，使人想起一个在人丛中走丢了的孩子，发现左右没有了父母，都是些陌生人。

夫妻俩越来越多地想到孩子的将来。

"你说她能长到一米四吗？女孩子只要长到一米四，也就还可以。"女的跟好多人这么说过，有的人不言语，有的人说："也许差不多。"年轻的母亲叹气，心里什么都明白：要真能长到一米四，还算什么有病呢……

孩子又得了一场大病，肾炎。真是个多灾多难的小姑娘。母亲请了假在家里，抱她去打针，按时给她喂药，大夫说不能让她吃盐。父亲的工作放不下，每天尽量早地跑回家。孩子明显的没有精神，不爱笑，总睡。

"今天好点吗?"

"打针的时候恨不能把嗓子哭破了。从注射室出来,她使劲把脑袋往门框上碰。这脾气长大了可怎么办?"

窗外正下着雪。从三层楼的窗口望出去,家家户户的灰房子上,都有一个白色的屋顶。雪花静静地飘落。他们知道自己要比孩子先离开世界,知道这孩子无论碰上什么事都将是一个"难"字,一个"苦"字,不知道她能不能应付得了。

"她真还不如不来。"母亲说。

"当初不如听那个大夫的话。"父亲说。

"其实,那时候她等于还没有生命。"他又说。

"什么?"

"人是在开始懂事了,才算有了生命。"

"我没懂你的意思。"

"那时候如果听了大夫的话,其实她一点都不知道痛苦。跟没生她一样。"

女的想了一会,说:"真的,是这么回事。"

"当时我就跟你说过。"男的说。

"你根本没这么说。"

"我说了。你根本一句都听不进去。"

"我光想,她长得再丑我也一样会爱她。"

"我说你应该替她想想。我还说,这不光是我们受得了受不了的事。你根本听不进去。"

女的想着过去的事和以后的事。

"咱们可以再生一个正常的。"男的忽然说。

"像咱们这种情况,也允许再生一个。"男的又说。

妻子把脸埋在手里,痛苦地摇头。

"我问过大夫了,行,"丈夫说,"这病不是遗传,咱们生这样的孩子,其实非常偶然。"

妻子抬起头,认真地听。

"是否正常,可以在怀孕期间检查出来。"

一直到晚上快睡觉的时候,女的才又说起这件事。

"不,我不想再要了,我怕那样咱们会偏心。我就要她一个。咱们别再要了。"

"咱们不会不偏心?"丈夫说。

"肯定会。不是偏那个就是偏这个。"

孩子睡在两个人中间。雪早停了,一缕月光照在床上。两个人都看着睡在中间的孩子。

"还有几个加号?"

"三个。还是跟原来一样。尿还是发红。"

"其实她现在也还什么都不懂。"男的说。

"这是命。"女的一下子没懂他的意思。

"我是说,她现在也可以一点痛苦都没有,跟没生她一样。"

"什么?你说什么?"妻子恐怖地看着丈夫。

一团云彩又挡住了月亮,屋里完全黑暗。没有声音。两个人都知道对方没有睡。过了很久,丈夫感觉到床在颤动。妻子在哭。

男人在夜里才哭。男人睡着了的时候才把握不住自己。妻子把他推醒。那时月光又落到地上。他立刻很清醒:无论什么事,也不管对不对,做不到就是做不到。因为爱这孩子,所以不想让她受以后这几十年的痛苦,但正是因为爱又做不到。就像算命,不管算得准不准,反正你不会相信。或者不管你信不信,你还得活下去,该干什么还得干什么。

母亲该给孩子喂药了,父亲穿着单薄的衣服下地去拿暖壶。

现在孩子懂事了,生命真正开始了。夫妻俩一直害怕着这一天,没料到竟来得这么早。她有了记忆,知道了歧视,懂得气愤和痛苦了。她还不知道这仅仅是个开始。她想逃避,还不知道这是逃不开的。

"这不过是第一回，"男的说，半坐半躺在床上。他又想起那个被他嘲弄过的人。

女的躺在被窝里，睁着眼睛看天花板。孩子睡在她身边。街上传来洒水车"当当当"的铃声。

"这回还不是最难办的呢，"男的又说，"不过咱们得跟她说实话。"

"怎么说？"

"怎么说倒是小事。"

"那你说，你跟她说。"

"我当然可以说。不过，你答应了她不去幼儿园，她会说是你不让她去的。"

"你跟她说。然后我紧跟着就说，你说得对。"

"也行。不过怎么说呢？"

"你就说，所有的孩子都得上幼儿园。"

"不是，主要不在这儿。上幼儿园好办，硬把她送去她也得去。"

"那你说怎么说？"

"得让她知道，她确实是长得不好看。"

"我看说这个还早。她还太小。"

"就得现在说！大了就更难办。"

"她脾气倔极了，她能干脆不理你。"

"那也得说。"

"还是你自己跟她说吧。她要是闹脾气，我好哄她。"

"就怕这样！就怕我什么都跟她说了，你再来说好听了，说不是那么回事，'你长得不丑，你长得漂亮，你跟别的孩子一样，大伙都会喜欢你。'怕就怕这个！比不说还坏！"

"我不是这么哄。我没说这么哄。"

"那你怎么哄？我问你，你怎么哄？"

女的坐起来，披上衣服，胳膊交叉着抱在胸前，皱着眉头不说话。

楼上传来"嚓啦嚓啦"的拖鞋声,一会又"嚓啦嚓啦"地走回去。

男的赶紧又把攥紧的拳头松开,说:"但是她可以在其他方面不比别人差,你得这么说,她能在很多方面超过别人,做得比别人强。"

第二天是星期日,孩子很早就醒了,赖在被窝里不起来,看着春天的太阳照进屋里,太阳光越来越多,自己躺在床上唱。

母亲做好了早点,进屋来说:"快起床吧,小懒丫头,吃完饭带你去公园。"

"真的?"

"真的。"

"爸爸!是真的吗?"爸爸还在厨房里。

她跳出被窝,抱住妈妈的脖子,在床上蹦,在妈妈的脸上亲。这孩子会来事儿。

"妈妈,我穿哪件毛衣呀?"

"妈妈!我穿什么裤子呀?"

"我的新皮鞋呢?爸爸!你给我买的新皮鞋放在哪儿啦?"

年轻的父母在过道里擦肩而过,互相看了一眼,表情都很严肃,甚至是紧张。

临出门的时候,孩子忽然有些担心:"妈妈,我不去幼儿园了吧?"

"不去。不去幼儿园。"

丈夫拖了一下妻子的衣襟。孩子一蹦一蹦地跑到楼道里去了。

"我知道,我知道,"妻子赶忙解释,"可是现在没法说。"

"那你也别那么说呀,'不去!不去!'说得那么肯定。"

两个人都叹气,急忙出来。孩子站在楼梯上喊他们。

公园里有了春天的模样,柳条绿了,湖面上有了游船。孩子一进公园就跑起来,跑跑停停,转回喊她的父母。

"快来呀你们!草!草!"

草也绿了。孩子蹲在地上看,用手摸摸。

"有的草是绿的,爸爸,有的草是黄的。"孩子说。

"草跟草不一样。"父亲说。孩子已经跑开了。

到了儿童运动场,孩子进不去,只是扒着栅栏朝里面看,一声不响。

"不想去滑滑梯吗?"母亲问她。

"你看,里面有那么多小朋友在玩。"父亲说。

孩子猛地跑开,故意蹦跳着,在地上捡石子,好像是说她自己也可以玩得很开心。她会掩饰自己的愿望了。

"这样下去她会离群,"父亲对母亲说,"她会慢慢变得孤僻。"那个极力想摆脱他的矮人,又浮现在他眼前,这几年他不断地想起那件事。

"船!船!妈妈,咱们划船吗?"孩子又跑回来,抱住母亲的腿。

"告诉妈妈,你们幼儿园有船吗?"母亲说。

孩子一愣。

妻子看一眼丈夫,丈夫点点头,鼓励她。

"妈妈,我想划船。"

"那你答应妈妈一件事,明天去幼儿园。"

"嘘——"丈夫做了个不满意的表情。

"嗯?"妻子有些慌张。

"别这么说,别这么许愿似的。"丈夫小声说。

孩子拉着母亲的手默默地走,专心地望着湖面上的船。

"爸爸带你划船去,走!"父亲拉过孩子的手。

孩子有些犹豫,把手缩回来,望望妈妈。湖面上那些划船的人真让人羡慕。

"走,咱们划船去,妈妈也去!"母亲说。

在船上,孩子一直不说话。船桨有时打起水花,孩子忍不住笑起来,尖声中,但很快又静下来,像个大人似的,心事重重地看着船边荡漾的湖水。

"你看她。"母亲悄声说。

"嘘——"父亲说,"哎,那个愁眉苦脸的,看咱们的船快不快!"

孩子故意不看他们,装听不见。划船原来是这么没意思。这样,明天就得上幼儿园去了。

"行了,你瞧她这脾气吧。"

"嘘——"

整个上午,孩子再没有真正笑过。父母俩想尽办法让她高兴起来。孩子却想回家了。

"咱们吃点饭吧,回家去没饭吃呀?"父亲对孩子说。

在饭馆里等饭的时候,父亲给孩子讲了个故事:"从前我认识一个小个子的人,很矮,只有筷子这么高……"

孩子笑起来:"真的? 那他用什么吃饭呢?"

"别笑,还没人敢笑话他。别看他个子矮,这个人很不了起,从来不把高个子的人放在眼里,很多事别人干不了,可他能干。"

"他能干什么?"

"嗯……很多,譬如说,他研究出一种药,这种药矮个子的人吃了就能长高。"

"那他干吗不给自己吃一点?"

"嗯……可是他已经老了,别人吃了这种药都长高了,可是他自己却不会再长高了。所以没人敢笑话他矮,大伙都特别尊敬他。"

"这个人从小就上幼儿园。"母亲插嘴说。

丈夫差点没跳起来,狠狠瞪了妻子一眼。

孩子又低下头。过了一会,她又喊着要回家了,一个人先跑到饭馆外边去。

"我跟你说了,上幼儿园是小事!"丈夫冲妻子喊,跑出去追孩子。

女的呆呆地坐在饭馆里,想哭又哭不出来。服务员把饭菜端来了。她问多少钱,服务员说交过钱了。等服务员走开,她也走出饭馆。

她看见丈夫和孩子在草坪那边的长椅上,孩子正扯破了嗓子哭。

她赶紧跑过去。

"看,妈妈来了,"父亲说,"妈妈给你道歉来了。"

"妈妈,"孩子哭着说,"我不去幼儿园。"

母亲抱着孩子,"嗷嗷,不哭,不哭,"不知再说什么好。

"妈妈骗了你,妈妈要给你说对不起。"丈夫给妻子使眼色。

孩子用脚使劲踢爸爸:"你甭说! 不用你说! 你走! 你滚一边去!"

母亲还是说不出话来,光流眼泪。

"他还说,"孩子哭着对妈妈说,"还说我就是大脑袋,就是、长得、难看,他还说。"

"那怕什么? 那没什么关系,"母亲抹掉眼泪,尽量让声音平缓、柔和,"大脑袋怕什么? 矮个子也没关系,你能在其他地方比别人强,比别人更有用。"

"不! 不!!"孩子喊起来,"我不是! 我不是! 爸爸、才、是哪!"从母亲怀里挣脱出来,一个人哭着往前走去。

丈夫拍拍妻子的背:"这会你别再哭,有一个就够了。"

"我知道,我没有。"

两个人跟在孩子后面追上去。

到家以后,孩子又把自己关在厕所里。

女的在厨房里洗菜、切菜。男的淘米。男的隔一会到阳台上去一回,从窗户缝往厕所里看看。

"干什么呢?"母亲问。

"靠墙站着,把鞋给脱了。"

母亲去敲厕所的门:"快开门,妈妈要上厕所。"没有回答。"把鞋穿上,要不该着凉了。"

过了一会,父亲又到阳台上去,回来说:"把袜子也脱了。"

"她这脾气可怎么办?"

"我看倒好。她难得有点脾气。得让她有点脾气。"

妻子靠在丈夫怀里,沉得身上一点劲儿都没有了,"得让她把鞋穿上,要不该着凉了。"

"不会。放心,不会,"丈夫说,"得让她保持住这种硬劲。没办法。无论将来她遇见什么,她不能太软了,得有股硬劲儿。"

天渐渐黑了。夫妻俩站在厨房通向阳台的门旁,听着孩子的动静。

过了很久,厕所的门轻轻响了一下。

孩子站在厨房门前的过道里,看见爸爸搂着妈妈,外面是万家灯火,还有深蓝色的天空和闪闪的星星……

钟 声

B 还不到一岁的那年,父母就离开了这块大陆,连爷爷也不知道他们最终去了哪儿。当时爷爷说,你们得给我留条根。那时爷爷已经看出这绝不是通常的分别,所以坚持要他们给他留下一个孙子。爷爷知道除此之外都已成定局,所以从始至终只提了这一个要求。父母日夜犹豫,临走的那天早上才决定下来,把 B 留给爷爷。因为 B 的两个哥哥已经大到能够哭着喊着片刻不离他们的母亲了,而 B 还不到一岁,世界还没来得及给他什么具体的印象。又因为爷爷说死说活不愿离开这块土地。

这是多年之后 B 对我说的。

B 跟着爷爷在北方农村的一个镇子上长到五岁。镇子很小,只有两条纵横交叉的街。有一条长不成鱼而只可供人们洗洗衣裳的细水,从远处悠悠流来,挨一挨镇子的边缘,便又流走到很远去了。两条街上,杂货店、小饭馆、肉铺、粉房、豆腐房、铁匠铺、车马大店等等各有一家。杂货店里有两架挂钟,弄不清是哪代开明或是糊涂的掌柜进的货,从无买主问津;一架已经坏了,另一架就为镇上的人提供了一个观赏和赞叹的机会,也给小店的生意带来了意想不到的好处。镇上没有电,没有学校,差不多没有新闻。终日不断的是粉房和豆腐房的石磨声,还有铁匠铺的打铁声。车马大店前永远站着几匹贪婪吃草的牲口。小饭馆门口则卧着一头肥硕无比的大狗,那狗自知全镇无敌,目光便不凶猛,而是流露了傲慢与昏聩,漠视并且蔑视那些四处流浪的同类。两条街的四端都伸入到不见边际的田地里去;冬天是褐色的不见边际的裸土，夏天是金黄闪耀不见边际的向日葵的花朵。小镇给 B 印象最深的就是那些向日葵，成百上千万素朴又肆无忌惮的花朵铺天盖地，天气晴朗时一派灿烂辉煌把小镇映照得愉快、安谧。遇到坏天气，所有的花朵一齐骚动癫狂起来，漫山遍野涌荡喧嚣，令种植它们的人也头晕目眩魄动心惊，整个镇子都随之惶惶然无所适从一般。

这都是多年以后 B 给我讲的，像是在讲述一个年代久远的传说。他说："你哪年出生?"我告诉他："五一年。"他说："让我想想。哦，这么说我第一次跟爷爷收获向日葵的时候，你可能刚刚出生，也可能你还没有出生呢。"他说，当那些向日葵一棵一棵成片成片地被砍倒时，他忽然大哭不止。"为什么?""不知道，"他说，"生命中本来有很多神秘的事。"

五岁的那年夏天，爷爷对 B 说：我带你到城市去。到县城去?不，可比县城大多了，也比县城远多了。爷爷给 B 和自己都带了几件换洗的衣裳，用一把老铜锁锁了门，爷孙俩便出了镇子，走在森林一样的向日葵地里了。干吗要到那儿去?去念书，你该念书了，你到了得念书的年龄了。向日葵的叶子大如蒲扇，层层叠叠，圈拢起燠热而沉重的葵花香，蚂蚱醉醺醺地趴在葵杆上昏睡，蝈蝈则到处发着梦呓。在那条细水穿流的地方，偶尔生出几丝风来，蛇一样分头钻进葵林，闹鬼似的嬉戏游逛，郁郁寡欢的花香便被惊扰得四处流窜满天漂泊一阵，干枯的花蕊借机脱离花盘，细密如雨，灌进 B 的衣领。我父母是不是在那儿? 不，不在，他们没在那儿。他们在哪儿? 爷爷从来没打算骗你，爷爷也不知道他们这会儿在哪儿。你跟着爷爷不好吗? 可咱们到那儿去找谁? 咱们就住在你姑家，还有你姑父，还有你的表妹和表弟。他们认识我? 你姑和你姑父见过你，那时你生下来才几天你还不记事呢。

爷孙俩走了一个上午，还是没走出向日葵林。然后他们搭上了汽车，汽车开了一个下午，仍然随处可见盛开的向日葵花。直到第二天他们上了火车，B 的注意力让火车里面的事物吸引了整整一个白天，那些向日葵才梦幻一般地消失了。当他又想起向日葵时，车窗外已是茫茫黑夜。姑知道我父母上哪儿去了吗？不，你姑也不知道。问过她了？问过了。他们是不是也坐火车走的？别再想这件事了，不再想这事了好吗？你说爷爷好不好？也许姑父会知道吧？咱们不说这事了，你该睡了，我担心这两天你要累病了呢，躺在爷爷腿上，对，睡吧。您没问问姑父？记住，以后不管谁问你，你就说，爷爷也不知道他们到哪儿去了。记住了吗？窗外夜黑如墨。在随后的梦里，B 仍没能勾画出父母的模样，而是整宿都在绵延不断的凄艳的向日葵花中间徘徊。

B 醒来火车已进入城市。就是我在其中出生、长大、并一直活到现在的这座城市。B 的姑姑家离我家不算太远。从我家往东再往北，再往东再往北，走过大约四五条街，有一座教堂，B 的姑姑家就住在那座教堂旁，在教堂东约三四十米的地方。B 在那儿住了差不多七年，不过那时我们并不相识。

"但那时说不定我们迎面相遇过。"B 说。很多年后 B 故地重游，在我家附近的一个冷饮店里，我们俩从午后一直坐到天黑。我说："这很可能。"他说："只不过我们不知道而已，结果我们就不把它算在内。"我说："算在什么内？"他说："你绝对数不清都是哪些事在对一个人的命运起作用。你不觉得生命中有很多神秘事？"我点点头，不过说老实话我没太懂 B 的意思，我不知道他指的是什么。天气燥热，报纸上说已经连续九十几天没有降水了。我和 B 坐在冷饮店里一杯接一杯地喝着啤酒。太阳在外头隆隆作响，把路面烤变了形，树叶和纸屑被踩进黑亮刺目的沥青里去。B 说："你还记得那座教堂？"我说："我光是听说过它。不过我记得它的钟声。"他说："让我想想。哦，你可能没见过它，你可能对那教堂还没什么印象那教堂就已经没了。"我说："可我朦朦胧胧记得一种钟声，后来我长大了相信那肯定是一种钟声。那教堂是不是有钟声。""要是你相信你听到的是钟声，那肯定就是它的钟声。有,它有钟声,它一天当中要敲响好几遍钟声。""那声音缥缥缈缈,那声音至今给我一种安详的感觉。""你不觉得那声音很神秘吗?""你指什么?""同样的钟声,在清晨你会觉得那就是清晨的声音,在午后你会觉得那就是午后的声音,在黄昏你又觉得那就是黄昏本身所固有的声音了。别的任何声音都不可能这样。"我慢慢去回忆那钟声,一边喝着啤酒;而我觉得那是襁褓中一梦醒来时所固有的声音,是忽然展现的一片光亮和模糊景物(屋顶、窗口、窗外的树和我老祖母慈祥的面容)所随身携带的声音,是生命之初的声音。我没有见过那座教堂。在那教堂的遗址上后来盖起了一座红色居民大楼。我问 B:"你到那教堂里去过吗?""当然,"B 说,"我姑父就是那儿的最后一任主讲牧师。"

姑父身材颀长,坐在一张很旧但是雕花的靠背椅上,坐在幽暗的排列如墙一般的书柜前面,白皙的脸和白皙的手臂又鲜明又沉寂,如同一幅悬挂于空室之中的古典派肖像。这印象的由来还在于,就在那一刻 B 平生第一次听见了那座教堂的钟声。那是晚祷的钟声。当然这些是后来 B 才知道的,包括知道什么是古典派肖像。还包括知道,在那个斯文而和蔼的姑父的身体里面并不乏火一样的热情。

姑站着刚好同姑父坐在椅子上一样高。姑蹲下来把 B 搂在怀里,一边说:唉唉——那时候你生下来才一个月,那回我们去看你正是你满月的那天,那天我们去得正巧,约摸你该满月了结果正巧就是那天。今年都三岁了吧? 五岁。五岁? 唉,可不是么。姑的怀里非常温柔,像早秋向日葵地里的风。姑身上有种 B 从没闻见过的味儿,跟爷爷身上的味儿完全不同,这味儿让 B 有点羡慕和惊慌。五岁啦,爷爷说,得上学啦。爷爷的目光在姑父脸上晃了一下,又定在 B 身上。镇子上没有学校,县城里的学校又远又不像个样子,想了又想,幸亏还有你这么个亲姑姑,和他的亲姑父,他得上学了。于是姑就流泪:上学,当然得上学,你就住在姑姑这儿上学。那爷爷呢? 爷爷也不回去了,都在这儿,咱们在一块,咱们是一家人。爷爷叹了口气,姑站起身,后退两步坐在爷爷身旁,像端详一幅画那样端详 B:天呐可真像! 鼻子以上像他妈,鼻子以下像他爸。他们还是没有消息吗? 没有,一点音信也没有。唉唉——姑就又流泪。一时屋子里很静,那座教堂的钟声也已停歇。过了好一会,B 忽然听见一个异常纯净圆柔的声音缓缓地说:他们本不必走,他们根本不该走,他们真像那一对误入歧途失去了乐园的人。B 没料到姑父的嗓音那么好听,以致竟在屋子里寻找了一会,才相信那声音确是出自幽暗中那白皙的身影。随后姑父站起来走到屋子中间,说:看看这是多么可爱的家园! 姑父就像在教堂里布道那样:上帝所应许的那个乐园正在实现,一个没有人奴役人,没有人挨饿,没有贫穷,没有战争、罪恶、暴行,甚至没有仇恨和自私的乐园就要实现了。姑父神采焕发白皙的脸上泛起红光,语调抑扬顿挫就像唱歌:他把这样的乐园最先赐予了我们,上帝把全世界梦寐以求的、把全人类自古以来梦寐以求的那个人间天堂最先给了我们的祖国。姑父停顿了一会,激动地在屋子里来来回回地走,然后猛地站住,痛心疾首地说:我真不懂得他们为什么一定要走? 他们不该走实在是不该走呀! (后来,当 B 在学校里学到"痛心疾首"这个词的时候,立刻想起了姑父那时的样子,于是一点没费劲儿就理解了这个词的含义。)但当时 B 只是想:姑父可能知道父母到哪儿去了。

　　这都是很多年以后的那个下午 B 跟我说的,像是说着一个流传至今的故事。他说:"那天晚上姑父越说越兴奋越说越激动,直到爷爷靠在沙发上响起了鼾声,姑也不住地打哈欠。"他说:"都说了些什么我记不住了,那时我才五岁,但肯定说的是一个乐园就要实现了什么的,他一辈子都在说这件事。"B 说,只有他却一直听着,他以为姑父最后一定会说到他的父母去了哪儿。

　　B 和爷爷住一间屋,姑和表妹、表弟住一间屋,姑父一个人住一间屋。表妹和表弟都还太小,一个才两岁,另一个还不到一岁,他们似乎整天都在睡觉。夏日漫长的白昼寂寞无比。在 B 的印象里那些天表妹和表弟整天都在睡觉,他趴在他们身边久久地看着等着,希望他们能醒来跟他玩一会。教堂的钟声一遍遍响过,孤独又惆怅。姑偶尔走来,对 B 说:"你像他们这么大的时候也是总在睡觉。姑父有时来和 B 说一会话。他很想问问姑父他的父母到底去了哪儿,但又不敢。姑父便又给他讲关于那个乐园的事:在那儿所有的孩子都是好孩子,都非常喜欢读书。B 终于问:我就是像表弟这样睡着觉的时候,我的父母没叫醒我就走了吧? 姑父半天没有回答,然后摸摸 B 的头说:表弟表妹和你一样,都是我们的孩子,你说是吗? B 发现姑父一点都不可怕。

不久,姑带 B 到一所小学校去考试。那原是一座庙。院中有两棵参天的老柏树,浓阴洒满一地。很多孩子都由父母带着来考试。姑带 B 走进一间教室。教室是由荒残的殿堂改造而成,门窗上镶了玻璃并且涂了绿色的油漆。B 走到一个中年女人面前,姑让 B 管她叫老师。老师就问他:你刚从农村来吧? B 很奇怪为什么老师会知道。老师又问他几岁了、叫什么名字、住在哪儿、家里都有什么人、父母叫什么名字? 然后老师又问:你父母在哪儿工作? 这一问 B 没能马上回答,但他很快想起了爷爷教他的话。爷爷也不知道他们到哪儿去了。老师好像没注意到他的回答,跟姑走到教室外面去了。B 独自在那儿站了一会,出神地看那一排排桌椅和黑板。姑还不回来,他就去找。姑和老师站在树阴里谈话。他听见姑说:是的是的,父母在他出生后不久就都去世了。老师叹了口气:这么说,他就只有你了? 姑点点头又赶紧摇头:不不,他还有爷爷,他一直跟着爷爷。这时候他们看见了 B,就都不再说话。后来老师摸摸 B 的头,说:来吧,开学就来吧,我看你准是个聪明的孩子。

那天夜里 B 又梦见了向日葵。向日葵被成片成片地吹倒,素朴而灿烂的花朵散落得漫山遍野到处都是,不知是因为害怕还是悲伤,他又哭起来。爷爷被惊醒了:怎么了? 做什么恶梦了吧? 我梦见了向日葵。呵,向日葵,向日葵有什么好怕的? 睡吧,快睡吧。爷爷,您也会死吗？爷爷好半天没有回答，然后猛地翻身坐了起来：干吗问这个？你怎么想起来问这个？死了是不是就到谁也不知道的地方去了？死了是不是就再也回不来了？黑暗中，爷爷一声不吭一动不动。他们是什么时候死的，您干吗不告诉我？那个老师很有眼力，B是个过于聪明的孩子。姑走了进来。我父母是不是死了，爷爷您干吗不说话？爷爷开了灯，愣愣地看着姑。姑父也来了。姑，是不是我父母在我生下来不久就死了？姑看看爷爷，爷爷低着头谁也不看也不说话。姑又看姑父，姑父没好气地说：我早说过，简直是多此一举。姑瞪了姑父一眼，走过来坐在B身边：爷爷没告诉你是因为你还太小。姑只说了这一句就又流起泪来。他们是怎么死的？病，姑说。他们一下子都得了病？姑的眼泪甚至也惊呆了流不动了。全家人不知所措地看着这个五岁的孩子。有一年所有的向日葵就一下子都病了，都死了，是不是爷爷？姑推了一下爷爷，爷爷像得了救似的：是，是，可不是吗，是。姑把B搂在怀里，什么也不说，很久很久，光是流泪光是一个劲儿叹气。姑父气哼哼地在屋里来回踱步，说：我不懂有什么必要这样。姑说：你出去。姑说：你快出去。姑对姑父说：你快走吧，这件事不能听你的。姑父一甩手走了出去。好了睡吧，姑说。这时教堂的晨钟响了。姑说，再睡一会儿吧。

　　"他们还是把我低估了，"B说，"五岁已经能从别人的神态中感觉出些问题了，我看出姑父是说不了谎的人"，他说。我们喝着啤酒，那天下午真是热极了，没有风，大约短期内仍然下不了雨。B说："我注意到了姑父说的话。我想我的父母可能没死，我以为爷爷骗我只是为了不让我再说这件事。"他说："我就不再说这件事。但我想什么时候我一定得问问姑父。"

　　有一天B瞒着爷爷和姑姑独自去找姑父。他寻着钟声走，走进了一座很大很大的园子。推开沉重的铁栅栏门，是一片小树林，阳光星星点点在一条石子小路上跳耀。钟声停了，四处静悄悄，B听见自己孤单的脚步，随后又听见了轻缓如自己脚步一般的风琴声。矮的也许是丁香和连翘,早已谢了花。高的后来 B 知道那是枫树,叶子正红,默默地仿佛心甘情愿燃烧。他朝那琴声走,琴声中又加进了悠然清朗的歌唱。出了小树林,B 看见了那座教堂。它很小,有一个很高的尖顶和几间爬满了斑斓叶子的矮房;周围环绕着大片大片开放着野花的草地。琴声和歌声就是从那矮房中散漫出来,荡漾在草地上又飘流进枫林中。教堂尖顶的影子从草地上向 B 伸来,像一座桥,像一条空灵的路。教堂的门开着,一个白发老人问他:你找什么,孩子?B 不吭声。等到歌声停了,等到琴声也停了,B 听见了姑父的声音,他没有看见姑父但他听见了那纯净圆柔的声音,那声音不是谁都能有的。姑父说要退出教会。姑父说要放弃圣职。姑父说他的信仰已无可挽回地改变:我们为什么要向这虚幻的天空呼吁?我们为什么要相信并感恩于那并不存在的上帝?我们千百年来祈望于他的他都置若罔闻。B 循声走进正堂,躲在一个老太太背后。姑父站在讲台上,比那天晚上还要激动:现在,并不靠上帝的垂怜和恩赐,一个实实在在的乐园就要建成了! 一个没有贫富贵贱之分的社会已经到来,所有的人都将丰衣足食,大家都是兄弟姐妹,我们千百年来的梦想已经实现! 姑父低头沉思片刻,和蔼的微笑又回到他脸上:让那个无用的上帝安息吧。然后他走下讲台,穿过走廊,走出鸦雀无声的教堂。B 看见他迈着长腿大义凛然地走在落日映照的草地上,看见那鲜明而沉寂的身影最后消失在火红的枫林中。(后来在学校,老师让 B 用"大义凛然"这个词造句时 B 便写道:那天我看见姑父大义凛然地走出了教堂。)

这些都是 B 亲口对我说的,在那个下午。而我当时总感觉是在听一个过于古老的传说。

那天 B 没找到机会向姑父问问自己的事。以后很多天他都没找到这样的机会。姑父总是很忙,白天不在家,晚上又有很多人来找他翻来覆去地摆弄一堆图纸。那些图纸有些是姑父画的,姑说他上大学时就是学的建筑,姑说他本来就不该改行。

有一天夜里,B 又梦见了向日葵,梦见那些金黄的花朵像灿烂的液体一般,顺着岩石的缝隙洇开,顺着土地的裂纹洇开,顺着山峦间的沟壑和平原上的河谷洇开,就像正午的太阳融化着一切阴影,很快到处都是一派耀眼的辉煌了;从始至终便有一支迷迷欲醉的歌曲在花间游荡。B 醒了。他看见姑父的书房里仍亮着灯并且听见姑父在轻声地哼唱。他没有惊动爷爷,便下床走到姑父的书房去。姑父喝着茶,闭目坐在那张很旧但是雕花的靠背椅上,面带微笑哼着一支令人睡意全光的歌;书桌上仍堆满了图纸。姑父的嗓音仍是那么圆润清朗与众不同。您画的这是什么呀?哦嗬,你问这个?这是一座大楼。这是一座真正的乐园。就是您常说的那个?差不多就是。姑父抽出一张最大的图纸,桌上铺不开就铺在地上。姑父好像把时间记错了,好像这不是深夜,好像他正盼着有人来听他讲讲关于这些图纸的事。你看,要有上万的人住在这楼里。你看这是公共食堂,这是公共浴室,这是公共娱乐厅和阅览室,这是公共电话间。那夜姑父的谈兴很高。什么是"公共"?噢,公共就是大家,公共的就是大家的。是我的么?不,不分你我;公共的财产不属于任何一个人但是属于所有的人。这座楼?对,这座楼里的一切都不分你我,都是大家的。您知道我父母到哪儿去了么?姑父被这突如其来的问题弄愣了,看看 B 又看看那张图纸,好像那图纸中有一个灾难性的错误让这孩子给看出来了。B 一直望着姑父的眼睛等着回答。姑父走开,又走回来,B 还望着他的眼睛。姑父再走开再走回来,B 仍然望着他的眼睛。姑父在 B 跟前蹲下,不看他,光看着那张图纸。听我说,你听我跟你说,你要相信我你就别害怕也别难过,在那个我给你讲过的乐园里,连所有的孩子也都是大家的孩子,连所有的父母也都是大家的父母,所有的欢乐和困难都是大家的欢乐和困难。你听我说,所有的人都尽自己的能力工作,不计较报酬,钱已经没有用了,谁需要什么自己去拿好了。你听我说,在那儿所有的孩子都是兄弟姐妹,所有的人都是兄弟姐妹,你要是信得过我你就别担心,那个乐园马上就要实现了,所有的人都是一家人,劳动之余大家就在一起尽情欢乐……多年以后 B 才想到,那天夜里姑父可能喝的不是茶而是酒。姑父可能就是从那时开始喝酒的。

"你姑父说的就是那座红色的居民大楼吧?""对。不过那时候还只是一张图纸。""就是后来在那教堂的遗址上盖起来的那座?""就是那座。""怎么,它是你姑父设计的?""不完全是。但有他一份。不过现在没人承认这个。"

我记得几十年前当听说要盖那座大楼的时候,我家那一带的人们是多么激动。差不多整整一个夏天,人们聚在院子里,聚在大门前,聚在街口的老树下,兴致勃勃地谈论的都是关于那座大楼的事。年轻人给老人们讲,男人们给女人们讲,女人们就给孩子们讲,都讲的是关于那座神奇而美妙的大楼里的事,所讲的和 B 的姑父讲的大致相同。人们兴奋得寝食难安,嗓子沙哑了眼睛里也都有血丝,一有空闲就到街口的老树下去站着,朝那座大楼将要耸起的方向眺望;从白天到晚上,从日落到天黑,到工地上空光芒万丈把月亮也逼得暗淡下去,那老树下一直人群不断,人声和远处塔吊的轰鸣声片刻不息。我的祖母很高兴,她相信谢天谢地从此不用再围着锅台转了。我也很高兴,因为在那样一座大楼里,孩子们的游戏队伍将无可怀疑地得到壮大。我不知道别人都是为什么而兴奋而激动。但后来又有消息说,那座大楼再大也容不下所有的人,我家所在的那一带的人们并不能住进这座大楼。失望的人们就跑到工地上去看去问,便看出那楼确实容不下所有的人,但又听说像这样的大楼将要永远不断地盖下去直到所有的人都住上,人们这才又充满着希望回来。我跟着祖母也到那工地上去过,但这是后来听我的祖母说的,我自己却没有一点儿印象,这事很怪。

"你也不记得那儿有很多向日葵吗?""不记得,但这事我听人家说过。""怎么说?""据说有天夜里,在一场大暴雨中那教堂倒塌了,之后在它周围就莫名其妙地长出了许多许多的向日葵,长得满园子里都是,长得茂盛无比密不透风。"B笑笑:"你说那教堂是因为下雨才倒塌的?""我不知道。所有的人都这么说。"B再喝光一杯啤酒,然后漫不经意地说:"在下那场雨之前只有我一个人在那园子里。你信吗?是随着那教堂轰隆一声塌下来才开始下起大雨的。"

是B亲口跟我这么说的;这是迄今为止我所听到的,关于那座教堂倒塌之因的唯一的不同的说法。我只想说明这一点,并不想判断谁是谁非。况且,那天下午B是不是也把酒喝得过分了,我没有把握。或许是我们俩都多喝了一点。我有时候不是很清楚他确凿是在讲着关于谁的故事。那只是一个传说罢了,我想。至于是在那传说之后有了我们有了那个下午我们的喝酒和谈话,还是在我们喝酒谈话之中才有了那个传说,我不敢贸然确定。总之,你一旦出生你就进入了一个传说。

姑父退出教会的第二年冬天,教堂就关闭了。园门紧锁,除了黎明和黄昏时分一群群乌鸦在那儿聒噪着起落,园内终日一无声息。B不仅聪明而且胆大,他能够轻而易举地翻过园墙,独自到园中游逛。雪地上除了乌鸦和麻雀的脚印就是B的脚印。北风在冬日静寂的阳光里扬起细雪,如沙如雾,晶莹而迷蒙。教堂尖顶的影子又从雪地上向他伸来,像一座桥像一条寂寞的路,他走进去。他慢慢地走进去又慢慢地走出来,有点怀念以往那悠远凝重的钟声。有一天,他弄开一扇窗户钻进教堂,教堂里霉味儿扑鼻,成群的老鼠吱吱叽叽地四散而逃,把厚而平坦的灰尘糟蹋得狼藉不堪。他爬上钟楼,用木棍敲响锈蚀斑斑的大钟。可惜他的力气还太小。但那微弱的仿佛是风吹响的钟声竟出人意外地温存而忧哀,在空旷的雪地上回旋,在寒冷的阳光里弥漫,飘摇溶解进深远巨大的天空。B已经确信他的父母并没死,他们不过是在很远的地方罢了,但他不懂他们为什么不能回来。B便常常在这种心境袭来之际偷偷到那教堂里去,让钟声按着他的愿望响起来。这件事在附近的居民中引起大大的疑惑,不久便有了很多令人毛骨悚然的谣言到处流传。冬天的末尾来了一群人,把那大钟卸下来装上汽车运走了;据说是为了炼钢铁。B 像失去了一位朋友那样难过,很久不再到那园中去。然而令人心神不安的谣言却并不停止反而加剧,而且在春风呼啸的某个夜晚,所有的人都听见从那教堂里发出了像是喘息像是咳嗽像是刀砍斧劈的声音。那声音响得日甚一日,附近的居民便以此吓唬不听话的孩子,吓唬深夜不安心睡觉的孩子。B 也很害怕,因为那奇怪的声音的确无疑。爷爷,那是什么响?甭怕,那是风刮得门窗响。爷爷,那不像是门窗响了那是什么响?那是房檐下的木椽让风刮得响,是老树枝子让风刮得响。爷爷你听你再听,今天比哪天都响得厉害。睡吧这不关你的事,那是老鼠在打架在啃得房梁响。B 终于忍不住了要自己去看看。春风和煦的傍晚他又翻墙跳进了园中。教堂尖顶的影子依然向他伸来,像一座桥,像一条荒凉的路。他看见教堂的所有门窗都不翼而飞。他看见它檐下的木椽和梁柱也残损不全。他看见它的桌椅和地板荡然无存,角落里只有几堆风干的粪便。教堂里空空如也,夕阳的黄光中唯有灰尘缓缓地飘浮;他试着喊了两声,回音震落了墙上一块灰皮。一只早来的蜘蛛仓皇而走,又停下来听一阵看一阵,终于再度落荒而逃。

"怎么回事?""喔——,你知道那都是很好的木料。""那么那些向日葵又是怎么回事呢?你并没说那些向日葵。""那是个谜。不过我想那肯定是我爷爷种的。如果那是人种的就肯定是我爷爷种的。""他没有告诉你?""没。就像他到底也没说我的父母去了哪儿。"

一九八九年九月五日

散文编

往 事

　　童年,某个除夕的下午,我独自站在街上。除夕的下午,这不会错,因为我一直想着马上就要过年了。玩一会儿我就要想一下:过年了,将有三天爸和妈都放假在家,不用去上班了;将有三天我都没有作业,光是玩;三天里爸和妈都可能带我出去,逛公园、串亲戚;三天,家里随时会有客人来,送给我礼物,给我压岁钱;这三天顿顿都有鱼有肉,还有其他好吃的东西……三天是够长的了,而且现在还没开始,三天是要从明天算起的。每这么想一遍心里就有说不出的快乐。所以我从家里跑出来,在街上玩,好像这样就可以使即将到来的好日子更确凿,就可以把它们保护得更牢固,更完整。

　　我独自在街上玩。就是我家门前那条细长的街。站在街心朝两端望,两端都是一眼望不到头——灰白的天,和灰白的天下雪掩的房屋。

　　从早晨开始下雪,中午时停了。不过天仍然阴着,说不定还会有更大的雪,可能一宿都不停,可能明天一早起来就见那雪还在纷纷扬扬地下,到处一片洁白。那可真是太棒了!我喜欢雪,喜欢大雪带来的安谧,尤其那安谧之中又漫布着过年的喜庆。我独自在街上跳。天并不冷,一点儿都不冷,空气湿润、新鲜、干净。空气中偶尔飘来炸鱼和炖肉的香味儿,使人想到家家户户当前的情景——忙碌、欢快,齐心协力准备着年夜饭。是呀,过年了。鞭炮声东一下西一下地响,闻得见丝丝缕缕的火药味儿,但看不见放鞭炮的人。街上人迹已稀,都在家里了,唯偶尔一两个因为什么事耽搁了的人,正提着满篮的年货急匆匆埋头赶路。

其实街上并没什么好玩的。我只是在雪地里跳,用木棍敲落树上的雪,把路边的积雪捅得千疮百孔,等候时间一点儿点儿过去,接近年宵。我不急着回家,反正一连串的好日子就要来了。我一点儿都不急着回家,让那幸福的年宵在看不见的地方积聚得更浓厚些吧。别让它来得太快,也走得太快。不如在这温润的空气里多待一会儿,在等待的快乐里多待一会儿。我希望暮色慢慢降临时母亲会出来找我,她走到街上,左右张望,然后冲我喊:喂,还不回家吗?过年啦——!

我蹲在一根电线杆下这样想着,忽见路当中站着一只猫。不知它是从哪儿跳出来的,一身雪白,唯耳朵和尾巴是黑的。它远远地看了我一会儿,便在一座座雪堆之间跳来跳去,看见撒落在白雪上的红色爆竹屑,它就闻,就刨,就"喵——喵——"地叫,好像也有着不同寻常的快乐感受。我追它,它便在雪堆后面藏起来。靠着它的黑耳朵和黑尾巴我有时能看到它,它若把头埋下去把尾巴收起来,你简直就分不出哪是雪堆哪是它。我在雪堆之间绕来绕去追它。这猫似有些灵性,我走到这边,它就在那边露出两只黑耳朵,我跑到那边,它又在这边露出一条黑尾巴,我却看不出它是怎么从这边跑到那边的。它不远不近地总跟我保持着五六米距离。我追累了,它就从雪堆上露出头,转动着两只黑耳朵看我,或者是笑我。当然它不笑,这东西好像很有幽默感。这猫有点儿神秘。我想我得认真对付它了。我正想着得怎样对付它,它却忽然消失不见。我低着头东找西找,却又听见高处有它的叫声,抬头看时,只见它在某一座屋顶上舒舒服服地抱成团,两眼甚至半睁半眯。等我跑到那屋檐下,它好像又不在那儿了,紧跟着,另一个方向又响起它甜甜的叫声。我急转身,就见五六米外的一处台阶上正有一只白猫懒洋洋地躺在那儿理毛。妈的,到底有几只猫呢!我恼了,挥着木棍冲向那台阶。它泰然自若地看着我,一动不动,见我冲到它跟前了,才"噌"地一下跳开。这不算气人。气人的是它跳开之后并不跑远,仍与我保持五六米距离,在那儿悠然地游戏,闻地上的爆竹屑,在雪堆之间跳来跳去,轻声轻气地叫,看我。我想算了，这东西！甭理它吧。可我这样一想它好像也随之变了主意，不跳也不叫，静静地藏在雪堆后面，只露出两只黑耳朵，好像故意让我看到它。我气喘吁吁地坐在台阶上。它见我不再追它，或者是相信我屈服了，终于承认了失败，它便大摇大摆地走出来，然后，仿佛横刀立马一般站在街心盯着我。我知道，只要我一动，它就又会溜走，跳上树、跳上墙，或者随便藏到哪儿去，所以我也不动，我也毫不含糊地盯着它。我跟那白猫四目相对，互相看着，好一会儿，它开始搔首弄姿，开始看天，耸鼻子，支起耳朵听。天色越来越暗，鞭炮声越来越密。大约确信我是个不堪一击的家伙，这猫轻蔑地叫了两声，转身走开。它走几步一回头，走几步就站住回头看我一眼，我便鬼使神差地跟着它。我觉着我跟着它走了很久，走过了很多人家，最后天黑了，只见它雪白的身影倏忽消失在我家的院门中。我跟着它走进院门。我跟着它进去但是院子里空空如也，没有房子，没有人，没有声音，也没有家，只有灰白的天，只有灰白的天空中落着纷纷扬扬的大雪。家呢？我大声喊："妈——"我大声喊："妈——！不是要过年了吗？"

　　醒了。是个梦。我听见妻子也醒了。她翻了个身，囔囔地说："你最近老做噩梦。"天还黑着，黑得透彻，估计也就是半夜两三点钟。我想了一会儿那个梦，但能记起的已经很少，本来要复杂得多。我叹一口气。妻子又翻身，问："梦见什么？""大雪。还有，快过年了。""你老是梦见大雪。""不知道，我也不知道怎么回事。""你说你是在大雪中生的。""可能。不过我这一生，很多重要的事都发生在大雪天。""还有什么事？""还有我第一次得到你的照片的那天……"

　　我听见妻子不断地翻身。

　　"那天也是下着大雪，也是快过年了，我一个人在学校的操场上跑步。那是很多年以前了，那时的空气要比现在干净得多，好像也深厚得多，张开嘴使劲呼吸，它就清清楚楚一直往你的深处走。那时的鞭炮也没有现在这么响，也不像现在这么密，稀稀落落的东一声西一声倒比现在的有味道，过年的气氛也更浓。那时候的人好像更有耐心,更会等待。我在操场上一圈一圈地跑,一点儿不觉得累,也许是年轻,也许是因为马上要过年了,心里有一种盼望。其实,那时候心里天天都有着盼望,莫名的盼望,并不因为什么具体的事,可以完全没有原因但心里总是觉着有什么好事就要发生了。我就那么跑着,浑身舒畅,那感觉现在早都没有了。我就那么跑着,不想停下来,快乐好像关不住似的从里面往外流……

"这时候我看见你从教学楼里走出来。你的衣裳又肥又大,可不像现在的女孩儿们穿得那么讲究。我猜那身衣裳没准儿是你姐姐穿剩下的,已经洗得发白。不过我看你穿那身衣裳真是美,比现在的名牌服装还漂亮。你从教学楼里出来骑上车就走了。你滑行了几步,飞身上车,那姿势特别潇洒。"

"我可是不记得了。"

"你当然不会记得。你骑上车就走了。你骑得快极了,在雪地里也不减速,就见你的蓝围巾一点儿点儿变小,像一缕蓝色的水彩眼瞧着在水里融化。"

"那是什么时候?"

"上学的时候,某一个除夕的下午。"

"我完全记不得了。"

"你不可能记得。我本来想跟你打个招呼,可我正好跑在操场的另一边,离教学楼最远的那边。等我跑到这边,你已经走远了。"

"那会儿你就注意我了?"

"然后我也离开操场,跟着你的车轮印儿跑。不,那时还不懂是怎么回事,只觉得经常都有的那种盼望一下子强烈起来,但到底盼望什么当时也说不清。大雪扑面,我跟着你的车轮印儿使劲跑,我想也许能追上你。可是追上你又怎么样?心里一犹豫脚下就没劲儿了。我站在路边歇一歇,这时候就见雪地上有个小塑料夹,捡起一看是个游泳证,上面的照片是你。我心里一亮,心说真是天赐良机——追上你把它还给你岂不顺理成章?我就又顺着你的车轮印儿追。可刚跑了几步,张流来了,他骑着自行车在背后喊我,问我是不是吃多了这会儿还跑的什么步，快过年了也不回家？我赶紧把那个游泳证收起来。我本想哪天还给你的，可后来我看这游泳证反正也过期了，就把它留下了。当然，我是想留下你的照片。"

"你一直都留着？"

"留着。"

"在哪儿？"

我的脑子里"轰"地一下，是呀，那张照片呢？随之我心里一阵疼——我明白，那照片已经丢了。可是，怎么丢的呢？什么时候丢的呢？怎么会丢呢？

我又醒了。梦。还是梦。伸手摸摸床那边，空的，妻子通常睡着的地方没有人，那块床面也是冰凉凉的。她已经不在那儿了。她已经走了。她有好些日子不来住了。她说还是离婚吧我真是受不了你了……

天蒙蒙亮了，窗外果然下着大雪。我想起来了，我和妻子说好了今天去办离婚手续的。娘的，离就离吧！还说什么她受不了我？这世界什么笑话都有。我忍气吞声，我卑躬屈膝，我忙死忙活，我累得像头驴回来还得给她赔不是，她说往东，好，往东！她说往西，行啊，往西……到头来怎么着，倒是她受不了我？说笑话也得沾点边儿吧？行啦，我没让她给弄疯了就算是我的造化了。走吧。

雪真是大，纷纷扬扬连对面的楼都看不清楚。一旦走进雪里，心情就好多了。雪有一种魔力，好像能让所有的喧嚣都停下来，回忆一下往事，回忆一下童年，想一想原本我们是来干吗。

在事先约好的地方，她已经在那儿等候了。我们互相看了一眼，谁都没说什么，就朝法院的方向齐步走。慢慢地我走在了前面，我听见我们的脚步依然整齐，踩着雪，咯吱，咯吱……我开始有些难过，心里一阵阵地疼。雪让世界安静，让人回忆。雪让人变得软弱，让你看见事物的细部。细部都是柔软的，温和的，令人依恋的。雪让人想家，想家中的火炉，火炉上的水壶突突地冒着蒸汽，水雾在窗上结成冰花。雪让人想起无家的人在东奔西走,在寒冷和苍茫之中无所适从。雪的安静,让人听得遥远,不单是空间的遥远,还有心灵,心灵从来都不止于此地。雪的细腻,让人忽略那些粗糙的争吵……

我猛地站住,转身,我想问问她:我们是不是应该再想一想?但我看见她早已站住不走,在我身后五六米的地方仰着头闭着眼睛,让雪花落在脸上。我慢慢走近她,我看见泪水在她的脸上流,使雪花一落上去便纷纷融化。

我搂住她,她不动。我摇她,她也不动。我摸摸她的脸,冰一样凉。我喊她,她不应。我害怕了,推她,就像推一棵树。我喊:"冬雨!冬雨——!"

是呀,还是梦。我仍然在家里,独自躺在床上。天完全亮了,窗帘上满是灿烂的阳光。我打开电视,新闻刚完,正播天气预报:今天白天,晴,最高气温三十九度……这么说是夏天?是夏天,拉开窗帘,外面一片葱茏。

但这会不会又是梦呢?我掐了一下腿,有感觉,使劲掐,疼。看来冬雨真是走了。看来婚是非离不行了。看来……娘的离就离吧,甭尿。我起床,上厕所,刷牙,洗脸……吃什么?冰箱坏了,里面的东西臭了一堆。街上吃去吧。

三十九度?我看不止,刚八点半就跟下火似的了。所有的树叶都不动。所有的窗户都关着。所有的空调都在滴水。

我买了个煎饼。卖煎饼的老太太说:"算了,差两毛差两毛吧,反正您常来,算我优惠。"我问她:"今儿几号?""七号。""肯定?""要不您问别人去。"

问谁去?问谁谁也会告诉你是七号,可这就能证明不是梦吗?七号,上午九点,法院门口见,老婆将在那儿变成前妻。问题比想象的严重。要是使劲喊一声怎么样,会不会就醒了?路上人太多,别再吓着谁。现在的大街上一天到晚都像游行,哪儿来的这么多人?也许就喊他一嗓子?管他谁是谁呢!可是,就算你又醒了,你敢说你就不是在另一个梦里? 不断的噩梦真快把我弄疯了。不过,要是现在,真的醒了,发现冬雨就在身旁,发现离婚不过是一场梦,那就好了。要是这会儿冬雨一边推我一边叫我"嘿,醒醒,醒醒",那就好了。"又做什么噩梦了?""我梦见你要跟我离婚。""你还怕这个?""冬雨,现在不是梦吧?""不是。""肯定?""行啦行啦,还不快起来? 早点都凉了……"

但我分明是走在街上。不是梦,也醒不了。我什么时候变得这么窝囊,离就离呗! 好在她有她的房子,我有我的房子。存款嘛,我说我一分都不要,她也说一分都不要。行,都他妈是君子。幸亏没孩子,要是孩子也都不要那才热闹呢。

我一路走一路想:也许,当初我把那张照片给了吴夜就不是个好兆?

那是在"大串连"的路上,我们七八个同学一起徒步去延安,走到黄河边吴夜病了,又下着大雪,我们就在一个小村子里住下了。晚上,我和张流看护着吴夜。那窑洞很深,一盏小油灯鬼火似的。我在灯下翻看那些捡来的传单。张流躺在一边睡得跟死了一样。吴夜嘴里一直不停,叽哩咕噜说着胡话,我不断摸他的头,烧得厉害。抗菌素也吃过了退烧药也吃过了,这穷乡僻壤的还能怎么办? 只好就那么看着他。张流指不上,这会儿就是把他打起来他也是站着睡。外面起了风,风中裹挟着一阵阵凄厉的狼嚎。我从窗缝往外看,雪停了,月下一片银亮。

"冬雨。冬雨。"有个声音在叫冬雨。

谁呢? 侧耳细听,那声音又没了。

冬雨和另两个女生住在别的窑洞。那时冬雨只是我的同学,若干年后才是我的妻子。

"冬雨,喂,冬雨……"

谁叫她呢? 深更半夜的这声音真有点儿瘆人。

"谁? 谁叫冬雨?"

"我,是我呀。"这声音好像不在外面。

我转身寻找。噢,是吴夜,原来是吴夜,是他在说梦话。

我下意识地接了一句:"什么事?"

没想到吴夜竟接着说下去:"其实也……也没什么事。"

我忽然起了恶作剧的心,学着冬雨的腔调问:"那你叫我干吗?"

"我想,咱们能不能一起……一起去串联?"

"行呀,去哪儿?"

"你说吧,只要跟……跟你在一起,哪儿都行。"

"什么意思?"

"冬……冬雨,你觉得我……我这个人怎么样?"

"我看你挺可爱的。"

"真的? 你真的这……这么觉得?"

"当然真的。"

"那……那咱们能不能永远都在一起?"

我差点儿就要笑出来了。我使劲推张流。张流翻了个身,继续睡。

"那……那你能……能不能送……送给我一张你的照片?"

于是我就把冬雨那张照片拿出来,塞在吴夜手里。吴夜呢,他竟然在梦里坐起来,把那照片夹进笔记本,又塞进书包,再把书包垫在枕下,倒头又睡。这一回他睡得非常安稳,再没有一句胡话。

我愣愣地看着他睡,有些后悔了,我怎么稀里糊涂把那张得之不易的照片给了他呢? 我想不如趁他睡着,赶紧再把那张照片拿回来吧,可这时候张流醒了。

"吴夜没事吧?"

"哦,没事。"

"行,那你也睡会儿吧,我看着他。"

我知道完了,甭想再把那张照片要回来了。怎么要呢? 以什么理由去要呢?

而且这不是梦。

我走在街上,踢踢某个邮筒,踹踹某个电线杆,不是梦。想起前

392

天张流打来的那个电话,不是梦的证据便尤其确凿。

"喂,吴夜回来了。"

"吴夜?"

"十几年了这小子音信全无,昨天他忽然冒出来了。"

"真的? 这么多年他都在哪儿?"

"在国外。这小子行,现在是终身教授了。过去咱老说他是书呆子,这下可呆出水平来了,年薪七万美元!"

"行,回头狠狠宰他一顿。"

"那还用说? 十顿对他也是小菜儿。你猜他回来干吗?"

凭他那呆劲儿,我已经有点儿预感了……

"这小子是回来找冬雨的。"张流说。

我的预感不错。那个窑洞之夜以后,吴夜从未提起过那张照片的事,我就猜他一定是把那个梦当真了。我也不便问他,怎么问? "冬雨的照片呢?""你怎么知道?""其实是我给你的,没冬雨什么事,是你做梦的时候我给你的。""做梦的时候? 我做梦还是你做梦? 再说你怎么会有她的照片?"这呆子,能这样。

"找冬雨?"我问,"找冬雨干吗?"

"我说出来你别生气。咳,其实也无所谓,反正你跟冬雨也要散了。吴夜这小子一直都没结婚你知道不?"

我的预感分毫不差。

"这小子真有点儿呆劲,他一直还想着冬雨呢! 他说这些年黑眼睛的蓝眼睛的不知有多少姑娘向他表示过那个意思,可是不行,都不行,他说跟冬雨一比全完蛋,整个没戏。也不知他从哪儿听说你跟冬雨要离婚了,这小子当即就买了机票,收拾收拾赶紧就跑回来了……哥们儿你没事儿吧?"

"哦,没事。"

"嘿,哥们儿,别这样。许你们散,就不许人家……"

"孙子! 我说什么了? 我他妈的不许人家什么了?"

"得得,就说到这儿吧。我不过是想让你有点准备……"

"我是说，嗯……我当然希望他们成，可就怕冬雨她未必……"

"他说，冬雨早就说过，觉得他挺可爱的。他手里还有冬雨的信物呢。"

"什么信物，那是梦！你告诉他，那是梦，是……"

"算了算了，赖我，后几句话我不该说。不过兄弟劝你一句，吴夜当年可是够君子的，听说你爱上了冬雨，人家一转身就出了国。"

"这跟我有什么关系？那是梦！不骗你真的是梦，大串联的时候……"

"得，就这么着。哥们儿你好自为之。"

我多么希望这会儿能醒啊！我多么希望这会儿一机灵，醒了，什么大串联，什么窑洞之夜，全是梦。但你真想醒的时候却不见得能醒。可说不定什么时候，你过得好好的，忽然又醒了。这个世界你不服不行。

街上是依旧的阳光灿烂，依旧的喧嚣，依旧的形势大好。每一个商摊都是一个智力检验站，或是一个赌局。"这西服怎么卖？""您给多少？""你要多少？""七百。""说什么呢哥们儿？""您要真想要，可以商量。""三百。""三百连本儿都不够。""不行拉倒。""哎哎您回来，三百五怎么样？""三百。我忙着呢。""得！算我赔本儿，谁让这身儿衣裳您穿着这么合适呢？""赔本儿？至少你还能赚一半儿。""说的！"究竟谁赢了，鬼知道。

九点，约定的地方没有冬雨。九点半，仍不见她的影子。太阳晒死人。十点，我有点儿担心了，她从来是守时的呀？十一点，我给她打了个电话，没人接。也许她正往这儿赶呢。十一点半，我想我得去看看她了，从她家到这儿最多二十分钟。

我撒腿往冬雨家跑。我没叫出租车，我怕那样会错过她，她是个节约模范，上哪儿都是骑车。我一路跑，累得上气不接下气。真是今非昔比，当年我在学校的操场上跑，十几圈都不至于这样儿。不过那时候是期待梦想成真,现在呢?现在刚好相反,但愿现实是梦。娘的,这就是老了吧?你不能不佩服吴夜,他是从地球那边往这边跑呀,他已经跑了几十年!不过我忽然明白了一件事:我还是爱着冬雨,否则我干吗为她担心?干吗我这么急切地想见到她?我开始跑得有些轻松了,就像某个除夕我跟着她的车轮印儿跑想追上她一样。我很高兴那样的心情又回来了,至少我期待着那样的心情能回来。我想:得了,我就再屈服一回吧,给冬雨赔个不是,听她一顿骂,像电影里常说的那样——再给我一次机会。我想:只要你还能受得了就再受一受看,以后我绝不会再让她受不了了。你说吧,受不了什么?你受不了什么我就不干什么还不行?我想这我应该是办得到的……现在的问题是吴夜,吴夜怎么办?或者是,我拿吴夜怎么办?那个呆子!

　　冬雨家到了。楼前围了很多人。听说是电梯出了事,有个人从一层掉到地下二层去了。听说急救中心的救护车刚走,那个人生命垂危。

　　"男的还是女的?"

　　"男的。"

　　"肯定?"

　　"哥们儿,男的女的都是人!"

　　"对对。我不是那个意思。"

　　哪个意思?不是女的就好,不是冬雨就好,虽然都是人。我往十三楼跑,冬雨家的门牌是一三零一。

　　在楼梯上碰见了张流。

　　"你怎么来了?"我问。

　　"出事了。"

　　"哦,我知道。冬雨在家吗?"

　　"已经去医院了。"

　　"去医院了?不是个男的吗?"

"吴夜。是吴夜。"

"吴夜？怎么回事？"

"吴夜来找冬雨,一脚踏进电梯,直接就掉下去了。"

"怎么会？"

"电梯没下来,可是门开了,里面是空的。"

我的脑子里一片空白。张流陪我在楼梯上待了一会儿。

"冬雨呢,在医院陪着他？"

"对,陪着他,在医院的太平间。"

"你他妈胡说——！"

"冷静点儿,你冷静点儿吧。"

"这是梦！这是梦对不对？"

"直接害死他的是我,是我给了他冬雨的地址。他等了冬雨差不多三十年。你知道那张照片冬雨是什么时候给他的吗？大串联的路上。你算算吧。"

"我知道,黄河边,下大雪的那天晚上。"

"你怎么知道？吴夜说他没跟任何人说过。"

"以后我再告诉你。"

"他等了几十年,走了几万里路,费尽周折终于走到了这儿,终于走到了离冬雨只差一步的地方。只差一步,可这一步竟是这样……听说那电梯从来没出过什么毛病。行了,我也得去医院了。你呢？"

在去医院的路上,我问张流:"要是一个人做梦,到死都没醒,你说,这梦还能算梦吗？"

"什么意思？"

我与地坛

一

我在好几篇小说中都提到过一座废弃的古园,实际就是地坛。许多年前旅游业还没有开展,园子荒芜冷落得如同一片野地,很少被人记起。

地坛离我家很近。或者说我家离地坛很近。总之,只好认为这是缘分。地坛在我出生前四百多年就坐落在那儿了;而自从我的祖母年轻时带着我父亲来到北京,就一直住在离它不远的地方——五十多年间搬过几次家,可搬来搬去总是在它周围,而且是越搬离它越近了。我常觉得这中间有着宿命的味道:仿佛这古园就是为了等我,而历尽沧桑在那儿等待了四百多年。

它等待我出生,然后又等待我活到最狂妄的年龄上忽地残废了双腿。四百多年里,它一面剥蚀了古殿檐头浮夸的琉璃,淡褪了门壁上炫耀的朱红,坍圮了一段段高墙又散落了玉砌雕栏,祭坛四周的老柏树愈见苍幽,到处的野草荒藤也都茂盛得自在坦荡。这时候想必我是该来了。十五年前的一个下午,我摇着轮椅进入园中,它为一个失魂落魄的人把一切都准备好了。那时,太阳循着亘古不变的路途正越来越大,也越红。在满园弥漫的沉静光芒中,一个人更容易看到时间,并看见自己的身影。

自从那个下午我无意中进了这园子,就再没长久地离开过它。

我一下子就理解了它的意图，正如我在一篇小说中所说的："在人口密聚的城市里，有这样一个宁静的去处，像是上帝的苦心安排。"

两条腿残废后的最初几年，我找不到工作，找不到去路，忽然间几乎什么都找不到了，我就摇了轮椅总是到它那儿去，仅为着那儿是可以逃避一个世界的另一个世界。我在那篇小说中写道："没处可去我便一天到晚耗在这园子里。跟上班下班一样，别人去上班我就摇了轮椅到这儿来。""园子无人看管，上下班时间有些抄近路的人们从园中穿过，园子里活跃一阵，过后便沉寂下来。""园墙在金晃晃的空气中斜切下一溜阴凉，我把轮椅开进去，把椅背放倒，坐着或是躺着，看书或者想事，撅一杈树枝左右拍打，驱赶那些和我一样不明白为什么要来这世上的小昆虫。""蜂儿如一朵小雾稳稳地停在半空；蚂蚁摇头晃脑捋着触须，猛然间想透了什么，转身疾行而去；瓢虫爬得不耐烦了，累了，祈祷一回便支开翅膀，忽悠一下升空；树干上留着一只蝉蜕，寂寞如一间空屋，露水在草叶上滚动，聚集，压弯了草叶轰然坠地摔开万道金光。""满园子都是草木竞相生长弄出的响动，片刻不息。"这都是真实的记录，园子荒芜但并不衰败。

除去几座殿堂我无法进去，除去那座祭坛我不能上去而只能从各个角度张望它，地坛的每一棵树下我都去过，差不多它的每一米草地上都有过我的车轮印。无论是什么季节，什么天气，什么时间，我都在这园子里待过。有时候待一会儿就回家，有时候就待到满地上都亮起月光。记不清都是在它的哪些角落里了，我一连几小时专心致志地想关于死的事，也以同样的耐心和方式想过我为什么要出生。这样想了好几年，最后事情终于弄明白了：一个人，出生了，这就不再是一个可以辩论的问题，而只是上帝交给他的一个事实；上帝在交给我们这件事实的时候，已经顺便保证了它的结果，所以死是一件不必急于求成的事，死是一个必然会降临的节日。这样想过之后我安心多了，眼前的一切不再那么可怕。比如你起早熬夜准备考试的时候，忽然想起有一个长长的假期在前面等待你，你会不会觉得轻松一点？

并且庆幸并且感激这样的安排？

剩下的就是怎样活的问题了。这却不是在某一个瞬间就能完全想透的，不是能够一次性解决的事，怕是活多久就要想它多久了，就像是伴你终生的魔鬼或恋人。所以，十五年了，我还是总得到那古园里去，去它的老树下或荒草边或颓墙旁，去默坐，去呆想，去推开耳边的嘈杂理一理纷乱的思绪，去窥看自己的心魂。十五年中，这古园的形体被不能理解它的人肆意雕琢，幸好有些东西是任谁也不能改变它的。譬如祭坛石门中的落日，寂静的光辉平铺的一刻，地上的每一个坎坷都被映照得灿烂；譬如在园中最为落寞的时间，一群雨燕便出来高歌，把天地都叫喊得苍凉；譬如冬天雪地上孩子的脚印，总让人猜想他们是谁，曾在那儿做过些什么，然后又都到哪儿去了；譬如那些苍黑的古柏，你忧郁的时候它们镇静地站在那儿，你欣喜的时候它们依然镇静地站在那儿，它们没日没夜地站在那儿从你没有出生一直站到这个世界上又没了你的时候；譬如暴雨骤临园中，激起一阵阵灼烈而清纯的草木和泥土的气味，让人想起无数个夏天的事件；譬如秋风忽至，再有一场早霜，落叶或飘摇歌舞或坦然安卧，满园中播散着熨帖而微苦的味道。味道是最说不清楚的，味道不能写只能闻，要你身临其境去闻才能明了。味道甚至是难于记忆的，只有你又闻到它你才能记起它的全部情感和意蕴。所以我常常要到那园子里去。

二

现在我才想到，当年我总是独自跑到地坛去，曾经给母亲出了一个怎样的难题。

她不是那种光会疼爱儿子而不懂得理解儿子的母亲。她知道我心里的苦闷，知道不该阻止我出去走走，知道我要是老待在家里结果会更糟，但她又担心我一个人在那荒僻的园子里整天都想些什么。我那时脾气坏到极点，经常是发了疯一样地离开家，从那园子里回来又中了魔似的什么话都不说。母亲知道有些事不宜问，便犹犹豫豫地想问而终于不敢问，因为她自己心里也没有答案。她料想我不会愿意她跟我一同去，所以她从未这样要求过，她知道得给我一点独处的时间，得有这样一段过程。她只是不知道这过程得要多久，和这过程的尽头究竟是什么。每次我要动身时，她便无言地帮我准备，帮助我上了轮椅车，看着我摇车拐出小院，这以后她会怎样，当年我不曾想过。

　　有一回我摇车出了小院，想起一件什么事又返身回来，看见母亲仍站在原地，还是送我走时的姿势，望着我拐出小院去的那处墙角，对我的回来竟一时没有反应。待她再次送我出门的时候，她说："出去活动活动，去地坛看看书，我说这挺好。"许多年以后我才渐渐听出，母亲这话实际是自我安慰，是暗自的祷告，是给我的提示，是恳求与嘱咐。只是在她猝然去世之后，我才有余暇设想，当我不在家里的那些漫长的时间，她是怎样心神不定坐卧难宁，兼着痛苦与惊恐与一个母亲最低限度的祈求。现在我可以断定，以她的聪慧和坚忍，在那些空落的白天后的黑夜，在那不眠的黑夜后的白天，她思来想去最后准是对自己说："反正我不能不让他出去，未来的日子是他自己的，如果他真的要在那园子里出什么事，这苦难也只好我来承担。"在那段日子里——那是好几年长的一段日子呵，我想我一定使母亲做过了最坏的准备了，但她从来没有对我说过"你为我想想"。事实上我也真的没为她想过。那时她的儿子还太年轻，还来不及为母亲想，他被命运击昏了头，一心以为自己是世上最不幸的一个，不知道儿子的不幸在母亲那儿总是要加倍的。她有一个长到二十岁上忽然截瘫了的儿子，这是她唯一的儿子；她情愿截瘫的是自己而不是儿子，可这事无法代替。她想，只要儿子能活下去哪怕自己去死呢也行，可她又确信一个人不能仅仅是活着，儿子得有一条路走向自己的幸福，而这条路呢，没有谁能保证她的儿子终于能找到。——这样一个母亲，注定是活得最苦的母亲。

有一次与一个作家朋友聊天，我问他学写作的最初动机是什么？他想了一会说："为我母亲。为了让她骄傲。"我心里一惊，良久无言。回想自己最初写小说的动机，虽不似这位朋友的那般单纯，但如他一样的愿望我也有，且一经细想，发现这愿望也在全部动机中占了很大比重。这位朋友说："我的动机太低俗了吧？"我光是摇头，心想低俗并不见得低俗，只怕是这愿望过于天真了。他又说："我那时真就是想出名，出了名让别人羡慕我母亲。"我想，他比我坦率。我想，他又比我幸福，因为他的母亲还活着。而且我想，他的母亲也比我的母亲运气好，他的母亲没有一个双腿残废的儿子，否则事情就不这么简单。

　　在我的头一篇小说发表的时候，在我的小说第一次获奖的那些日子里，我真是多么希望我的母亲还活着。我便又不能在家里待了，又整天整天独自跑到地坛去，心里是没头没尾的沉郁和哀怨，走遍整个园子却怎么也想不通：母亲为什么就不能再多活两年？为什么在她的儿子就快要碰撞开一条路的时候，她却忽然熬不住了？莫非她来此世上只是为了替儿子担忧，却不该分享我的一点点快乐？她匆匆离我去时才只有四十九岁呀！有那么一会，我甚至对世界对上帝充满了仇恨和厌恶。后来我在一篇题为"合欢树"的文章中写道："我坐在小公园安静的树林里，闭上眼睛，想，上帝为什么早早地召母亲回去呢？很久很久，迷迷糊糊的我听见了回答：'她心里太苦了，上帝看她受不住了，就召她回去。'我似乎得了一点安慰，睁开眼睛，看见风正从树林里穿过。"小公园，指的也是地坛。

　　只是到了这时候，纷纭的往事才在我眼前幻现得清晰，母亲的苦难与伟大才在我心中渗透得深彻。上帝的考虑，也许是对的。

　　摇着轮椅在园中慢慢走，又是雾罩的清晨，又是骄阳高悬的白昼，我只想着一件事：母亲已经不在了。在老柏树旁停下，在草地上在颓墙边停下，又是处处虫鸣的午后，又是鸟儿归巢的傍晚，我心里只默念着一句话：可是母亲已经不在了。把椅背放倒，躺下，似睡非睡挨到日没，坐起来，心神恍惚，呆呆地直坐到古祭坛上落满黑暗然

401

后再渐渐浮起月光,心里才有点明白:母亲不能再来这园中找我了。

曾有过好多回,我在这园子里待得太久了,母亲就来找我。她来找我又不想让我发觉,只要见我还好好地在这园子里,她就悄悄转身回去;我看见过几次她的背影。我也看过几回她四处张望的情景,她视力不好,端着眼镜像在寻找海上的一条船;她没看见我时我已经看见她了,待我看见她也看见我了我就不去看她,过一会我再抬头看她就又看见她缓缓离去的背影。我单是无法知道有多少回她没有找到我。有一回我坐在矮树丛中,树丛很密,我看见她没有找到我,她一个人在园子里走,走过我的身旁,走过我经常待的一些地方,步履茫然又急迫。我不知道她已经找了多久还要找多久,我不知道为什么我决意不喊她——但这绝不是小时候的捉迷藏,这也许是出于长大了的男孩子的倔强或羞涩?但这倔强只留给我痛悔,丝毫也没有骄傲。我真想告诫所有长大了的男孩子,千万不要跟母亲来这套倔强,羞涩就更不必,我已经懂了可我已经来不及了。

儿子想使母亲骄傲,这心情毕竟是太真实了,以致使"想出名"这一声名狼藉的念头也多少改变了一点形象。这是个复杂的问题,且不去管它了罢。随着小说获奖的激动逐日暗淡,我开始相信,至少有一点我是想错了:我用纸笔在报刊上碰撞开的一条路,并不就是母亲盼望我找到的那条路。年年月月我都到这园子里来,年年月月我都要想,母亲盼望我找到的那条路到底是什么。母亲生前没给我留下过什么隽永的哲言,或要我恪守的教诲,只是在她去世之后,她艰难的命运,坚忍的意志和毫不张扬的爱,随光阴流转,在我的印象中愈加鲜明深刻。

有一年,十月的风又翻动起安详的落叶,我在园中读书,听见两个散步的老人说:"没想到这园子有这么大。"我放下书,想,这么大一座园子,要在其中找到她的儿子,母亲走过了多少焦灼的路。多年来我头一次意识到,这园中不单是处处都有过我的车辙,有过我的车辙的地方也都有过母亲的脚印。

三

如果以一天中的时间来对应四季,当然春天是早晨,夏天是中午,秋天是黄昏,冬天是夜晚。如果以乐器来对应四季,我想春天应该是小号,夏天是定音鼓,秋天是大提琴,冬天是圆号和长笛。要是以这园子里的声响来对应四季呢? 那么,春天是祭坛上空漂浮着的鸽子的哨音,夏天是冗长的蝉歌和杨树叶子哗啦啦地对蝉歌的取笑,秋天是古殿檐头的风铃响,冬天是啄木鸟随意而空旷的啄木声。以园中的景物对应四季,春天是一径时而苍白时而黑润的小路,时而明朗时而阴晦的天上摇荡着串串杨花;夏天是一条条耀眼而灼人的石凳,或阴凉而爬满了青苔的石阶,阶下有果皮,阶上有半张被坐皱的报纸;秋天是一座青铜的大钟,在园子的西北角上曾丢弃着一座很大的铜钟,铜钟与这园子一般年纪,浑身挂满绿锈,文字已不清晰;冬天,是林中空地上几只羽毛蓬松的老麻雀。以心绪对应四季呢? 春天是卧病的季节,否则人们不易发觉春天的残忍与渴望;夏天,情人们应该在这个季节里失恋,不然就似乎对不起爱情;秋天是从外面买一棵盆花回家的时候,把花搁在阔别了的家中,并且打开窗户把阳光也放进屋里,慢慢回忆慢慢整理一些发过霉的东西;冬天伴着火炉和书,一遍遍坚定不死的决心,写一些并不发出的信。还可以用艺术形式对应四季,这样春天就是一幅画,夏天是一部长篇小说,秋天是一首短歌或诗,冬天是一群雕塑。以梦呢? 以梦对应四季呢? 春天是树尖上的呼喊,夏天是呼喊中的细雨,秋天是细雨中的土地,冬天是干净的土地上一只孤零的烟斗。

因为这园子,我常感恩于自己的命运。

我甚至现在就能清楚地看见,一旦有一天我不得不长久地离开它,我会怎样想念它,我会怎样想念它并且梦见它,我会怎样因为不敢想念它而梦也梦不到它。

四

现在让我想想，十五年中坚持到这园子来的人都有谁呢？好像只剩了我和一对老人。

十五年前，这对老人还只能算是中年夫妇，我则货真价实还是个青年。他们总在薄暮时分来园中散步，我不大弄得清他们是从哪边的园门进来，一般来说他们是逆时针绕这园子走。男人个子很高，肩宽腿长，走起路来目不斜视，胯以上直至脖颈挺直不动；他的妻子攀了他一条胳膊走，也不能使他的上身稍有松懈。女人个子却矮，也不算漂亮，我无端地相信她必出身于家道中衰的名门富族；她攀在丈夫胳膊上像个娇弱的孩子，她向四周观望似总含着恐惧，她轻声与丈夫谈话，见有人走近就立刻怯怯地收住话头。我有时因为他们而想起冉阿让与柯赛特，但这想法并不巩固，他们一望即知是老夫老妻。两个人的穿着都算得上考究，但由于时代的演进，他们的服饰又可以称为古朴了。他们和我一样，到这园子里来几乎是风雨无阻，不过他们比我守时。我什么时间都可能来，他们则一定是在暮色初临的时候。刮风时他们穿了米色风衣，下雨时他们打了黑色的雨伞，夏天他们的衬衫是白色的裤子是黑色的或米色的，冬天他们的呢子大衣又都是黑色的，想必他们只喜欢这三种颜色。他们逆时针绕这园子一周，然后离去。他们走过我身旁时只有男人的脚步响，女人像是贴在高大的丈夫身上跟着漂移。我相信他们一定对我有印象，但是我们没有说过话，我们互相都没有想要接近的表示。十五年中，他们或许注意到一个小伙子进入了中年，我则看着一对令人羡慕的中年情侣不觉中成了两个老人。

曾有过一个热爱唱歌的小伙子，他也是每天都到这园中来，来唱歌，唱了好多年，后来不见了。他的年纪与我相仿，他多半是早晨来，唱半小时或整整唱一个上午，估计在另外的时间里他还得上班。我们经常在祭坛东侧的小路上相遇,我知道他是到东南角的高墙下去唱歌,他一定猜想我去东北角的树林里做什么。我找到我的地方,抽几口烟,便听见他谨慎地整理歌喉了。他反反复复唱那么几首歌。文化革命没过去的时候,他唱"蓝蓝的天上白云飘,白云下面马儿跑……"我老也记不住这歌的名字。"文革"后,他唱《货郎与小姐》中那首最为流传的咏叹调。"卖布——卖布嘞,卖布——卖布嘞!"我记得这开头的一句他唱得很有声势,在早晨清澈的空气中,货郎跑遍园中的每一个角落去恭维小姐。"我交了好运气,我交了好运气,我为幸福唱歌曲……"然后他就一遍一遍地唱,不让货郎的激情稍减。依我听来,他的技术不算精到,在关键的地方常出差错,但他的嗓子是相当不坏的,而且唱一个上午也听不出一点疲惫。太阳也不疲惫,把大树的影子缩小成一团,把疏忽大意的蚯蚓晒干在小路上。将近中午,我们又在祭坛东侧相遇,他看一看我,我看一看他,他往北去,我往南去。日子久了,我感到我们都有结识的愿望,但似乎都不知如何开口,于是互相注视一下终又都移开目光擦身而过,这样的次数一多,便更不知如何开口了。终于有一天——一个丝毫没有特点的日子,我们互相点了一下头。他说:"你好。"我说:"你好。"他说:"回去啦?"我说:"是,你呢?"他说:"我也该回去了。"我们都放慢脚步(其实我是放慢车速),想再多说几句,但仍然是不知从何说起,这样我们就都走过了对方,又都扭转身子面向对方。他说:"那就再见吧。"我说:"好,再见。"便互相笑笑各走各的路了。但是我们没有再见,那以后,园中再没了他的歌声,我才想到,那天他或许是有意与我道别的,也许他考上哪家专业的文工团或歌舞团了吧? 真希望他如他歌里所唱的那样,交了好运气。

还有一些人,我还能想起一些常到这园子里来的人。有一个老头,算得一个真正的饮者;他在腰间挂一个扁瓷瓶,瓶里当然装满了酒,常来这园中消磨午后的时光。他在园中四处游逛,如果你不注意你会以为园中有好几个这样的老头,等你看过了他卓尔不群的饮酒情状，你就会相信这是个独一无二的老头。他的衣着过分随便，走路的姿态也不慎重，走上五六十米路便选定一处地方，一只脚踏在石凳上或土堆上或树墩上，解下腰间的酒瓶，解酒瓶的当儿眯起眼睛把一百八十度视角内的景物细细看一遭，然后以迅雷不及掩耳之势倒一大口酒入肚，把酒瓶摇一摇再挂向腰间，平心静气地想一会什么，便走下一个五六十米去。还有一个捕鸟的汉子，那岁月园中人少，鸟却多，他在西北角的树丛中拉一张网，鸟撞在上面，羽毛戗在网眼里便不能自拔。他单等一种过去很多而现在非常罕见的鸟，其他的鸟撞在网上他就把它们摘下来放掉，他说已经有好多年没等到那种罕见的鸟了，他说他再等一年看看到底还有没有那种鸟，结果他又等了好多年。早晨和傍晚，在这园子里可以看见一个中年女工程师，早晨她从北向南穿过这园子去上班，傍晚她从南向北穿过这园子回家。事实上我并不了解她的职业或者学历，但我以为她必是个学理工的知识分子，别样的人很难有她那般的素朴并优雅。当她在园中穿行的时刻，四周的树林也仿佛更加幽静，清淡的日光中竟似有悠远的琴声，比如说是那曲《献给艾丽丝》才好。我没有见过她的丈夫，没有见过那个幸运的男人是什么样子，我想象过却想象不出，后来忽然懂了想象不出才好，那个男人最好不要出现。她走出北门回家去，我竟有点担心，担心她会落入厨房，不过，也许她在厨房里劳作的情景更有另外的美吧，当然不能再是《献给艾丽丝》，是个什么曲子呢？还有一个人，是我的朋友，他是个最有天赋的长跑家，但他被埋没了。他因为在"文革"中出言不慎而坐了几年牢，出来后好不容易找了个拉板车的工作，样样待遇都不能与别人平等，苦闷极了便练习长跑。那时他总来这园子里跑，我用手表为他计时，他每跑一圈向我招一下手，我就记下一个时间。每次他要环绕这园子跑二十圈，大约两万米。他盼望以他的长跑成绩来获得政治上真正的解放，他以为记者的镜头和文字可以帮他做到这一点。第一年他在春节环城赛上跑了第十五名，他看见前十名的照片都挂在了长安街的新闻橱窗里，于是有了信心。第二年他跑了第四名,可是新闻橱窗里只挂了前三名的照片,他没灰心。第三年他跑了第七名,橱窗里挂前六名的照片,他有点怨自己。第四年他跑了第三名,橱窗里却只挂了第一名的照片。第五年他跑了第一名——他几乎绝望了,橱窗里只有一幅环城赛群众场面的照片。那些年我们俩常一起在这园子里待到天黑,开怀痛骂,骂完沉默着回家,分手时再互相叮嘱:先别去死,再试着活一活看。现在他已经不跑了,年岁太大了,跑不了那么快了。最后一次参加环城赛,他以三十八岁之龄又得了第一名并且破了纪录,有一位专业队的教练对他说:"我要是十年前发现你就好了。"他苦笑一下什么也没说,只在傍晚又来这园中找到我,把这事平静地向我叙说一遍。不见他已有好几年了,现在他和妻子和儿子住在很远的地方。

这些人现在都不到园子里来了,园子里差不多完全换了一批新人。十五年前的旧人,现在就剩我和那对老夫老妻了。有那么一段时间,这老夫老妻中的一个也忽然不来,薄暮时分唯男人独自来散步,步态也明显迟缓了许多,我悬心了很久,怕是那女人出了什么事。幸好过了一个冬天那女人又来了,两个人仍是逆时针绕着园子走,一长一短两个身影恰似钟表的两支指针;女人的头发白了很多,但依旧攀着丈夫的胳膊走得像个孩子。"攀"这个字用得不恰当了,或许可以用"搀"吧,不知有没有兼具这两个意思的字。

五

我也没有忘记一个孩子——一个漂亮而不幸的小姑娘。十五年前的那个下午,我第一次到这园子里来就看见了她,那时她大约三岁,蹲在斋宫西边的小路上捡树上掉落的"小灯笼"。那儿有几棵大栾树,春天开一簇簇细小而稠密的黄花,花落了便结出无数如同三片叶子合抱的小灯笼,小灯笼先是绿色,继而转白,再变黄,成熟了掉落得满地都是。小灯笼精巧得令人爱惜,成年人也不免捡了一个还要捡一个。小姑娘咿咿呀呀地跟自己说着话,一边捡小灯笼。她的嗓音很好,不是她那个年龄所常有的那般尖细,而是很圆润甚或是厚重,也许是因为那个下午园子里太安静了。我奇怪这么小的孩子怎么一个人跑来这园子里?我问她住在哪儿?她随手指一下,就喊她的哥哥,沿墙根一带的茂草之中便站起一个七八岁的男孩,朝我望望,看我不像坏人便对他的妹妹说"我在这儿呢",又伏下身去;他在捉什么虫子。他捉到螳螂,蚂蚱,知了和蜻蜓,来取悦他的妹妹。有那么两三年,我经常在那几棵大栾树下见到他们,兄妹俩总是在一起玩,玩得和睦融洽,都渐渐长大了些。之后有很多年没见到他们。我想他们都在学校里吧,小姑娘也到了上学的年龄,必是告别了孩提时光,没有很多机会来这儿玩了。这事很正常,没理由太搁在心上,若不是有一年我又在园中见到他们,肯定就会慢慢把他们忘记。

那是个礼拜日的上午。那是个晴朗而令人心碎的上午,时隔多年,我竟发现那个漂亮的小姑娘原来是个弱智的孩子。我摇着车到那几棵大栾树下去,恰又是遍地落满了小灯笼的季节。当时我正为一篇小说的结尾所苦,既不知为什么要给它那样一个结尾,又不知何以忽然不想让它有那样一个结尾,于是从家里跑出来,想依靠着园中的镇静,看看是否应该把那篇小说放弃。我刚刚把车停下,就见前面不远处有几个人在戏耍一个少女,做出怪样子来吓她,又喊又笑地追逐她拦截她,少女在几棵大树间惊惶地东跑西躲,却不松手揪卷在怀里的裙裾,两条腿袒露着也似毫无察觉。我看出少女的智力是有些缺陷,却还没看出她是谁。我正要驱车上前为少女解围,就见远处飞快地骑车来了个小伙子,于是那几个戏耍少女的家伙望风而逃。小伙子把自行车支在少女近旁,怒目望着那几个四散逃窜的家伙,一声不吭喘着粗气,脸色如暴雨前的天空一样一会比一会苍白。这时我认出了他们,小伙子和少女就是当年那对小兄妹。我几乎是在心里惊叫了一声,或者是哀号。世上的事常常使上帝的居心变得可疑。小伙子向他的妹妹走去。少女松开了手,裙裾随之垂落下来,很多很多她捡的小灯笼便洒落一地,铺散在她脚下。她仍然算得漂亮,但双眸迟滞没有光彩。她呆呆地望着那群跑散的家伙,望着极目之处的空寂,凭她的智力绝不可能把这个世界想明白吧?大树下,破碎的阳光星星点点,风把遍地的小灯笼吹得滚动,仿佛喑哑地响着的无数小铃铛。哥哥把妹妹扶上自行车后座,带着她无言地回家去了。

无言是对的。要是上帝把漂亮和弱智这两样东西都给了这个小姑娘,就只有无言和回家去是对的。

谁又能把这世界想个明白呢?世上的很多事是不堪说的。你可以抱怨上帝何以要降诸多苦难给这人间,你也可以为消灭种种苦难而奋斗,并为此享有崇高与骄傲,但只要你再多想一步你就会坠入深深的迷茫了:假如世界上没有了苦难,世界还能够存在么?要是没有愚钝,机智还有什么光荣呢?要是没了丑陋,漂亮又怎么维系自己的幸运?要是没有了恶劣和卑下,善良与高尚又将如何界定自己如何成为美德呢?要是没有了残疾,健全会否因其司空见惯而变得腻烦和乏味呢?我常梦想着在人间彻底消灭残疾,但可以相信,那时将由患病者代替残疾人去承担同样的苦难。如果能够把疾病也全数消灭,那么这份苦难又将由(比如说)相貌丑陋的人去承担了。就算我们连丑陋,连愚昧和卑鄙和一切我们所不喜欢的事物和行为,也都可以统统消灭掉,所有的人都一样健康、漂亮、聪慧、高尚,结果会怎样呢?怕是人间的剧目就全要收场了。一个失去差别的世界将是一条死水,是一块没有感觉也没有肥力的沙漠。

看来差别永远是要有的。看来就只好接受苦难——人类的全部剧目需要它,存在的本身需要它。看来上帝又一次对了。

于是就有一个最令人绝望的结论等在这里:由谁去充任那些苦难的角色?又由谁去体验这世间的幸福,骄傲和欢乐?只好听凭偶然,是没有道理好讲的。

就命运而言,休论公道。

那么,一切不幸命运的救赎之路在哪里呢?

设若智慧或悟性可以引领我们去找到救赎之路，难道所有的人都能够获得这样的智慧和悟性吗？

我常以为是丑女造就了美人。我常以为是愚氓举出了智者。我常以为是懦夫衬照了英雄。我常以为是众生度化了佛祖。

六

设若有一位园神，他一定早已注意到了，这么多年我在这园里坐着，有时候是轻松快乐的，有时候是沉郁苦闷的，有时候优哉游哉，有时候恓惶落寞，有时候平静而且自信，有时候又软弱，又迷茫。其实总共只有三个问题交替着来骚扰我，来陪伴我。第一个是要不要去死？第二个是为什么活？第三个，我干吗要写作？

现在让我看看，它们迄今都是怎样编织在一起的吧。

你说，你看穿了死是一件无需乎着急去做的事，是一件无论怎样耽搁也不会错过的事，便决定活下去试试？是的，至少这是很关键的因素。为什么要活下去试试呢？好像仅仅是因为不甘心，机会难得，不试白不试，腿反正是完了，一切仿佛都要完了，但死神很守信用，试一试不会额外再有什么损失。说不定倒有额外的好处呢是不是？我说过，这一来我轻松多了，自由多了。为什么要写作呢？"作家"是两个被人看重的字，这谁都知道。为了让那个躲在园子深处坐轮椅的人，有朝一日在别人眼里也稍微有点光彩，在众人眼里也能有个位置，哪怕那时再去死呢也就多少说得过去了。开始的时候就是这样想，这不用保密。这些现在不用保密了。

我带着本子和笔，到园中找一个最不为人打扰的角落，偷偷地写。那个爱唱歌的小伙子在不远的地方一直唱。要是有人走过来，我就把本子合上把笔叼在嘴里。我怕写不成反落得尴尬。我很要面子。可是你写成了，而且发表了。人家说我写的还不坏，他们甚至说：真没想到你写得这么好。我心说你们没想到的事还多着呢。我确实有整整一宿高兴得没合眼。我很想让那个唱歌的小伙子知道,因为他的歌也毕竟是唱得不错。我告诉我的长跑家朋友的时候,那个中年女工程师正优雅地在园中穿行。长跑家很激动,他说好吧,我玩命跑,你玩命写。这一来你中了魔了,整天都在想哪一件事可以写,哪一个人可以让你写成小说。是中了魔了,我走到哪儿想到哪儿,在人山人海里只寻找小说,要是有一种小说试剂就好了,见人就滴两滴看他是不是一篇小说,要是有一种小说显影液就好了,把它泼满全世界看看都是哪儿有小说,中了魔了,那时我完全是为了写作活着。结果你又发表了几篇,并且出了一点小名,可这时你越来越感到恐慌。我忽然觉得自己活得像个人质,刚刚有点像个人了却又过了头,像个人质,被一个什么阴谋抓了来当人质,不定哪天就被处决,不定哪天就完蛋。你担心要不了多久你就会文思枯竭,那样你就又完了。凭什么我总能写出小说来呢?凭什么那些适合作小说的生活素材就总能送到一个截瘫者跟前来呢?人家满世界跑都有枯竭的危险,而我坐在这园子里凭什么可以一篇接一篇地写呢?你又想到死了。我想见好就收吧。当一名人质实在是太累了太紧张了,太朝不保夕了。我为写作而活下来,要是写作到底不是我应该干的事,我想我再活下去是不是太冒傻气了?你这么想着你却还在绞尽脑汁地想写。我好歹又拧出点水来,从一条快要晒干的毛巾上。恐慌日甚一日,随时可能完蛋的感觉比完蛋本身可怕多了,所谓不怕贼偷就怕贼惦记,我想人不如死了好,不如不出生的好,不如压根儿没有这个世界的好。可你并没有去死。我又想到那是一件不必着急的事。可是不必着急的事并不证明是一件必要拖延的事呀?你总是决定活下来,这说明什么?是的,我还是想活。人为什么活着?因为人想活着,说到底是这么回事,人真正的名字叫作:欲望。可我不怕死,有时候我真的不怕死。有时候,——说对了。不怕死和想去死是两回事,有时候不怕死的人是有的,一生下来就不怕死的人是没有的。我有时候倒是怕活。可是怕活不等于不想活呀?可我为什么还想活呢?因为你还想得到点什么,你觉得你还是可以得到点什么的,比如说爱情,比如说价值感之类,人真正的名字叫欲望。这不对吗?我不该得到点什么吗?没说不该。可我为什么活得恐慌,就像个人质?后来你明白了,你明白你错了,活着不是为了写作,而写作是为了活着。你明白了这一点是在一个挺滑稽的时刻。那天你又说你不如死了好,你的一个朋友劝你:你不能死,你还得写呢,还有好多好作品等着你去写呢。这时候你忽然明白了,你说:只是因为我活着,我才不得不写作。或者说只是因为你还想活下去,你才不得不写作。是的,这样说过之后我竟然不那么恐慌了。就像你看穿了死之后所得的那份轻松?一个人质报复一场阴谋的最有效的办法是把自己杀死。我看出我得先把我杀死在市场上,那样我就不用参加抢购题材的风潮了。你还写吗?还写。你真的不得不写吗?人都忍不住要为生存找一些牢靠的理由。你不担心你会枯竭了?我不知道,不过我想,活着的问题在死之前是完不了的。

这下好了,您不再恐慌了不再是个人质了,您自由了。算了吧你,我怎么可能自由呢?别忘了人真正的名字是:欲望。所以您得知道,消灭恐慌的最有效的办法就是消灭欲望。可是我还知道,消灭人性的最有效的办法也是消灭欲望。那么,是消灭欲望同时也消灭恐慌呢?还是保留欲望同时也保留人性?

我在这园子里坐着,我听见园神告诉我:每一个有激情的演员都难免是一个人质。每一个懂得欣赏的观众都巧妙地粉碎了一场阴谋。每一个乏味的演员都是因为他老以为这戏剧与自己无关。每一个倒霉的观众都是因为他总是坐得离舞台太近了。

我在这园子里坐着,园神成年累月地对我说:孩子,这不是别的,这是你的罪孽和福祉。

七

要是有些事我没说,地坛,你别以为是我忘了,我什么也没忘,但是有些事只适合收藏。不能说,也不能想,却又不能忘。它们不能变成语言,它们无法变成语言,一旦变成语言就不再是它们了。它们是一片朦胧的温馨与寂寥,是一片成熟的希望与绝望,它们的领地只有两处:心与坟墓。比如说邮票,有些是用于寄信的,有些仅仅是为了收藏。

如今我摇着车在这园子里慢慢走,常常有一种感觉,觉得我一个人跑出来已经玩得太久了。有一天我整理我的旧相册,看见一张十几年前我在这园子里照的照片——那个年轻人坐在轮椅上,背后是一棵老柏树,再远处就是那座古祭坛。我便到园子里去找那棵树。我按着照片上的背景找很快就找到了它,按着照片上它枝干的形状找,肯定那就是它。但是它已经死了,而且在它身上缠绕着一条碗口粗的藤萝。我当然记得园工们种那棵藤萝时的情景,我却不记得是在什么时候它已经长到了碗口粗。有一天我在这园子里碰见一个老太太,她说:"哟,你还在这儿哪?"她问我:"你母亲还好吗?""您是谁?""你不记得我,我可记得你。有一回你母亲来这儿找你,她问我您看没看见一个摇轮椅的孩子?……"我忽然觉得,我一个人跑到这世界上来玩真是玩得太久了。有一天夜晚,我独自坐在祭坛边的路灯下看书,忽然从那漆黑的祭坛里传出一阵阵唢呐声。四周都是参天古树,方形的祭坛占地几百平米空旷坦荡独对苍天,我看不见那个吹唢呐的人,唯唢呐声在星光寥寥的夜空里低吟高唱,时而悲怆时而欢快,时而缠绵时而苍凉,或许这几个词都不足以形容它,我清清醒醒地听出它响在过去,响在现在,响在未来,回旋飘转亘古不散。

必有一天,我会听见喊我回去。

那时您可以想象一个孩子,他玩累了可他还没玩够呢,心里好些新奇的念头甚至等不及到明天。也可以想象是一个老人,无可质疑地走向他的安息地,走得任劳任怨。还可以想象一对热恋中的情人,互相一次次说"我一刻也不想离开你",又互相一次次说"时间已经不早了",时间不早了可我一刻也不想离开你,一刻也不想离开你可时间毕竟是不早了。

我说不好我想不想回去。我说不好是想还是不想，还是无所谓。我说不好我是像那个孩子，还是像那个老人，还是像一个热恋中的情人。很可能是这样：我同时是他们三个。我来的时候是个孩子，他有那么多孩子气的念头所以才哭着喊着闹着要来，他一来一见到这个世界便立刻成了不要命的情人，而对一个情人来说，不管多么漫长的时光也是稍纵即逝，那时他便明白，每一步每一步，其实一步步都是走在回去的路上。当牵牛花初开的时节，葬礼的号角就已吹响。

　　但是太阳，他每时每刻都是夕阳也都是旭日。当他熄灭着走下山去收尽苍凉残照之际，正是他在另一面燃烧着爬上山巅布散烈烈朝辉之时。有一天，我也将沉静着走下山去，扶着我的拐杖。那一天，在某一处山洼里，势必会跑上来一个欢蹦的孩子，抱着他的玩具。

　　当然，那不是我。

　　但是，那不是我吗？

　　宇宙以其不息的欲望将一个歌舞炼为永恒。这欲望有怎样一个人间的姓名，大可忽略不计。

写于一九八九年五月五日

修改于一九九〇年一月七日

创作要目

1979 年

短篇小说《爱情的命运》发表于西北大学《希望》第 1 期。《兄弟》(又名
《墙》)发表于《今天》,后为《花城》转载。《法学教授及其夫人》发表于北
京崇文区文化馆《春雨》,后为《当代》第 2 期转载。

1980 年

短篇小说《午餐半小时》发表于西北大学《希望》第 3 期,后为《花溪》第 9
期转载,再后被译成英文在国外刊出。《我们的角落》(又名《没有太阳的
角落》)发表于《今天》和北京大学《未名湖》,后为《小说季刊》(即后来的
《青年文学》)第 4 期转载。

1981 年

短篇小说《绿色的梦》发表于《钟山》第 3 期。《神童》发表于《文学青年》。
散文《秋天的怀念》发表于广州《南风报》。
小小说《树林里的上帝》发表于广州《南风报》。

1982 年

短篇小说《在一个冬天的晚上》发表于《丑小鸭》第 10 期,后被译成英文在
国外刊出。《黑黑》发表于《滇池》第 11 期,后被译成英文在国外刊出。

1983 年

短篇小说《我的遥远的清平湾》发表于《青年文学》第 1 期,后为《小说月

报》《小说选刊》和《中国文学》(英文版)转载,并获本年度"青年文学奖"和"全国优秀短篇小说奖"。《白色的纸帆》发表于《绿野》第 2 期,后为《作品与争鸣》转载。《夏天的玫瑰》发表于《丑小鸭》第 4 期。《巷口老树下》发表于《青年作家》第 6 期。

创作谈《几回回梦里回延安》发表于《青年文学》。

1984 年

中篇小说《山顶上的传说》发表于《十月》第 4 期。《关于詹牧师的报告文学》发表于《文学家》第 3 期,后被译为日文在国外介绍。

短篇小说《奶奶的星星》发表于《作家》第 3 期,后为《小说选刊》转载,并获本年度"作家文学奖"和"全国优秀短篇小说奖"。《足球》发表于《人民文学》第 5 期。《春夏秋冬》发表于广州《南风报》。《老人》发表于《文学青年》第 11 期。

1985 年

小说集《我的遥远的清平湾》由北京出版社出版。

短篇小说《来到人间》发表于《三月风》第 3 期,后为《小说选刊》第 9 期转载。获"三月风金杯奖"。《命若琴弦》发表于《现代人》,后为《小说选刊》第 12 期和《中国文学》(英文版)转载。

散文《合欢树》发表于《文汇月刊》第 6 期。

1986 年

中篇小说《插队的故事》发表于《钟山》第 1 期,后为《中篇小说选刊》转载。

短篇小说《毒药》发表于《上海文学》第 10 期,并获"上海文学奖"。《我之舞》发表于《当代》第 6 期,后被译成日文在日本刊出。

创作谈《随想与反省》发表于《人民文学》。

1987 年

中篇小说《礼拜日》发表于《中外作家》第 5 期。

短篇小说《车神》发表于《三月风》。

1988 年
中篇小说《原罪·宿命》发表于《钟山》第 1 期。《一个谜语的几种简单的猜法》发表于《收获》第 6 期。

小说集《礼拜日》由华夏出版社出版。

台湾版小说集《我的遥远的清平湾》在台湾出版。

日文版小说集《我的遥远的清平湾》在日本出版。

创作谈《答自己问》发表于《作家》第 1 期，并获"作家评论奖"。《自言自语》发表于《作家》第 10 期。

1989 年
短篇小说《小说三篇》发表于《东方纪事》第 2 期。

散文《"文革"记愧》发表于《东方纪事》第 1 期。

1990 年
短篇小说《钟声》发表于《钟山》第 3 期。

散文《好运设计》发表于《天涯》第 9 期。

1991 年
小说集《命若琴弦》由江苏文艺出版社出版。

散文《我与地坛》发表于《上海文学》第 1 期。《我二十一岁那年》发表于《三月风》第 10 期。

1992 年
中篇小说《中篇 1 或短篇 4》发表于《作家》第 1 期。

英文版小说集《命若琴弦》由中国文学出版社出版。

散文《黄土地情歌》发表于《三月风》。《相逢何必曾相识》发表于《昆仑》第 3 期。《散文三篇》发表《芒种》第 10 期。《随笔十三》发表于《收获》第

6 期。

散文集《自言自语》由广东旅游出版社出版。

1993 年

短篇小说《第一人称》发表于《钟山》第 1 期。

1994 年

《别人》发表于《花城》第 1 期。

1995 年

《关于一部以电影作舞台背景的戏剧之设想》发表于《钟山》第 4 期。

1997 年

长篇小说《务虚笔记》获上海市长篇小说奖。

1998 年

小说《老屋小记》获首届鲁迅文学奖和北京市文学艺术奖。

1999 年

短篇小说《死国幻记》发表于《北京文学》第 8 期。

2000 年

短篇小说《两个故事》发表于《作家》第 2 期。

2002 年

《病隙碎笔 5》获老舍散文奖。长篇随笔集《病隙碎笔》获首届传媒文学杰
出成就奖。

2004 年

散文集《记忆与印象》由北京十月文艺出版社出版。

2005 年

《病隙碎笔》获第三届鲁迅文学奖。

2006 年

长篇小说《我的丁一之旅》由人民文学出版社出版。

图书在版编目（CIP）数据

史铁生精选集／史铁生著.—北京:北京燕山出版社,2015.3(2022.4重印)
ISBN 978-7-5402-3767-7

Ⅰ.①史… Ⅱ.①史… Ⅲ.①中国文学-当代文学-作品综合集 Ⅳ.①I217.2

中国版本图书馆 CIP 数据核字(2015)第 058055 号

史铁生精选集

史铁生 著
责任编辑／尚燕彬
装帧设计／小 贾
内文制作／张 佳

北京燕山出版社出版发行
北京市丰台区东铁匠营苇子坑 138 号嘉城商务中心 C 座 邮编 100079
全国新华书店经销
北京市松源印刷有限公司印刷

开本 850mm×1168mm 1/32 印张 13.5 字数 330,000
2015 年 5 月第 1 版 2022 年 4 月第 8 次印刷

定价:68.00 元